22 ストライク・ザ・ブラッド

STRIKE THE BLOOD

暁の凱旋

三雲岳斗
illustration マニャ子

姫柊雪菜「ひめらぎゆきな」
『剣巫』Swords-Shaman
獅子王機関の可憐な監視者

暁古城「あかつきこじょう」
『第四真祖』The Fourth Primogenitor
世界最強の〝怠惰な〟吸血鬼

暁凪沙「あかつきなぎさ」
『真祖の妹』Sister of Primogenitor
天真爛漫な騒々しき賢妹

アヴローラ・フロレスティーナ
『焔光の夜伯』Kaleido Blood
十二番目の〝儚き〟眠り姫

煌坂紗矢華「きらさかさやか」
『舞威媛』Shamanic War Dancer
優美に舞う魔弾の射手

香菅谷雫梨・カスティエラ
「かすがやしずり」
『修女騎士』Paladiness
至純至高な炎剣の守護騎士

Contents

デザイン／渡邊宏一（有限会社ニイナナニイゴオ）

ストライク・ザ・ブラッド 22

暁の凱旋

序章
Intro

その島の名前を、彼女は知らない。

透き通るような青空を見下ろしながら、モノレールが鋼色《はがねいろ》の街を走り抜けていく。

天と地のすべてが逆転した世界だ。

頭上を覆い尽くす群青《ぐんじょう》の海面。煌《きら》めく波間に浮かぶ人工の大地。朽《く》ちた遺跡に似た鋼色の島から、眼下の空へと向かって無数の建物が屹立《きつりつ》している。

車窓を流れていくその景色を、彼女は無言で眺めていた。

螺旋《らせん》を描く軌道《レール》に導かれて、モノレールの車両は緩やかに旋回を続ける。ガラス越しの陽射《ひざ》しは絶え間なく角度を変えて、彼女の金髪を虹色に照らしている。

やがて車両は速度を落とし、駅へと滑りこんでいく。

それは終点。彼女が通う学園の最寄り駅だった。

かすかな音を立ててドアが開き、乗客たちが一斉に吐き出されていく。

同じ制服を着た少女たち。その集団の一員として紛れこみ、彼女も学園へと向かう。

その学園の名前を、彼女は知らない。

巨大な水槽を連想させる、ガラス張りの透明な校舎。静寂に包まれた教室で、少女たちは日々を過ごす。いつもと同じ見慣れた風景。これまで幾度となく繰り返されてきた日常だ。

だが、停滞していたはずのその景色に、いつしか小さな変化が生まれていた。

静けさに満ちていた学園内に、少女たちのさざめく声が響き渡る。

喜び。悲しみ。怒り。嘆き。人形のように無反応だった少女たちが、感情を見せるようになってていた。唯一無二の多彩な感情を。長い眠りから目覚めた、おとぎ話の王女のように。

止まっていた時間が動き出し、世界が変貌を始めている。

その理由を彼女は知っていた。

世界に変化を生み出した原因が、自分の存在にあるということも——

「おはよう、アヴローラ。この先は行き止まりだよ」

教室に向かう少女たちの列を離れて、薄暗い階段を下りていく彼女の名前を、誰かが呼んだ。

地下倉庫の入り口でアヴローラの到着を待ち構えていたのは、大人びた瞳の同級生だった。

ほっそりとした輪郭。人懐《ひとなつ》こい笑顔。鋼色の髪を揺らしながら、その同級生はアヴローラに

向けて親しげに手を振っている。

「……汝《なんじ》か、沼の龍《グレンダ》。回廊の守護者よ」

アヴローラは表情を変えることなく足を止め、階下の少女を見つめて言った。

その反応が意外だったのか、鋼色の髪の少女は愉快そうに目を瞬《またた》く。

「どうしたの、そのしゃべり方。まるでどこかのお姫様みたいだよ、アーヴァ」

「……我は王女に非《あら》ず。我は人形《ひとがた》。人の手によって造られた、眷獣《けんじゅう》たちの器《うつわ》なれば」

悪戯《いたずら》っぽく笑うグレンダに向けて、アヴローラは静かに首を振った。

グレンダは一瞬だけ沈黙し、少し寂しげに微笑する。

「思い出したんだ、自分自身のこと」

「戯《たわむ》れの時は終わりぬ。然《さ》れど好《よ》き夢であった」

自分の制服の胸元を見下ろし、アヴローラは静かに呟《つぶや》いた。

グレンダが安堵《あんど》したように目を細める。

「そう？　楽しんでもらえたのならよかったよ。それをカインは望んでいたから。彼女たちも喜んでくれたかな？」

遠くで授業の始まりを告げるチャイムが鳴った。アヴローラは無言で背後を振り返る。

ガラス張りの教室の中に、着席した制服姿の少女たちが見える。偽りの平穏。仮初《かりそ》めの日常。

だが、アヴローラは知っている。それを彼女たちに与えるために、かつて咎神《きゅうしん》と呼ばれた男が、どれだけの代償を支払ったのかを。

「教室は、見つかった？　世界の秘密を閉じこめた教室は？」

笑みを消したグレンダが、大人びた表情でアヴローラに訊《き》いた。

「いまだ難題の解には至らずも、我が記憶の霧は晴れたり」

アヴローラは自嘲《じちょう》するように小さく笑う。

その唇の隙間《すきま》からのぞいたのは、鋭く尖《とが》った純白の牙《きば》だ。炎のように輝く碧《あお》い瞳が、グレンダの背後を睨《ね》めつける。螺旋《らせん》階段の行く手を阻む、鋼色《はがねいろ》の分厚い天井を。

「ゆえに我はこの世界の真の姿を知る——疾《と》く在《あ》れ、〝冥姫の虹炎《ミネラウバ・イーリス》〟——！」

アヴローラが伸ばした右手から、艶《つや》やかな鮮血が噴き出した。

それは魔力を帯びた深紅の霧となり、やがて巨大な人型《ひとがた》の獣へと変わる。虹色の炎に包まれた美しい眷獣《けんじゅう》。光剣を握る戦乙女《ヴァルキュリア》の姿へと。

世界最強の吸血鬼──第四真祖《だいよんしんそ》の六番目の眷獣、〝冥姫の虹炎《ミネラウバ・イーリス》〟の能力は切断だった。戦乙《ヴァルキュ》女《リア》が握る虹色の光剣《こうけん》が、地下倉庫の扉を易々《やすやす》と斬《き》り裂《さ》く。否《いな》、アヴローラの眷獣が斬り裂いたのは、扉に見せかけた緻密《ちみつ》な幻影──学園を包む強固な結界の一部だった。

見せかけの通路が消滅し、途切れたはずの階段の続きが現れる。

そこはもはや校舎の内部ではない。螺旋階段の周囲に広がっているのは空だった。遮《さえぎ》るもののない無辺《むへん》の蒼穹《そうきゅう》だ。ガラス張りの階段を一歩でも踏み外せば、その空の果てまで、どこまでも落ち続けることになるだろう。

しかしアヴローラは怯《ひる》むことなく、平然と階段を下り始める。

「行ってらっしゃい、アブローラ……さらば……だー」

耳元でグレンダの声がした。しかしアヴローラが振り返ったときには、彼女の姿は消えていた。ただ巨大な龍《りゅう》の気配だけが、羽ばたく翼の音とともに遠ざかっていく。

螺旋階段は続いていた。

その先にあるはずの目的地に向かって、アヴローラは一歩ずつ階段を下りていく。それは、空の高みに向かって上っていくのと同じことだ。

空の深奥へと向かうにつれて、上下の感覚が混乱し、やがて自分が階段を下りているのか、それとも空へと舞い上がっているのか、その区別が曖昧《あいまい》になっていく。

そして完全に肉体の重さを感じなくなったころ、アヴローラは螺旋《らせん》階段の終点に辿《たど》り着《つ》く。

それは真昼の月のように、空の真ん中にぽつりと浮かぶ部屋だった。

世界の中心にあるかの如《ごと》き、円筒形の小さな空間。グレンダが教えてくれた秘密の部屋だ。

その小部屋の名前を、アヴローラは知らない。だが、そこに誰がいるのかは知っている。

世界の秘密を閉じこめた場所に座《ざ》すのは、世界の秘密を統《す》べる者——すなわち、異境《ノド》の王ということだ。

何度も深呼吸を繰り返し、アヴローラは最後の段差を下りた。

鋼色《はがねいろ》の壁に覆われた狭い部屋だった。

都市の地下に埋めこまれたパイプラインを思わせる暗い場所。その壁面には無数のモニタがモザイクタイルのように埋めこまれ、異境《ここ》ではない遠い世界の景色を映している。

モニタの輝きに照らし出されていたのは、ボロボロの椅子《いす》に座る奇妙な置物だった。

うち捨てられた玩具《おもちゃ》のような小さな影——

「よぉ、来たな、十二番目の嬢ちゃん。待ってたぜ」

愛玩《あいがん》動物を模《も》した不細工なぬいぐるみが、アヴローラを見上げてケケッと笑った。

†

「私たちの祖先はね、空から降臨したんだって」

　深紅のロリポップキャンディーをくわえたまま、ラードリー・レンは独《ひと》り言《ごと》のように呟《つぶや》いた。

　ロングブーツにチェック柄のスカートとネクタイ。ノースリーブの白いシャツ。赤いリボンのついたトップハット。演劇の舞台から抜け出してきたような、現実離れした服装の少女だ。

　見た目の年齢は十七、八といったところだろうか。ふわふわとした長い髪は黒に近い灰色。血《ち》の気《け》が感じられない真っ白な肌に、鬼灯のような赤い瞳が目立つ。キャンディーをくわえた唇の隙間《すきま》からは、鋭い牙《きば》のような犬歯《けんし》がのぞいている。

「だから彼らは、自らを〝天部《てんぶ》〟と名乗ったんだって。自分たちが地上の人類とは違う、天空からの来訪者だと忘れないために。もっとも今じゃ、そんなの誰も覚えてないんだけど」

　ラードリーは鼻にかかった甘い声で続けた。

　西太平洋セレベス海に浮かぶ、マグナ《M》・アタラクシア《A》・リサーチ《R》の本拠地〝アルニカ・クアッド〟の最上階——本社総合司令室である。

　タラウド諸島の小島をまるごと一個の施設に改造した〝アルニカ・クアッド〟は、オフィスビルというよりも軍事要塞《ようさい》に近かった。電子ネットワークによって世界各地の支社や工場、流通網を完全に掌握し、ミリ秒単位で細やかな指示を出す。その機能と重要性は、多国籍企業体MARの頭脳と呼ぶに相応《ふさわ》しい。

それゆえに〝アルニカ・クアッド〟の警備は厳重だった。哨戒艇《しょうかいてい》や戦闘機を含めた独自の防衛戦力を保有し、司令室に勤務する四十六名のオペレーターたちも皆、軍人めいた厳《いか》つい空気をまとっている。そんな中、コンサート衣装のような服を着たラードリーの存在は、ひどく場違いで目立っている。

しかし、そのことでラードリーを責める者はいなかった。

なぜなら彼女は、MAR総帥《そうすい》シャフリヤル・レンの妹。そして社内で唯一の最上級執行責任者《プリンシパル・エグゼクティヴ》だからだ。

「――聖域《せいいき》条約機構の空母打撃群が、作戦行動を開始しました」

そんなラードリーの独《ひと》り語《がた》りを遮《さえぎ》って、警備担当の若いオペレーターが報告する。

司令室に見えない緊張が走った。職員たちの反応は、驚きよりも諦観《ていかん》の念が強い。聖域条約機構がMARの敵になることは、最初からわかっていたことだ。

魔導《まどう》犯罪集団である〝終焉教団《オーダー・ジ・エンド》〟を援助したこと。中立であるはずの〝魔族特区《まぞくとっく》〟に干渉し、領主選争と呼ばれる騒乱を起こしたこと。そこで捕らえた第四真祖《だいよんしんそ》を利用し、異境《ノド》への〝門《ゲート》〟を開いたこと――いずれも明白な聖域条約違反であり、MARが国際的な非難を浴びるのは免れない。

だが、それだけならまだ交渉の余地はあっただろう。ＭＡＲが謝罪し、巨額の賠償金を支払うことで、少なくとも全面的な武力衝突を避けることはできたはずだ。

しかしシャフリヤル・レンが率いるＭＡＲの特殊部隊が、異境《ノド》に残された咎神《きゅうしん》の遺産を独占しようとしたことで、聖域条約機構との対立は決定的となった。

咎神の遺産とはすなわち戦略的な大量破壊兵器であり、それを求めるシャフリヤル・レンの目的が、世界の支配にあることは明白だったからだ。

それでなくとも多国籍企業として巨大化し、力をつけすぎたＭＡＲは、世界中から疎《うと》まれる存在だった。各国政府はここぞとばかりに団結し、合法的な、あるいは超法規的なあらゆる手段を使ってＭＡＲへの攻撃を開始した。

資産の凍結。工場やオフィスの封鎖。役員や従業員の拘束。そして武力による直接攻撃――どれほどの経済力を誇ろうともＭＡＲはしょせん民間企業であり、国家が振るう暴力の前にはひとたまりもなかった。世界各地にあるＭＡＲの拠点は次々に制圧され、わずか二日の間に、企業としての機能のほとんどが失われてしまっている。

そして最後に残ったのが、本拠地〝アルニカ・クアッド〟だったのだ。

「主力はメガラニカ連邦の太平洋艦隊。空母ユルルングル、及びミサイル駆逐艦《くちくかん》六隻を確認。すでに本島は長距離対地攻撃砲弾《ＬＲＬＡＰ》の射程内です」

無人偵察機から得られた情報を、オペレーターが読み上げた。淡々とした事務的な口調だが、内心の動揺までは隠せていない。

「たかが民間企業相手に、ホント、大げさな連中。歓待してもらえるとでも思ったのかしら、艦隊だけに」

ラードリーが呆《あき》れ顔《がお》で嘆息し、司令室内に微妙な空気が流れる。

聖域《せいいき》条約機構が送り出してきたのは、小国を一夜にして滅ぼしかねないほどの大戦力である。一企業の本社を制圧するには、過剰としか言いようがない。彼らがMARを警戒しているのは間違いないが、それだけが理由ではないだろう。

「まあ、連中の考えてることなんてわかりきってるけどね。私たちを潰《つぶ》すのはただのついでで、彼らの本命は絃神島《いとがみじま》なんでしょ」

その場に立って無意味にクルクルと回りながら、ラードリーは嘲《あざけ》るように笑う。

現状、異境《ノド》への〝門《ゲート》〟が存在するのは、絃神島の上空だけだ。その絃神島を占領してしまえば、いつでも好きなだけ戦力を送りこみ、異境《ノド》にいるシャフリヤル・レンとMARの部隊を駆逐《くちく》できる。シンプルで確実な解決法だ。〝アルニカ・クアッド〟の制圧は、その前段階の、演習を兼ねた景気づけなのだろう。

「危険です。ラードリー様、脱出を」

大佐のあだ名で呼ばれている警備部門の局長が、真剣な口調でラードリーに進言した。

聖域条約機構軍の艦隊は、すでに〝アルニカ・クアッド〟を射程に収めている。彼らが本格的な攻撃を始めるのも、おそらく時間の問題だ。

　この状況下でＭＡＲに残っている社員のほとんどは、ラードリーのような純粋な〝天部《てんぶ》〟か、〝天部〟の血を引く一族だけ。すなわちシャフリヤル・レンの協力者だ。聖域条約機構側も、おそらくそれを知っている。後顧《こうこ》の憂《うれ》いを断つために、彼らは容赦なくラードリーたちを殲滅《せんめつ》しようとするはずだ。だが――

「逃げる？　私が？」

　ラードリーは少し驚いたように目を丸くした。そして愉快そうに唇の端を吊《つ》り上《あ》げる。

「まっさか。今はクアッドの外に出るほうがよっぽど危険だって」

「しかし、ラードリー様……」

「そんなことより、なにかにつかまるように全社員に警告して。来るよ」

「え？」

　警備局長が困惑に眉《まゆ》を寄せた。

　予期せぬ衝撃が〝アルニカ・クアッド〟を襲ったのは、その直後だった。

　竜巻にも似た暴風が吹き荒れ、島全体が激しく揺れた。

　核シェルター並みに強固な司令室の外壁が、悲鳴のような軋《きし》みを上げる。地面ではなく空間そのものが揺れている。巨大な質量を持つ物体が、突然、異界から出現したのだ。

「状況を報告しろ！」

警備局長が、近くのオペレーターたちを怒鳴りつけた。その声は、響き渡る無数の警告音にかき消される。〝アルニカ・クアッド〟の情報処理能力をもってしても、唐突な異変の正体を把握できずにいるらしい。

「死都《しと》よ。〝天部《てんぶ》〟十七氏族に残された最後の領地。そして彼らの武力の象徴」

浮き足立つ部下たちとは対照的に、ラードリーの表情は晴れやかだった。

彼女は手を触れることもなく端末を操作して、無人偵察機から送られてくるリアルタイム映像を切り替える。大型モニタに映し出された奇怪な景色に、司令室にいた全員が息を呑《の》んだ。

スノードームに似た巨大な球体だ。

球体の直径は一キロメートルにやや満たない程度。表面の材質は石と鉄。中世の城郭都市を無理やり丸めて押し固めれば、そのような姿になるのではないかと思われた。

それが重力を無視する形で、西太平洋の上空に浮かんでいる。

空中に浮かぶ球形の城。シュールレアリズムの絵画から抜け出してきたような、おぞましく不吉な建造物。それが死都と呼ばれる街だった。異世界より現れた〝天部〟の要塞《ようさい》だ。

「まさか……死都が現存していたのですか？」

警備局長がうめきを洩《も》らす。

死都が出現したのは、タラウド諸島の南方約十キロ地点。聖域《せいいき》条約機構艦隊から見れば、ちょうど〝アルニカ・クアッド〟への接近を阻む楯《たて》のような位置になる。

「死都は我らを支援するために現れたのですか？　ですが、あれでは……」

「敵艦隊の集中砲火を浴びるわね」

ラードリーが他人事《ひとごと》のような醒《さ》めた口調で言った。

死都は〝天部〟の技術で造られた強力な兵器だが、彼らが地上から姿を消して、すでに七千年以上が経《た》っている。その間、人類の技術は飛躍的に向上し、少なくとも軍事力に関しては、かつての〝天部〟を確実に凌駕《りようが》していた。最新鋭の艦隊と正面からまともに撃ち合えば、死都といえども苦戦は免れないだろう。

「敵艦隊より飛翔体《ひしようたい》の発射を確認。総数十六……いえ、三十二。約八分で死都に到達します」

オペレーターが緊迫した口調で叫ぶ。駆逐艦《くちくかん》から射出されたのは、対地攻撃用の巡行ミサイル。搭載されているのは、おそらく施設破壊用の呪式弾頭《じゆしきだんとう》だ。

別名〝異界城〟とも呼ばれる死都は、こちら側の世界と異界側《あちらがわ》に同時に存在することで、物理攻撃に対する強力な耐性を持っている。その魔術防壁は、かつての戦争で人類を大いに苦しめたが、最新の呪式弾頭に耐えられるかどうかは定かではない。

「迎撃しますか？」

警備局長がラードリーに確認する。しかしラードリーは冷ややかに笑って手を振った。

「平気、平気。ほっといて大丈夫だって」

「しかし、このままでは——」

「たしかに今の人類の兵器と比べたら、死都《しと》なんてカビ臭いだけの骨董品よね。おまけに今の〝天部《てんぶ》〟には魔族《まぞく》の兵士も、人間の民《たみ》もいない。まともに戦争なんてできやしないって」

ラードリーが無関心な口調で告げる。

あと三十秒も経《た》たないうちに、聖域《せいいき》条約機構艦隊が放ったミサイルが死都に着弾するだろう。そして死都が消滅すれば、次に彼らの攻撃対象になるのは、この〝アルニカ・クアッド〟だ。

それがわかっていても、ラードリーは笑みを消さない。

「だけどそんなのは、どうでもいい些末《さまつ》な問題なの。〝天部〟が持つ最大の力は魔導《まどう》技術でも兵士の数でもないんだから」

ラードリーの言葉が終わらないうちに、死都からなにかが撃ち出された。

迎撃ミサイルや高出力レーザーの類《たぐ》いではない。原始的な大砲で撃ち出された、シンプルな金属製の砲弾である。

それは山なりの曲射弾道を描いて飛翔《ひしょう》し、そしてなにもない空中で弾《はじ》けるように分解した。ばらけた破片の中から飛び出したのは、宝石に似た煌《きら》びやかな球体だ。

「……なんだ!?　人形……いや、女か!?」

球体の内部に閉じこめられた奇妙な影に気づいて、警備局長が眉《まゆ》をひそめる。

それは膝《ひざ》を抱えて眠る裸の少女だった。琥珀《こはく》に閉じこめられた昆虫のように、幼い少女は宝石の中で眠っているのだ。

「みんな忘れているのよ。かつての〝大聖殲《だいせいせん》〟で人類が勝利したのは、咎神《きゅうしん》カインの裏切りで、天部の力が封じられたせいだって」

ラードリーがクスクスと失笑を洩《も》らす。

重力に引かれて落ちていく宝石が、飛来する巡行ミサイルと交差する——そう思われた瞬間、眠っていた少女がカッと目を見開いた。炎のように輝く碧《あお》い瞳を。

「魔力反応増大！　吸血鬼の眷獣《けんじゅう》です！　実体化します！」

青ざめたオペレーターの報告に、司令室内が騒然となる。

吸血鬼が眷獣を召喚《しょうかん》する。それ自体は特に驚くようなことではない。だが十キロも離れた場所から、その眷獣の魔力を感知できたとしたら話は別だ。

それほどまでに強大な眷獣を召喚できる吸血鬼など、滅多に存在するものではない。いや、存在されては困るのだ。

「馬鹿な……三真祖《さんしんそ》の眷獣に匹敵する魔力量だぞ……!?　こんなものが無制限に解放されたら、海域そのものが魔術汚染されて近づくこともできなくなるはず……！」

警備局長の声に恐怖が滲《にじ》んだ。

眷獣の真の恐ろしさは、その破壊力や凶暴さにあるのではない。〝天部〟の知識を受け継ぐ彼は、そのことをよく知っていた。

眷獣とは炎に似た存在だ。力の弱い眷獣ならば、召喚者がその働きを完全に制御して、用が済めば消滅させることもできるだろう。

だが、強力すぎる眷獣《けんじゅう》を消滅させるのは難しい。巨大な山火事が容易《たやす》く消えないのと同様に、強大な眷獣もまた人類の制御の及ばない存在なのだ。

彼らは欲望の赴《おもむ》くままに、すべてを破壊し、無制限に魔力《まりょく》を喰《く》う。ひとたび召喚《しょうかん》された眷獣たちは、魔力が存在する限り決して消滅しないのだ。彼らが消えるのは周囲の魔力が枯渇した場合のみ。すなわち生物の記憶を含めた、あらゆる情報が消失したときだけである。

宝石の中の少女が召喚した眷獣は、陽炎《かげろう》をまとった巨大な眼球だった。あるいは灼熱《しゃくねつ》のムカデに絡みつかれた白い肉塊《にくかい》とでもいうべきか。人の言葉では形容しがたい醜悪な姿の怪物だ。

飛来した巡行ミサイルが、眷獣の炎に巻きこまれて次々に爆散する。撒《ま》き散《ち》らされた魔力を喰らって、眷獣が歓喜の雄叫《おたけ》びを上げた。そして巨体に見合わぬ凄《すさ》まじい速度で、眷獣は聖域《せいいき》条約機構艦隊へと襲いかかる。

駆逐艦《くちくかん》の主砲が火を噴いた。空母から発艦した戦闘機も、果敢に眷獣に挑んでいく。しかし眷獣の動きは止まらない。爆発的に膨れ上がった魔力の炎が艦隊すべてを包みこみ、その内部を一瞬で焼き尽くした。

戦闘機は跡形もなく蒸発し、駆逐艦が次々に轟沈《ごうちん》する。巨大な空母が融解して熔《と》け落《お》ち、蒸気を吹き上げながら海に沈んでいく。

あまりにも圧倒的で一方的な破壊だった。その凄惨《せいさん》な光景に、〝アルニカ・クアッド〟の司令室が水を打ったように静まり返る。

「ついに手に入れたのね、お兄様」

静寂の中、ラードリーが不意に独《ひと》りごちた。

鮮血の臭《にお》いが漂う深紅のキャンディを噛《か》み砕《くだ》き、彼女は目を細めてうっすらと笑っていた。

「咎神《きゆうしん》カインが異境《ノド》に封じた〝天部《てんぶ》〟の大罪――〝眷獣弾頭《けんじゆうだんとう》〟を」

第一章　買収交渉

Itogami-jima Purchase

1

暁《あかつき》古城《こじょう》は、夢を見ていた。

透明な螺旋《らせん》階段を下りていく夢だ。

階段の周囲にはなにもない。遮《さえぎ》るもののない青空だけが、ただ茫洋《ぼうよう》と広がっている。

頭上に霞《かす》んで見えるのは、鏡のように凪《な》いだ紺碧《こんぺき》の海だった。

天と地が逆転した奇妙な世界。その逆《さか》しまの世界を上下に貫く長い階段を、古城は一人きりで下り続けている。滴《したた》る鮮血のように艶《つや》やかに赤い、十二本の薔薇《ばら》の花束を抱えて。

やけに生々しい夢だ、と古城は思った。

誰かが過去に見た景色を、そのまま追体験しているような感覚がある。

吹きつけてくる強い潮風に混じって、かすかな鐘の音が聞こえる。

透明な螺旋階段の終端《しゅうたん》にあるのは、霧に包まれた小さな岬だった。

無骨《ぶこつ》な岩肌。苔《こけ》むした大地。岬の突端には古びた建物が見える。石造りの朽《く》ちた鐘楼《しょうろう》だ。

その鐘楼の前に誰かが立っている。純白のウェディングドレスを着た小柄な影。陽光に照らされた彼女の背中を見た瞬間、古城の心臓が大きく跳ねた。

狂おしいほどの愛《いと》おしさと懐かしさがこみ上げる。

自分は彼女に会うために、この場所に来たのだと直感する。

幾重《いくえ》ものベールに覆われた彼女の顔は見えない。

古城は空に浮かぶ岬に降り立って、朽ちた鐘楼へと近づいていく。

鐘の音は響き続けている。強い風が吹いて彼女のドレスが揺れる。

ウェディングドレスの少女が振り返り、古城に気づいて柔らかく微笑《ほほえ》む気配があった。

駆け寄る古城の胸の中に飛びこんで、彼女はゆっくりとベールをめくる。

古城が呆然《ぼうぜん》と息を呑《の》む。

純白のベールの下から現れたのは、愛玩《あいがん》動物を模《も》した不細工なぬいぐるみだ。

唇が触れ合うほどの至近距離で古城を見上げて、そいつは、ケケッ、と皮肉っぽく笑った。


「う……うあああああああああああああっ！」


古城は絶叫とともに覚醒《かくせい》した。

恐怖で吐き気がこみ上げる。全身が硬直し、嫌な汗がじっとりと背中を濡らす。

瞼に焼きつくモグワイのウェディングドレス姿を振り払うように、古城は激しく首を振り、深い溜息《ためいき》を吐き出した。今のは夢だと自分に言い聞かせ、動揺を無理やり圧《お》し殺《ころ》す。

そう、古城が見ていたのは夢だった。とびきり理不尽で不吉な最低の悪夢だ。いまだに激しく脈打つ心臓の上に手を置いて、古城はゆっくりと視線を巡らせる。

馴染《なじ》みのない広い部屋だった。分厚い絨毯《じゅうたん》。豪奢《ごうしゃ》なベッド。壁の向こうには、大人数用のソファとガラステーブル。キーストーンゲートの中にある最高級ホテルの一室だ。

昨晩の暴走騒ぎで消耗した古城《こじょう》たちは、人工島管理公社の管理下にあるホテルに泊まることになったのだ。領主選争の勝者になった古城に気を遣ってくれた——というわけではなく、隔離されたというのが実態に近い。いつまた暴走するかわからない吸血鬼を野放しにするより、監視できる場所に置いておいたほうがいい、という判断なのだろう。

ベッドサイドの時計の針は、正午少し前を指している。ホテルに着いたのが明け方だから、七時間近くは眠ったはずだ。

しかし夢見が悪かったせいか、全身が重い。胸元が苦しく、身体《からだ》を思うように動かせない。まるで布団の上から誰かにのしかかられているような気分だ、と思った直後、古城の視界に人影が映った。気配もなく現れた黒髪の女の姿が——

「先……輩……」

「うわあああああああああああっ！」

耳元で囁《ささや》く女の声に、夢で見たモグワイの姿を思い出し、古城はたまらず絶叫した。古城の上にのしかかっていた人影が、なぜか慌てたように肩を震わせる。

「し、静かにしてください、先輩！　わたしです！　姫柊《ひめらぎ》です！」

暴れ出そうとする古城を押さえつけ、人影が懸命に呼びかけてくる。聞き覚えのある彼女の声に、古城はようやく絶叫をやめた。

「ひ、姫柊……？」

「はい。誰だと思ったんですか、いったい……」

弱々しくうめく古城を見下ろして、雪菜《ゆきな》は困惑したように息を吐く。

かつて世界最強の吸血鬼と呼ばれた少年に、まさかここまで怯《おび》えられるとは思ってなかったのだろう。唇を尖《とが》らせた彼女の表情は、どこか傷ついているようにも見える。

雪菜はいつもの制服姿ではなく、ホテルに備えつけのナイトガウンを着ていた。すぐに彼女だとわからなかったのもそのせいだ。

「ちょっと待て……なんで姫柊が俺の部屋にいるんだ？　鍵は？」

まだ少し寝ぼけた口調で、古城が訊《き》いた。高級ホテルのスイートルームということもあって、寝室のドアには物々しい電子ロックがついていたはずだ。

しかし雪菜は当然のようにあっさりと言い放つ。

「開けました。式神《しきがみ》を使って」

「なんで……!?」

「ほかの人たちに気づかれたくなかったので。今ならまだみんな眠ってますから」

雪菜が妙に淡々と説明する。眷獣《けんじゅう》に憑《つ》かれて暴走した古城を正気に戻すため、多くの友人たちがボロボロになるまで力を尽くしてくれたのだ。彼女たちはおそらく今もまだ、泥のように眠っているはずだ。雪菜《ゆきな》は、その隙《すき》を衝《つ》いて古城《こじょう》の寝室に忍びこんで来たらしい。

「誰かに見られちゃまずい用事なのか？」

古城も声を潜めて訊《き》き返《かえ》す。生真面目《きまじめ》な雪菜が、理由もなくこんな不法侵入まがいの行為に走るとは思えない。のっぴきならない事情があったと考えるのが自然だろう。が、

「ええ、まあ」

古城に正面から見つめられた雪菜が、なぜか居心地悪そうに目を逸《そ》らした。

ベッドの上に正座したまま、言い出しにくそうに、もじもじと身体《からだ》を捩《よじ》らせる。

「姫柊《ひめらぎ》？」

「いえ、その……先輩は吸血鬼の力を取り戻したんですよね？」

「まあな。結果的には、キイ・ジュランバラーダに助けられた、ってことになるのかもな」

古城は唇を歪《ゆが》めながら、目の前に掲《かか》げた右手を握る。雪菜は同意するようにうなずいて、

「だから、このあと異境《ノド》に乗りこんで、アヴローラさんを連れ帰るつもりなんですよね」

「ああ。そういう取り引きだったからな」

古城は苦笑して肩をすくめた。第一真祖《だいいちしんそ》キイ・ジュランバラーダは、古城に第四真祖と同等の力を与えると約束した。その対価として、古城は異境《ノド》に赴《おもむ》いてシャフリヤル・レンの行動を阻止する――それが二人の間に交わされた契約だった。

そしてやり方は無茶苦茶だったが、キイは古城との約束を果たしている。次は古城が契約を

履行する番だった。

「だから、その前に……あれを……してもらおうと思ったんです」

雪菜が頬《ほお》を赤らめながら、古城と目を合わせないままボソボソと呟《つぶや》く。

「あれ？」

古城が訝《いぶか》るように眉《まゆ》を寄せた。雪菜がなにを言っているのかわからない。

「だから、あれです。あれ……吸血鬼の真祖の魔力《まりよく》をもって、神格振動波駆動術式《しんかくしんどうは》がもたらす過剰な霊力《れいりよく》を相殺《そうさい》する魔術システムの構築を目的とした感染呪術《じゆじゆつ》による魔力経路の構築です」

「……は？」

新手《あらて》の呪文なのだろうか、と古城は戸惑った。

ぼんやりとした古城の反応に、雪菜はなぜか怒ったように声を荒らげて、

「もう！　だから、わたしの血を吸ってくださいって言ってるんです！」

「あ、ああ……だったら最初からそう言ってくれれば……ていうか、なんでいきなり？」

古城は軽く混乱しながら上体を起こした。

雪菜は、獅子《しし》王機関《おうきかん》から派遣されてきた監視役である。どちらかといえば、古城の無軌道な吸血行為を戒める側の人間のはずだ。多くの人命がかかっているような非常事態ならまだしも、差し迫った危険のないこの状況で古城に吸血行為を求めてくるのは彼女らしくない。

そういえば吸血行為の最中は吸われている側も快楽を感じており、時として依存癖を生じる

と聞いたことがある。まさか彼女がそのような吸血依存に陥っているのでは、と古城《こじょう》が不安に思っていると、雪菜《ゆきな》はいつもの真剣な口調で言った。

「先輩との霊的経路《れいてきバス》を再構築しないと、わたしは〝雪霞狼《せっかろう》〟を使えないんです。それだと、異境《ノド》に行ったときに困るじゃないですか」

「あー……」

そういうことか、と古城は安堵《あんど》の息を吐く。〝雪霞狼〟という強力な武神具《ぶしんぐ》を使った反動で、雪菜は天使化と呼ばれる厄介な症状を抱えている。

破魔《はま》の槍《やり》から逆流する強力な霊気で肉体が変質し、存在そのものが高次元に強制転移《シフト》——すなわち現世から消滅する危険があるのだ。

日常生活に支障はないが、強大な霊力の行使は、彼女の天使化を進行させてしまう。つまり〝雪霞狼〟を使った戦闘には耐えられないということだ。

その問題を回避するために、雪菜は、古城と〝血の伴侶《はんりよ》〟としての仮契約を結んでいた。彼女の体内に流れこんだ余剰霊力を、吸血鬼の真祖が持つ無尽蔵《むじんぞう》の魔力で相殺《そうさい》しようという理屈である。だが、古城が第四真祖《だいよんしんそ》としての力を手放したことで、その契約はすでにリセットされている。

だから雪菜は古城の寝室にこっそり忍びこんできたのだろう。再び古城との仮契約を結んで、〝雪霞狼〟を使えるようにするのが彼女の目的だったのだ。

そして吸血鬼の〝血の伴侶〟となるためには、霊的経路《パス》の触媒となる互いの肉体の一部を交換する必要がある。その触媒とは、たとえば古城の骨と肉を封じこめた契約の指輪であり、あるいは雪菜の体液——すなわち血だ。

つまり雪菜が彼女の目的を果たすためには、古城に自らの血を吸わせなければならないのだ。それが彼女の夜這《よば》いの理由だ。それはわかった。わかったのだが——

「姫柊《ひめらぎ》も異境《ノド》についてくるつもりなのか……？」

古城が本気で意外そうに訊《き》き返《かえ》す。

「は⁉」

雪菜は唖然《あぜん》としたように目を剝《む》いた。

「そんなの当然じゃないですか！　わたしは先輩の監視役なんですから！　それともわたしが一緒にいるところをアヴローラさんに見られると、なにか不都合なことでもあるんですか⁉」

「アヴローラはべつに関係ないだろ……！　俺は姫柊のことを心配してるんだよ！」

凄《すさ》まじい剣幕でまくし立ててくる雪菜に、古城はムキになって言い返す。

雪菜はムッと唇を尖《とが》らせたまま古城を見つめて、

「わたしのこと……ですか？」

「いや、姫柊の腕っ節が強いのは知ってる。それは認める。だけど、それってあくまで魔族相手の喧嘩《けんか》の話だろ？　自前の軍隊を引き連れてるシャフリヤル・レンみたいなのが相手じゃ、たとえ〝雪霞狼《せっかろう》〟が使えても、どうにもならないんじゃないか？」

「わたしでは先輩の足手まといだと？」

雪菜《ゆきな》が不機嫌な表情のまま訊《き》き返《かえ》す。しかし古城《こじょう》は引き下がらない。暴走した古城を引きつけるため、雪菜はほんの半日前に大量の血を流している。本来なら病院で安静にしていなければならない状態なのだ。そんな彼女を危険な戦場に連れ出すわけにはいかない。絶対にだ。

「俺の暴走を止めてくれたことには感謝してる。でも、そのせいで今の姫柊《ひめらぎ》は本調子じゃないんだろ？　だから今回はゆっくり休んでろよ。すぐにアヴローラを連れて帰ってくるから」

嚙《か》んで含めるような丁寧な口調で古城が言う。

それを聞いた雪菜は、古城の説得を諦《あきら》めたように深々と溜息《ためいき》をついた。

「わかりました」

「そ、そうか」

思いのほかすんなりと雪菜が理解してくれたことに、古城はホッと胸を撫《な》で下《お》ろす。と、その古城の視界がぐらりと揺れた。

雪菜が無言でのしかかり、古城をベッドの上に押し倒していたのだ。感情を消した瞳でジッと古城を見下ろし、自分のナイトガウンのボタンをプチプチと外し出す。

「――って、姫柊!?　なにやってんだ、おい!?　ちょっと……!?」

「先輩がわたしの血を吸わないというのなら、吸いたくなるようにしてあげます」

雪菜《ゆきな》が抑揚の乏しい口調で言った。完全に目が据わっている彼女を見上げて古城《こじょう》は狼狽《ろうばい》する。

「いや、なんでだよ⁉　待て、姫柊《ひめらぎ》！　落ち着け！」

「どうしたんですか、先輩？　足手まといだと思ってた下級生に押し倒されて、身動きできないのってどんな気分です？　わたしだって恥ずかしい思いを我慢して先輩に会いに来たのに、血を吸いたくないとか勝手なことばっかり……！」

雪菜が、古城を見下ろしながら挑発的に訊《き》いてくる。戦闘の役に立たないと言われたことが、よっぽど腹に据えかねたらしい。

「なんか趣旨が変わってないか⁉　ていうか、呪的身体強化《フィジカルエンチャント》を使うのは反則だろ！」

「あきらめて素直にわたしの血を吸ってください。先輩がどういうときに興奮するかってことくらい、ちゃんとわかってるんですから――」

雪菜は自分の後ろ髪をつかんで、ショートヘア風に束ねてみせた。非常にわかりにくいが、どうやら凪沙《なぎさ》の髪型を意識しているらしい。

「ちょっと待て⁉　なんで俺が凪沙を見て興奮すると思った⁉　根本的に誤解してるだろ⁉」

古城が憤慨して叫ぶ。吸血衝動の引き金となるのは、飢えや渇《かわ》きではなく性的興奮、つまり性欲だ。そして雪菜は、古城の好みが実の妹である凪沙みたいなタイプだと思っているらしい。

シスコン呼ばわりされるのには慣れている古城だが、さすがにその誤解は見過ごせない。

「じゃあ、どういう子の血だったら吸ってくれるんですか⁉　前はわたしのことだって……可《か》愛《わい》いって言ったくせに……」

「あ、ああ。わかった、可愛い。姫柊は可愛いから、ちょっと冷静に話し合おう……！」

露骨にヘソを曲げている雪菜の機嫌を取るべく、古城は精いっぱい褒めまくる。お世辞にも心がこもっているとはいえない古城の言葉に、雪菜は不満げに頰《ほお》を膨らませた。その直後、

「……古城君？」

寝室の入り口から聞こえてきた静かな声に、古城と雪菜は息を呑《の》んだ。

ラフなTシャツ姿の暁《あかつき》凪沙が、ベッドの上でもつれ合う古城と雪菜を、不思議そうな表情で眺めている。いちおう実の兄妹《きょうだい》ということで、凪沙は古城と同じスイートルームの、もうひとつの寝室で寝ていたのだ。

「な、凪沙⁉」

「凪沙ちゃん⁉」

「……雪菜ちゃん？　古城君とベッドの上でなにやってるの？」

表情を変えずに尋ねる凪沙に、雪菜はおろおろと首を振る。

「ち、違うの、凪沙ちゃん……これには、やむにやまれぬ深い事情があって……」

「雪菜ちゃん、もしかして、古城君に血を吸ってもらおうと思ってる？」

凪沙がひどく静かな声で確認する。雪菜はぎこちなく小刻みにうなずいた。

「う、うん……〝雪霞狼《せっかろう》〟の副作用を防ぐためには先輩との霊的経路《れいてきパス》が必要で、そのための触

媒として先輩にわたしの血を吸ってもらう必要があって、それで、その……」

「……ふーん、そっか。どうしても必要なことなんだね」

「な、凪沙《なぎさ》？」

予想とまったく違う凪沙の反応に、古城《こじょう》と雪菜《ゆきな》は顔を見合わせた。

もっと驚いたり騒いだり、あるいは怒り出して当然の状況だ。凪沙が落ち着いているのはありがたいが、冷静すぎるのも不安になる。

「大丈夫だよ、雪菜ちゃん。凪沙も手伝ってあげるから」

凪沙は優しく微笑《ほほえ》んで、古城の寝室から出て行った。古城と雪菜はわけがわからず、密着した姿勢のまま沈黙する。

鼻歌まじりに凪沙が戻ってきたのは、それから九十秒ほど過ぎたあとのことだった。彼女の右手に握られているのは、刃渡り七寸ばかりの大振りの包丁だ。

「え？」

「お、おい、凪沙？　なんだ、その包丁？」

雪菜の顔がさっと青ざめ、古城の声が上擦《うわず》った。凪沙は、ん、と不思議そうに首を傾《かし》げて、

「これ？　ダイス鋼《こう》のシェフズナイフ。すごいよね、高級ホテルのスイートルームって、キッチンまでついてるんだもん」

「いや、だからなんで包丁を持ってきた？」

「どうせなら切れ味のいい刃物のほうが、古城君が苦しまずに済むかなって」

凪沙がにこやかに微笑みながら、包丁の刃先を指でなぞる。

「な、凪沙ちゃん？」

雪菜が声を震わせながら、近づく凪沙を止めようとした。しかし凪沙は、使命感に満ちた悲壮な表情でうなずいてみせる。

「雪菜ちゃん、心配しないで。あたし、ちゃんとわかってるから」

「え……な、なにを？」

「ごめんね、古城君」

凪沙はキュッと唇を噛《か》むと、包丁を逆手《さかて》に握り直した。そして古城の心臓を目がけて、迷わずそれを振り下ろしてくる。

「う、うおおおっ！」

古城は悲鳴を上げながらベッドの上で転がった。凪沙の包丁が枕を斬《き》り裂《さ》き、中に詰まっていた水鳥の羽根が舞い上がる。

「どうして逃げるの、古城君？」

凪沙が苛立《いらだ》った口調で言った。自分の決意に逆らった古城に、本気でムッとしているのだ。

「待って、凪沙ちゃん、先輩は悪くないの！　今のはわたしが無理を言って……！」

「とにかく落ち着け！　話せばわかる……！」

「落ち着いてるよ。古城君《こじょう》、雪菜《ゆきな》ちゃんの血を吸いたいんでしょ？　だったら凪沙《なぎさ》が古城君を刺すしかないじゃん」

「なんでだァ⁉」

殺気立つ凪沙から包丁を取り上げようと、二人がかりで彼女を押さえつける古城と雪菜。凪沙は納得いかないというふうに激しく抵抗する。

そうやって三人で激しく揉《も》み合《あ》っていると、再び寝室の入り口に誰かが現れる気配があった。

スイートルームのマスターキーを持って立っていたのは、藍羽浅葱《あいばあさぎ》だ。なぜかかっちりしたスーツに身を包んだ彼女は、包丁を持って暴れる古城たちを眺めて、心底呆《あき》れたように呟《つぶや》いた。

「なにやってんのよ、あんたたちは」

2

「痛《い》ってててて……なんかしらんが全身がドチャボコ痛《いて》ェ……」

ボロボロの身体《からだ》を引きずりながら、古城は真夜中の空を見上げている。

人工島東地区《アイランド・イースト》のコンテナ基地には、暴走した眷獣《けんじゅう》が撒《ま》き散《ち》らした魔力《まりょく》の残滓《ざんし》が、今も色濃く残っていた。

キーストーンゲート内の高級ホテルで古城が目覚める約半日前。眷獣たちの暴走がどうにか収まり、古城が正気を取り戻した直後である。

「当然ですわ……人の形を保てないくらい魔力があふれた状態で暴れて、おまけに十二体もの眷獣を暴走状態のまま使役《しえき》していたのですから」

ふらつく古城の隣に立って、香菅谷《かすがや》雫梨《しずり》が呆れた声を出す。

なぜかバニースーツ姿の彼女は、フルマラソンを走りきった直後のようなぐったりした表情を浮かべていた。真祖クラスの眷獣を相手に、生身で戦っていたのだから無理もない。輝くような純白の髪も、心なしかくすんでいるように感じられる。

消耗しているのは、古城も同じだ。肉体が変質するほどの魔力に晒《さら》され続けていたせいで、全身の細胞に凄《すさ》まじい負荷がかかっている。吸血鬼の不死身の肉体をもってしても、回復には時間がかかるだろう。

だだっ広いコンテナ基地の中央に残っているのは、古城と雫梨の二人だけだった。

大量失血で倒れた雪菜は、仙都木《とこよぎ》優麻《ゆうま》の空間転移《テレポート》で一足先に医務室へと運びこまれている。浅葱を乗せたリディアーヌの戦車は、暴走した眷獣による被害を調べるために港周辺を走り回っているはずだ。

取り残された古城は、徒歩でとぼとぼと市街地方面へと向かう。全身の痛みは我慢するしかないとしても、とにかく腹が減っていた。暴走の後遺症で着ていた制服はボロボロだし、できれば冷たいシャワーを浴びたい。汗と汚れと凝固した鮮血で身体中《からだじゅう》がベタベタする。と、

「まったく世話の焼ける吸血鬼ですわね」

そんな古城《こじょう》に近づいて、雫梨《しずり》がぴったりと肩を寄せてくる。柔道の一本背負いを仕掛けるように古城の右腕を引っ張る彼女を、怪訝《けげん》な表情で古城は眺めて、

「カス子？　なにやってんだ？」

「肩を貸してあげてるんですわ。領主選争を終わらせるための緊急措置とはいえ、わたくしはいちおうあなたの〝血の伴侶《はんりょ》〟なのですから」

「いや、無理だろ。おまえのほうがボロボロじゃねえか」

古城が冷静に指摘する。バニースーツに気を取られて気づくのが遅れたが、よく見れば雫梨の全身は包帯まみれで、脚も震えている。彼女は一昨日のキーストーンゲートでの戦闘で、もともと重傷を負っていたのだ。普通なら立ち上がることすら困難なはずである。

暴走した眷獣《けんじゅう》を止めるために、雫梨の協力が不可欠だったとはいえ、よくもこんな身体《からだ》で戦場に出てきたものだと、古城は感心するよりむしろ呆《あき》れる。

しかし雫梨は、半ば意地になったように無理やり古城の肩を支えて、

「この程度、聖団《ギゼラ》の修女騎士《バラディネス》ならどうということはありません！」

「メッチャ涙目になってるじゃねえか……」

「ぐぐ……」

苦痛に頰《ほお》を引《ひ》き攣《つ》らせながらも、古城から離れようとはしない雫梨。古城は彼女の説得を諦《あきら》

め、お互いの体重を支えるように寄り添いながら、コンテナ基地の出口へと向かった。

眷獣たちの攻撃で抉《えぐ》れた地面の向こう側に、投光器に照らされた仮設テントが見える。

テント内では負傷者の治療や、食料の炊き出しが行われているらしい。漂ってくるスープの匂いに釣られるように、古城と雫梨が足を速める。

「古城君！」

そんな古城を、誰かが唐突に呼び止めた。

眷獣たちの攻撃の余波で、白い湯気《ゆげ》が立ちこめているアスファルトの向こう側。彩海学園《さいかいがくえん》の制服を着た小柄な少女が、どこか焦ったような表情で駆け寄ってくる。

「凪沙《なぎさ》？　おまえ、なんでこんなところに……？」

思いがけず現れた実の妹の姿を呆然《ぼうぜん》と眺めて、古城が訊《き》いた。

暴走した古城を止めるために、大勢の人々が手を貸してくれたとは聞いていた。だが、そのメンバーに凪沙が含まれていたというのは初耳だ。理性を失い凶暴化した自分の姿を妹に見られてしまったことに、古城は動揺を隠せない。

「そんなことより、いいから来て！　夏音《カノ》ちゃんが大変なの！」

兄の葛藤《かっとう》などお構いなしに、凪沙が追い詰められたような早口で言った。

「叶瀬《かなせ》が……？　まさかあいつもここに来てたのか!?」

古城が戸惑いながら表情を硬くする。

アルディギア王家の血を引く叶瀬夏音《かなせかのん》は、雪菜《ゆきな》たちに匹敵する強力な霊力《れいりょく》の持ち主だ。だが、彼女は戦闘訓練を受けた攻魔師《こうまし》ではない。そんな夏音が黒の眷獣《けんじゅう》との戦闘に参加していたなら、相当な無茶をしたのは間違いないはずだ。

「お願い！　急いで！」

凪沙《なぎさ》が古城《こじょう》たちを誘導するように走り出し、古城は全身の痛みを忘れて彼女を追いかけた。進むにつれて白い霧が濃さを増していく。熔《と》けたアスファルトが噴き上げる蒸気と入れ替わりに、ひんやりした空気が肌を撫でる。常夏《とこなつ》の絃神島《いとがみじま》ではあり得ないほど気温が低い。地面には霜が降りている。

「Cosa？　なんなんですの、あの氷の塊《かたまり》は……⁉」

古城と併走していた雫梨《しずり》が、愕然《がくぜん》としたように足を止めた。

コンテナ基地の外れにある一角が、氷の彫像に覆い尽くされている。荒れ狂う竜巻をそのまま形にしたような巨大な氷塊《ひょうかい》だ。

「まさか……天使化か？」

見覚えのあるその光景に、古城が唸《うな》った。

「天使化？」

雫梨が古城を睨《にら》んで訊《き》き返《かえ》す。ああ、と古城が歯嚙《はが》みしながらうなずいて、

「前に叶瀬が模造天使《エンジェル・フォウ》になりかけたとき、ちょうどこんなふうに周囲のものを手当たり次第

に凍りつかせてたんだ。あのときと完全に同じじゃねえか……」

「模造天使《エンジェル・フォウ》？　高濃度の霊力の影響で、術者の存在そのものが高次元にシフトするというアレですの？」

雫梨が眉間《みけん》に縦皺《たてじわ》を刻んだ。模造天使《エンジェル・フォウ》の存在はアルディギアの国家機密だが、雫梨はすでに雪菜という症例を知っている。人間の限界を超えた膨大な霊力と引き換えに、現世から消滅するという危険性についても理解しているはずだ。

「――肯定。〝吸血王《ザ・ブラッド》〟の眷獣に対抗するために彼女が使用した、アルディギア王国の神具《しんぐ》の影響と思われます」

雫梨の呟《つぶや》きに応えたのは、霧の中で古城たちを待っていた青い髪の少女だった。メイド服を着た人工生命体《ホムンクルス》である。

「アスタルテ……！」

古城がメイド服の少女に駆け寄った。

天使化が進行した夏音のことはたしかに心配だが、命の危険に晒《さら》されているという意味では、アスタルテも同じだ。彼女は眷獣共生型人工生命試験体。後天的に無理やり植えつけられた眷獣は、人工生命体《ホムンクルス》であるアスタルテの寿命を凄《すさ》まじい勢いで消費する。

これまでは、眷獣の使役《しえき》に必要な魔力《まりょく》を古城が肩代わりしてきたが、その魔力供給も今は途絶えていた。古城が第四真祖《だいよんしんそ》の力を手放したことで、彼女との霊的経路《バス》が切れたのだ。

「おまえは大丈夫なのか？　いや、大丈夫なわけないか……第四真祖《だいよんしんそ》の魔力《まりょく》なしで眷獣《けんじゅう》を使ったのなら――」

「現時点での活動に支障はありません。叶瀬夏音《かなせかのん》の保護優先を推奨。ニーナ・アデラードも、叶瀬夏音周辺で凍結していると予想されます」

感情のこもらない淡々とした口調で、アスタルテが告げる。

眷獣を体内に宿している彼女は、今この瞬間も寿命を減らし続けている。それでも夏音を先に救助するべきだと彼女は言っているのだ。夏音の生命は、それほどまでに危機的な状況にあるということなのだろう。どうやらニーナも凍結に巻きこまれているらしいが、あの非常識な錬金術師までは手が回らないので、そちらは後回しにすることにする。

「だけど保護って言われても……アルディギアの神具《しんぐ》ってやつをぶっ壊せばいいのか？」

透きとおった氷塊《ひょうかい》の奥にいる夏音の姿を睨《にら》んで、古城《こじょう》が訊《き》く。制服姿の夏音の左手首には、鈍く光る金色の腕輪が装着されている。おそらくそれが問題の神具なのだろう。

しかし、天使化が進行した夏音の肉体は膨大な霊力《れいりょく》を宿しており、その霊力に呼応する形で、彼女の神具は凄《すさ》まじい凍気を放出し続けている。

夏音の肉体を傷つけることなく、神具だけを破壊するのは、古城の力では難しい。無駄に強力な古城の眷獣は、ピンポイントな精密攻撃にまったく向いていないのだ。それはアスタルテの眷獣や、雫梨《しずり》の〝炎喰蛇《ハウラス》〟も同様だ。

「……彼女は指輪を持ってますわ」

古城の隣で黙考していた雫梨が、思い出したようにぼそりと言った。

「指輪？」

「わたくしや姫柊雪菜《ひめらぎゆきな》と同じ指輪ですわ。触媒としてあなたの肉体の一部を封じこめた」

怪訝《けげん》な表情を浮かべる古城に、雫梨が自分の左手を突きつけてくる。彼女の薬指に嵌《は》まっているのは、雪菜のものによく似た銀色の指輪だ。

「そうか……ザナの姐《ねえ》さんが俺をブッ刺したときのナイフ……！」

暴走する直前の朧《おぼろげ》気な記憶を辿《たど》って、古城が呟《つぶや》く。吸血鬼である古城の血肉《ちにく》を封じこめた、触媒の金属。古城の〝血の伴侶《はんりょ》〟を集めるために使えと、ザナが雪菜に渡したものだ。

雪菜はそれを指輪に変えて雫梨に渡した。だから古城は、雫梨の血を吸っただけで、彼女を〝伴侶〟に出来たのだ。

そして雫梨の言葉を信じるなら、夏音も同じ指輪を持っているということになる。

「……俺が叶瀬の血を吸えば、あいつの天使化を防げるかもしれないんだな」

目の前の氷塊を睨んだまま、古城は覚悟を決めるように静かに呼吸を整えた。

分厚い氷が邪魔をして、ここからでは夏音の指輪の有無はわからない。彼女が今も指輪を着けていることを祈るしかない。

「類似の症例から判断して、その可能性は高いと判断。よって吸血行為の試行を要請します」

アスタルテはそう言うと、古城《こじょう》が止める間もなく自らの眷獣《けんじゅう》を召喚《しょうかん》した。虹色に輝く巨大な腕が翼のように広がって、古城たちの行く手を阻む氷塊《ひょうかい》を薙《な》ぎ払《はら》う。

「古城君が血を吸えば、夏音《カノ》ちゃんは助かるの？」

不安げな表情を浮かべた凪沙《なぎさ》が、古城の横顔を見上げて訊《き》いた。古城は曖昧《あいまい》に首肯《しゅこう》して、

「まあ、たぶん……な」

「よかった……だったら、お願い！　早く夏音《カノ》ちゃんの血を吸って！」

「いや、早く……と言われても……」

古城の口元が焦りに歪《ゆが》んだ。こめかみを冷たい汗が伝う。

しばしば誤解されていることだが、吸血衝動の引き金になるのは食欲ではなく性欲である。どちらかといえば吸血行為とは、性行為に近い営みなのだ。いくら古城でも、誰彼《だれかれ》構わず好きなときに血が吸えるわけではない。実の妹が見ている前では尚更《なおさら》だ。

「あの……暁《あかつき》凪沙。あなたは少しこの場を離れてもらえるとありがたいのですけれど……」

雫梨《しずり》がめずらしく気を利かせて、凪沙をそれとなく遠ざけようとする。

凪沙はきょとんと目を瞬《またた》いて雫梨を見返し、

「え……？　どうして？」

「どうしてといわれても、それは、その……きょ、教育上の問題ですわ……！」

「……は？」

雫梨のしどろもどろな説明に、凪沙は露骨に疑わしげな顔をした。まあ、当然の反応だ。自分の親友を実の兄が助けようとしているときに、どこかに行ってろと命じられて、すんなり納得できるはずがない。

古城は頭上を仰いで嘆息した。凪沙に観察されながら、夏音《かのん》相手に欲情するのは、さすがに厳しい。だからといって凪沙を説得している時間はない。こうしている間にも夏音の天使化は進行し、アスタルテの寿命も削れているのだ。

「アスタルテ。俺が叶瀬《かなせ》と接触している間に、ニーナを捜し出して脱出できるか？」

「——命令受諾《アクセプト》」

人工生命体《ホムンクルス》の少女が、古城の指示に短く同意する。古城は続けて雫梨に向き直り、

「カス子、おまえの剣って、不衛生っつうか、汚くはないよな？」

「不衛生？　〝炎喰蛇《ハウラス》〟のことを言ってますの？　失礼な！　きちんと手入れしてますわ！」

「……生物って生命の危機にさらされると、性欲が高まるっていうよな？」

「は？　古城、あなた、なにを考えてますの？　まさか……」

唐突な古城の問いかけに、雫梨が表情を硬くした。生命の危機に直面した生物は、種の存続を図るために生殖本能が活性化する、という説がある。

おまけに雫梨の〝炎喰蛇《ハウラス》〟は、斬《き》りつけた相手の魔力《まりょく》を奪って威力を増すという魔剣《まけん》である。奪われた魔力を取り戻すために、他者の血を吸いたくなるという可能性は、吸血鬼の本能とし

て普通にありそうだ。

「悪いが、悩んでる時間はないんだ。ひと思いにやってくれ。頼むぜ、監視役」

古城《こじょう》が挑発的な笑みを浮かべて雫梨《しずり》を見た。

「この男は……！」

雫梨は憎々しげに唇を歪《ゆが》めた。夏音《かのん》に対する吸血衝動を引き起こすために、自分を斬《き》れ、と古城は言っているのだ。無謀な上に不確実すぎて、とても受け入れられるやり方ではない。

だが、それ以外に夏音を救う手段がないという理屈はわかる。

そして雪菜《ゆきな》がこの場にいない今、古城を斬るのは雫梨の役目だ。

なぜなら雫梨もまた雪菜と同じ、暁《あかつき》古城の監視役なのだから。

「……雫梨ちゃん？」

すらりと長剣《ちょうけん》を引き抜いた雫梨を見て、凪沙《なぎさ》が戸惑いの表情を浮かべた。だが、さすがに雫梨の目的にはまだ気づいていないらしい。

アスタルテの眷獣《けんじゅう》が氷塊《ひょうかい》を破壊して、夏音の肉体を露出させる。

不安げに見つめる凪沙をその場に残して、古城たちは夏音に近づいた。氷漬けで地面に転がるニーナを途中で拾ってアスタルテのほうへと放り投げつつ、意識のない夏音を抱き上げる。

「カス子！」

「……Scusa……恨みっこなしですわよ！」

雫梨が顔をしかめて剣を構えた。振り返った古城の脇腹《わきばら》を目がけて、長剣の刃《やいば》を突き立てる。波打つ炎のような禍々《まがまが》しい刃は、ほとんど抵抗なく古城の身体《からだ》を貫通し、傷口から勢いよく鮮血が噴き出した。古城が注文したとおり、生命の危機を感じるくらいの重傷だ。

「古城君⁉」

凪沙が呆然《ぼうぜん》と息を呑《の》んだ。しかし古城には彼女を気遣う余裕はない。

「痛《い》ってェな、くそっ……！」

長剣が刺さったままの脇腹を押さえて、古城は夏音の顔をのぞきこむ。

霊気《れいき》の光に包まれた夏音は、神々《こうごう》しいまでに美しかった。輝く銀髪。透き通る肌。精緻《せいち》な芸術品のようなその姿は、普通なら吸血衝動の対象にならなかったかもしれない。

しかし古城は、ほんの数日前にも夏音の血を吸っている。そのとき感じた彼女の温もりや柔らかさは、古城の記憶にはっきりと残っていた。

おまけに〝炎喰蛇《ハウラス》〟に大量の魔力を奪われたせいで、今の古城は凄《すさ》まじく餓《う》えている。吸血衝動を呼び覚ますには十分な餓えだ。

「お兄……さん……良かった……無事でした」

かろうじて意識を取り戻した夏音が、古城を見上げて弱々しく微笑《ほほえ》んだ。

古城は彼女の身体を無言で強く抱きしめる。消滅の瀬戸際に立たされていてもなお、夏音は自分のことよりも、古城の無事を気にかけていたのだ。

「悪いな、叶瀬《かなせ》。おまえにはまだ俺たちの世界にいてもらうぞ」

獰猛《どうもう》に牙《きば》を剝《む》く古城《こじょう》を見上げて、夏音《かのん》はうなずいた。

「はい……でした」

彼女が差し出す細い首筋へと、古城は牙を埋めていく。その様子を声もなく見つめる凪沙《なぎさ》と雫梨《しずり》。夏音の指に嵌《は》まった指輪が、淡く銀色の輝きを放つ。

砕け散った氷の細片《さいへん》が、煌《きら》めく雪のように古城たちの身体《からだ》に降り積もっていた。


「——というようなことがあったわけね。あたしたちがあんたの暴走の後始末をしてる間に」

スマホの画面に映し出された監視カメラの映像を眺めて、浅葱《あさぎ》がやれやれと溜息《ためいき》をついた。

絃神島《いとがみじま》キーストーンゲートの中枢部、人工島管理公社本部へと続くエレベーターの中である。ケージに乗っているのは、古城と浅葱、そして雪菜《ゆきな》の三人だけだ。

「いや、あったわけね、じゃねえだろ⁉　なんで、当然のように映像が残ってんだよ⁉」

呆《あき》れ顔《がお》の浅葱を睨《ね》めつけて、古城がふて腐れたような抗議の声を上げた。古城が夏音の血を吸ったのはたしかに屋外での出来事だが、一部始終を盗撮されていたとは聞いていない。

「なんでと言われても、そりゃ監視カメラくらい動いてるでしょ。あんたの暴走を止めるために特区警備隊《アイランド・ガード》が総出で警備してたんだから」

「うっ……ぐ……」

浅葱に淡々と正論を説かれて、古城は言葉を詰まらせる。

古城が夏音の血を吸ったのは、特区警備隊《アイランド・ガード》の監視下にある作戦区域内での出来事だ。作戦目標である古城の挙動を、偵察衛星や監視用ドローンなどが、がっつり追いかけていたのは想像に難くない。いちおう機密扱いになっているはずだが、浅葱なら、そのデータにアクセスするのも余裕だろう。

疚《やま》しいことをしたつもりはないが、吸血衝動の根底にあるのが性欲というのは事実なわけで、夏音の血を吸った場面を撮られていたというのは、冷静に考えてやはり恥ずかしい。

おまけに夏音との行為を終えた直後に、古城はアスタルテの血も吸っている。それも監視されていたのだと思うと顔から火を噴きそうだ。

「つまり凪沙《なぎさ》ちゃんは、先輩が吸血行為を行うために、毎回、重傷を負って血を流していた、と誤解しているわけですね」

雪菜が冷静な口調で言った。古城が雪菜の血を吸おうとしている——と知った凪沙が、いきなり包丁を持ちだしてきた理由もそれでわかった。古城が誰かの血を吸うためには、まず負傷しなければならない、と凪沙は思いこんでいるのだ。

「まあね。友人を救うために自らを傷つけることも厭《いと》わない恰好《かっこう》いい兄、みたいな感じに、凪沙ちゃんの中では脳内変換されてるんじゃない？」

浅葱《あさぎ》が、古城《こじょう》を皮肉っぽく見上げて苦笑した。

「情欲に押し流されて、手当たり次第に女の子のあれやこれやを吸いまくる性欲の権化《ごんげ》と思われずに済んでよかったわね」

「あれやこれやってのはなんなんだよ……」

古城が不機嫌そうに息を吐く。とはいえ、浅葱の指摘に一理あるのを認めないわけにはいかなかった。なんとなく物騒な感じで誤解されているのは気になるが、実の妹に蔑《さげす》まれるよりは、尊敬されているほうがいいに決まっている。

「結果的に凪沙《なぎさ》ちゃんを騙《だま》す形になったことの是非はさておき、姫柊《ひめらぎ》さんが古城の寝込みを襲って、血を吸わせようとしたのは事実なのよね？」

職員専用のエレベーターに乗り換えながら、浅葱が雪菜《ゆきな》に確認する。不意を衝《つ》かれた雪菜は、若干《じゃっかん》、焦ったように声を上擦《うわず》らせ、

「ち、違うんです。いえ、血を吸わせようとしたのは間違いないですけど、それは暁《あかつき》先輩と契約しないと〝雪霞狼《せっかろう》〟が使えないからで……違うんです！」

「今さら止めはしないけど、隠れてコソコソやられるのもムカつくのよね。前もって断りのひとつも入れてくれないと」

エレベーターの内壁にもたれた浅葱が、拗《す》ねたように深い溜息《ためいき》を洩《も》らす。どこかピントのズレた彼女の発言に、古城は目元を覆って首を振り、

「いや、誰かに許可をもらってやるようなことじゃねえだろ……」

「後ろ暗いところがないのなら、堂々としてればいいでしょ。あたしだって古城としたくなったらそうするし」

「俺はべつに姫柊としたくてやってるわけじゃねえよ、あんなこと」

「……したくてやってるわけじゃない、ですか……あんなこと、ですか……そうですか……」

咄嗟《とっさ》に反論した古城の言葉を聞いて、雪菜が声を低くした。露骨に不機嫌な表情を浮かべた彼女に、浅葱はなぜか同情するような視線を向ける。

「で、どうすんの？　ここなら凪沙ちゃんもいないし、今からやっとく？」

「え!?　い、いえ、さすがにそれは……」

雪菜が頬《ほお》を赤らめて激しく首を振る。

浅葱は小さく肩をすくめて、少し安心したように微笑《ほほえ》んだ。

「そう。よかった。お客さんをいつまでも待たせておくのも悪いしね」

「……客？」

大人びたスーツ姿の浅葱を眺めて、古城は訝《いぶか》しげに目を眇《すが》めた。凪沙の包丁騒ぎに気を取られて、浅葱が古城たちを呼びに来た理由を、ちゃんと確認していなかったことを思い出す。

戸惑う古城と雪菜を呆《あき》れたように見返しながら、浅葱が笑みを消して真顔になる。

「あんたに客が来てるのよ。ちょっと厄介な客がね」

エレベーターが停止して扉が開く。通路に漂う重苦しい空気を警戒しながら、古城《こじょう》と雪菜《ゆきな》は、人工島管理公社の内部に足を踏み入れた。

3

巨大な耐圧ガラスの窓の外には、海面下四十メートルの景色が広がっていた。

陽光が照らす海面と、深海の蒼《あお》のグラデーション。その美しい眺めを背景に、巨大な円卓が置かれている。キーストーンゲートの地下にあるVIP用の会議室である。

「ご機嫌よう、第四真祖《だいよんしんそ》」

会議室の奥で古城たちを待ち受けていたのは、アイドルのステージ衣装を思わせるド派手な服装の若い女だった。見た目の年齢は、古城たちとそれほど変わらない。ふわふわとした灰色の髪と、雪のような白い肌。鬼灯《ほおずき》のような赤い瞳。大きなリボンのついたトップハットに手を当てて、彼女は魅惑的な笑みを浮かべてみせる。

「……いえ、前・第四真祖でしたね、絃神《いとがみし》市国《こく》領主、暁《あかつき》古城殿」

「誰だ、あんた?」

訳知り顔で呼びかけてくる女に、古城は無愛想《ぶあいそう》に訊《き》き返《かえ》した。

露骨に警戒する古城を見ても、派手な衣装の女は表情を変えない。芝居がかった大仰《おおぎょう》な仕草で一礼し、流暢《りゅうちょう》な日本語で自己紹介を始める。

「お初にお目にかかります。マグナ・アタラクシア・リサーチ最上級執行責任者《プリンシパル・エグゼクティヴ》、ラードリー・レンと申します。なにとぞお見知りおきを」

「MARの役員だと……!?」

「ラードリー……レン？」

古城と雪菜が同時にうめいた。女は愉《たの》しげに口角を上げて、

「はい。弊社《へいしゃ》の総帥《そうすい》、シャフリヤル・レンは、私の実兄《じっけい》にあたります。このたびは兄が皆様をお騒がせして誠に申し訳ありません」

悪戯《いたずら》っぽく微笑《ほほえ》みながら、ラードリーは頭上へと視線を向けた。そしてふと気づいたように、帽子のつばに手を当てて、

「ああ、この恰好《かっこう》のことなら、お気になさらないでくださいね。ご存じのとおり、私ども〝天《てん》部《ぶ》〟は陽《ひ》の光に弱いものですから。日焼け防止のための帽子です。ふふっ」

「っ……！」

自ら正体を名乗ったラードリーを見て、古城が無意識に身構える。

彼女が本当に〝天部〟なら、シャフリヤル・レンが神力《しんりき》と呼んでいた奇妙な攻撃を使える可能性が高い。護衛も連れずに出歩いているのも、護《まも》ってもらう必要などないという彼女の自信の表れなのだろう。この女性は、見た目以上に油断ならない危険人物だ。

「それで、MARの執行役員様が人工島管理公社になんの用なの？　もしかして、お兄さんを連れ戻しに来てくれたとか？」

浅葱《あさぎ》が、素っ気ない口調でラードリーに訊《き》く。ラードリーは悲しげに首を振りながら、掌《てのひら》に載るくらいの小さな箱を取り出した。MARの新製品。立体映像の投影装置だ。

「残念ながらそうではありません。まずはこちらの映像を、見てもええぞー……なんちゃって」

「これは……？」

ラードリーの寒々しいダジャレを無視して、古城《こじょう》たちは、空中に浮かび上がった立体映像に注目する。直径二メートルほどの球体の中に映っていたのは、海上を航行する艦隊の姿だった。無人偵察機が撮影した軍の記録映像らしい。

「北米連合《NAU》太平洋艦隊の遠征打撃群ね」

映し出された艦影を一瞥《いちべつ》して、浅葱が短く鼻を鳴らした。

浅葱は真祖《しんそ》大戦《たいせん》の際に、聖域《せいいき》条約機構の多国籍艦隊と戦っている。その多国籍艦隊の中には、北米連合《NAU》の軍艦も含まれていたのだ。

「ご明察です、〝カインの巫女《みこ》〟殿。さしずめ絃神島《いとがみじま》の制圧と異境《ノド》への侵攻のために、聖域条約機構が派遣した懲罰艦隊といったところでしょうか」

ラードリーが慇懃《いんぎん》にうなずいた。古城は驚いてラードリーを睨《にら》みつける。

「絃神島の制圧だと……!?」

「ええ、おそらく。世界で唯一、異境《ノド》への通路が開いている絃神島を押さえてしまえば、シャフリヤルがなにを企《たくら》んでいようがどうにでもなる、とでも思っておるのでしょう」

「最悪、絃神島ごと吹き飛ばすって手もあることだしね」

ラードリーと浅葱が口々に言った。古城は軽い既視感を覚えて頭を振る。絃神島が聖域条約機構軍の攻撃目標になったのは、これで二回目だ。

前回は古城が真祖の拒否権を発動して攻撃を未然に防いだが、もう同じ手は使えない。今の古城はすでに第四真祖《だいよんしんそ》ではないし、聖域条約機構が敵視しているのは、絃神島ではなく、異境《ノド》にいるシャフリヤル・レンなのだ。レンがテロリストと認定されている以上、聖域条約機構には彼を攻撃する大義名分がある。

「もしかして絃神島との共闘が望みなの？　聖域条約機構に対抗するために、力を貸せ、と？」

手近な椅子《いす》に座った浅葱が、会議机に頬杖《ほおづえ》をついた。

古城は驚いて浅葱を見る。ＭＡＲは聖域条約機構を——というよりも、全世界を敵に回している。その騒動に巻きこまれただけとはいえ、聖域条約機構の攻撃目標になっているのは、絃神島も同じだ。ラードリーと古城たちには、互いに手を組むメリットがあるということだ。

「共闘？　いえいえ、まさかまさか」

だが、ラードリーは意外にも、浅葱《あさぎ》の言葉をあっさりと否定した。人差し指をくるくると回して、彼女は立体映像を早送りする。

「それよりも映像の続きをどうぞ。そろそろ面白いものが見られますよ」

ラードリーの言葉が終わると同時に、爆発音が部屋中に鳴り響いた。立体映像の画面の中で、一隻の駆逐艦《くちくかん》が轟沈《ごうちん》したのだ。

「……え⁉」

浅葱が目を見開いて絶句する。さすがにその展開は予想していなかったらしい。

「なんだ⁉　いったいなにと戦ってる⁉」

古城《こじょう》が目を凝らして、爆炎に包まれた立体映像をのぞきこむ。駆逐艦が爆発を起こす直前、閃光《せんこう》に包まれたなにかが上空から飛来した。砲弾やミサイルの軌道ではなかった。獰猛《どうもう》な獣に似た生物的な動きだ。

「あれは……眷獣《けんじゅう》⁉　いったい、誰が……？」

雪菜《ゆきな》が呆然《ぼうぜん》と呟《つぶや》いた。沈みゆく駆逐艦の舳先《へさき》に立って、冷ややかに周囲を睥睨《へいげい》しているのは、全身に魔力《まりょく》の雷をまとった巨大な頭足類《とうそくるい》だった。

駆逐艦の大きさから判断して、怪物の体高は十メートルを超えているだろう。もちろん自然界の生物ではない。濃密な魔力の肉体を持つ、異世界からの召喚獣《しょうかんじゅう》――吸血鬼の眷獣だ。

だが、いかに吸血鬼の眷獣といえども、魔術防御の施《ほどこ》された駆逐艦を一撃で破壊するのは容易ではない。それほどの眷獣を使役《しえき》できるのは、真祖に匹敵するごく少数の吸血鬼だけだ。

そしてその眷獣の宿主《やどぬし》の姿は、映像のどこにも映っていない。

聖域《せいいき》条約機構艦隊を攻撃した眷獣は、真祖の眷獣に匹敵する力を持ちながら宿主を持たず、自らの本能の赴《おもむ》くままに破壊の限りを尽くしているのだ。

「眷獣弾頭、か」

荒ぶる眷獣の姿を見つめながら、古城が無表情に呟きを漏らした。

「……先輩？」

古城らしからぬ冷静な反応に、雪菜が怪訝《けげん》な表情を浮かべる。

一方、ラードリーは満面の笑みで古城を見返した。

「そっか、ほかの真祖の記憶を見たんですね。そして過去の真相を知った、と」

「ああ」

古城は言葉少なに同意する。

眷獣弾頭。それはかつての〝大聖殲《だいせいせん》〟において、〝天部《てんぶ》〟が使った戦略兵器の名前だった。その凄《すさ》まじい威力は、〝天部〟に反抗した人類と魔族の連合軍に甚大な被害を与え、ついには〝天部〟の都市や文明そのものを壊滅させたのだ。

「本能のままにすべてを破壊する魔力の塊《かたまり》──それが、異界からの召喚獣である、眷獣本来の姿なんですって。眷獣弾頭というのは、弾頭の中に封じこめておいた彼らを敵陣に撃ちこんで、その場で解放するという兵器です」

ラードリーが歌うような口調で説明を続けた。

「原理としてはシンプルですけど、威力についてはご覧のとおり、圧倒的です。なにしろ飼い慣らされていない野生の眷獣《けんじゅう》ですからね。目標の選択も攻撃範囲の指定もできないってことで、殲滅戦《せんめつせん》以外には使えないのが欠点ですけど」

「眷獣を封じこめた……って、どうやって……？」

雪菜《ゆきな》が声を震わせて訊《き》いた。

眷獣とは、異界から召喚《しょうかん》された濃密な魔力《まりょく》の塊《かたまり》だ。この世界に存在するだけで、彼らは膨大な〝贄《にえ》〟を消費する。魔力、霊力《れいりょく》、生命力。そして人々の思い出や記憶。ありとあらゆる情報を貪欲《どんよく》に喰《く》らうことで、彼らは実体を保っていられるのだ。

そんな怪物を封印できる魔術装置など存在しない。たったひとつの例外を除いては──

「それはあなたもよくご存じなんじゃないですか？」

雪菜の思考を見透かしたように、ラードリー・レンが優艶《ゆうえん》に笑った。

動揺を隠しきれずに、雪菜は沈黙する。膨大な〝贄〟を喰らう眷獣を封印できるのは、無尽《むじん》蔵《ぞう》の〝負の生命力〟を持つ不老不死の吸血鬼だけなのだ。

「まさか、人工吸血鬼を……兵器に使ったんですか……？」

雪菜が目つきを険しくしてラードリーを睨《にら》んだ。

その視線を軽く受け流して、ＭＡＲの執行役員は力強く胸を張る。

「安心してください。眷獣弾頭に使われている人工吸血鬼は工場製で、自分の意思や感情なんてものはありませんから平気ですよ。兵器だけに……ふふっ」

「てめェ……！」

嘲《あざけ》るようなラードリーの態度に、古城《こじょう》が怒りをあらわにする。ラードリーは少し困ったように、細い眉《まゆ》をハの字にして、

「私に怒っても仕方ないですって。彼女たちが造られたのは何千年も前の大昔――〝大聖殲《だいせいせん》〟以前の話なんですから」

「……なるほど……シャフリヤル・レンは異境《ノド》からその眷獣弾頭を持ち出したわけね」

浅葱《あさぎ》が無感動な声で淡々と指摘した。

はい、とラードリーは得意げに答える。

投影された立体映像の中では、四隻目の駆逐艦《くちくかん》が炎を噴き上げたところだった。

残った艦艇《かんてい》は必死の応戦を続けているが、荒れ狂う巨大な眷獣相手に通常兵器はほぼ無力だ。このままでは艦隊が壊滅するのも時間の問題だろう。

「異境《ノド》に封印された咎神《きゅうしん》カインの遺産――それが六千四百五十二体の眷獣弾頭です。カインがそれらを封印しなければ、〝天部《てんぶ》〟が〝大聖殲《だいせいせん》〟で人類に負けることなんてあり得なかったんですって。なにしろ六千四百五十二体の眷獣弾頭は、地上を三度滅ぼしても余りあるくらい

の力があったんですから」

ラードリーが恐ろしい情報をさらりと告げた。

異境《ノド》に残された眷獣弾頭《けんじゅうだんとう》をシャフリヤル・レンが手に入れたとしたら、今の彼は、地上を三度滅ぼす力を持っているということになる。

「異境《ノド》の眷獣弾頭を手に入れることが、シャフリヤル・レンの目的だったのか？」

「目的というよりも計画の一部って感じですかね。眷獣弾頭はただの道具ですから」

戦慄《せんりつ》しながら問いかける古城《こじょう》に、ラードリーは意味深な含み笑いを浮かべてみせた。ポン、と胸の前で手を合わせ、彼女は姿勢を正して古城たちに向き直る。

「というわけで、商談に入りましょうか」

「……商談？」

「はい。絃神島《いとがみじま》をＭＡＲに売ってください。島の住民ごとまるっと全部」

「は……？」

ラードリーの突拍子もない発言に、古城は一瞬なにを言われたのか理解できなかった。驚いているのは、雪菜《ゆきな》も同様だ。浅葱《あさぎ》だけが軽く目元を覆って、気怠《けだる》く溜息《ためいき》をついている。

「つまり絃神市国の統治権を我々に移管して欲しいということです。対価として支払うのは、市民の安全。そして〝天部《てんぶ》〟の臣民《しんみん》としての権利の保証——といったところですかね。権利の詳細はこちらの約款《やっかん》にまとめておきました」

「……要するに、おまえらが絃神島を占領するから大人しく従えってことか？」

古城が頭痛をこらえるような表情を浮かべて確認する。

ラードリーは、いかにも、と目を細めて笑った。

「破格の好待遇だと思いますよ。シャフリヤルは全世界を〝天部〟の支配下におくつもりみたいですし、そうなれば戦争は避けられないでしょうしね。ですけど、いち早く我々の統治下に収まれば、戦火にさらされるのは避けられます。もう戦争はせんそうだ……なんつって」

「なにが破格の好待遇よ。絃神島が破壊されたらそっちが困るからでしょ」

浅葱が皮肉な笑みを浮かべて言った。

「それは否定しませんって。眷獣なんかで脅《おど》されて、無理やり従わされるのは嫌だって気持ちもわかりますしね」

ラードリーは反論せずに、浅葱の言葉を受け入れた。そして彼女は、試すような鋭い視線を古城に向けてくる。

「ですが、眷獣という名の暴力で人々を支配しようとしているのは、あなたも同じではありませんか、暁《あかつき》古城？　あなたが我々より上手《うま》く絃神島を統治できるという根拠はなんです？」

ぐっ、と古城は低く唸《うな》った。ラードリーの問いは、的確に古城の迷いを衝《つ》いたのだ。

古城は自ら望んで絃神島の支配者の座に就きたいと願ったわけではない。ましてや絃神島を統治する資格や権利が自分にあるとは思っていない。本来なら、古城のような未成年の学生が、絃神島《いとがみじま》の運命を左右する交渉の場に着いているのは異常なのだ。

「少なくともMARは専門的な人材を多く抱えていますし、組織を動かすノウハウもあります。雇用を生み出す経済力や、人々の暮らしを豊かにする技術力も持っている。絃神島の住民にとって、どちらがよい為政者かは明白ではありませんか？」

古城《こじょう》の迷いにつけこむように、ラードリーが言葉をたたみかけてくる。言い返せない古城に代わって、口を開いたのは雪菜《ゆきな》と浅葱《あさぎ》だった。

「絃神島の住民がどちらを望むかは、あなたが決めることではないと思います」

「そうね。それに古城は、領主選争の混乱を収めた功労者よ。騒ぎを煽《あお》るだけ煽って市民を苦しめたあんたたちに、文句を言われる筋合いはないわ」

「いやー……それを言われると弱いんですよねー」

まいったな、というふうに、ラードリーは頭を揺らしながら苦笑した。

「ですが、肝心のあなたはどうなんです、暁《あかつき》古城？　あなたは本気で絃神島を統治したいと思ってるんですか？　十二番目《ドウデカトス》を救えれば、それで満足なんじゃないですか？　だとしたら、お手伝いできますよ？」

ラードリーが挙げた意外な名前に、古城はわかりやすく動揺した。古城が吸血鬼の力を取り戻そうとした理由は、絃神島の領主になるためでも、ましてや世界を救うためでもない。ただ一人、アヴローラ・フロレスティーナという少女を救いたかっただけなのだ。

「……手伝い、だと？」

「ええ。異境《ノド》への〝門《ゲート》〟が開いた以上、我々にはもう彼女は必要ありません。彼女を返還するように、兄を説得してみましょう。返還するのは変か？　ん？　……なんちゃって」

ラードリーがご機嫌な口調で言う。ふざけてんのか、と古城はこめかみを引《ひ》き攣《つ》らせるが、相手に悪気はないらしい。

「あなた方に与えられた選択肢は二つです。絃神島の統治権を私たちに渡して無駄な争いを避けるか、ＭＡＲと〝天部《てんぶ》〟を敵に回して最後まで戦うか」

ピース、と指を二本立てて、ラードリーはニヤリと笑った。

「すぐに結論を出せとは言いません。まだ時間はありますから、ゆっくりご飯でも食べながら、良いご判断をしてくださいね。あ、これ、私の名刺です。名刺は名詞、なんちゃって」

手品のようにどこからともなく取り出した名刺を円卓の上に残して、ラードリーはバイバイと手を振った。会談終了の合図だった。

4

「やー……まったく忌々《いまいま》しい陽射《ひざ》しだってば」

人工島管理公社の職員に見送られてキーストーンゲートのロビーに出たラードリー・レンは、

回転ドアに映る青空をのぞき見て、うんざりしたように目元を覆った。

ラードリーたち〝天部《てんぶ》〟にとって、太陽の光は致死的な脅威だ。わずかな照り返しを浴びるだけで肌は爛《ただ》れ、ガラス越しの陽射《ひざ》しであっても肉が焼け落ちる。直《じか》に陽光に晒《さら》されれば、そのまま灰燼《かいじん》と成り果てるだろう。

「お兄様もそれを知ってて私をこんな南国に送りこむなんて、妹をなんだと思ってるのかしら。太陽の光が痛いよう、なんてね」

くだらないダジャレを独《ひと》りごちつつ、ラードリーはブローチのような形の魔具《まぐ》を取り出した。MARの最新技術で作られた空間転移《テレポート》用の魔術装置だ。

魔力消費が膨大で、あらかじめ登録した座標にしか跳べないという欠点もあるが、魔術師でなくても簡単に空間転移魔術が使えるという利便性は圧倒的である。この装置があればこそ、ラードリーは陽光を気にせず、昼間に人工島管理公社を訪れることが出来たのだ。

タラウド諸島から紘神島《いとがみじま》までラードリーを運んできたMAR社のビジネスジェットは、紘神島の中央空港に待機している。面倒な出国手続きを避けるため、直接、機内へと移動しようと、ラードリーは空間転移装置のスイッチを入れた。だが、

「あら……？」

ラードリーの周囲に浮かび上がった魔法陣の輝きが、砕け散るように消滅する。外部から何者かに干渉されたのだと気づいて、ラードリーは不満そうに頰《ほお》を膨らませた。

「悪いが、空間制御魔術を封じる結界を張らせてもらった。この建物からは出られんよ」

ラードリーの背後から、男の声が聞こえてくる。攻撃的なわけではないが、実直さと威厳を感じさせる低い声だ。

「これはこれは、セヴェリン侯、ヴェレシュ・アラダール閣下でしたか」

ロビーの奥から近づいてきたのは、古めかしいフロックコートに身を包んだ長髪の男だった。〝戦王領域《せんおう》〟帝国議会議長ヴェレシュ・アラダール。第一真祖《だいいちしんそ》の懐刀《ふところがたな》ともいわれる重臣だ。

彼の背後に控えているのは、黒服に身を包んだ吸血鬼が四人。全員が貴族級の吸血鬼だとしたら、歩兵一個中隊に匹敵する大戦力である。

そして少し離れた場所から、一人の女が手を振っている。金髪に近い赤毛の華やかな美女だ。

彼女を見たラードリーの口元が、皮肉っぽい笑みの形を刻む。

「それに、ザナ・ラシュカ王妃殿下まで。ご拝謁《はいえつ》に賜《たまわ》り光栄の極みです。たとえ七十二番目の下っ端王妃が相手でも」

「貴様……！」

ラードリーの不敬《ふけい》な物言いに、アラダールが怒りをあらわにした。しかし、愚弄《ぐろう》されたはずのザナ本人は、余裕の態度でアラダールを制止する。

「べつにいいわよ、本当のことだし……それに七千年も生きてる老人の世迷い言《よまいごと》なんて、軽く聞き流してあげないと可哀想《かわいそう》だしね」

「はあ⁉」

嘲《あざけ》るようなザナの言葉を聞いて、ラードリーが眉《まゆ》を吊《つ》り上《あ》げた。

「誰が老人だし⁉　死都《しと》の中は時間の流れが違ってるから、私の肉体は実年齢よりも全然若いんだって！　つか、不老不死なのはおまえも一緒だろ！」

「あなたとは年齢が一桁違いますー」

「……ちっ」

ラードリーは乱暴に舌打ちすると、呼吸を整え、取り繕うように口調を変えた。

「それで私になんの用ですって？　降伏の申し入れなら考えてあげないこともないですよ」

「その言葉、そっくりお返ししよう、ラードリー・レン」

アラダールが生真面目《きまじめ》な態度で告げる。彼の背後にいた四人の吸血鬼たちが、ラードリーを取り囲むように前に出た。

「聖域《せいいき》条約機構は、MARの全役員を大規模魔導《まどう》テロの容疑者として国際指名手配している。武装を解除して投降したまえ。さもなくば、ここで〝戦王領域《フォーゲイザー》〟帝国騎士団が相手になる」

「ここであたしたちに捕まっておいたほうがいいわよ。絃神島《いとがみじま》中をうろついてるから」〝滅びの瞳〟や、〝混沌の皇女《ケイオスブライド》〟のところの血《ち》の気《け》の多い連中も、あなたのことを探して、絃神島中をうろついてるから」

ザナが露骨に恐怖を煽《あお》るような口調で警告する。

公式に存在を認められた吸血鬼の真祖《しんそ》は三人。その眷属《けんぞく》である三つの夜の帝国《ドミニオン》の兵士たちは、同じ聖域条約機構に所属していても、協力関係にあるわけではない。獲物を奪い合うような形で、それぞれが勝手にラードリーを狙って動いているのだろう。

彼らがラードリーを狙っているのは、単にＭＡＲの役員だからというだけの理由ではない。ラードリーはシャフリヤル・レンの妹だ。そして、異境《ノド》にいるシャフリヤルと、地上の〝天《てん》部《ぶ》〟をつなぐ連絡役でもある。人質としても、情報源としても、ラードリーの価値は計り知れないものがある。当然、ラードリーを確保したあとの尋問は、苛烈《かれつ》なものになるはずだ。

謎だらけの〝滅びの王朝〟や残虐性で知られた〝混沌界域《こんとんかいいき》〟に比べれば、まだしも自分たち〝戦王領域〟のほうが話が通じる——それがザナの主張らしい。

だがそれは、彼らがラードリーを本当に確保できるなら、という仮定の話である。

「残念。あなたたちが降伏してくれたら話が早かったのに」

ラードリーはロリポップキャンディーを取り出して、手の中でそれをくるりと回してみせた。

最初は一つきりだったキャンディーが、いつの間にか三つに増えている。

「でも、まあ、そうね。〝大聖殲《だいせいせん》〟で人類の側についた裏切り者——三真祖の眷属どもが、今さら〝天部〟に従えるはずないものね」

握っていたロリポップキャンディーを、ラードリーが床に叩《たた》きつける。キャンディーの棒が、ライムストーンの床材に突き刺さり、そこから凄《すさ》まじい力が弾《はじ》けた。〝天部〟の神力《しんりき》とも吸血鬼の魔力とも違う、なまぐさく禍々《まがまが》しい力だった。

「――ヴェレシュ！」

異変を察知したザナが、アラダールに攻撃の指示を出す。

アラダールの部下たちが一斉に眷獣《けんじゅう》を召喚《しょうかん》した。

ラードリーの空間転移魔術《まじゅつ》は、ザナの神格振動波《しんかくしんどうは》で封じることが出来る。だが、〝天部《てんぶ》〟の遺産を応用したMARの技術は未知数だ。ラードリーが妙な行動に出る前に、完全に無力化しなければならない。たとえ彼女を殺してでも、だ。だがしかし――

「もちろん我ら〝天部〟も、あなたたちを許す気はないけれど」

解き放たれた眷獣たちの攻撃は、ラードリーに届く前に弾《はじ》かれる。ラードリーの眼前に突然現れた白い影が、眷獣を正面から受け止め、撃ち落としたのだ。

「なに……!?」

アラダールの頰《ほお》が驚きに歪《ゆが》んだ。

ラードリーの周囲に立っていたのは、白い外骨格《がいこっかく》で全身を覆った人型《ひとがた》の怪物たちだった。

身長は二メートルか、それ以上。手脚が異常に長く、胴体が細い。復元された恐竜の化石や、獰猛《どうもう》な肉食の昆虫の姿によく似ている。ラードリーが、床にぶちまけたキャンディーの破片を触媒に、彼らを喚《よ》び出《だ》したのだ。

「なんだ、こいつらは……!? 魔導《まどう》兵器か？」

自らも眷獣を召喚しながら、アラダールがうめいた。内臓のほとんどを持たない、外骨格の

怪物。魔族どころか、まともな生物とは思えない。しかし、

「いえ……生物です！　強力な生体障壁が展開されています！　それがこちらの眷獣を弾いて

……う、うおおおっ！」

アラダールの部下の吸血鬼が、怪物の反撃を喰《く》らって負傷する。化石のような外見に似合わぬ、凄《すさ》まじい敏捷《びんしょう》さと膂力《りょりょく》だ。〝戦王《せんおう》領域〟の精鋭である帝国騎士団が、たった三体の怪物に圧倒されている。

「生物だと……⁉」

「まさか……ドラゴン・トゥース・ウォリアーなの……⁉　やだ、可愛《かわい》くない！」

銀色のメリケンサックを嵌《は》めたザナが、負傷した帝国騎士を庇《かば》って白い怪物を殴り飛ばす。だが、魔導兵器を無力化するザナの神格振動波を浴びても、怪物たちは動きを止めない。髑髏《どくろ》に似た顔面の骨格に、わずかな亀裂が走っただけだ。

「ドラゴン・トゥース・ウォリアー……⁉　そうか、これが竜牙兵《スパルトイ》か！」

「はい。兄の友人の古龍《こりゅう》から採取した牙《きば》を培養して生み出した、魔導兵士です。さあ、竜牙兵《スパルトイ》の皆さん、お気張りやす。牙だけに」

驚くアラダールを目がけて、ラードリーは怪物たちをけしかける。

アラダールは、己の眷獣を鎧《よろい》のようにまとって、竜牙兵《スパルトイ》の攻撃を受け止めた。触れる者すべてを破壊するアラダールの眷獣とまともに接触して、それでも怪物は平然としている。

竜牙兵《スパルトイ》とは、龍《りゅう》の歯から生まれるといわれる伝説上の人工魔族《じんこうまぞく》だ。

母体となった龍族《ドラゴン》同様に、彼らは魔力に対して強い耐性を持っている。吸血鬼の眷獣《けんじゅう》をもってしても、容易に破壊できないのはそのせいだ。

「ちっ……抉《えぐ》れ、〝嫉妬者《インヴィディア》〟！」

業《ごう》を煮やしたアラダールが、新たな眷獣を召喚《しょうかん》した。暗い闇の色に彩られた大剣《たいけん》だ。

その意思を持つ武器《インテリジエントウエポン》が自ら旋回して、白い怪物の胴体を横薙《よこな》ぎに打ち砕く。竜牙兵《スパルトイ》の防御障壁を、膨大な魔力量で強引に突破したのだ。

「さすがはヴェレシュ・アラダール閣下……これ一体を育てるのに、最新鋭の戦闘機五、六機ぶんの予算が吹っ飛んだんですけどね」

砕け散った竜牙兵《スパルトイ》の残骸《ざんがい》を見下ろし、ラードリーが悲しげに首を振る。

アラダールは彼女の嘆《なげ》きを無視して、眷獣《けんじゅう》〝嫉妬者《インヴィディア》〟に攻撃を命じた。

この闇色の大剣は、本来なら敵の要塞《ようさい》や城壁を破壊するために使う眷獣だ。相手が第四真祖《だいよんしんそ》のような化け物でなければ、個人レベルでの戦闘に召喚《しょうかん》することなどあり得ない。あまりにも威力が強すぎて、敵を跡形もなく吹き飛ばしてしまうからだ。

「なに……!?」

しかし己の眷獣から伝わってくる異様な手応《てごた》えに、アラダールが困惑の声を洩《も》らす。

小柄な女性であるラードリーが、自分の身長の五倍はある〝嫉妬者《インヴィディア》〟の刃《やいば》を受け止めていた。正確には、ラードリーの手の中に現れた鋼色《はがねいろ》の杖《つえ》が、アラダールの眷獣を防いだのだ。

「咎神《きゆうしん》の魔具《まぐ》か！」

「正確には〝天部《てんぶ》〟の魔具と呼ぶべきだってば」

熟練の奇術師のように杖を振りながら、ラードリーは不敵な笑みを浮かべた。

咎神の遺産と呼ばれる魔具には謎が多い。だが、この局面でラードリーが持ち出した以上、彼女の杖の能力は、アラダールにとっても脅威である可能性が高かった。その具体的な効果がわからない以上、迂闊《うかつ》に近づくべきではないと判断して、アラダールは彼女から距離を取る。

「ヴェレシュ、上よ！」

ラードリーを攻めあぐねるアラダールに、ザナが背後から呼びかけた。

「ザナ様……⁉」

「この建物の屋根を破壊して！　〝天部〟の弱点は日光よ！」

「あら」

困ったわ、というふうにラードリーが頬《ほお》に手を当てる。絃神島《いとがみじま》は常夏《とこなつ》の人工島。建物の外は、今も強烈な陽光が降り注いでいるはずだ。空間転移《テレポート》が封じられたラードリーに、その陽射《ひざ》しから逃れるすべはない。

しかしアラダールは躊躇《ちゆうちよ》しない。アラダールたち以上の永い歳月《さいげつ》を生きてきたラードリーは、見た目の可憐《かれん》さとは裏腹の化け物だ。手段を選んで勝てる相手ではなかった。彼女との短い戦いの中で、アラダールはそれを理解している。

「覚醒《めざ》めろ、〝怠惰者《アチエディア》〟！」

アラダールが新たな眷獣《けんじゅう》を召喚《しょうかん》する。刃渡り十数メートルにも達する、鞭《むち》のような鋸刃《のこば》の長剣《ちょうけん》だ。その巨体が生み出した衝撃波は、ロビーの天井をあっさりと粉砕し、上層階の構造物ごと跡形もなく吹き飛ばす。

ラードリーはその様子を、どこか愉《たの》しそうに見上げている。彼女の瞳に動揺はない。そして頭上から降り注ぐはずの陽光が、彼女を照らすこともなかった。

アラダールは建物の屋根を完全に破壊した。しかし、真昼の空はどこにも見えない。

キーストーンゲートの上空に、直径一キロメートルはあろうかという巨大な球体が浮かんで、太陽を遮《さえぎ》っていたからだ。

「ふふっ、屋根がなくなると嫌ねー、なんちゃって」

帽子のつばに手を当てて、ラードリーは可愛《かわい》らしく微笑《ほほえ》んだ。

「馬鹿な……！　死都《しと》、だと……⁉」

アラダールがどうにか声を絞り出す。

死都とは、異界より現れる〝天部《てんぶ》〟の要塞《ようさい》だ。

その要塞には、異境《ノド》より運び出された眷獣弾頭が積まれている。それが絃神島《いとがみじま》の上空に出現したということは、事実上、〝天部〟は絃神島そのものを人質にとったことになる。

「正直、あなたたちの主である第一真祖《だいいちしんそ》が出てきたら、ちょっと厄介だったのだけど、彼らはすでにこの島にはいない。あなたたちのような若造や下っ端王妃が、私の相手をしているのがその証拠。それがわかっただけでも収穫だって」

ラードリーがアラダールたちを見回して、歌うように淡々と呟《つぶや》いた。人懐《ひとなつ》こい彼女の笑顔が酷薄《こくはく》に歪《ゆが》み、大きな瞳が深紅の輝きを放つ。

「お礼になるべく優しく壊してあげる。千年も生きてないようなヒヨっこどもが、このラードリー・レンに勝てると思った？」

「……っ！」

ラードリーの問いかけと、ザナの悲鳴が重なった。鮮血が飛び散り、ザナの肉感的な身体《からだ》が宙を舞う。ラードリーが放った神力《しんりき》——不可視の刃《やいば》を、ザナが防ぎきれなかったのだ。

「ザナ様！」

咄嗟《とっさ》にザナを庇《かば》おうとしたアラダールが、左脚を断ち切られて転倒した。ラードリーが放つ神力は、アラダールの眷獣の鎧《よろい》すら斬《き》り裂《さ》いたのだ。

倒れ伏すアラダールを見下ろして、ラードリーが鋼色《はがねいろ》の杖《つえ》を向けてくる。

「地べたを這《は》いずる下等生物ども。血反吐《ちへど》にまみれて後悔するがいい」

静かに呟く彼女の瞳は、なんの感情も映していなかった。

第二章　指輪の行方

Whereabouts Of The Rings

1

鋼色《はがねいろ》の廃墟《はいきょ》の街──

星のない夜空を見上げながら、シャフリヤル・レンは短剣型の魔具《まぐ》を手の中で弄《もてあそ》んでいた。

異境《ノド》の大海に浮かぶ古代の人工島〝センラ〟の市街地だ。海岸沿いの広場には数十機の輸送ヘリが着陸して、臨時の軍事基地を形成している。そこに集められた兵士は約四百人。MAR配下の民間軍事会社から選《え》りすぐられた、特殊部隊の精鋭である。

絃神島《いとがみじま》キーストーンゲートの機能を使って異境《ノド》への〝門《ゲート》〟を開き、咎神《きゅうしん》カインの遺産──眷獣弾頭《けんじゅうだんとう》を手に入れた。聖域《せいいき》条約機構軍の艦隊を撃退し、呼び寄せた死都《しと》によって絃神島の上空を封鎖。ここまではすべてレンの思惑どおりに進んでいる。

だが、確保したはずの〝第四真祖《だいよんしんそ》〟アヴローラ・フロレスティーナが失踪《しっそう》し、彼女の行方は今もわからない。その事実がレンをわずかに苛立《いらだ》たせる。

「北米連合《NAU》艦隊、眷獣弾頭の効果範囲を離脱しました。残存艦艇数《かんていすう》四。生存者数不明です」

通信担当の女性兵士が、興奮気味の口調で報告する。天幕《タープ》を張っただけの野戦司令室には、十五人ほどの兵士が集まって、地上との通信やデータの解析作業を続けていた。

投影式の仮設スクリーンには、炎に巻かれて沈んでいく軍艦たちの姿が映し出されている。

眷獣弾頭によって召還されたたった一体の眷獣が、北米連合《NAU》が誇る世界最強の空母打撃群を壊滅状態に追いこんだのだ。

「追撃は不要、と死都に伝えろ。生き残った連中には、せいぜい眷獣弾頭の恐怖を語ってもらわなければな」

天幕《タープ》の下へと移動しながら、レンが冷ややかな口調で告げる。

MARの目的は、北米連合《NAU》艦隊の殲滅《せんめつ》ではない。重要なのは、眷獣弾頭の威力を、世界中の人々に印象づけることだった。〝天部《てんぶ》〟に逆らうことの愚かしさを人類の多くが理解すれば、それだけレンの支配はスムーズに運ぶのだ。

「ひとまずこれで、聖域条約機構も絃神島への攻撃は諦《あきら》めるだろう。三真祖の動きは？」

「第二真祖〝滅びの瞳《フォーゲイザー》〟がセレベス海、第三真祖〝混沌の皇女《ケイオスブライド》〟が北太平洋上に出現。それぞれ眷獣弾頭の処理を開始したようです」

「まあ、そうなるだろうな」

女性兵士の返事を聞いて、レンは満足げにうなずいた。眷獣弾頭で召喚《しょうかん》された眷獣を止められるのは、より強力な眷獣を操る吸血鬼の真祖たちだけである。自分たちの夜の帝国《ドミニオン》や聖域条約加盟国を守るために、彼らは世界各地に散らばって、死都の出現に備えていたのだろう。

それはすなわち、彼らが絃神島を離れざるを得ない、ということでもある。今の真祖たちに、レンの計画を妨害する余裕はない。

『──これで当面の脅威はなくなりましたな、レン総帥《そうすい》』

『あとは人類が、眷獣弾頭《けんじゅうだんとう》の威力を目《ま》の当たりにして、なおも我らに逆らうほど愚かではないことを祈るだけ、ですか』

突如《とつじょ》、嗄《しゃが》れた男たちの声が会話に割りこみ、スクリーンの映像が切り替わる。

ぼんやりと画面に浮かび上がった異形《いぎょう》の男たちの姿を見て、女性兵士が小さく悲鳴を上げた。

一人は古代の神官のような、大仰《おおぎょう》な衣装を着た白髪《しらが》の老人。もう一人は中世の貴族を思わせる華美なローブを羽織った黒髪の男だ。二人とも死人のように肌が青白く、唇の隙間《すきま》からのぞく犬歯《けんし》は牙《きば》のように鋭《とが》く尖っている。レンにとっては、数百年ぶりに見る知己《ちき》の顔だった。

「クル・ズー公。アルダ・バ侯。お二人には突然の召集に応《こた》えていただき、感謝します」

レンは慇懃《いんぎん》に一礼する。爵位《しゃくい》を冠する彼ら二人は、今や数少ない正統な〝天部《てんぶ》〟の末裔《まつえい》。

レンと同盟を結んだ、死都《しと》の領主たちだった。

頭《こうべ》を垂《た》れたレンを見て、二人の領主は笑みを浮かべた。

『それは〝天部〟の一員として当然のこと。貴殿《きでん》より賜《たまわ》った眷獣弾頭の威力、しかと見届けさせてもらいましたぞ』

『約定どおり、我らの居城も現出させております。我がバ城を南太平洋、クル・ズー公のズー城を北太平洋に。これで絃神島《いとがみじま》に近づける者はおりません』

「結構。眷獣弾頭の補給も急がせます」

レンは二人の同盟者に告げる。昨晩、ＭＡＲが異境《ノド》から運び出した脅獣弾頭は全部で七発。レンは、その過半数の四発を、クル・ズーたちにサンプルとして渡してあった。それが彼らの死都を動かし、聖域《せいいき》条約機構軍を撃退させるための対価だったのだ。

『しかし〝天部〟十七氏族のうち、この戦《いくさ》に加わったのが我らだけというのは意外でしたな』

白髪の老人――クル・ズーが、レンを揶揄《やゆ》するように語りかけてくる。

アルダ・バも同意するように小さくほくそ笑み、

『ですな。ほかの連中は日和《ひよ》ったのか、それとも怖《お》じ気《け》づいたか……』

「私がまだ信用されていないということでしょう」

レンは表情を変えることなく、淡々と答えた。

現存する死都の数は十七基。すなわち、かつての〝大聖殲《だいせいせん》〟を生き延びた〝天部〟の支配者階級は、わずか十七家のみということだ。シャフリヤル・レンはそのすべてに同盟を呼びかけたが、応じたのはクル・ズーとアルダ・バだけだった。残る〝天部〟の大多数は、レンの計画の成功を信じてないのだ。

「ですが、問題ありません。私が異境《ノド》を完全に制圧したことが明白になれば、他の氏族も考えを改めざるを得ないでしょう。さもなくば、我らの手で彼らを滅ぼすまで」

『これは頼もしい。期待しておりますよ、新たな盟主よ』

『では、我らはこれで』

同盟者たち二人が、朗らかに笑って通信を切断する。〝門《ゲート》〟が開いている状態とはいえ、異境《ノド》にいるレンと時間差《タイムラグ》なく会話するのは、MARの技術力をもってしても難しい。それを易々《やすやす》とやってのける彼らは、やはり〝天部《てんぶ》〟の末裔《まつえい》を名乗るに相応《ふさわ》しい侮りがたい実力の持ち主だ。

だが同時に、二人がレンのことを内心、不愉快に思っていることも伝わってくる。

彼らは、レンが人類を統治するだけでなく、〝天部〟すら支配しようとしているのではないかと危惧《きぐ》しているのだ。もしもレンが少しでも隙《すき》を見せれば、彼らは即座に同盟を破棄して、MARの敵に回ることだろう。

「喰《く》えない連中だ。日和《ひよ》っているのは、貴様らだろうが……」

レンがぼそりと独《ひと》り言《ごと》を洩《も》らす。

直後に通信機から流れ出したのは、コロコロとした鈴のような笑い声だった。スクリーンの映像が再び勝手に切り替わり、派手な衣装を着た若い女が現れる。

『そうですね……喰えない連中は宴会でも喰えんかい……なんちゃって』

「ラードリーか……今の通信を聞いていたな？」

愉《たの》しげに笑う妹を渋面《じゅうめん》で睨《にら》んで、レンは小さく咳払《せきばら》いした。実の兄の苛立《いらだ》ちを察したのか、ラードリーは小さく肩をすくめる。

『まあ、いいではないですか。彼らが死都《しと》を動かしたことは事実ですし、それに竜牙兵《スパルトイ》百四十体はなかなかの戦力ですよ』

「わかっている。奴《やつ》らもそれなりには本気ということだな」

レンは不機嫌な表情のままうなずいた。

炎龍《えんりゅう》クレードの牙《きば》から生み出された竜牙兵《スパルトイ》は、実のところＭＡＲの技術で造られたわけではない。ズー家に伝わる魔《ま》導《どう》制御。そしてバ家が保有する生体操作——門外不出のそれらの技術を、彼らが惜しみなく提供したからこそ、ようやく実用化に漕ぎ着けたのだ。

でなければ、あれほど強力な魔《ま》導《どう》兵士を、短期間で量産することは不可能だった。心の底でなにを考えているにせよ、彼らのその献身は、ひとまずの同盟の証《あかし》としては十分だ。

『それで、お兄様、眷獣弾頭《けんじゅうだんとう》の搬出はどうなってます？』

「作業は進めている。だが、結界の解除に手間取っているようだ」

レンが苦々しげに頬《ほお》を歪《ゆが》める。人工島〝センラ〟に封印されていた六千体余りの眷獣弾頭は、特別に強固な結界で保護されており、それらの解呪《かいじゅ》にはＭＡＲの魔導技師たちも苦戦していた。わずか七発の眷獣弾頭しか地上に運び出せなかったのは、そのせいだ。

『そうですか。でも、なるべく急いでくださいね。眷獣弾頭の供給が遅れたせいで、あの方々に文句を言われるのは私なんですから』

歯に衣着《きぬ》せぬラードリーの物言いに、レンは、わかっている、と短く答えた。

効率と合理性を重んじるレンは、常にどこかふざけたようなラードリーの態度が好きではない。正直、疎《うと》ましいとすら感じることもある。無限に近い寿命を持つ〝天部《てんぶ》〟にとって、種族を維持するという本能は希薄だ。肉親に対する愛情も薄い。

それでもレンが彼女を重用しているのは、ラードリーが有能な人材だからだ。でなければ、実の妹とはいえ、地上におけるMARの全指揮権を渡したりはしない。

そのラードリーが、ふとなにか思い出したように、胸の前で手を合わせた。

『ああ、そういえば、暁古城《あかつきこじょう》が〝吸血王《ザ・ブラッド》〟の眷獣《けんじゅう》を手に入れたみたいです』

「〝吸血王《ザ・ブラッド》〟の眷獣だと……？　そうか、第一真祖《だいいちしんそ》の〝伴侶《はんりょ》〟の仕業《しわざ》か……」

レンが片眉《かたまゆ》を震わせる。暁古城と〝吸血王《ザ・ブラッド》〟の決戦の場に、ザナ・ラシュカが居合わせていたことを思い出したのだ。ザナの目的が、〝吸血王《ザ・ブラッド》〟の眷獣の回収だったというのは意外だが、たしかにあり得ないことではない。〝吸血王《ザ・ブラッド》〟の黒い眷獣は、第四真祖のものと同じ性質を持つ特別な眷獣たちだからだ。

『暁古城の目的は十二番目《ドウデカトス》の奪還でしょう。どうなさいます？　彼が手に入れたのは〝星の眷獣〟の試作品《プロトタイプ》。あちらには〝カインの巫女《みこ》〟もついてますし、放置しておくと厄介なことになりますよ。カインの巫女は厄介ん、ですから』

ラードリーが、そう言ってなぜか得意げに微笑《ほほえ》んだ。レンは無感情な瞳で妹を睨《にら》む。

「暁古城を異境《ノド》に入れるな」

『え？　指示はそれだけですか？』

「そのための戦力は与えてあるはずだ」

戸惑うラードリーを、レンは冷たく突き放す。ラードリーは拗《す》ねたように頬《ほお》を膨らませ、

『いっそ十二番目《ドウデカトス》を返してあげたらどうです？　相手は思春期の男子なんですから、好きな女の子をあてがっといたら、大人しくしてると思いますよ。たぶん』

「残念だが、それはできない。事が済むまでやつを地上に縛りつけておけ。命令だ」

『ちょっ……お兄様……！』

反論しようとしたラードリーを無視して、レンは一方的に通信を切り上げた。

暁古城が吸血鬼の力を取り戻したことは想定外だが、計画に支障が出るほどではない。彼が地上にいる限り、レンの脅威にはなり得ない。だがそれでも、喉《のど》の奥に小骨が刺さったような、言い知れぬ不安と不快感がある。

ただの人間に過ぎない暁古城が、一時《いっとき》とはいえ、第四真祖を名乗り、そして新たに黒の眷獣を手に入れた。その不愉快な事実に、レンは不機嫌さを隠せない。

「……苦労している、ようだナ、シャフリヤル・レン」

遠慮がちに呼びかけてきた低い声に苦笑して、レンはゆっくりと振り返る。

天幕《タープ》の入り口に立っていたのは、蜥蜴《とかげ》の頭骨《とうこつ》を模《も》した仮面を被《かぶ》った大柄な男だった。同族の〝天部〟ではなく、およそ人間らしさとは無縁なはずのこの男が、レンを気遣ってくれているのが妙におかしく思える。

「やあ、我が友クレード。久々に戻ってきた異境《ノド》はどうだい？」

「懐かしくハ……ある。だが、忘れるナ、貴様はまだ、我との契約を果たしテない」

龍族《ドラゴン》の男が、抑揚の欠けた声で告げる。言葉の一部が聞き取りにくく掠《かす》れているのは、人間とは喉《のど》の構造が違っているせいだ。

「承知しているよ、回廊の守護者よ。きみも理解したはずだ。十二番目《ドウデカトス》……いや、第四真祖《だいよんしんそ》には異境《ノド》への〝門《ゲート》〟を開く力がある。異境《ノド》からの〝門《ゲート》〟を開く力もね」

レンが冷静な口調で言った。異境《ノド》とは世界の果てではない。異なる世界同士の境界だ。この地を経由することで、本来は交わることのない彼方《かなた》の土地へと移動することができる。その彼方の土地こそが、クレードたち龍族《ドラゴン》の故郷なのだ。

「異境《ノド》は〝東の大地《エルセ》〟へと続く唯一の回廊だ。その回廊の門を開くには、第四真祖アヴローラ・フロレスティーナが必要になる。きみが故郷に戻りたいのなら、まずは彼女を回収することだ」

「アヴローラ・フロレスティーナは、どこにいル？」

仮面の奥で、古龍《こりゅう》クレードの瞳が赤く輝いた。

レンはゆっくりと頭上を振り仰ぐ。

「彼女は、この廃墟《はいきょ》の街にはいない。捜索に時間がかかったのは、そのせいだ」

「……空……そうカ！　グレンダ……だナ？」

クレードの全身から熱波に似た殺意が撒《ま》き散《ち》らされて、彼の肉体がひと回り大きく膨れ上がったように感じられる。レンはそんな龍族《ドラゴン》の男を頼もしげに見返して、

「MARの特殊部隊がアヴローラの回収に向かった。きみも彼らに協力してもらえると助かるのだけどね」

「承知シタ……」

クレードが、羽織っていたローブを乱暴に脱ぎ捨てた。赤銅色《しゃくどういろ》の鱗《うろこ》に覆われた彼の全身が、たちまち巨大な龍の姿へと変わる。熔岩《ようがん》の色の翼を羽ばたかせ、空へと舞い上がっていく彼を見送り、レンは眩《まぶ》しげに目を細めた。

異境《ノド》の夜明けはいつも唐突に訪れる。いつの間にか空が白《しら》み始めて、海の向こうから洩《も》れ射《さ》す光が空を照らしていた。

「忌々《いまいま》しい陽射《ひざ》しだ」

レンは逃げるように天幕《タープ》を離れて、輸送ヘリの中に設けた専用の寝所へと向かう。

異境《ノド》の太陽は地上のものよりも暗く小さいが、その輝きが、〝天部《てんぶ》〟にとって致命的なものであることに変わりはない。再び夜が訪れるまで、レンは遮光処理が施《ほどこ》された建物の中で過ごさなければならない。牢獄《ろうごく》のような暗い部屋の中で。

「だが、あと少し……あと少しで私は世界を手に入れるぞ……家畜《ニンゲン》どもよ……」

シャフリヤル・レンの寝所《しんじょ》には、鎖につながれた裸の娘が用意されていた。

死都《しと》の領民から差し出された生贄《いけにえ》だ。〝天部《てんぶ》〟の餌《えさ》にするために人工的に培養された、血液供給用の哀れな人間。自我を持たない生きた人形。

レンは、無抵抗な娘の喉《のど》に噛《か》みついて、無味乾燥な血液を啜《すす》った。いつの日か、恐怖に泣《な》き喚《わめ》く人間どもを屈服させ、その温かな生き血で喉を潤す瞬間を夢見ながら——

2

「指輪の分析結果が出ました」

太史局《たいしきょく》の魔導《まどう》技師——荒島早海《あらしまさみ》が、ビニールに収めた指輪を持って仮設テントに戻ってくる。

人工島東地区《アイランド・イースト》の突端。絃神港《いとがみこう》のコンテナ基地。昨夜、暁古城《あかつきこじょう》の眷獣《けんじゅう》が暴れた場所には、今日も引き続き大勢の攻魔師《こうまし》や警備員が集まっていた。絃神島の上空に出現する、異境《ノド》への〝門《ゲート》〟を監視しているのだ。

その集団の中には、太史局の六刃神官《りくじんしんかん》や、獅子王機関《ししおうきかん》の攻魔師の姿もある。

「本体の材質は高純度の灰輝銀《かいきぎん》。含有しているわずかな不純物は、吸血鬼の肉体由来の有機物ですが、金属と強固に結合していて分離するのは不可能です。というより、この原子間の結合そのものが一種の魔術装置として成立しているようですね」

有能な魔導技師、というよりは、上品な音楽教師を思わせる口調で早海が説明する。

妃崎霧葉《きさききりは》は、そんな相棒を冷ややかな表情で睨《ね》めつけた。美人で明るく人当たりもいい早海だが、自分の興味がある話題のときだけ、やたら饒舌《じょうぜつ》で話が回りくどくなるのが欠点だ。

「結論は？」

霧葉の素っ気ない質問に、早海は少し拗《す》ねたように唇を尖《とが》らせる。

「これは、暁古城氏と誰かを霊的《れいてき》に接続させるための魔具《まぐ》ということです。それ以外にはなんの役にも立ちませんが、逆に接続さえしてしまえば、この指輪の持ち主は、無尽蔵《むじんぞう》ともいえる彼の魔力を自由に引き出すことができるようになります」

「要するに真祖の〝血の伴侶《はんりょ》〟と同等の資格を得るってことね」

再び長くなりそうな早海の回答を、霧葉が短くぶった切る。はい、と早海は微笑《ほほえ》んだ。

「……それで、どうします、霧葉？」

「どうするって？」

「彼と契約するんですか？」

「私に暁古城の〝伴侶〟になれと……？」

霧葉は露骨に顔をしかめてみせた。

隣のテーブルに座っている獅子王機関の攻魔師たち――煌坂紗矢華《きらさかさやか》と羽波唯里《はばゆいり》と斐川志緒《ひかわしお》が、必死に聞き耳を立てていることに気づいて、うんざりと息を吐く。

早海《さみ》に分析を依頼した指輪は、元はといえば、霧葉《きりは》が獅子王機関《ししおうきかん》の姫柊雪菜《ひめらぎゆきな》から受け取ったものだった。暴走した暁古城《あかつきこじょう》を止めるために必要な十二人の〝血の伴侶《はんりょ》〟——その候補者の一人が霧葉《きりは》だったのだ。

しかし、藍羽浅葱《あいばあさぎ》の提案によって土壇場で計画は変更になり、結局、霧葉が暁古城の伴侶になることはなかった。暁古城もどうにか眷獣《けんじゅう》の制御を取り戻し、その話はめでたしめでたしで終わったはずである。それがまさか今になって蒸し返されるとは、さすがの霧葉も困惑を隠せない。

「太史局《たいしきょく》は、それを望んでいるようです。真祖級の吸血鬼の〝血の伴侶〟は、得難い戦力になりますから。霧葉がどうしても嫌だと言うなら、私が代わってあげても構いませんけど」

「……本気なの、早海《さみ》？」

「ええ。私は夫が年下でも気にしませんよ？」

早海はにっこりと微笑《ほほえ》んだ。どこまで本気で言っているのか、彼女の表情からは読み取れない。霧葉は不機嫌そうに唇を歪《ゆが》めて、頬杖《ほおづえ》をつく——と、こちらの様子を横目でうかがう煌坂《きらさか》紗矢華《さやか》と目が合った。その瞬間、霧葉の瞳の奥に、少し嗜虐的《しぎゃくてき》な光が宿る。

「待って……そうね。暁古城の〝血の伴侶〟……それも悪くないかもね」

わざとらしく大げさにうなずいて、霧葉は早海から指輪を受け取った。

たしかに冷静に考えてみれば、太史局の提案は悪い話ではない。暁古城の〝伴侶〟になれば、戦闘能力は格段に向上するし、おまけに不老不死というおまけまでついてくる。そんな特権を、獅子王機関《ししおうきかん》の連中だけに独占させておくのは、霧葉としても面白くない。それなら、いっそ霧葉が暁古城を骨抜きにして、彼女たちを悔しがらせるほうがよっぽど愉《たの》しめそうだ。

「はあ⁉　待ちなさいよ、妃崎《きさき》霧葉！　あなた、本気でそんなことを言ってるの⁉」

案《あん》の定《じょう》、霧葉の挑発にあっさりと乗せられた煌坂紗矢華が、噛《か》みつくような勢いで文句を言ってくる。霧葉は、そのとき初めて紗矢華の存在に気づいたかのような顔をして、

「あら、煌坂紗矢華？　聞いてたの？」

「聞きたくなくても聞こえてきたんだけど！」

座っていたパイプ椅子《いす》を蹴散《けち》らしながら、紗矢華が霧葉に詰め寄ってくる。

霧葉はそれを平然と眺めつつ、不思議そうに小首を傾《かし》げてみせた。

「なにをそんなに焦っているの？　私は最初から暁古城の〝伴侶〟になるつもりだったわよ？　昨日もそう言っておいたでしょう？」

「あのときとは状況が違うでしょうが！　今の暁古城はもう暴走してるわけじゃないんだから、あんたが〝伴侶〟になる必要なんてないんだけど！」

「あの男が正気かどうかなんて、べつにたいした問題ではなくてよ」

「たいした問題じゃないわけあるかっ！」

紗矢華が顔を真っ赤にして反論する。霧葉は必死に笑いを噛み殺しながら、ほんの少しだけ色っぽい表情を浮かべて、

「でも、私はあの男のことが嫌いじゃないし……ふふっ、男嫌いのあなたと違ってね」

「なっ……わ、私だってべつに暁古城《あかつきこじょう》のことは……その……」

「好きなの？」

ずばりと紗矢華《さやか》を問い詰める霧葉《きりは》。紗矢華は、ぎくっ、と不自然に全身を硬直させた。

「そ、そんなわけないんだけど⁉　誰があんな、私の雪菜《ゆきな》につきまとってるような男……！」

「いや、どちらかといえば、つきまとっているのは姫柊《ひめらぎ》雪菜のほうだと思うが……」

「まあ、雪菜《ゆっきー》の場合はそういう任務だからね」

霧葉たちのやりとりを聞いていた斐川志緒《ひかわしお》と羽波唯里《はばゆいり》が、妙に律儀なツッコミを入れてくる。

紗矢華は、そんな二人をひと睨《にら》みで黙らせて、

「と、とにかくその指輪は獅子王機関《ししおうきかん》に返しなさい、妃崎《きさき》霧葉！」

「は？　暁古城の〝伴侶《はんりよ》〟になる気もないあなたに、そんなことを言われる筋合いはなくてよ。むしろ指輪を手放すべきなのは、あなたのほうではなくて？　ついでにそちらの二人もね」

強引に指輪を奪おうとする紗矢華をするりとかわして、霧葉は、獅子王機関の攻魔師《こうまし》二人に呼びかけた。羽波唯里が少し焦ったように首を振る。

「待って待って。わたしたちは〝伴侶〟にならないなんて言ってないから。ね、志緒ちゃん」

「え⁉　いや……昨日はなんとなくその場の雰囲気に流されてしまったが、冷静に考えたら、まだ早いというか、私は休日に買い物に出かけたり、手をつないだりするところから始めたか

ったというか……あ、いや、べつに二人きりじゃなくても唯里《ゆいり》と一緒で構わないんだが……」

斐川志緒《ひかわしお》は、なぜか怖《お》じ気《け》づいたように弱気になって、ぼそぼそと独《ひと》り言《ごと》を呟《つぶや》き出す。

「し……志緒ちゃん？」

「なんというか、妄想が生々しいわね……」

志緒が唐突に見せた乙女な一面に、唯里と霧葉《きりは》は戸惑いを隠せない。

「いいから、指輪を返しなさい。没収よ、没収！」

紗矢華《さやか》はなおも指輪を奪い返そうと暴れて、その直後、一人でスマホを弄《いじ》っていた早海《さみ》が、おや、と驚いたように眉《まゆ》を寄せた。

「すみません、霧葉。残念ですが、計画は中止です。今の話はなかったことにしてください」

「……それはどういうことなのかしら？」

険しい表情を浮かべる早海を見返して、霧葉は不機嫌そうに目を眇《すが》めた。

本気で暁古城《あかつきこじょう》の伴侶《はんりょ》になりたかったわけではないが、ならなくていい、といわれると猛烈に反抗したくなる。霧葉はそういう性格なのだ。

「状況が変わるかもしれません。どうやら日本政府がＭＡＲとの停戦交渉に応じるようです」

そんな霧葉の面倒くささをよく知る早海が、不本意そうな口調で続けた。

獅子王機関《ししおうきかん》も太史局《たいしきょく》も、日本政府の特務機関だ。もしその日本政府がＭＡＲと停戦した場合、霧葉たちはＭＡＲに手出しできなくなる。当然、これまでのように暁古城に協力するのも難しくなるだろう。

「停戦交渉って……どうしていきなり？」

紗矢華が呆然《ぼうぜん》と呟いた。霧葉は気怠《けだる》げな表情で溜息《ためいき》を洩《も》らし、

「理由は、眷獣弾頭《けんじゅうだんとう》ね」

「はい。異境《ノド》から持ち出された眷獣弾頭が、日本国内の大都市圏に撃ちこまれた場合、最大千二百万人が犠牲者になるという試算が出ました。現状、眷獣弾頭に対抗できるのは、真祖《しんそ》クラスの吸血鬼だけですが、彼らも世界全域を護《まも》りきることはできませんから」

早海が少し困ったように返答する。

唯里と志緒も困惑気味に顔を見合わせて、

「だからって、ＭＡＲの言いなりになっていいの？」

「シャフリヤル・レンの目論見《もくろみ》どおりじゃないか……！」

「たしかに気に入らないわね」

霧葉は苛々《いらいら》と舌打ちした。日本政府が恫喝《どうかつ》に屈して、その結果、霧葉たちがテロリストに手出しできなくなる——およそ受け入れがたい結末だ。この苛立ちを誰にぶつけたものか、と霧葉は顎《あご》に手を当てて真面目に考えこむ。

そして、次の瞬間、

「——っ！」

その場にいた四人の攻魔師《こうまし》が弾《はじ》かれたように一斉に立ち上がり、それぞれの武器を手に取った。早海《さみ》も一瞬遅れて反応する。凄まじく強大な〝力〟の接近を感じる。霧葉《きりは》たちが知る魔力や霊力《れいりよく》とは異質な凄《すさ》まじい力だ。それこそ吸血鬼の真祖《しんそ》に匹敵するほどの――

「なに、このプレッシャー……⁉　いったいどこから……⁉」

霧葉は〝力〟の源を探ろうと意識を研ぎ澄ます。だが、〝力〟が強大すぎて発生源を絞り込めない。足元の地面すべてを覆い尽くすような圧倒的な存在感に、獅子王機関《ししおうきかん》の攻魔師たちも戸惑うばかりだ。

霧葉たちのいるテントを中心に、鏡面《きようめん》のような鋼色《はがねいろ》の影が広がって地面を侵蝕《しんしよく》する。

大規模な空間制御魔術に巻きこまれたような、強烈な不快感が襲ってくる。影に侵食された地面が激しく揺らいで、そこから浮かび上がったのは巨大な魔獣《まじゆう》だった。

鋼色のたてがみと鱗《うろこ》に覆われた、美しい龍族《ドラゴン》だ。

『だあああああああああああああああああ――っ！』

影の中から出現した鋼色の龍《りゆう》が、甲高《かんだか》い声で咆吼《ほうこう》した。その巨体が巻き起こす暴風が、霧葉たちのいたテントをひとたまりもなく吹き飛ばす。

「――龍族《ドラゴン》⁉」

霧葉が驚愕《きようがく》に固まっていたのは一瞬だけだった。鉛色の双叉槍《スピアフオーク》を旋回させて、霧葉は即座に攻撃態勢を整える。太史局《たいしきよく》の六刃神官《りくじんしんかん》は、対魔獣戦闘のエキスパートだ。体長十メートルを超える龍族《ドラゴン》が相手でも、効果的な術式はいくらでも思いつく。

霧葉が流しこんだ呪力《じゅりょく》に応答して、双叉槍《スピアフォーク》が鈍く発光した。擬似空間切断術式を起動し、龍の喉笛《のどぶえ》を掻《か》き切《き》るべく身構える。だが、攻撃を放とうとした霧葉の前に、誰かが突然割りこんだ。

「待って、妃崎《きさき》さん！　この子は違うの！」

霧葉の前に立ちはだかったのは、獅子王機関の羽波《はば》唯里《ゆいり》だった。予期せぬ邪魔者の出現に、霧葉の攻撃がわずかに遅れる。

その間に鋼色の龍は姿を変えていた。巨大な龍から人間の少女へと。鋼色の髪の小柄な娘だ。

「グレンダ！　今までどこに行ってたんだ？」

構えていた洋弓《ようきゅう》を降ろして、斐川《ひかわ》志緒《しお》が少女に駆け寄っていく。

紗矢華《さやか》と霧葉は、混乱しながら志緒たちの行動を眺めていた。グレンダと呼ばれる正体不明の龍族《ドラゴン》の存在は聞いてはいたが、実際に目《ま》の当たりにすると、やはり驚きは隠せない。彼女が空間転移《テレポート》を使えるというのも初耳だ。

「ゆいり！　しお！　きて！　あーぅぁをたすけて！」

人の姿になったグレンダが、見た目どおりの幼い声で唯里たちに訴える。なんのことだ、と戸惑う霧葉と紗矢華だが、唯里にはすぐにピンと来たらしく、

「アーヴァ？　アヴローラちゃんのこと？」

「だっ！」

「だが、来てと言われても、いったいどこにどうやって……？」

志緒《しお》が頭上を見上げて訊《き》いた。

新たな第四真祖《だいよんしんそ》となったアヴローラ・フロレスティーナは、おそらく今も異境《ノド》にいる。そして異境《ノド》に辿《たど》り着《つ》くためには、絃神島《いとがみじま》上空の〝門《ゲート》〟を通らなければならない。だが、その〝門《ゲート》〟が開くのは夜の間だけなのだ。

しかしグレンダは、腰の重い唯里《ゆいり》たちに業《ごう》を煮やしたように二人の腕をひっつかむと、再び巨大な龍《りゅう》へと姿を変える。

『だあーっ！』

「えっ⁉ ちょっ……⁉」

「グ、グレンダ⁉」

悲鳴を上げる唯里と志緒を背中に乗せて、鋼色《はがねいろ》の龍が地面を睨《にら》む。その瞬間、霧葉《きりは》たちの立つ大地が波紋のように大きく揺らいだ。

鋼色の影が水面のように広がって、霧葉の爪先《つまさき》がずぶりと地面に沈みこむ。霧葉の足元を覆った影が、異境《ノド》へとつながる〝門《ゲート》〟の役割を果たしているのだ。

「異境《ノド》の侵蝕《しんしょく》……！　まさか、その龍族《ドラゴン》が……⁉」

動揺する霧葉を巻きこみながら、巨大な龍が鋼色の影の中へと飛びこんでいく。表情を凍りつかせた唯里と志緒も、たちまち影に沈んで見えなくなる。

最後に龍の尻尾《しっぽ》を飲みこんで、鋼色の影は消滅した。

あとに残ったのは、地面にばらまかれたパイプ椅子《いす》や作業机とテントの残骸《ざんがい》。そして呆然《ぼうぜん》と立ち尽くしたままの紗矢華《さやか》と早海《さみ》だった。

「なにこれ……どうなってるの⁉　斐川《ひかわ》！　羽波《はば》！　妃崎《きさき》霧葉！」

軽いパニックに陥った紗矢華が、銀色の長剣《ちょうけん》を地面に落として絶叫する。しかし、もちろん返事はない。異変に気づいた特区警備隊《アイランド・ガード》の隊員たちが集まってくるが、なにが起きたのか、まともに理解している者はいないだろう。

「これは……参りましたね」

唐突な異変に周囲が騒然となる中、荒島《あらしま》早海だけは表情を変えず、本部に提出する報告書の文面を考え始める。

傾きかけた太陽が、西の空を黄色く染め始めていた。

3

絃神市総合魔導病院は、魔族《まぞく》を専門に扱う人工島管理公社直営の医療機関だった。

病棟は絃神島の中心部近くにあって、アラダールの眷獣《けんじゅう》で破壊されたキーストーンゲートのロビーが、運河越しによく見える。その上空に浮かんでいる、巨大な球状の城砦《じょうさい》も、だ。

「ハッ……こいつはまた派手にやったもんだな」

病室の窓から、キーストーンゲートの惨状を眺めて、保釈中の魔導《まどう》犯罪者、シュトラ・Dは皮肉っぽく笑った。ストリートギャングを連想させる、粗野な顔立ちの青年だ。

しかし全身の負傷のせいか、その悪態にも今ひとつキレがない。一昨夜、彼はシャフリヤル・レンに戦いを挑んで、逆に瀕死《ひんし》の重傷を負わされたのだった。

「ありゃ死都《しと》だ。レン家のカレナレン城だな。クソッタレが……！」

空中に浮かぶ城砦を眺めて、シュトラ・Dは頬《ほお》を歪《ゆが》める。露骨に口が悪いのは噂《うわさ》どおりだが、どことなく拗《す》ねた子どものような印象があって、さほど恐《こわ》いとは感じない。

「死都？」

浅葱《あさぎ》は、聞き慣れないその単語をオウム返しに口にした。ラードリー・レンの情報を聞き出すために、彼女と同じ〝天部《てんぶ》〟であるシュトラ・Dに会いに来ていたのだ。

「……〝天部〟の王侯貴族の居城だな。伝説じゃ、異界と現実世界の境界を漂う幻の都といわれてたっけか。〝大聖殲《だいせいせん》〟のあとに地上を去った〝天部〟は、死都の中で永い夢を見ながら、いずれ訪れる復活の刻《とき》を待ち続けていると……」

浅葱の付き添いである矢瀬基樹《やぜもとき》が、もったいぶった口調で説明する。しかし、

「あれがそんなご大層なものかよ。あんなもん、死に損ないの老害ども専用の、ただの化け物

屋敷じゃねーか」

シュトラ・Dが、ケッと吐き捨てるように呟《つぶや》いた。

彼は本来なら今も監獄結界に収監されているはずの凶悪犯なのだが、予想に反して浅葱たちには協力的だった。話し相手になってくれるなら、来訪者は誰でもよかったのだろう。ベッドに縛りつけられていて身動きが取れない上に、同室のブルード・ダンブルグラフが恐ろしく無口な男であるため、退屈を持て余していたらしい。

「老害って……あんたのお仲間じゃなかったの？」

浅葱が怪訝《けげん》な口調で訊《き》いた。シュトラ・Dと、レン兄妹《きょうだい》。同じ〝天部〟を名乗る彼らがどう違うのか、浅葱たちにはわからない。

しかしシュトラ・Dはいきなり顔を真っ赤にして憤慨し、

「はあ？　誰が誰の仲間だ、バカ野郎！　〝カインの巫女《みこ》〟だかなんだか知らねーが、ブチ殺すぞ……って痛《い》ってェな、畜生！　傷が痛《いて》ェ！」

「重傷患者なのにイキリ散らすから……！」

ベッドの上でのたうち回るシュトラ・Dに、浅葱が哀れみの眼差《まなざ》しを向ける。

「うっせェな、クソ野郎。いいか、俺らみたいな誇り高き〝天部〟は、クソッタレの〝大聖《だいせい》殲《せん》〟が終わったあと、人界から途絶した南米大陸の高地で、手前《てめ》ェら猿どもとは違う高度な精神文明ってヤツを独自に築いてたんだよ。何千年もかけてな！」

「高度な精神文明……？」

「なんか文句あんのか、ああっ⁉」

疑わしげな表情を浮かべる浅葱《あさぎ》を、シュトラ・Dは涙目のまま怒鳴りつけた。

「まあいいわ、それで？」

浅葱が素っ気ない態度で続きを促す。シュトラ・Dはなおも苛立《いらだ》ったように拳《こぶし》を震わせて、

「死都《しと》に残ってる連中は、何千年も前に進歩を止めた生きる屍《しかばね》みてえなクソどもだ。不老不死をいいことに、空飛ぶ墓場に引きこもって、過去の栄光を取り戻そうと無様《ぶざま》に権力に執着してやがる。そういう救いようのねえクソどもと、俺たちを一緒にするんじゃねえよ、バーカ！」

「まあ、だいたいの事情はわかったわ……」

「あー、そうかよ」

さすがに怒り疲れたのか、シュトラ・Dが、ぐったりとベッドに寄りかかった。そして彼は、目を閉じてしばらく呼吸を整える。

「……それで、知りたいのは死都の弱点か？」

「え？」

「わざわざ俺に会いにきたのは、それを聞くためじゃねーのかよ？　知りたくねーならべつにいいんだぜ」

「待って、聞かせて、シュトラ・D。あ、そうだ、ゼリー食べる？」

浅葱は、テーブルの上に置かれていたカップゼリーをつかんで、〝天部《てんぶ》〟の若者の前に差し出した。シュトラ・Dは、一瞬、唖然《あぜん》としたように浅葱を見返して、

「喰《く》わねえよ！　つか、俺の病院食の残りじゃねえか！」

「要らないの？　じゃあ、もらっていい？」

「おまえが喰うのかよ⁉」

「このゼリー、好きなのよ。昔、小学校の給食でよく出てて……」

うきうきと解説しながらゼリーを食べ始めた浅葱を、シュトラ・Dはしばらく呆《あき》れ顔《がお》で眺めた。そしてどこか投げやりに溜息《ためいき》をつく。

「まず、そうだな。死都に物理攻撃は通用しねえ。そこのトゲトゲ頭もさっき言ってただろ。死都は現実世界に出現してても、半分は異界に存在を残したままなんだ。こちら側でどんだけ派手な攻撃をぶちこんでも、異界の障壁に邪魔されてダメージが通らねえ」

「なるほど……真空断熱魔法瓶みたいな構造になってるわけね……」

「なんだそりゃ、知らねーよ」

適切なのかどうかひどくわかりにくい浅葱の喩《たと》えに、シュトラ・Dがうんざりと答える。

「外からの攻撃が通じなくても、中からだったらいけるのか？」

矢瀬《やぜ》が真面目な口調で質問した。

暁《あかつき》古城《こじょう》が従えている眷獣《けんじゅう》の中には、次元の壁などおかまいなしにダメージを与える

〝次元喰い《ディメンジョン・イーター》〟の双頭龍《そうとうりゅう》がいる。周囲の空間への影響が大きすぎるので、死都《しと》そのものを喰《く》い荒《あ》らしてもらうわけにはいかないが、死都の内部に侵入するための突破口を開ける程度ならなんとかなるだろう。

シュトラ・Dは、ふむ、と考えこんで、

「まあ、そうだな。死都に入って、生きて出てきたヤツの話は聞いたことがねーけどな」

「なんでだ？」

「死都暮らしの連中は、あのクソ狭い城の中に何千年間も引きこもってんだぜ。従者どもをグチャグチャに改造しまくって城の防衛に当ててんだよ。自分たちの暇潰《ひまつぶ》しを兼ねてな」

そう呟《つぶや》いたシュトラ・Dは、甦《よみがえ》った記憶に耐えるように目を伏せた。

「俺の村の連中も、ほとんどそいつらにやられた。あいつは——シャフリヤル・レンの野郎は、わざと俺たちを城の中に誘いこんで愉《たの》しんでやがったんだ！　俺の仲間が死ぬのを眺めて！」

「そうか……」

矢瀬《やぜ》が表情を険しくして黙りこむ。シュトラ・Dが、同族であるレンを憎んでいる理由が、ようやく理解できた気がしたのだ。彼が魔導《まどう》犯罪者として捕まった理由も、レンを倒すためにＭＡＲへの襲撃を繰り返し、一般市民を巻きこんだせいらしい。その被害をなかったことにはできないが、多少の同情の余地はありそうだ。

「あのドラゴンはどうなった……？」

　それまで無言を貫いていたブルード・ダンブルグラフが、シュトラ・Dの隣のベッドから、薄いカーテン越しに声をかけてくる。

「龍族《ドラゴン》？　クレードとか呼ばれていた炎龍《えんりゅう》のことか？」

　矢瀬は、人工島東地区《アイランド・イースト》の倉庫街で遭遇した、赤銅色《しゃくどういろ》の龍の姿を思い出す。終焉教団《オーダー・ジ・エンド》の一員だと思われていたあの龍族《ドラゴン》の正体は、シャフリヤル・レンの協力者だったらしい。

「あの龍族《ドラゴン》は異境《ノド》に行ったはずよ。シャフリヤル・レンと一緒にね」

　浅葱《あさぎ》がダンブルグラフの質問に淡々と答えた。

　それを聞いた龍殺しの男が、カーテンの向こう側で沈黙する。彼はクレードとの戦いに敗れ、あの炎龍が異境《ノド》に渡るのを止めることが出来なかった。その責任を感じているらしい。

「ねえ、あんたって、龍殺し――ゲオルギウスの一族なのよね？　どうしてそこまで龍族《ドラゴン》を目《め》の敵《かたき》にしてるの？」

　浅葱が興味を覚えたように訊《き》き返《かえ》す。無視されるかと思ったが、意外にもダンブルグラフは素直に会話に応じた。

「リユウなどはない。オレはそのためにキョウカイにツクられたゲオルギウスだ」

「だとしても、なんか事情はあるでしょ。西欧教会が龍殺し《ゲオルギウス》を造った目的が」

「……ヤツらがシンリャクシャだからだ、とキいている」

　沈黙のあと、ダンブルグラフはぼそりと言った。浅葱が訝《いぶか》るように目を細める。

「侵略者……？」

「このホシにいるドラゴンはセッコウだ。だからコロす。ヤツらがジョウホウをモチカエるマエに」

「……セッコウ……斥候《せっこう》ってことか？　偵察に来たって……どこから？」

言葉足らずなダンブルグラフの説明に、矢瀬《やぜ》は強い戸惑いを覚える。彼が真実を語っているのか、それとも誤った教義を吹きこまれただけなのか、今の時点では判断できない。

しかし浅葱《あさぎ》は、なぜかあっさりとうなずいた。

「そっか。なるほどね」

「え……!?　浅葱、おまえ、今の説明で納得したのか？」

矢瀬が小声で幼なじみの少女を問い詰める。浅葱は無関心な表情で、

「全面的に信じたわけじゃないけど、この人が嘘《うそ》をついてるようには見えないしね」

「いや、それはそうだが……」

「それにどのみち龍族《ドラゴン》対策は後回しよ。その前に死都《しと》をどうにかしないと」

「まあ、たしかにな……でないと、古城《こじょう》を異境《ノド》に送りこむこともできねーし」

釈然としない部分はありつつも、浅葱の指摘の正しさは認めざるを得なかった。矢瀬は眉間《みけん》にしわを刻んで嘆息する。

ともあれ、必要な情報は手に入れた。これ以上、この病室に残る理由はなさそうだ。矢瀬は

浅葱とうなずき合って、どちらからともなく病室の外に出ようとする。

シュトラ・Dが再び口を開いたのは、そのときだった。

「待てよ、カインの巫女《みこ》。第四真祖《だいよんしんそ》……暁《あかつき》古城っつったか、あの野郎に伝えておいてくれ」

「古城に？」

浅葱が立ち止まって振り返る。シュトラ・Dはふて腐れた顔でうなずいて、

「ああ。情けねえが、今の俺はこのザマだ。だから、俺らのぶんまで、シャフリヤル・レンのクソ野郎をぶっ殺してきてくれ、ってな……頼む」

殊勝に頭を下げるシュトラ・Dを見て、浅葱は少し驚いたように眉《まゆ》を上げた。そして彼女は、にっこりと強気な笑みを浮かべる。

「……オッケー。ぶっ殺すかどうかはともかく、半殺しくらいにはしてきてあげる。あたしが責任もって古城にやらせるわ」

「上等だ」

シュトラ・Dが満足げに呟《つぶや》いて目を閉じる。そんな彼に背を向けて、浅葱と矢瀬は今度こそ病室をあとにする。

「……あんな約束してきていいのかよ。シャフリヤル・レンを半殺しにするとか……MARが絃神島《いとがみじま》の買収交渉中だと知ったら、あいつ、キレるんじゃねーか？」

殺風景な病院の廊下を歩きながら、矢瀬が浅葱に問いかけた。

浅葱《あさぎ》は表情も変えずに首肯《しゅこう》して、

「そうね」

「いや……そうね、って、おまえ……」

「でも、大丈夫よ。そんなことにはならないから」

浅葱が白い歯を見せて笑う。矢瀬《やぜ》はそんな浅葱の態度に当惑した。

「どうしてそう言い切れる？」

「MAR……ラードリー・レンはひとつ大きな勘違いをしてるのよね」

「勘違い？」

「そう。買収交渉とか損得勘定とか、そんなんで古城《こじょう》が動くと思ってるとこ」

古城の名前を口にした瞬間、浅葱の笑顔がパッと華やかな輝きに包まれた。

そして彼女は、どこか愛《いと》おしく誇らしげな口調で告げる。

「そういう理屈が通用しない極めつけの愚者《バカ》にしか、絃神島《いとがみじま》の領主は務まらないのよ」

4

かつてキーストーンゲートのロビーだった場所は、巨大な隕石《いんせき》が落ちてきた爆心地のような様相を呈していた。直径二十メートルばかりの範囲に、大量の瓦礫《がれき》が積み上がり、今もなお、砂塵《さじん》がもうもうと立ちこめている。

「優麻《ゆうま》！」

その砂塵の中に立っている少女に気づいて、古城は彼女の名前を呼ぶ。

スポーツブランドのパーカーを着た長身の少女——仙都木《とこよぎ》優麻《ゆうま》が、近づいてくる古城と雪菜《ゆきな》を見て、なぜか愉《たの》しそうに手を振った。

「やあ、古城。姫柊《ひめらぎ》さんも。早かったね」

「なんだこりゃ、酷《ひで》ェな……」

「いったいなにがあったんですか？」

あらためてロビーの惨状を見回しながら、古城と雪菜が口々に呟《つぶや》く。

ラードリー・レンとの会談を終えて、古城たちが宿に戻ったのが二十分ほど前のこと。その直後に、この付近で凄《すさ》まじい魔力《まりょく》が撒《ま》き散《ち》らされて、建物の屋根が崩壊したのだ。

おまけにキーストーンゲートの上空には、得体《えたい》の知れない球体状の城が出現していた。おかげで古城たちは散々混乱し、とにかく状況を確認するために、爆心地であるロビーを訪れた、というわけだ。

「ラードリー・レンだよ」

立ち尽くす古城たちを見返して、優麻は小さく苦笑した。彼女は南宮《みなみや》那月《なつき》の助手として攻魔局で働いている。少なくとも古城たちよりは情報を把握しているはずだ。

「〝戦王領域《せんおう》〟の帝国騎士団が、ラードリー・レンを捕らえようとしたんだ。MARの役員は、テロリストとして国際指名手配されてるからね」

「だったらあのダジャレ女は、〝戦王領域〟の連中につれていかれたのか？」

古城《こじょう》が驚いて訊《き》き返《かえ》した。ラードリーが〝戦王領域〟に捕まったのなら、古城たちが彼女と交渉することは、どう転んでも不可能になる。

しかし優麻《ゆうま》は少し戸惑ったように目を瞬《またた》いて、

「ダジャレ女？　ああ……いや、ラードリー・レンは無傷で帰ったよ。彼女はね」

「……彼女は？」

どういうことだ、と古城たちは首を傾《かし》げた。ちょうどそのとき、積み重なった瓦礫《がれき》の向こうから、聞き覚えのある甲高《かんだか》い声が聞こえてくる。

「いた！　戦車ちゃん、この下！　この柱をどけて！」

『うむ。承知つかまつって候《そうろう》！』

耳障りなモーターの駆動音とともに、馬鹿でかいコンクリート片が持ち上がる。それを乱暴に放り投げたのは、真紅の有脚戦車《ロボットタンク》だった。リディアーヌ・ディディエが、〝紅葉《もみじ》〟と呼んでいた二人乗りの新型だ。

その戦車を誘導しているのは、世界最強の夢魔《サキユバス》――〝夜の魔女《リリス》〟こと江口結瞳《えぐちゆめ》。古城たちと同じホテルに滞在していた彼女たちは、真っ先に崩落現場に駆けつけて、事故に巻きこまれた被害者たちの救助を始めていたらしい。

　瓦礫に埋もれた生存者の捜索には、強力な精神感応能力を持つ結瞳が適任だし、重機よりも小回りが利くリディアーヌの戦車は、このような災害現場でも威力を発揮する。あまり認めたくない話だが、最強クラスの吸血鬼である古城よりも、小学生の彼女たちのほうがよっぽど役に立っていた。ようやく集まってきた特区警備隊《アイランド・ガード》の隊員たちも、結瞳たちの活躍を、頼もしそうに見守っている。

　そして、リディアーヌの戦車が瓦礫の中から引っ張り出した物体に気づいて、古城と雪菜《ゆきな》は息を呑《の》んだ。それは艶《つや》やかな深紅に輝く石像だった。数は二体。紅玉《ルビー》のように透き通っているが、その美しく整った造形には見覚えがある。

「アラダールか……!?」

「ザナさん……！」

　古城と雪菜が同時にうめいた。瓦礫の中から現れた深紅の石像は、アラダールとザナの姿を完璧《かんぺき》に模《も》していた。身長や姿形も、表情も、まるで生き写しのようによく似ている。

「これは、石化……いえ、宝石化ですね」

　雪菜が、掘り出された石像に触れながら呟《つぶや》いた。

「宝石化？　物質変性か……！」

　古城が表情を強張《こわば》らせてうめく。錬金術の奥義《おうぎ》である物質変性は、不死身の吸血鬼を完全に無力化する数少ない方法のひとつだ。肉体を破壊するのではなく、無機物へと変えることで、吸血鬼の生命活動を封じて、再生能力を阻害する。古城も〝賢者の霊血《ワイズマンズ・ブラッド》〟との戦いでは、同じような目に遭わされた。

だが、強力な魔術《まじゅつ》耐性を持つ吸血鬼に物質変性を仕掛けるのは、超一流の錬金術師の能力をもってしても難しい。それこそ〝賢者の霊血《ワイズマンズ・ブラッド》〟級の化け物でなければ不可能なはずである。

「――ラードリー・レンの仕業《しわざ》だよ」

いったい誰が、と戸惑う古城《こじょう》に、優麻《ゆうま》が告げた。

「アラダールとザナさんを倒したのか……？　あいつ一人で？」

古城は唖然《あぜん》としながら優麻を見る。

見た目どおりの年齢ではないにせよ、ラードリー・レンは細身の可憐《かれん》な女性だ。相手が普通の魔族や攻魔師ならともかく、あのアラダールやザナをどうにかできるとは思えない。

しかし優麻は少し困った顔で首を振り、

「彼女が無力化したのは二人だけじゃない。アラダール議長が連れていた四人の部下は、ボクがさっき病院に運んだ。彼らは全員が旧《ふる》き世代の吸血鬼だけど、動けるようになるには三日はかかると思う。力の弱い吸血鬼だったら、完全に消滅してもおかしくなかった」

「それを全部、あのダジャレ女がやったのかよ……」

古城の表情が険しさを増す。雪菜《ゆきな》も言葉をなくしている。実際に戦ってザナの強さを知っているだけに、彼女の敗北が信じられない気分なのだろう。

しかし、現実にアラダールたちは、宝石に変えられた無惨《むざん》な姿を晒《さら》している。瓦礫《がれき》の下敷きになっても傷一つ残っていないということは、今の彼らの肉体は、本物の宝石と同等の強度を持っているはずだ。

それほどまでに完全な物質変性を実現するには、恐ろしく高度な魔術が必要になるし、そのぶんだけ解呪《かいじゅ》の難易度も上がる。どうやれば彼らを元に戻せるのか、少なくとも古城には見当もつかない。

「――なるほど。眷獣弾頭《けんじゅうだんとう》の製造技術を応用したのですね。真祖《しんそ》クラスの眷獣を封印できるなら、貴族級の吸血鬼や、真祖の〝血の伴侶《はんりょ》〟を無力化するのも不可能ではないでしょう」

宝石化したアラダールたちを前に途方に暮れる古城の耳元で、不意に笑い含みの優雅な声がした。驚いて振り返った古城と目が合ったのは、銀髪碧眼《ぎんぱつへきがん》の美しい女性。美の女神《フレイヤ》の再来と謳《うた》われる、北欧アルディギア王国の王女である。

「ラ・フォリア……！」

「どうやら力は取り戻したようですね、古城。安心しました」

深い湖に似た碧《あお》い瞳を細めて、ラ・フォリア・リハヴァインが微笑《ほほえ》んだ。

古城たちの窮状を知った彼女が、わざわざアルディギアから駆けつけてくれたことは知っている。彼女が古城に会いに来るのも、まあ、わかる。

しかし唐突な王女の出現に、古城《こじよう》は動揺して頰《ほお》を引《ひ》き攣《つ》らせた。権謀術数《けんぼうじゆつすう》に長《た》けたこの腹黒王女のことが、古城は少々苦手なのだ。

しかし彼女の助けがなければ、古城が暴走させてしまった黒の眷獣《けんじゆう》たちに対処できなかったのも事実である。ありがたく思っていないわけではない。

「ああ、いや。あんたたちにもずいぶん世話になったと聞いてる。助かったよ」

古城は気を取り直してラ・フォリアに感謝を伝える。銀髪の王女は、わざとらしく大げさに驚いて首を振り、

「おや。礼など不要です。あなたにはアルディギアの騒動での借りがありますし、それに夫の危機を救うのは、妻として当然ではありませんか。ねえ、雪菜《ゆきな》？」

「え、ええ……そうですね。一般的には。暁《あかつき》先輩はあなたの夫ではありませんけど」

王女の勢いに軽く圧倒されつつも、それとなく矛盾を指摘する雪菜。ラ・フォリアはそんな雪菜の反論を何事もなかったかのように聞き流す。

「それに、夏音《かのん》を救ってくれたことに対しては、むしろ古城に感謝するべきなのはわたくしのほうですね」

「ああ……いや、それも元はといえば俺のせいだし……」

後頭部に手を当てながら言いかけて、古城はハッと警戒の表情を浮かべた。夏音の天使化を防ぐため、古城が夏音の血を吸った事実を、ラ・フォリアはさらりと指摘してみせたのだ。

「ちょっと待て。なんでラ・フォリアまで、俺と叶瀬《かなせ》のことを知ってるんだ？」

「我が国の王族の生死に関わる問題ですから」

　ラ・フォリアは平然と言い放つ。彼女が胸元から取り出したのは、ラミネート加工を施《ほどこ》した隠し撮り写真。古城が夏音の喉《のど》に噛《か》みつく、決定的な瞬間を写した一枚だ。

「盗撮してたのか⁉　じゃあ、ユスティナさんがあのとき叶瀬の傍《そば》にいなかったのは……！」

「ふふっ……さあ、どうでしょう？」

　ちらり、と悪戯《いたずら》っぽく舌を出してラ・フォリアはとぼけた。

　古城は渋面《じゅうめん》のまま溜息《ためいき》をつく。盗撮写真を渡された雪菜の機嫌が、なぜか見る間に悪化していくのが伝わってくる。このままラ・フォリアにペースを握らせておくのは危険だ。そう判断して古城は強引に話題を変えた。

「それより、ラ・フォリアは大丈夫なのか？　霊力《れいりょく》の使いすぎで叶瀬が天使化するんだったら、あんただって同じようなものだろ？」

「あら。では、わたくしの体調に問題があったら、夏音にしたのと同じことをしてくださるのでしょうか？　今ここで？」

　ラ・フォリアが目を輝かせて古城を見た。

　彼女の予想外の提案に、古城はギョッと周囲を見回して、

「今から⁉　ここで⁉　さすがにそれは……」

「ふふっ……では、早速」

「いや、だから、早速じゃなくて……！」

「さあ、雪菜《ゆきな》。わたくしのぶんの指輪を出してください」

「え？」

唐突に名前を呼ばれた雪菜が、動揺して間抜けな声を出す。

ラ・フォリアは、そんな雪菜を試すように見つめて微笑《ほほえ》んだ。

「あなたがザナ・ラシュカから受け取った指輪、まだ残っているのでしょう？」

「あ……ええ。まあ……」

雪菜は制服のポケットから銀色の指輪を取り出した。古城《こじょう》の肉体の一部を封じた契約の指輪。吸血鬼の〝血の伴侶《はんりょ》〟を擬似的に生み出すための触媒だ。

「暴走した黒の眷獣《けんじゅう》を封じるために、限界を超えて霊力《れいりょく》を放出したのはわたくしも同じです。天使化対策ということであれば、あなたや夏音《かのん》と同様に、わたくしにも古城の〝伴侶〟となる資格があると思うのですけれど？」

「それは……そうですけど……」

雪菜が曖昧《あいまい》に言葉を濁す。果たしてその指輪を本当にラ・フォリアに渡していいのかどうか、決めかねているという表情だ。

「あっ……」

そのときラ・フォリアが目眩《めまい》を起こしたように、小さくうめいて姿勢を乱した。

「ラ・フォリア……⁉」

よろめく王女を支えようと、雪菜が咄嗟《とっさ》に手を伸ばす。そんな雪菜の脇《わき》をすり抜けて、ラ・フォリアはくるりと振り返る。王女の指先がつまんでいたのは、銀色の指輪だ。雪菜の手の中から、すれ違いざまに一つかすめ取ったのだ。

「なるほど。これが触媒の指輪ですか」

「い、いつの間に……⁉」

興味深そうに指輪を掲《かか》げるラ・フォリアを、雪菜が愕然《がくぜん》とした表情で凝視する。

王女は、奪った指輪を素早く自分の左手薬指に嵌《は》めこむと、

「ザナ・ラシュカが用意した指輪は全部で十一個。そのうち獅子《しし》王機《おうき》関《かん》や太史《たいし》局《きょく》の攻魔《こうま》師《し》が受け取ったものが四つ。領主選争を終わらせるために、カスティエラ家の鬼族《オグレス》に与えられたものが一つ。そして夏音の天使化を止めるために使われたものが一つ——わたしがこれを受け取って、残りは四つというわけですね」

「いえ、残りは三つです。私が一ついただきますから」

動揺を引きずる雪菜の死角から小さな手が伸びてきて、雪菜の手の中の指輪を一個奪い取る。指輪を入手して安堵《あんど》の笑みを浮かべたのは、ベレー帽を被《かぶ》った小柄な小学生だ。

「え⁉　結瞳《ゆめ》ちゃん……⁉　でも、これは……」

「わかってます。これは予約です」

「よ、予約？」

「はい。見ててください、あと三年経《た》ったら、私も雪菜《ゆきな》さんたちのように古城《こじょう》さんとたっぷりイチャイチャしますから」

「待って……ちょっと待って、わたしは暁《あかつき》先輩とイチャイチャなんてしてない……！」

雪菜が懸命に否定しようとするが、問題はそこじゃないだろ、と古城《こじょう》は思う。

一方、ラ・フォリアは、対等の強敵を見るような眼差《まなざ》しを目の前の小学生に向けている。

「世界最強の夢魔《サキュバス》〝夜の魔女《リリス》〟の江口結瞳《えぐちゆめ》ですか。これはわたくしも古城の正妻として、うかうかしてはいられませんね」

「いえ、さすがはアルディギアのラ・フォリア王女。噂《うわさ》どおりお綺麗《きれい》な方で驚きました。でも、いつか必ず私が正妻の座を奪い取ってみせます！」

「どうしてラ・フォリアが正妻というのが前提みたいになってるんですか……！」

雪菜が、結瞳たちに聞こえないように小声でぼやく。と、その雪菜のすぐ背後に、長身の少女が前触れもなく現れた。

「ふーん……その指輪、余ってるなら、ボクもひとついただいておこうかな」

「ゆ、優麻《ゆうま》さんまで!?　ちょ……返して！　返してください！」

優麻が、ひょい、と三個目の指輪を奪い取り、それに気づいた雪菜が慌てて取り返そうとする。しかし二人の身長差もあって、腕を高く掲《かか》げた優麻に、雪菜の手は届かない。

「返す……というのは承服できませんね。これは本来、あなたではなく、古城が管理すべきものではありませんか？　ねえ、古城？」

ラ・フォリアが冷静な口調で、雪菜の言葉を咎《とが》め立《た》てる。さすがにこの手の交渉ごとに関しては腹黒王女の独擅場《どくせんじょう》だ。

「あー……まあ、そう言われればそんな気もするけど……」

古城が、煮え切らない態度でラ・フォリアの言い分を認める。たしかにザナ・ラシュカから指輪を直接受け取ったのは雪菜だが、それは古城がザナに腹を抉《えぐ》られて人事不省《じんじふせい》の状況に陥っていたからで、本来なら契約の当事者である古城が指輪を持っておくのがスジだろう。

「うう……」

ラ・フォリアだけでなく、結瞳や優麻の抗議の視線に晒《さら》された雪菜が、最後に残った二つの指輪を、渋々と古城に譲り渡す。

古城はやれやれと溜息《ためいき》をついて、それらを無造作にポケットにねじこんだ。

「それで吸血行為はどうしますか？　今からここでやりますか？」

事の顛末《てんまつ》を満足そうに見届けたラ・フォリアが、挑むように古城を見上げて訊《き》く。古城は、思わず王女から距離を取り、

「できるわけねえだろ、この状況で！」

「わたくしはべつに気にしませんが……見られながらというのも、それはそれで興奮するかもしれませんし……ふふっ」

「あんたが言うと、どこまで冗談かわからなくて恐《こわ》いんだが……！」

「まあ、今回は指輪を受け取っただけでよしとしましょう」

くすっ、と小さく笑声《しょうせい》を洩《も》らして、ラ・フォリアは典雅《てんが》に肩をすくめた。

「わたくしの体調なら心配は無用です。夏音《かのん》のように、生身で魔術《まじゅつ》を使ったわけではありませんから。アルディギア王家が使う大規模魔術は、原則的に精霊炉《せいれいろ》の補助を想定して組み上げられているのです」

「単独で眷獣《けんじゅう》と張り合った叶瀬《かなせ》が、頑張りすぎたってことか」

なるほど、と古城《こじょう》はラ・フォリアの説明に納得する。王女は、ええ、と微笑《ほほえ》んで、

「そうですね、やはり愛の力でしょうか？」

「いや、愛って……あいつは誰にでも優しいだろ」

「……まあ、そういうことにしておきましょうか」

彼女にしてはめずらしく、少し呆《あき》れたような口調でラ・フォリアは呟《つぶや》いた。そして彼女は、再び宝石化したアラダールたちへと視線を向ける。

「それよりも今の問題は、彼らをどうするかということですね」

「姫柊《ひめらぎ》の槍《やり》で、この宝石化を解除できないのか？」

古城がふと思いついて雪菜《ゆきな》に訊《き》いた。雪菜は真剣な表情で考えこむ。

「可能性はあると思います。ただの石化なら、〝雪霞狼《せっかろう》〟では戻せませんけど、これは一種の封印に近い状態のようなので――」

「うん。だけど、それはやめておいたほうがいいだろうね」

雪菜の発言を途中で遮《さえぎ》ったのは優麻《ゆうま》だった。古城は少し驚いて優麻を見る。

「どうしてだ？」

「たしかに姫柊さんの槍は魔力を無効化するだろうけど、外部から強制的に封印を破壊すると、その衝撃で内部の人の細胞が壊れる可能性があるんだよ。解除するなら時間をかけてゆっくりやらないと」

「……冷凍食品の解凍みたいだな」

古城が間の抜けた感想を洩らす。しかし、強力な魔術だからこそ解呪《かいじゅ》の反動が大きいという理屈は、なんとなく理解できなくもなかった。

「それに、そもそも〝雪霞狼〟の攻撃は、アラダール議長にもダメージを与えてしまうので」

「あー……」

雪菜の申し訳なさそうな説明に、古城は今度こそ引き下がる。彼女の槍が放つ神格振動波《しんかくしんどうは》は、魔力を無効化することで吸血鬼に致命的なダメージを与えるのだ。

「余計な真似《まね》はせず、このまま〝戦王《せんおう》領域〟に返還するのが無難でしょう。ただ、その場合、アラダール議長の立場は少々厄介なことになりそうですね」

ラ・フォリアが思案するような口調で言う。

武闘派の吸血鬼として恐れられているアラダールにとって、敵対する〝天部《てんぶ》〟の小娘一人に無力化され、祖国に送り返された、というのは、屈辱的な不名誉だろう。

帝国議会の議長職を解任される程度で済めばまだマシで、下手《へた》をすれば領地の没収や爵位《しゃくい》の剝奪《はくだつ》──最悪、死罪すら絶対にないとは言い切れない。もしそんなことになってしまったら、古城《こじょう》としても寝覚めが悪すぎる。

ラ・フォリアもいつになく真剣に考えこんで、

「せっかく彼らに大きな貸しを作る機会、出来れば無駄にしたくないのですが……」

「貸しって、あんたな……」

打算丸出しの王女の言葉に、古城は呆《あき》れながら嘆息する。

有脚戦車《ロボットタンク》のスピーカーから、遠慮がちな声が流れ出したのはその直後だった。

『あー……各々方《おのおのがた》……ご無礼いたす。そのアラダール殿とザナ殿でござるが……』

「リディアーヌ？」

常にハイテンションな〝戦車乗り〟らしからぬ神妙《しんみょう》な態度に、古城は訝《いぶか》りながら振り返る。

降り積もった瓦礫《がれき》。慌ただしく行き交う特区警備隊《アイランド・ガード》の隊員たち。壊れた天井からは夕陽《ゆうひ》が射しこみ、漂う砂埃《すなぼこり》を照らしている。さっきまでとまったく同じ光景だ。

リディアーヌを混乱させるような出来事が起きたわけではない。たった一つの小さな変化を除いては——

『お二方《ふたかた》の死骸《しがい》が、消《き》え失《う》せて候《そうろう》』

「……!?」

宝石化したアラダールとザナ・ラシュカの突然の消失に、雪菜《ゆきな》や優麻《ゆうま》、そしてラ・フォリアまでもが絶句する。

誰かがアラダールたちを運び出した気配はなかった。空間転移魔術が使われた痕跡《こんせき》もない。ただそこに置かれていたはずの二つの宝石像が消えている。

目的も手段もわからない小さな異変。その謎に雪菜たちが動揺する中——

いや、死骸じゃねーだろ、と古城はこっそり心の中だけで突っこんだ。

5

「……それで、アラダールとザナ・ラシュカは、結局見つからなかったのか？」

豪奢《ごうしゃ》なドレスを着た南宮那月《みなみやなつき》が、場違いなアンティーク調の肘掛《ひじか》け椅子《いす》に腰掛けて、尊大な態度で尋ねてくる。

絃神島《いとがみじま》第六魔導《まどう》研究所。叶瀬賢生《かなせけんせい》の研究室だ。

しかし、本来、魔具《まぐ》や魔導書《まどうしょ》が置かれているはずのスペースは、すでに半分近くが那月《なつき》の私物に占領されている。たとえば三段重ねのケーキスタンドにティーセット。あるいは革張りのソファにぬいぐるみ。我が物顔で居座る那月の傍若無人《ぼうじやくぶじん》さにストレスを感じているのか、ただでさえ暗い叶瀬賢生《かなせけんせい》の表情が、いっそう陰気なものに変わっていた。

とはいえ、それは古城《こじょう》たちには直接は関係ないことだ。

「はい。あの距離で、誰にも気づかれずに大がかりな魔術が使えたとは思えないのですが……わたしだけでなく、優麻《ゆうま》さんやラ・フォリア王女もいましたし」

「リディアーヌの戦車のセンサーにも、反応がなかったって言ってたしな」

雪菜《ゆきな》が生真面目《きまじめ》な口調で説明し、古城が投げやりに言い足した。

室内にいるのは那月と古城たちと、部屋の主である叶瀬賢生。そして負傷療養中の、香菅谷《かすがや》雫梨《しずり》・カスティエラである。古城たちをここに呼びつけたのは、雪菜の上司である縁堂縁《えんどうゆかり》だが、彼女は急な用事が出来たらしく、遅れて来ることになっている。

そこで古城たちは暇潰《ひまつぶ》しがてら、ラードリーの一件を那月に報告していたのだった。

「今のおまえたちの説明だけでは、正直なにもわからんな。さすがに情報が少なすぎる」

古城たちの話を聞き終えた那月が、至極《しごく》当然な感想を口にする。そもそも報告している古城たちが混乱しているのだから、那月に理解できるはずがない。

「まあ、そうだよな。那月ちゃんたちに、なにか心当たりがあればと思ったんだが……」

「教師をちゃん付けで呼ぶな」

不機嫌な顔で古城を睨《にら》んで、那月は気怠《けだる》く脚を組み替えた。

「仙都木《とこよぎ》の娘が、現場に残って調べているのだろう？　だったらそっちは任せておけばいい。それとも第一真祖《だいいちしんそ》の嫁のことがそんなに気になるか？」

「いや、その言い方は誤解を招くだろ……！　べつにザナさんが人妻だから気にしてるわけじゃねーよ！」

冗談とも本気ともつかない那月の質問に、古城は慌てて反論する。那月は短く鼻を鳴らして、

「そうだな。貴様には貴様の出来たての〝伴侶《はんりよ》〟がいることだしな」

「……伴侶？」

なんのことだ、と古城は本気で首を傾《かし》げて、それからふと、部屋の片隅にいる香菅谷雫梨・カスティエラに目を向けた。雪のように輝く白髪《はくはつ》の鬼族《オグレス》は、包帯まみれの姿でベッドに寝かされている。

「それってまさかカス子のことを言ってるのか？」

「は⁉　なんですの、その露骨に不服そうな顔は……⁉　ていうか、誰がカス子ですの⁉」

顔をしかめる古城を睨んで、雫梨が猛然と抗議する。

「言っときますけれど、これはあくまでも眷獣《けんじゅう》の暴走を止めるための仮契約であって、こんなものでわたくしの心まで自由に出来るとは思わないことです……わ……ぐ！」

指輪を嵌《は》めた左手を突き出して喚《わめ》いていた雫梨《しずり》が、傷の痛みを思い出し、そのままベッドに突《つ》っ伏《ぷ》して苦悶《くもん》する。明らかに興奮しすぎだった。

「いや、契約とかはどうでもいいんだが、それよりもおまえ、大丈夫か……？　今朝より酷《ひど》いことになってないか？」

「どうでもいい!?って、この包帯は、ここのヤブ医者が大げさなだけですわ！」

古城《こじょう》の無神経な言葉に歯を剝《む》きながら、雫梨は怒ったように叶瀬賢生《かなせけんせい》を睨《にら》みつけた。

賢生は、心外だと言わんばかりに小さく首を振り、

「私は医者ではなく、魔導《まどう》技師だからな。ただの怪我人《けがにん》の処置は専門外、というよりも、正直あまり興味がない。希少種の鬼族《オグレス》というからには、もう少しユニークな肉体構造を期待していたのだがな……残念だ」

「わたくしのことを珍妙な深海魚かなにかみたいに扱うのはやめてくださいまし！」

感情の籠《こ》もらない賢生の言葉に、ウキー、と高周波の唸《うな》り声《ごえ》を上げる雫梨。こいつらはどっちもどっちだな、と古城は呆《あき》れまじりに考える。

「とりあえず、カス子のことは心配なさそうだな」

「ああ。二十四時間前と比較して、骨折が二カ所、筋肉の部分断裂が六カ所ほど増えているが、まあ、たいした問題ではないだろう。今夜には動けるようになっているはずだ」

賢生の淡々とした説明に、古城は目を丸くして驚いた。

「回復するのが速過ぎないか？　鬼族《オグレス》は頑丈だけど、治癒能力は人間並みなんだろ？」

「修女騎士《パラディイネス》の加護ですわ」

「仮契約とはいえ、曲がりなりにも真祖《しんそ》級の吸血鬼の〝血の伴侶《はんりょ》〟だからな。それなりの恩恵はあるということだ。本物の〝血の伴侶〟なら、吸血鬼に近い再生能力を得られるのだから、それに比べれば効果は微々たるものだが」

ふふん、と得意げに胸を張る雫梨を無視して、賢生が真面目な答えを返す。

今の雫梨は、古城の〝血の伴侶〟として、無尽蔵《むじんぞう》の魔力供給を受けることができる。その魔力を細胞の活性化に振り向けることで、肉体の自然治癒力を底上げしているのだろう。魔族である雫梨ならではの特権だ。

「そうか……それならまあ、おまえと契約してよかったよ」

古城が安堵《あんど》の笑みを浮かべて言った。黒の眷獣《けんじゅう》の暴走を止めるために、半ば無理やり古城の〝血の伴侶〟にさせられた形の雫梨だが、そのことが彼女自身の助けになっているというのは、古城にとってても朗報だ。多少なりとも罪悪感が薄くなる。

「え、ええ、まあ……悪くはないですわね」

古城が素直に喜んでいるのが意外だったのか、雫梨は照れたように頬《ほお》を赤らめる。

そして、そんな古城と雫梨の会話を隣で聞いていた雪菜《ゆきな》は、ものすごい無表情になっていた。理由はわからないが、なぜか激しく機嫌を損ねているらしい。

その冷え冷えとした気配から逃れようと、古城《こじょう》はぬるくなったお茶を啜《すす》って、なぜかケーキスタンドに載っていたおにぎりに手を伸ばす。研究室に出入りする職員のための夕食として用意されていたものだが、さんざん待たされているので、ひとつくらい勝手にもらっても問題ないだろう。

「あれ……このおにぎりって、叶瀬《かなせ》が握ってくれたのか？」

おにぎりをひと口囓《かじ》ったところで、古城が驚いたように呟《つぶや》いた。ここにいない叶瀬夏音《かのん》のおにぎりの味がしたからだ。

那月《なつき》が、そんな古城を興味深そうに眺めて、

「ほう、よくわかったな？　やはりアレか、自分の〝伴侶《はんりよ》〟が握ったものは特別ということか」

賢生《けんせい》が、ぴくり、と不機嫌そうに眉を動かした。彼の養女である叶瀬夏音も、雫梨《しずり》と同様に、古城の〝血の伴侶〟になっている。そのことを思い出したらしい。

「……そうなんですか、先輩？」

雪菜《ゆきな》が表情を消したまま、平坦《へいたん》な声で訊《き》いてくる。古城は、そんなわけあるか、と首を振り、

「そうじゃねえよ。こないだ叶瀬と一緒に炊き出しやったときに、喰《く》わせてもらったヤツと同じだったから……って、そういえば、叶瀬はどこに行ったんだ？」

「夏音なら、ニーナ・アデラードと一緒に彩海学園《さいかいがくえん》に行きましたわ」

必死に話を逸《そ》らそうとする古城を哀れんだのか、雫梨が溜息《ためいき》まじりに言った。

「……ニーナを連れてったのか？　学校に？」

「あの錬金術師は、壊れた校舎を修理するのに役に立つからな。少しおだててやれば、勝手に働いてくれるだろう」

戸惑う古城に、那月が解説する。ただ働きかよ、と古城はめずらしくニーナに同情を覚える。

研究室の奥のドアが開き、すらりとした長身の少女が入ってきたのはその直後だった。

昨晩、コンテナ基地で別れた煌坂紗矢華《きらさかさやか》だ。彼女の胸元には、金色の瞳の黒猫が抱かれている。雪菜の師匠である縁堂縁《えんどうゆかり》の使《つか》い魔《ま》だ。

「――待たせたね、雪菜。それに元・第四真祖《だいよんしんそ》の坊や。獅子王機関《うちき》の上層部が揉《も》めててね」

黒猫が皮肉っぽい口調で古城たちに呼びかけた。

部屋に入ってきたのは、紗矢華と黒猫一匹だけだ。紗矢華と行動を共にしていた唯里《ゆいり》と志緒《しお》、それに妃崎霧葉《きさききりは》の姿はない。

「唯里さんたちは一緒じゃなかったんですか？」

雪菜が訝《いぶか》るような視線を紗矢華に向けた。紗矢華は、なぜかビクッと肩を大きく震わせて、

「え!?　あ、ああ、羽波《はば》唯里たちは……そう、〝門《ゲート》〟！　異境《ノド》の〝門《ゲート》〟を監視してるの！　決して行方不明とかではなくて！」

「は、はあ……」

挙動不審な紗矢華《さやか》を眺めて、雪菜《ゆきな》は曖昧《あいまい》にうなずいた。紗矢華の落ち着きがないのはいつものことだが、今日の彼女は輪をかけて狼狽《ろうばい》が酷《ひど》い。

「獅子王機関《ししおうきかん》の上層部が揉《も》めてたっていうのは？」

おにぎりの残りを食べ終えた古城《こじょう》が、縁《ゆかり》に訊《き》いた。黒猫が、どこか投げやりに首を振る。

「決まってるさね。〝天部《てんぶ》〟の死都《しと》。それに眷獣弾頭《けんじゅうだんとう》さ。おまえさんたちがラードリー・レンに会ったという話は聞いてるよ。例の艦隊の映像も見たんだろ？」

「まあ、いちおう……あれってやっぱり本物だったのか？」

「北米連合《NAU》側も、連中が派遣した艦隊が大打撃を受けて撤退したことを認めたよ。世界中のニュース番組でも繰り返し流れてる。紗矢華、さっきの写真を見せておやり」

「は、はい」

硬い表情でうなずきながら、紗矢華は自分のスマホを取り出した。

表示されていたのは絃神島《いとがみじま》の夜景だ。上空に浮かんでいるのは、幾何学模様のような複雑な魔法陣《まほうじん》。異境《ノド》につながっている〝門《ゲート》〟である。

その〝門《ゲート》〟のすぐ傍《そば》に、小さな航空機の機影が見える。見覚えのある機種だった。

「MARの輸送ヘリ……か？」

「積み荷は、異境《ノド》から持ち帰った眷獣弾頭だろうね」

古城の呟《つぶや》きを肯定して、縁が続ける。他人事《ひとごと》のような彼女の答えに、古城は少しムッとした。

「誰もこのヘリに気づかなかったのか？」

「それどころじゃなかったんだよ。ちょうど誰かさんの眷獣が地上で暴れてたからね」

「ぐ……」

思わぬ形で自分の責任を指摘されて、古城は言葉を詰まらせる。

MARが誰にも気づかれることなく眷獣弾頭の搬出に成功したのは、ほかならぬ古城の眷獣たちが、陽動の役目を果たしたせいらしい。シャフリヤル・レンもそれを計算してやっていたわけではないのだろうが、古城にしてみれば不幸な偶然だ。

「ヘリの輸送能力から考えて、異境《ノド》からは最大で十二発の眷獣弾頭が持ち出されたと予想されてるよ。実際はそれより少ないとしても、こういう場合、楽観は禁物だからね」

「……そのうち二発はすでに使われた。残りは最大で十発だ」

縁の言葉を引き継いで、那月《なつき》が告げた。

「ただし発射台である〝天部〟の死都は、世界中、どこに出現するかわからないときている。聖域《せいいき》条約機構の加盟国が、揃《そろ》って怯《おび》えるのも無理はないな」

「そのあたりの話は、いちおうラ・フォリアからも聞いてる」

古城は、やり場のない怒りを声に滲《にじ》ませる。〝天部〟の死都についての情報を、古城たちに伝えてくれたのもラ・フォリアだ。

しかし彼女の母国アルディギアもまた、聖域条約機構の加盟国である。

ラ・フォリアや彼女の騎士団がMARに敵対的な行動を取ったとき、アルディギアの都市が眷獣弾頭《けんじゅうだんとう》の標的にならないという保証はない。だから古城《こじょう》たちには協力できないのだ、とラ・フォリアは語った。少なくとも今はまだ、傍観しているしかないのだ、と。

「アルディギア王国だけじゃない。日本政府もMARとの交渉に応じるそうだ」

那月《なつき》が淡々とした口調で古城に告げる。古城は驚いて思わず身を乗り出した。

「日本政府と交渉するって……絃神島《いとがみじま》はどうなるんだ？」

「絃神市国は、国際的には日本国内の自治領という扱いだ。最悪の場合、売られるな」

那月が突き放すように冷たく告げる。

真祖大戦《しんそたいせん》以降の絃神島の政治的な扱いは、極めて不安定で曖昧《あいまい》だ。

独自の自治権や外交権を持つ一方で、国防や警察力は日本政府に依存している。日本の国家《こっか》攻魔官《こうまかん》である那月や、獅子王機関《ししおうきかん》が、以前と同様に活動しているのもそのせいだ。

だから、もしもMARが、絃神島に関する領有権を譲渡するように要求したら、おそらく日本政府は断れない。MARには眷獣弾頭があるからだ。

「だったら、どうしてラードリー・レンは人工島管理公社に来たんでしょうか？　日本政府を説得できるのなら、敢《あ》えて絃神島サイドと交渉する意味なんてないのに……」

雪菜《ゆきな》が困惑したように独《ひと》りごちる。

「同じように占領されるにしても、日本政府に勝手に決められるより、絃神島の住民が自発的に受け入れたほうが心証がいいから、だろうな」

那月が現実的な推論を口にした。

「問題は、それが絃神島だけの話では済まないということだ。〝天部《てんぶ》〟が六千発以上の眷獣弾頭を本当に手に入れたら、同じように世界中が連中に支配されることになる。いずれそうなることがわかっていても、自国民を犠牲には出来ない、というのが、政治家連中の本音だろう」

「だったら尚更《なおさら》、こんなところでのんびりしてる場合じゃないだろ。〝天部〟がこれ以上の眷獣弾頭を手に入れる前に、シャフリヤル・レンを異境《ノド》から引きずり出さないと……」

古城が思わず作業机を殴りつけて喚《わめ》く。

那月は静かに目を伏せて、それから自分の頭上へと視線を向けた。

「そうだな。だが、我々が考える程度のことは、〝天部〟の連中にもわかってる。だからあの空に浮かぶデカブツを呼び寄せたんだろう」

「俺たちが異境《ノド》に行くためには、まず死都《しと》をどうにかしなきゃならないってことか……」

自分たちに突きつけられた問題の厄介さを、古城はあらためて思い出す。

リディアーヌの戦車の観測によれば、死都は、絃神島の上空二千メートル付近を浮遊しているらしい。ちょうど異境《ノド》への〝門《ゲート》〟の入り口を塞《ふさ》ぐような恰好《かっこう》だ。

「絃神島の上空に居座られていては、貴様の眷獣で吹き飛ばす手も使えん。もしあれの破片が市街地に降ってきたら、どれだけの被害が出るか見当もつかないからな」

那月《なつき》が、古城《こじょう》の考えを見透かしたように警告した。直径一キロにも達する球形の城砦《じょうさい》。古城が手に入れた黒の眷獣《けんじゅう》ならば、それを破壊するのは不可能ではないだろう。

だが、相手は、強力な魔術《まじゅつ》結界《けっかい》に護《まも》られた〝天部《てんぶ》〟の居城だ。古城の攻撃が確実に通用するという保証はないし、たとえ通用したとしても、死都《しと》の一欠片《ひとかけら》でも地上に落ちれば大惨事になる。

「いや、だからって、このまま手をこまねいて見てるわけにもいかないだろ。それとも本気で、ラードリー・レンにこの島を叩《たた》き売《う》るつもりなのかよ？」

「獅子王機関《ししおうきかん》の連中と協力して、攻魔局でも対策は進めている。余計な心配はせずに大人しく待っていろ。貴様に勝手に暴れられると昨日の二の舞になりかねん」

「……昨日のは俺が好きでやったわけじゃねーよ。まあ、カス子の見舞いも済んだし、大人しくしてろというなら帰るけど」

那月にしっかりと釘《くぎ》を刺されて、古城は渋々と立ち上がる。

出来るなら、今すぐにでもアヴローラを連れ戻しに行きたいが、それが無理なことくらいは、古城もさすがに理解している。〝天部〟の死都。それに眷獣弾頭。歯がゆいが、どう考えても古城一人の手に負える状況ではない。

肩を落として出口に向かう古城を心配そうに眺めつつ、雪菜《ゆきな》は当然のようにそのすぐあとをついてくる。そんな彼女を、縁《ゆかり》が不意に呼び止めた。

「待ちな、雪菜。おまえはここに居残りだよ」

「……師家様《しけさま》？」

「昨日、ぶっ倒れるまで血を流しておいて、いざってときに動けるのかい？　回復呪術《じゅじゅつ》の手配をしてある。あたしが許可を出すまでは、ここで古詠《こよみ》と一緒に静養してもらうよ」

驚く雪菜に、縁の使い魔の黒猫が強い口調で言い放つ。

「古詠様と……？　でも、わたしには暁《あかつき》先輩の監視任務が……」

師匠の一方的な命令を、雪菜はやんわりと拒絶した。しかし黒猫はニヤリと笑って、

「そんなものは、聖団《ギゼラ》にでもやらせておけばいいさ」

「聖団《ギゼラ》って……香菅谷《かすがや》さんに？」

雪菜は困惑の表情で、ベッドの上の雫梨《しずり》を見る。雫梨は、腕に巻かれていた包帯を剝《は》ぎ取《と》りながら、待ってましたとばかりに勢いよく立ち上がり、

「任されましたわ！　暁古城が悪さをしないように導くのは、聖団《ギゼラ》の修女騎士《パラディネス》たるわたくしの務め！　怪我人《けがにん》はゆっくり休んでいればいいですわ！」

「怪我人って……それは香菅谷さんも同じなのでは……」

雪菜は咎《とが》めるような半眼《はんがん》で、縁の使い魔の黒猫を睨《にら》む。黒猫は素知らぬ顔で息を吐き、自分を胸に抱いている長身の少女の顔を見上げた。

「だったら念のために、もう一人つけておこうかね。構わないね、紗矢華《さやか》？」

突然名前を呼ばれた紗矢華《さやか》が、ビクッと怯《おび》えたように身を硬くした。

「は、はい」

思い詰めた表情でうなずく紗矢華を、古城《こじょう》は少しだけ不思議に思う。紗矢華が男嫌いなのは知っているが、今さら古城の監視程度で、そこまで緊張する必要があるとは思えない。

しかし紗矢華は唇を強く噛《か》みしめて、長剣《ちょうけん》を収めた楽器ケースを胸に抱く。

あからさまに不自然な彼女の反応を、雪菜《ゆきな》は無言のままじっと見つめていた。

6

キーストーンゲートへと帰還した古城を出迎えたのは、浅葱《あさぎ》と矢瀬《やぜ》、それにリディアーヌと結瞳《ゆめ》の小学生コンビだった。

「それで、おめおめと戻ってきたわけ、あんたたち？」

古城が連れ帰った雫梨《しずり》と紗矢華を見て、浅葱は心底呆《あき》れたような表情を浮かべた。

キーストーンゲート高層階のホテルの一室。古城が昨晩泊まった、スイートルームのリビングだ。部屋は広いし天井も高いが、リディアーヌの有脚戦車《ロボットタンク》が居座っているせいで室内に妙な圧迫感が漂っている。まるで軍事法廷に出頭させられた犯罪者になった気分だった。

「おめおめ、ってなんだよ？　いやまあ、怪我人《けがにん》の世話を体《てい》よく押しつけられただけってのはわかるけども」

古城が不満げな表情で反論する。雫梨は、なっ、と心外そうに古城を睨《にら》んで、

「押しつけられた怪我人というのは、もしかしてわたくしのことですの⁉」

失敬な、と子どものように頬《ほお》を膨らませる雫梨。古城は面倒くさそうに溜息《ためいき》を洩《も》らして、

「おまえ以外に誰がいるんだよ。ていうか、ホテル《こっち》に戻ってきちゃまずかったのか？　だけど、俺《おれ》ん家《ち》にカス子と煌坂《きらさか》を泊めるわけにはいかないだろ……？」

いくら相手が顔見知りとはいえ、実の兄が女子二人を自宅に連れ帰ったら、さすがの凪沙《なぎさ》も怒ると思う。暁《あかつき》家の隣に住んでいる雪菜の部屋を使えればよかったのだが、紗矢華がうっかりして鍵を借りてくるのを忘れたのだ。

普段の紗矢華なら、合法的に雪菜の生活空間に入れるということで、大喜びで鍵を受け取りそうなものだが、彼女らしからぬ失態である。

「まあ、べつにいいけどね。このホテル、どうせあたしたち以外に客はいないんだし。煌坂さんには訊《き》きたいこともあったしね」

「訊きたいこと？　煌坂に？」

古城は少し意外に思いながら、ラフな私服姿の浅葱を見た。

浅葱たちが、古城の疑問に一斉にうなずく。肌が痺《しび》れるようなピリピリした空気に、古城と雫梨は顔を見合わせ、紗矢華はますます表情を硬くする。

「なんか臭《にお》うのよね。ね、煌坂《きらさか》さん？」

浅葱《あさぎ》が頰杖《ほおづえ》をつきながら、口元だけで微笑《ほほえ》んだ。紗矢華《さやか》は焦ったように首を振り、

「は、はい⁉ 私、ちゃんと今日はお風呂に入ったんだけど⁉ 二回も！」

「そういうことじゃないんです。なにを企《たくら》んでるんですか、紗矢華お姉さん」

結瞳《ゆめ》が真《ま》っ直《す》ぐに紗矢華を見上げて訊《き》いた。

その鋭い視線から逃れるように、紗矢華は無意識に目を逸《そ》らす。

「た、企む、なんて、そんな……」

「そういや特区警備隊《アイランド・ガード》から、妙な苦情が届いてたんだよな。太史局《たいしきょく》の妃崎霧葉《きさききりは》と連絡が取れなくて困ってるって。彼女がコンテナ基地で使い捨てた、武神具《ぶしんぐ》の後片付けで揉《も》めてるっぽくてな……」

「そ、そうなんだ……まったく困ったものね、太史局は……！」

矢瀬《やぜ》の何気ない呟《つぶや》きに、紗矢華が声を上擦《うわず》らせた。攻魔師《こうまし》としては極めて有能な紗矢華だが、メンタル面は意外に脆《もろ》く、特に突発的な事態に弱い。ポーカーフェイスがあっさり剝《は》がれて、あからさまにうろたえる。

「その顔は、なにか知ってる顔ですね？」

獲物を追い詰める残酷な蛇のように、結瞳がゆっくりと問いかける。

紗矢華は焦ったように激しく首を振り、

「ち、違うの。私じゃなくて、グレンダちゃんが……」

「グレンダ？」

予想外の名前が出てきたことに、古城《こじょう》は目つきを険しくした。

その場の全員に睨《にら》まれた紗矢華は、観念したように頼りなくうなずいて、

「そう。あの子が急に現れて、斐川《ひかわ》と羽波《はば》と妃崎霧葉をどこかに連れて行ってしまったの」

「どこかって、どこに？」

「そんなの私にだってわかんないんだけど……！」

古城になおも問い詰められて、紗矢華は逆ギレしたように大声で叫んだ。

浅葱が唇に手を当てて、ふむ、と短く息を吐く。

「なるほどね……」

「なにか心当たりがあるのか、浅葱？」

矢瀬が、少し意外そうに眉《まゆ》を寄せた。しかし浅葱は素っ気なく首を振り、

「ちょっとだけね。でも、たぶん彼女たちのことは、ほっといても大丈夫。グレンダちゃんは敵じゃないわ」

「そこはべつに心配してねえよ」

古城は苦笑まじりに息を吐く。あのグレンダが悪意をもって、古城たちに危害を加えることなどあり得ない。彼女を少しでも知る者なら、誰でもそう思うだろう。

「獅子王機関《ししおうきかん》もそれをわかっているから焦ってないんでしょ。たぶんね」

浅葱《あさぎ》も同意するように肩をすくめた。

矢瀬《やぜ》は訝《いぶか》るように紗矢華《さやか》を凝視して、

「じゃあ、グレンダちゃんのことは、煌坂《きらさか》ちゃんたちの企《たくら》みとは別件ってことか？」

「う、うん……」

紗矢華は、気圧《けお》されたように反射的にうなずいて、それからハッと我に返る。

「ち、違うの！　今のは師家様《しけさま》たちがなにか企んでるって意味じゃなくて……違うのよ！」

「ふーん……」

狼狽《ろうばい》する紗矢華を、浅葱が冷ややかな眼差《まなざ》しで見つめた。そして、

「〝戦車乗り〟」

「がってん承知《しょうち》の助《すけ》」

キッズ向けの携帯電話を取りだしたリディアーヌが、タッチパネルを慣れた仕草で操作した。

部屋の真ん中に鎮座していた有脚戦車《ロボットタンク》が突然動き出し、伸縮式のマニピュレーターが、紗矢華を背後からがっしりと羽交《はが》い締《じ》めにする。

「あ、ちょっと⁉　なに⁉　なにする気⁉」

絡みついたマニピュレーターを振《ふ》り解《ほど》こうと暴れる紗矢華だが、彼女の着衣が乱れるだけで、有脚戦車《ロボットタンク》はビクともしない。

無防備な磔《はりつけ》状態になった紗矢華を、浅葱はますます冷たく眺めて、

「結瞳《ゆめ》ちゃん、お願い」

「はい。すみません、紗矢華お姉さん」

結瞳が、紗矢華の前に移動して目を閉じる。そして再び瞼《まぶた》を開けたとき、結瞳の瞳は闇夜の猫に似た眩《まばゆ》い輝きを放っていた。魔力で紡がれた黒い翼が、彼女の背中に浮かび上がる。

それに気づいた紗矢華の顔に、まごうかたなき恐怖の色が浮かぶ。

「ま、まさか、夢魔《サキユバス》の力で私の秘密を喋《しゃべ》らせるつもりなの!?　む、無駄よ、そんなことをしても！　私が実は雪菜《ゆきな》のことを好きだったなんて絶対言わない！」

「…………」

部屋の中にいたほぼ全員が、そんなことは知ってる、とばかりに微妙な表情を浮かべた。ただ雫梨《しずり》だけが無言で目を丸くする。

一方の紗矢華本人は、一度しゃべり出したことで勢いがついたのか、特に質問されたわけでもないのに一人で饒舌《じょうぜつ》に語り始めていた。

「それなのに、どういうことなの!?　雪菜は私といるときより暁古城《あかつきこじょう》と一緒のときのほうが愉《たの》しそうなんだけど……！　二人でいつもイチャイチャイチャイチャして、うう……憎い、暁古城が憎い！　私も雪菜の首筋を舐《な》めたり、髪の匂《にお》いを嗅《か》いだりしたいのに……！」

「な、なんだこりゃ……」

古城《こじょう》は目眩《めまい》に襲われて頭を抱えた。〝夜の魔女《リリス》〟の転生体《てんせいたい》である江口結瞳《えぐちゆめ》の能力は精神操作だ。その圧倒的な支配力で、他者を強制的に操ることも不可能ではないが、基本的には相手の心の闇を暴いて、秘められた欲望のままに行動させるのが本来の使い方である。

とはいえ、紗矢華《さやか》の本音がここまで馬鹿馬鹿しく恥ずかしいものとは思っていなかったのか、術者である結瞳も若干動揺《じゃっかんどうよう》して頬《ほお》を赤らめていた。

「聞いてるこっちのほうが、いたたまれない感じになってきたわね」

「あの、すみません。私の能力は、対象が隠してる本音を暴き出すだけなので……」

浅葱《あさぎ》が困ったように前髪を押さえ、結瞳が悄然《しょうぜん》とうな垂《だ》れる。結瞳の夢魔《サキュバス》の能力では、知りたい質問の答えだけを聞き出すような、都合のいいことはできないらしい。

紗矢華はそんな周囲の落胆にも気づかず、次第に興奮したように声を荒らげて、

「うう……なによ、暁古城《あかつきこじょう》なんて、顔は普通だけど、たまに横顔とかはちょっと恰好《かっこう》いいし、汗臭いけどいい匂《にお》いだし、声を聞いてたら落ち着くし、お姫様抱っこしてくれるし、なによ、雪菜《ゆきな》のことを〝伴侶《はんりょ》〟にするのなら、私のことも一緒に娶《めと》りなさいよ……！」

「……は？」

タチの悪い酔っ払いのようにクダを巻き始めた紗矢華の発言に、古城はひたすら困惑する。

隣にいた雫梨《しずり》が、なぜか不機嫌な眼差《まなざ》しで古城を眺めて、

「よかったですわね、モテモテで」

「いや、これは本気にしたら駄目なやつだろ……」

かろうじて平常心をキープしながら古城は答えた。今の紗矢華の精神状態はまともではないし、これを紗矢華の本音だと思って行動したら、あとで大変な目に遭いそうだ。

そんな古城の葛藤《かっとう》を知ってか知らずか、紗矢華は勝手に苦悩するように首を振る。

「ああ……でも、駄目……私たちが絃神島《いとがみじま》を破壊したら、もう暁古城と一緒にいられなくなっちゃうんだけど……！」

「……は⁉」

紗矢華の告白を興味なさそうに聞き流していた浅葱が、血相を変えて立ち上がった。

「絃神島を破壊する？　どういうことだ、煌坂《きらさか》⁉」

古城も顔を強張《こわば》らせて紗矢華に詰め寄る。紗矢華は駄々をこねる子どものように首を振り、

「私だって知らないわよ……！　〝三聖《さんせい》〟と攻魔局《こうまきょく》が決めたんだもの！　要石《かなめいし》を壊して絃神島を沈めたら、異境《ノド》への〝門《ゲート》〟も消滅するからって……！」

「要石を……壊す、だと……？」

古城が放心したように弱々しく呟《つぶや》いた。

海面下二百二十メートル。光の届かない永遠の牢獄《ろうごく》。キーストーンゲート最下層。そこに封じられた石柱の姿を思い出し、きつく奥歯を噛《か》みしめる。

7

壁に刻まれた巨大な亀裂から、強い夜風が吹きこんでいた。

剝《む》き出《だ》しの鉄骨。コンクリートの破片。キーストーンゲートの最上階。広間に降り積もった瓦礫をよじ登り、古城は半壊した屋上に出る。

時刻は夜十時を過ぎている。眼下に見えるのは絃神島《いとがみじま》の街並み。それを取り囲む夜の海面が、月光に照らされて艶《つや》やかな絹織物のような光沢を放っている。

見上げた夜空を、奇怪な魔《ま》法陣《ほうじん》が埋め尽くしていた。その中央にぽっかりと浮かぶ黒い月のような球体は、死都《しと》。異境《ノド》への侵入を拒む〝天部《てんぶ》〟の居城だ。

古城《こじょう》は、遥《はる》か上空の死都に向かって右手を伸ばす。〝吸血王《ザ・ブラッド》〟から受け継いだ黒の眷獣《けんじゅう》の力なら、届かない距離ではないだろう。

だが古城は、眷獣を喚《よ》び出《だ》すことなく右手を降ろした。今、この島を脅《おび》やかしている脅威は、異境《ノド》にいるシャフリヤル・レンでも〝天部《ヨソ》〟の死都でもない。

「ひっどい有様ね。〝吸血王《ザ・ブラッド》〟のヤツ、他人の島だと思って好き勝手やってくれちゃって」

不意に足元から声がした。非常階段の残骸《ざんがい》を上って現れたのは、華やかな髪型の女子高生だ。

「浅葱《あさぎ》……」

古城は戸惑いながら手を伸ばし、よろめく彼女を引っ張り上げてやる。折れ曲がった鉄骨を器用に踏みしめて、浅葱はどうにか安全な場所まで到達した。

浅葱の服装は、白地のTシャツに制服風のプリーツスカート。普段の彼女に比べると、驚くほどラフな印象を受ける。メイクもいつになくシンプルで、いくらか幼く、そのくせ少し近寄り難く感じられた。もともと綺麗《きれい》な顔立ちの子なのだ。

「古城がアヴローラちゃんと最後に会った場所なのよね、ここって？」

ギャップに戸惑う古城とは裏腹に、浅葱はいつもどおりの調子で古城に訊《き》いた。

「ああ」

古城は少し無愛想《ぶあいそう》に答えて首肯《しゅこう》する。ここは、古城と〝吸血王《ザ・ブラッド》〟が最後に戦った場所。そして第四真祖《だいよんしんそ》の眷獣たちを、アヴローラに譲り渡した場所だった。

だが、その直後にアヴローラは、シャフリヤル・レンの魔具《まぐ》に支配され、〝門《ゲート》〟を開くための生贄《いけにえ》として異境《ノド》に連れ去られてしまったのだ。

「〝天部〟の死都に、眷獣弾頭か……俺があのときあいつの手を離さなければ、こんな面倒なことにはならなかったのにな」

古城が自嘲《じちょう》するように頼りなく笑う。その後悔が無意味なことは、わかっていた。吸血鬼の力を失っていたあの瞬間の古城には、シャフリヤル・レンを止めることは不可能だったのだ。

だがそれでも、あの一瞬、古城がアヴローラの手を離してしまった事実に変わりはない。

「そうかもね」

浅葱《あさぎ》は、古城《こじょう》を責めるでも慰めるでもない淡々とした口調でそう言った。

「でも、まだ生きてるわ。あたしたちも、アヴローラちゃんも」

「あ……」

彼女の言葉に、古城は短く息を呑《の》む。

そう。まだなにも終わっていないのだ。シャフリヤル・レンは地上を支配したわけではない。

古城は黒の眷獣《けんじゅう》を支配して、吸血鬼の力を取り戻した。そしてアヴローラは生きている。異境《ノド》への〝門《ゲート》〟が、今も開き続けているのがその証拠だ。

古城の瞳に光が戻ったことを確認して、浅葱は満足そうに微笑《ほほえ》んだ。

「叶瀬賢生《かなせけんせい》の研究室に向かった特区警備隊《アイランド・ガード》の隊長から報告があったわ。那月《なつき》ちゃんと獅子王機関《ししおうきかん》の連中は、とっくに立ち去ったあとだったって。キーストーンゲートの警備の人員も倍に増やしたけど、那月ちゃんが協力してるとなると、正直、分《ぶ》が悪いわね」

浅葱がスマホを取り出して言った。その情報を古城に知らせるために、彼女はわざわざキーストーンゲートの屋上まで上がってきたのだろう。

「那月ちゃんは、本気で絃神島《いとがみじま》をぶち壊すつもりなのか？」

古城が信じられないという表情で自問する。〝空隙《くうげき》の魔女《まじょ》〟南宮《みなみや》那月は、古城たちの担任教師であると同時に、絃神島でも屈指の攻魔師だ。古城が第四真祖《だいよんしんそ》の力を手に入れる前から、彼女は多くの魔導《まどう》犯罪者を捕縛《ほばく》し、幾度となく絃神島の危機を救ってきた。

しかし那月の所属は警察庁の攻魔局。彼女は日本政府に雇われた国家攻魔官なのだ。日本政府が彼女に絃神島の破壊を命じれば、那月はそれに従わざるを得ない。それは雪菜《ゆきな》たち獅子王機関のエージェントも同じだろう。

「理に適《かな》ってはいるのよね。絃神島がなければ、異境《ノド》への〝門《ゲート》〟は維持できない。〝門《ゲート》〟が消えれば、シャフリヤル・レンは、こちら側の世界に戻れないし、眷獣弾頭の数が増えることもない」

浅葱が客観的な事実を口にする。

眷獣弾頭の数は、最大でも十発。実際にはもっと少ない可能性が高い。多少の犠牲にさえ目を瞑《つむ》れば、吸血鬼の真祖たちが対処できない数ではなかった。大都市のいくつかが滅びたとしても、世界が〝天部《てんぶ》〟に支配されるよりはマシだと考える者がいてもおかしくはないだろう。

「少なくとも聖域《せいいき》条約機構が、この作戦に反対する理由はないわよね。連中は最初から絃神島を沈めるつもりだったんだから。たとえ那月ちゃんたちが失敗しても、それで彼らがなにかを失うわけじゃない。どちらに転んでも損はしないわ」

他人事《ひとごと》のような浅葱の論評に、古城は冷え冷えとした感覚を味わっていた。那月が絃神島を破壊する、という荒唐無稽《こうとうむけい》な話が、急速に現実味を帯びて迫ってくる。

「絃神島が、沈むのか……」

足元に広がる絃神島《いとがみじま》の街並みを見下ろして、古城《こじょう》は弱々しく呟《つぶや》いた。

夜の闇を照らす街明かり。その輝きの数だけ、絃神島で生きる人々の暮らしがある。人類と魔族《まぞく》が争うことなく共存する、〝魔族特区〟の住人たちの人生が。

要石《キーストーン》が破壊されてしまえば、絃神島は数時間と保《も》たない。橋台《アンカーレイジ》を失った吊《つ》り橋《ばし》と同じだ。東西南北の四つの人工島《ギガフロート》は、それぞれの重量を支えきれずに転覆し、互いに激突、あるいは漂流を始めることになるだろう。当然、そこに住む人々の生活は失われる。思い出の風景ごと、永遠に――

最悪の未来を想像した古城の瞳に、絶望と焦燥と怒りが浮かぶ。

そんな古城の横顔を、浅葱《あさぎ》は柔らかな眼差《まなざ》しで見つめていた。

そして彼女は優しく微笑《ほほえ》んで告げる。

「好きよ、古城」

「え?」

古城は呆然《ぼうぜん》と目を瞬《またた》いた。自分がなにを言われたのか、すぐには理解できなかった。浅葱の口調が、あまりにも気負いなく自然に感じられたからだ。

「ずっと前から好きだった。あなたのことも、この島のこともね」

浅葱が正面から古城の瞳をのぞきこむ。その揺るぎのない視線に射竦《いすく》められて、古城の息が止まる。浅葱はふわりと目を細め、そしてきっぱりと言葉を続けた。

「だから、この島を誰にも壊させたりしない。このあたしが、絶対に」

「浅葱……おまえ、なにを考えてる？」

獰猛《どうもう》に微笑む浅葱を眺めて、古城が不安げに訊《き》き返《かえ》す。今の浅葱の表情には見覚えがあった。絃神島を護《まも》るために、たった一人で聖域《せいいき》条約機構軍に戦争を吹っ掛けたときと同じ表情だ。

「〝天部《てんぶ》〟は絃神島にだけは、眷獣弾頭《けんじゆうだんとう》を撃ちこむことができないの。なぜなら、この島は、異境《ノド》につながっている唯一の通路だから。彼らはここを沈めるわけにはいかない」

「つまり、連中に逆らえるのは俺たちだけ……ってことか……」

古城の背中が、ぞくり、と震えた。

日本政府も、アルディギア王国も、真祖《しんそ》たちの夜の帝国《ドミニオン》も、シャフリヤル・レンには逆らえない。彼らの国土と国民が、眷獣弾頭によって人質に取られているからだ。

しかし、古城たち絃神島の住民はそうではない。

ＭＡＲは絃神島に眷獣弾頭を使えない。だから彼らは、古城たちを恐れた。絃神島の住民だけが、〝天部〟の支配に逆らって、ＭＡＲと敵対することができるからだ。ラードリー・レンが絃神島の買収交渉を持ちかけてきたのもそのせいだ。

「指輪」

無防備に立ち尽くす古城に向かって、浅葱が左手を突きつけた。

「え？」

古城《こじょう》は、ぽかんと目を丸くして浅葱《あさぎ》を見る。浅葱は乱暴に息を吐き、

「ザナ・ラシュカから渡された契約の指輪、まだ残ってるんでしょう？　あたしに頂戴《ちょうだい》」

「だけど、これは……」

古城は、銀色の指輪を取り出した。古城の肉体の一部を魔術的《まじゅってき》に取りこんだ、契約の指輪。吸血鬼の〝血の伴侶《はんりょ》〟を生み出すための触媒だ。

友人である浅葱にこの指輪を渡していいのかと、古城は激しく逡巡《しゅんじゅん》する。だが、ためらう古城の胸ぐらをつかんで、浅葱が古城の顔を引き寄せた。

「あんたがアヴローラちゃんのことを忘れられなくても、もしかしたら、ほかの誰かのことが好きでも、そんなのあたしにはどうでもいいことなの。たとえ百年かけても千年かけても、あたしのことをいちばん好きにさせてみせるから——だからあたしにチャンスを頂戴」

古城の耳元で、浅葱が囁《ささや》く。

長い睫毛《まつげ》。勝ち気な瞳。艶《つや》やかな唇と白い肌。彼女の甘い匂《にお》いが鼻腔《びくう》をくすぐる。激しい喉《のど》の渇《かわ》きと、犬歯《けんし》の疼《うず》きが古城を襲ってくる。

「本当に……いいんだな？　浅葱……」

古城は誘われるままに、彼女のしなやかな指に指輪を嵌《は》めた。

銀色に輝く指輪を眺めて浅葱は満足そうな微笑《ほほえ》みを浮かべ、その左手で横髪をかき上げる。あらわになった細い首筋を差し出すようにそっと顎《あご》を上げ、彼女は静かに目を閉じる。

「世界を救うわよ、古城《こじょう》。あたしとあなたで」

呪文《じゅもん》のような誓いの言葉を聞きながら、古城は浅葱《あさぎ》の首筋に牙《きば》を突き立てた。

浅葱が切なげな吐息を洩《も》らし、甘美な深紅の液体が古城の喉《のど》に流れこむ。

〝カインの巫女《みこ》〟の血の記憶とともに――

第三章　裏切り

Betrayal

1

風の音が耳元で鳴っている。かすかな潮の香りがする。ぬいぐるみのようなもふもふの毛並みが頬《ほお》をくすぐる。甘い花のような匂《にお》いの、長い鬣《たてがみ》だ。

「志緒《しお》ちゃん！　起きて、志緒ちゃん！」

「唯《ゆい》……里《り》？」

肩を激しく揺すられて、斐川《ひかわ》志緒は目を覚ます。最初に視界に映ったのは、見慣れた親友の顔だった。不安げに瞳を揺らす羽波《はば》唯里の背後には、風を切る巨大な翼が見える。鋼色《はがねいろ》に輝く、龍《りゅう》の翼である。

「グレンダ……か？　そうだ……グレンダが私たちの前に飛び出してきて……」

志緒は乱暴に首を振って、ぼやけた記憶を辿《たど》ろうとした。

どこからともなく突然現れたグレンダによって、志緒たちは異境《ノド》の侵蝕《しんしょく》が生み出す〝門《ゲート》〟に乱暴に連れこまれたのだ。そしてグレンダは志緒たちを乗せたまま、今もどこかを飛んでいるらしい。

身体《からだ》の冷え具合から判断するに、志緒が意識をなくしていた時間は長くない。絃神島《いとがみじま》から、まだそれほど離れていないはず――そんなことを考えながら、志緒が周囲を見回していると、唯里が険しい表情で頭上を指さした。

「志緒ちゃん、見て！」

「え？」

志緒が戸惑いながら顔を上げると、キラキラと輝く海面が目に入る。その異様な光景に志緒は絶句した。頭上を覆っているのは群青《ぐんじょう》の海。そして眼下には雲に覆われた空が広がっている。上下の感覚を失いそうになって、志緒は必死に龍の鬣につかまる。悪い夢を見ている気分だ。

「なんだ……ここは……？」

天地が逆転したような世界の姿を、志緒は呆然《ぼうぜん》と見回した。比較の対象物がないので正確な距離はわからない。だが、頭上の海面までの高度は、最低でも二、三千メートルはありそうだ。広大な海の中心には、渦巻き状の無数の染《し》みが浮かんでいる。それは、どことなく既視感のある島影だった。鋼色の廃墟《はいきょ》の街。人工島だ。

「あの島……絃神島じゃないよね？　人工島……みたいだけど……」

唯里が困惑の表情で呟《つぶや》いた。志緒はなにも答えられずに、無言で首を横に振る。

「似てるわね。絃神新島《いとがみしんとう》の建物に」

そんな志緒たちの背後でグレンダの鬣が揺れて、不機嫌そうな表情の霧葉《きりは》が現れる。グレンダの長い尻尾《しっぽ》のほうから、苦労して這《は》い上《あ》がってきたらしい。

「妃崎《きさき》霧葉、あなたも無事だったのか……」

「ええ。お生憎《あいにく》だったわね」

驚く志緒《しお》に、霧葉《きりは》が皮肉まじりに返してくる。唯里《ゆいり》は頭上の人工島と霧葉の顔を見比べて、

「それよりも絃神新島《いとがみしんとう》に似てるって……じゃあ、ここはもしかして……」

「異境《ノド》──の可能性が高いのではなくて？　彼女が異境《ノド》の侵蝕《しんしょく》を操ったことも含めて、ね」

霧葉が肩をすくめて言った。志緒は再び目眩《めまい》に襲われる。

たしかに志緒たちは地上から〝門《ゲート》〟を監視していたが、ろくな装備も心の準備もないままに、こんな形で自ら異境《ノド》を訪れるのはさすがに想定外だ。

「いったいどういうことなの、グレンダ？　わたしたちをどこに連れて行く気？」

唯里が、幼い娘を叱《しか》る母親のような口調でグレンダに問いかける。

しかし鋼色《はがねいろ》の龍族《ドラゴン》は、耳をひくひくと動かしただけで振り返らない。彼女が見つめているのは、頭上の人工島ではなく、眼下に広がる雲海だった。

綿菓子のような白い雲の切れ間に、一カ所だけ、両岸が崖《がけ》になった岬のような地形が見える。

その天空の岬へと、グレンダは真《ま》っ直《す》ぐに向かっているのだ。

「どうやらあの建物が目的地みたいね」

岬の突端にある人工物を睨《にら》んで、霧葉が冷静に指摘した。鐘楼《しょうろう》に似た背の高い建物だ。

「教会……かな？」

「私には、ダムの管理施設に見えるが……」

唯里と志緒がそれぞれ首を傾《かし》げて呟《つぶや》いた。雲の中に浮かぶ岬と、そこに立つ尖塔《せんとう》。美しいが、それだけに異様な光景だ。

『だ――――っ！』

自らの帰還を告げるように、グレンダが高らかに咆吼《ほうこう》した。

塔の上空で一度大きく旋回し、そして彼女は岬に向かって急降下を始める。実際には上空へと向かっているわけだから、この場合、急上昇と呼ぶべきなのかもしれない。志緒が、混乱しながらそんなことを考えていると、不意にグレンダの全身が金属質の輝きにつつまれた。

龍族《ドラゴン》の巨体が急激に縮んで、豊かな鬣《たてがみ》が長い髪へと変わる。

グレンダが龍化《りゅうか》を解除して、少女の姿に戻ろうとしているのだ。彼女の背中に乗っていた志緒たちは、当然、空中に投げ出されることになる。

「グ、グレンダ⁉　待ってぇ！」

「こんなところで放り出されたら……死っ……死ぬ……！」

「ちっ……！」

唯里と志緒はたまらず悲鳴を上げながら、そして霧葉は無言で受け身をとろうと身構える。

しかし、予期していた着地の衝撃は、いつまで立っても襲ってこなかった。

落下していないわけではない。たしかに落ちてはいるのだが、その勢いは、想像していたよりも遥《はる》かに緩やかだ。

重力から解き放たれたかのように身体《からだ》が軽い。雲の上に立っているよう——というよりも、事実、雲の上にいるのだから、ある意味、当然の感覚なのかもしれない。

船外活動中の宇宙飛行士のようにぎこちなく手脚を振り回しながら、志緒《しお》たちは、雲の中の岬へと着地する。足の裏から伝わってきたのは、中空の張りぼての上に降り立ったような軽い感触だった。

「痛く……ない？」

「まるで月面あたりにでもいるみたいね」

身体の軽さに違和感を覚えているのか、唯里《ゆいり》と霧葉《きりは》が戸惑いの声を洩《も》らす。

「私たちの世界とは物理法則が違うのか……？」

志緒は苔《こけ》むした地面に触れながら呟いた。想像していた姿とは違ったが、ここは異境《ノド》の一部なのだ。天地が逆転していても、重力の強さが違っても、それは当然のこととして受け入れなければならないのだろう。

一方、志緒たちをここまで連れてきたグレンダは、清々《すがすが》しいほどにいつもどおりだった。

「だーっ！　ゆいりー！　しおー！」

「ちょっ……グレンダ⁉」

飛びついてきた龍族《ドラゴン》の少女を支えきれずに、唯里がふらふらと後退する。重力が弱くて踏ん張りが利かないのだ。

「もう……心配したよ！　今までどこに行ってたの⁉」

「だっ……」

唯里に強い口調で叱《しか》られて、グレンダはしゅんとうな垂《だ》れる。深々と安堵《あんど》の息をつきながら、唯里はそんなグレンダを抱きしめた。

「良かった、無事で……」

「だー……」

えへへ、と嬉しそうに目を細めて、グレンダが唯里にしがみつく。そんな微笑《ほほえ》ましい二人の姿を眺めつつ、志緒は表情を引き締めた。

「それで、ここはどこなんだ、グレンダ？　本当に異境《ノド》なのか？」

「たしか、アヴローラ・フロレスティーナを助けろと言っていたわね？」

「だっ！　アーヴァ！」

霧葉の質問に反応して、グレンダがハッと顔を上げた。龍族《ドラゴン》の少女が目を向けたのは岬の突《とっ》端《たん》に立つ、鋼色《はがねいろ》の小さな塔だった。

その視線に呼応するかのように、塔の入り口の扉が開く。見る影もなく傷《いた》んでいるが、金属製の重厚な扉だ。

扉の奥から顔を出したのは、ぬいぐるみを抱いた小柄な少女だった。虹のように色を変える鮮やかな金髪と、炎のように輝く碧《あお》い瞳の吸血鬼だ。

「アヴローラちゃん……!?」

唯里《ゆいり》が彼女の名前を呼んだ。金髪の小柄な吸血鬼が、怯《おび》えたようにビクリと肩を震わせる。

「本当にアヴローラなのか？」

身体《からだ》の軽さにまごつきながら、志緒《しお》は少女のほうへと近づいた。アヴローラは、胸に抱いたぬいぐるみをギュッと抱きしめながら、意を決したように口を開く。

「な、汝《なんじ》ら……如何《いか》にして此方《こなた》に来たれりや？」

「いや、それが私たちにもよくわからないんだが……」

志緒は、困ったように眉《まゆ》を寄せてグレンダを見た。しかし、唯一事情を説明できそうなグレンダは、唯里に抱きついたまま無邪気に笑っているだけだ。

「アヴローラちゃんは大丈夫なの？　第四真祖《だいよんしんそ》の力を古城《こじょう》君に渡されたって聞いたけど……」

唯里が代わりに訊《き》き返《かえ》す。アヴローラは、そんな唯里の左手の指輪に目を留めた。そして志緒の左手と、同じく霧葉《きりは》の左手薬指にも順番に視線を向けていく。

「契約の円環……」

「あ……！　ち、違う。違うんだ、これは……！」

「そ、そう！　わたしたちはなにもしてないから……古城くんとは、まだ……！」

ぼそり、と呟《つぶや》くアヴローラに、志緒と唯里は勢いよく首を振った。慌てふためく志緒たちを見上げて、グレンダが、「だ？」と首を傾《かし》げる。

「どうでもいいけど……その不細工な生き物はなに？」

やれやれ、と息を吐き出しながら、霧葉が訊いた。

彼女がじっと見下ろしていたのは、アヴローラに抱かれたぬいぐるみだった。実在の生物がモデルなのかどうかも怪しい、得体《えたい》の知れない奇怪なマスコットキャラだ。

『ケケッ……いきなり失礼なネエちゃんだな、太史局《たいしきょく》の六刃神官《りくじんしんかん》』

その不細工なぬいぐるみが、突然、ぎょろりとした瞳を動かして霧葉を見る。

「しゃ、喋《しゃべ》った⁉」

「生きてるの⁉」

志緒と唯里が驚いてうめく。驚く志緒たちを見て、アヴローラも身を硬くする。

「あなた、何者？」

咄嗟《とっさ》に後方に飛《と》び退《しさ》った霧葉が、背中のケースから鉛色の槍《やり》を抜き放った。先端が音叉《おんさ》型に割れた双叉槍《スピアフォーク》。太史局の乙型呪装双叉槍《リチエルカーレ》だ。

だが、槍の切《き》っ先《さき》を向けられても、不細工なぬいぐるみは怯《おび》えた素振《そぶ》りも見せずに笑う。

『そうだな。話すと長くなるんだが、とりあえず絃神島《いとがみじま》ではモグワイと呼ばれてたぜ』

「……モグワイ？」

皮肉っぽく響くぬいぐるみの声に、霧葉が目つきを険しくした。

「聞いたことがある。藍羽《あいば》浅葱《あさぎ》が設計した人工知能だな？　たしか絃神島を管理している五基のスーパーコンピューターの現身《アバター》だとか……」

志緒《しお》が曖昧《あいまい》な記憶を辿《たど》りながら呟《つぶや》いた。

霧葉《きりは》がわずかに警戒を緩めて、ふん、と鼻を鳴らす。

「なるほど……〝カインの巫女《みこ》〟の相方というわけね？」

「それがどうして異境《ノド》にいるの？　それに、その身体《からだ》……実体、だよね？」

唯里《ゆいり》が当然の疑問を口にする。

しかし不細工なぬいぐるみは、わざとらしく肩をすくめて頭上に目を向けた。

『その質問は後回しにしてもらえるか？　先にあれをなんとかしないとヤバそうなんでな』

「……あれ？」

志緒もつられて視線を巡らせる。

潮風に混じって聞こえてきたのは、ティルトローター方式の輸送機の飛行音だった。

頭上の海に浮かぶ人工島から飛び立った輸送機が、この岬に向かって落ちてくる。向こうの連中の感覚では、上昇している、ということになるのだろうか。とにかく、志緒たちのほうに近づいてきているのは間違いない。

「彼らは？」

『MARの特殊部隊だな。ひとまずは一個小隊ってところか』

「シャフリヤル・レンの部下たちか……！　まさか、アヴローラを狙っているのか？」

「だっ！」

志緒の問いかけを、興奮気味に肯定したのはグレンダだった。思えば彼女は、アヴローラを助けてくれと最初から志緒たちに訴えていたのだ。

ふんふん、と鼻息を荒くするグレンダを眺めて、モグワイはケケッと皮肉っぽく笑う。

『まあ、そうだな。連中の目的の半分は、な』

「残りの半分は？」

霧葉が冷ややかな表情で訊《き》き返《かえ》す。

モグワイは、短い腕を器用に曲げて、背後の塔を指さした。

『こいつだ。この施設自体だよ』

「施設……？　ここにいったいなにがあるの？」

唯里がパチパチと目を瞬《またた》きながら、あらためて鋼色《はがねいろ》の塔を振り仰いだ。

モグワイは、その質問を待ち構えていたかのようにニヤリと口角を吊《つ》り上《あ》げた。ギザギザの歯を剝《む》き出《だ》して、どこか得意げに胸を張る。

『人工島センラの管理中枢——六千四百発の眷獣弾頭《けんじゅうだんとう》を封印するためのシステムってやつだ』

2

雪菜《ゆきな》を乗せたエレベーターは、静かに降下を続けていた。狭いケージの中には、雪菜と那月《なつき》。そして縁堂縁《えんどうゆかり》の使い魔《つかいま》の黒猫が乗っている。

空気がねっとりと重く感じられるのは、雪菜の気のせいではないだろう。

ここはキーストーンゲート海面下第十階層。外壁の外の水圧は、すでに五気圧近くに達しているのだから。

エレベーターが終点に着いて、扉が開く。

正面に見えるのは、金庫の扉を連想させる信じられないほど分厚い隔壁だ。その表面には、幾重《いくえ》もの緻密《ちみつ》な結界が張り巡らされて、強固な防壁を織り上げている。雪菜のような攻魔師にとっては、眺めているだけで息苦しさを感じるほどだ。

結界の前には重武装の警備員が四人、多数の警備ポッドを引き連れて立っていた。彼らは、雪菜たちの到着に気づいて一斉に銃を向けてくる。軍用の短機関銃。装填されているのは、おそらく対魔族用の銀イリジウム合金弾だろう。

「止まれ！　止まりなさい！　なんだ、おまえたちは⁉」

警備員が殺気立った声で警告する。彼らが警備しているのは、絃神島《いとがみじま》の最重要区画だ。許可なく近づく者には、無条件での発砲が許可されている。

しかし警備員たちが引き金を引くことはなかった。エレベーターから降りてきた那月の姿に気づいたからだ。

「……南宮攻魔官？　どうしてここに……？」

警備員たちの表情に戸惑いが浮かぶ。攻魔師としての那月は伝説的な有名人であり、さらには特区警備隊《アイランド・ガード》の戦術指導教官も務めている。彼女を敵だと認識できなくても無理はない。

「要石《キーストーン》気密隔壁の護衛だな」

那月が、隔壁に歩み寄りながら問いかける。

戸惑いながらうなずく警備員たちに、彼女は冷ややかに微笑《ほほえ》みかけて、

「任務ご苦労。おやすみ」

那月は畳んだままの扇子《せんす》を無造作に振った。彼女の周囲の空間が歪《ゆが》み、生み出された衝撃波が警備員たちを襲う。警備員たちは声もなく吹き飛んだ。脳を直接揺らされた彼らには、最後まで、なにが起きたのか理解できなかったはずだ。

異変を察知した警備ポッドたちが、瞬時に戦闘モードに移行する。

そんな彼らを、純白の光の矢が容赦なく襲った。

狙撃用の上位攻撃魔術である霊弓術《れいきゆうじゆつ》。それを十六発同時に発動してみせたのは、縁の使い魔の黒猫だ。十六体の警備ポッドが一瞬で破壊され、機能を完全に停止する。特区警備隊《アイランド・ガード》が誇

る精鋭部隊が、まるで子ども扱いだ。雪菜《ゆきな》は半ば放心したような表情で、恩師たちの一方的な蹂躙《じゅうりん》を眺めている。

「さて、貴様の出番だ、獅子王機関《ししおうきかん》の剣巫《けんなぎ》」

その雪菜を振り返って、那月《なつき》が言った。死刑宣告にも似た冷淡な口調だった。

「本当に……絃神島《いとがみじま》を破壊するんですか？」

雪菜がかすれた声で訊《き》き返《かえ》す。

那月たちがやろうとしているのは、キーストーンゲート最下層への侵入。そして要石《キーストーン》の破壊である。超大型浮体式構造物《ギガフロート》の連結部を破壊された絃神島は、バランスを失って分解、あるいは互いに激突し、半日も保《も》たずに海に沈むことになるだろう。絃神島という都市《まち》そのものが、跡形もなく消えてしまうのだ。

「その話はもう終わったと思っていたのだがな？」

那月が、ためらう雪菜を睨《にら》んで嘆息する。

「安心しろ。ロタリンギアの殲教師《せんきょうし》がここで暴れたときとは状況が違う。今は絃神新島《いとがみしんとう》がこの海域を取り巻いているからな。たとえこの島が沈んでも、住民が避難する時間は十分だ」

「で……ですけど……！」

「急げよ、姫柊《ひめらぎ》雪菜。MARが異境《ノド》から持ち出す眷獣弾頭《けんじゅうだんとう》が増えれば、それだけ死人の数も増えるぞ？」

「くっ……！」

雪菜は槍《やり》を握りしめて唇を噛《か》む。

絃神島が消滅すれば、島の上空に出現した異境《ノド》への〝門《ゲート》〟も消える。シャフリヤル・レンはこちらの世界に帰還する手段を失い、異境《ノド》から運び出される眷獣弾頭の数が増えることもない。結果、争いの犠牲となる人々の数は、劇的に減ることになるだろう。雪菜が、絃神島を破壊するだけで――

「〝雪霞狼《せつかろう》〟……！」

隔壁を覆う結界に、雪菜は槍を突きつける。女性の悲鳴に似た甲高《かんだか》い音が鳴り響き、幾重《いくえ》にも張り巡らされた結界が抵抗もなく引きちぎれた。

「上出来だ。最下層まで跳ぶぞ」

那月が無表情にうなずいて言った。

空間制御魔術を使いこなす那月の前には、強固な金属隔壁や、迷路のように入り組んだ通路も無意味だった。通路の結界が消えた時点で、彼女の侵入を阻むものはもうなにもない。

周囲の景色が波紋のように揺らぐ。雪菜たちは一瞬で、海面下二百二十メートルのキーストーンゲート最下層へと到達する。

そこは光の届かぬ海底の牢獄《ろうごく》だ。強烈な気圧差に、雪菜の鼓膜が痛みを訴える。

水圧に耐えるために設計された、円錐形《えんすいけい》の強固な外壁。

壁の外側へと伸びている四本のワイヤーケーブルは、それぞれが絃神島《いとがみじま》を構成する東西南北四基の人工島《ギガフロート》をがっちりとつなぎ留《と》めている。各ケーブルの終端《しゅうたん》にあるのは、巨大な巻上げ機《マシンヘッド》を内蔵した金属製の土台《アンカー》だ。

その土台《アンカー》の中心を、一本の石柱が刺《さ》し貫《つらぬ》いている。絃神島を連結するための、数百万トンの加重を支える要石《キーストーン》——直径わずか一メートルにも満たないその石柱が、絃神島の最大の要所にして弱点なのだ。

「これが、要石《キーストーン》の新しい結界……」

土台《アンカー》を包む螺旋《らせん》状の結界を見上げて、雪菜《ゆきな》は軽く圧倒される。

かつての要石《キーストーン》の中心部には、西欧教会の聖遺物《せいいぶつ》である〝聖人〟の遺体が使われていた。聖遺物がもたらす奇跡によって、〝魔族特区《まぞくとっく》〟絃神島は支えられていたのである。

だが、ロタリンギアの殲教師《せんきようし》ルードルフ・オイスタッハの襲撃によって、その絃神島の闇は暴かれた。さらには近年の魔導《まどう》技術の進歩によって、聖遺物の奇蹟《きせき》に頼らずとも要石《キーストーン》の強度を上げることが可能になっていた。

そして事件から半年が過ぎた今、聖遺物は西欧教会に返還され、絃神島の要石《キーストーン》は新しいものと交換されている。それが雪菜の目の前にある虹色の石柱だった。

石柱を取り囲む結界は、雪菜がこれまで見てきたものに比べると、圧倒的に美しくシンプルな構造をしている。その実体は、結晶化されたモノリシック結界だ。

磨き上げられた宝石に似て、高い強度と耐久性を持つ特殊な結界。世界でもわずかな成功例しかない、最高峰の魔導技術の産物である。

「終焉教団《オーダー・ジ・エンド》も手出しできなかった絃神島の最高防御区画だ。私の〝守護者〟でも、こいつは壊せん。理論上は第四真祖《だいよんしんそ》の眷獣《けんじゅう》の攻撃にも耐えられる設計になっているらしい」

那月《なつき》が淡々と説明した。強固な結界は要石《キーストーン》の強度を上げるためのものだが、それは結果的に、外からの攻撃に対する絶対的な障壁として機能しているのだ。

たとえ、このキーストーンゲート最下層に辿《たど》り着《つ》くことが出来たとしても、要石《キーストーン》を物理的に破壊する方法はない。

「だが、貴様の槍《やり》だけは別だ、姫柊《ひめらぎ》雪菜。ありとあらゆる結界を斬《き》り裂《さ》く七式突撃降魔機槍《シュネーヴァルツァー》の神格振動波《しんかくしんどうは》なら、この障壁を突破できる」

那月が残酷な事実を雪菜に突きつける。要石《キーストーン》を破壊できるのは、雪菜だけ。それは絃神島を沈めるか否《いな》か、雪菜自身が決断しなければならない、ということだ。

「……わたし……が……」

槍を握る雪菜の手が震えた。

瞼《まぶた》を閉じると、絃神島の景色が脳裏に浮かぶ。潮の香り。海鳥の声。眩《まばゆ》い陽射《ひざ》しと白い波頭。魔族と人類が共に暮らす街。雪菜の記憶の中の絃神島には、常にあの少年の姿がある。

「姫柊雪菜。もう十分です。あなたはよくやりました」

動きを止めた雪菜《ゆきな》の背後から、か細く穏やかな声がした。

驚いて振り返った雪菜が見たのは、車椅子《くるまいす》に乗った若い女性だった。

飾り気のない三つ編みの髪と野暮ったい眼鏡。ふと目を離せば、すぐに忘れてしまいそうな平凡な顔立ち。しかし彼女が全身にまとう霊気《れいき》は、猛々《たけだけ》しく鮮烈だ。

「閑《しずか》……古詠《こよみ》様……」

獅子王機関《ししおうきかん》〝三聖《さんせい》〟筆頭の名を、雪菜は呆然《ぼうぜん》と口に出す。

「どうしても覚悟が決まらないのなら、私にその槍《やり》を渡しなさい。あなたほどではないにせよ、私も絃神島《いとがみじま》には愛着がありますーーですから、この島を沈める罪は私が背負いましょう」

車椅子に乗ったまま雪菜に近づいて、閑古詠は右手を雪菜に差し伸べた。非凡な霊力の持ち主である彼女は、雪菜と同様に〝雪霞狼《せっかろう》〟を使いこなせる。過去には実際に〝雪霞狼〟を操り、暁古城《あかつきこじょう》を圧倒したこともある。

彼女に〝雪霞狼〟を渡してしまえば、たしかに雪菜は楽になれるだろう。絃神島を破壊する重責も、罪の意識も負わずに済むのかもしれない。

しかし雪菜は黙って首を振り、あらためて槍を強く握りしめた。

「お気遣いありがとうございます。ですが、これは私の役目ですから」

古詠たちに再び背を向けて、雪菜は要石《キーストーン》に向き直る。霊力を流しこまれた銀色の槍が、神格振動波《しんかくしんどうは》の青白い輝きを放つ。あとは目の前の結界を切り裂けば、すべて終わりだ。〝天部《てんぶ》〟

との戦いも、暁古城の監視任務も。

「ごめんなさい、先輩……それに、みんな……！」

涙を振り払うように乱暴に首を振り、雪菜は呼吸を整えた。光を帯びた銀色の槍を構えて、結界の中心へと突き立てる。

この場にいるはずのない少年の声が、力強く響き渡ったのは、その直後のことだった。

「やれ、アスタルテ！」

「――命令受諾《アクセプト》」

「……っ⁉」

唐突に視界を埋め尽くした薔薇色《ばらいろ》の輝きに、雪菜がうめく。

突き出した銀色の槍の穂先《ほさき》は、結界に触れる寸前で、巨大な翼に受け止められていた。

否《いな》、それは翼ではなく、巨大な腕だった。〝雪霞狼〟と同じ神格振動波をまとった、人型《ひとがた》の眷獣《けんじゅう》の右腕だ。

「執行《エクスキュート》せよ、〝薔薇の指先《ロドダクテユロス》〟――」

虚空《こくう》から出現した小柄な人工生命体《ホムンクルス》の少女が、自ら召喚《しょうかん》した眷獣をまとって雪菜の前に立ちはだかる。その姿に雪菜は激しく動揺する。

かつて、この場所で一度目にした光景。だが、当時とは立場が逆だ。

あのとき護《まも》ろうとした要石《キーストーン》を壊そうとしているのは雪菜で、その雪菜を、アスタルテが止

めようとしている。暁古城《あかつきこじょう》の仲間として──

「悪いな、那月《なつき》ちゃん。今回はあんたたちの邪魔をさせてもらうぜ」

眷獣《けんじゅう》をまとうアスタルテを背後に従えて、古城が獰猛《どうもう》な笑みを浮かべていた。

雪菜《ゆきな》は硬直したまま動けない。自分が絃神島《いとがみじま》を沈めようとする姿を、もっとも見られたくなかった相手が、前触れもなく現れたのだ。頭の中が真っ白になって、どうすればいいのかわからない。悪い夢を見ている気分だ。

「暁古城……なぜ貴様がここにいる？」

沈黙する雪菜に代わって、那月が訊《き》いた。古城が愉快そうに唇の端を吊《つ》り上《あ》げる。

「なぜ？　俺は絃神島の領主だぜ？　この島を護《まも》ろうとするのは当然だろ？　たとえ世界中を敵に回してもな」

「煌坂《きらさか》が口を割ったのですか」

閑古詠《しずかこよみ》が穏やかな口調で確認する。かすかな怒りを滲《にじ》ませたその声に、なぜか古城が困ったように顔をしかめた。

「あいつのことは許してやってくれ。結瞳《ゆめ》の精神支配を喰《く》らったんだ」

「……〝夜の魔女《リリス》〟江口《えぐち》結瞳ですか……」

閑古詠が物憂《ものう》げに息を吐く。江口結瞳は、〝神々の兵器〟レヴィアタンすら支配する世界最強の夢魔《サキュバス》だ。獅子王機関《ししおうきかん》の舞威媛《まいひめ》たる紗矢華《さやか》といえども、本気を出した結瞳に逆らえるものではない。紗矢華の心に負い目があれば尚更《なおさら》だ。

「あの子は優しすぎるからね。この任務には向かないと思って、坊やの監視につけたんだが、それが裏目に出たようだね」

縁堂縁《えんどうゆかり》が、使《つか》い魔《ま》の口を借りてぼそりと愚痴《ぐち》る。雪菜はそんな縁の言葉に、自分が責められているような錯覚を覚えていた。紗矢華には向かない任務だからこそ、彼女のぶんまで自分が役目を果たすべきだった。そう言われたような気がしたのだ。

「――だが、貴様がここに来たところで結果は同じだ」

硬直したままの雪菜を鬱陶《うっとう》しげに押しのけて、南宮《みなみや》那月が古城の前に出る。彼女の全身から放たれる鬼気に、古城が弾《はじ》かれたように身構えた。

「要石《かなめいし》は破壊する。それとも貴様の能力で、私たちを止めてみるか？」

自らの質問の答えを待たずに、那月は攻撃を開始した。彼女が狙っていたのは古城ではなく、その背後――人型《ひとがた》の眷獣をまとったアスタルテだった。

虚空《こくう》から吐き出された銀色の鎖が、四方からアスタルテを襲って搦《から》め捕《と》る。その鎖の正体は、那月が〝呪いの縛鎖《ドローミ》〟と呼んでいた神々の魔具《まぐ》だ。第四真祖《だいよんしんそ》の眷獣すら封じる強靭《きょうじん》な鎖に縛られて、アスタルテは動けない。

「剣巫《けんなぎ》！　今のうちに要石を破壊しろ！」

那月が雪菜に向かって叫ぶ。〝雪霞狼《せっかろう》〟の神格振動波《しんかくしんどうは》を防げるのは、同じ能力を持つアスタルテの人型眷獣《ひとがたけんじゅう》だけだ。その人型眷獣が封じられている今なら、要石《キーストーン》を簡単に破壊できる。

「駄目だ、姫柊《ひめらぎ》！　……っとお⁉」

槍《やり》を構え直した雪菜《ゆきな》の前に、古城《こじょう》が慌てて飛び出してくる。そんな古城に向かって、無数の光の矢が降り注いだ。縁堂縁《えんどうゆかり》の霊弓術《れいきゅうじゅつ》だ。

逃げ惑う古城から目を逸《そ》らし、雪菜は要石《キーストーン》に向き直る。強力すぎる古城の黒の眷獣は、この狭い空間では自由に動けない。暁《あかつき》古城の監視役だった雪菜は、誰よりもそれをよく知っていた。黒猫の身体《からだ》を借りている状態の縁は、本来の能力の半分も発揮できないが、それでも今の古城相手に後《おく》れを取ることはないだろう。

「あんたら全員を相手にするのはさすがに無理か……！」

彼自身そのことを理解しているのか、古城が苦い表情で呟《つぶや》いた。そのぼやきに応《こた》えたのは、笑い含みの軽やかな声だ。

「そうだね、古城とアスタルテさんだけじゃね」

「──っ⁉」

雪菜の視界が波紋のように揺らいだ。空間制御魔法の前触れだ。咄嗟《とっさ》に後退した雪菜の前に、蒼《あお》く錆《さ》びた鎧《よろい》をまとう、顔のない騎士像が出現する。仙都木優麻《とこよぎゆうま》を守護する悪魔の眷属《けんぞく》だ。

「優麻さん⁉」

スポーツブランドのパーカーを着た長身の少女が、蒼の騎士像を従えて、要石《キーストーン》の前に着地した。

「礼を言っておくよ、姫柊さん。キミが隔壁の結界を破壊してくれたおかげで、直接ここに跳んでくることができた。四十階分の非常階段を下りるのは、さすがに疲れそうだしね」

仙都木優麻が、雪菜に向かって人懐《ひとなつ》こく笑いかけてくる。

雪菜はグッと声を詰まらせた。

強固な結界に阻まれたキーストーンゲートの機密区画に、空間転移《テレポート》で侵入することはできない。その結界を破壊したのは、襲撃者である雪菜たちだった。

その結果、那月と同じ魔女の力を持つ優麻も、キーストーンゲート最下層への転移が可能になった。古城とアスタルテをこの空間に送りこんだのも、優麻の仕業《しわざ》だったのだ。

「〝蒼《ル・ブルー》〟――！」

優麻が自らの〝守護者〟に攻撃を命じる。蒼の騎士像が剣を向けた相手は、雪菜ではなく、アスタルテの眷獣を縛っている鎖だった。

空間の揺らぎが鎖を伝って、眷獣の拘束がわずかに緩んだ。アスタルテはその隙《すき》を見逃さず、那月《なつき》の鎖を強引に振《ふ》り解《ほど》く。

「行け、剣巫《けんなぎ》！」

那月が新たな鎖を撃ち放ち、アスタルテの動きを封じようとした。しかしそれらは、優麻の〝守護者〟にすべて撃ち落とされて、アスタルテには届かない。

もっとも那月《なつき》の目的は、アスタルテの捕縛《ほばく》ではなく足止めだった。鎖に視界を阻まれたアスタルテの移動が一瞬遅れ、雪菜《ゆきな》は、その隙《すき》に眷獣《けんじゅう》の足元を駆け抜ける。

「――〝雪霞狼《せっかろう》〟！」

「やらせませんわ！」

要石《キーストーン》に向けて突き出した雪菜の槍《やり》が、激しい火花とともに弾《はじ》かれた。金属同士がぶつかる甲高《かんだか》い音とともに、雪菜の腕が衝撃で痺《しび》れる。眷獣の陰に隠れていた白髪《はくはつ》の鬼族《オグレス》が、深紅の長剣《ちょうけん》で雪菜の攻撃を止めたのだ。

「香菅谷《かすがや》雫梨《しずり》・カスティエラ……！」

「やらせませんわ、姫柊《ひめらぎ》雪菜。聖団《ギゼラ》の修女騎士《パラディネス》として……いえ、失われた〝イロワーズ魔族特区《まぞくとっく》〟の生き残りとして、絃神島《いとがみじま》を沈めることは、このわたくしが許しません！」

「くっ……！」

体勢を崩してよろめく雪菜に、雫梨が肩から突っこんでくる。鬼族《オグレス》の怒濤《どとう》の体当《チャージ》たりをまともに喰《く》らって、雪菜は為すすべもなく吹き飛んだ。咄嗟《とっさ》に片手バク転を繰り返して間合いを取るが、結果、要石《キーストーン》から大きく離れてしまう。

雪菜が再び身構えたとき、雫梨もまた長剣を構え直していた。波打つ炎のような刀身《とうしん》を前に突き出した、攻撃的な独特の構え――修女騎士《パラディネス》の基本姿勢だ。

「それにあなたには、いつぞやの借りがありましたわね。洗脳されて操られていたとはいえ、無様《ぶざま》に倒された屈辱、のしをつけてお返ししますわ。リターンマッチですわよ！」

雪菜を挑発的に睨《にら》みつけ、雫梨が猛々《たけだけ》しい笑みを浮かべる。迷いのない彼女の視線に気圧《けお》されたように、雪菜は奥歯を強く嚙《か》みしめた。

3

ワイヤーケーブルが張り巡らされた密閉空間のあちこちで、苛烈《かれつ》な戦闘が展開されていた。

暁《あかつき》古城《こじょう》は、流星のように降り注ぐ光の矢から逃げ惑い、アステルテが操る薔薇色《ばらいろ》の眷獣が、巨大な腕を伸ばしてそんな彼を援護する。香菅谷雫梨と姫柊雪菜は、文字どおり激しく火花を散らしながら、至近距離での白兵戦《はくへいせん》を続けている。

そして仙都木《とこよぎ》優麻《ゆうま》は、〝空隙《くうげき》の魔女《まじょ》〟南宮《みなみや》那月を相手に、互角の魔術戦を繰り広げていた。

「――悪いね、師匠《せんせい》。悪魔との契約に縛られて自由に動けないボクだけど、たったひとつだけ例外があるんだ」

優麻が、空間制御で生み出した不可視の衝撃波が、四方から一斉に那月を襲う。

那月はチッと鬱陶《うっとう》しげに舌打ちし、自ら空間転移《テレポート》することで、優麻の攻撃を回避した。それでも優麻は攻撃をやめない。魔女の魔術演算力を極限まで使って、那月の転移先へと衝撃波を叩《たた》きこむ。めまぐるしく転移を繰り返しながら、那月も反撃。二人の魔女は、高速で位置を入れ替えながら、人外の凄《すさ》まじい魔力《まりょく》を撒《ま》き散《ち》らす。

「あなたを攻撃することは、いつでも出来る！　ボクの母親――仙都木阿夜《とこよぎあや》を幽閉している、あなたのことだけは！」

優麻《ゆうま》の守護者が咆吼《ほうこう》し、真空の刃《やいば》が那月《なつき》を襲った。

強大な魔力を手に入れることと引き換えに、魔女は悪魔と交わした契約に縛られる。その契約に背いた行動を取れば、魔女の〝守護者〟は、即座に魔女自身の命を奪うのだ。

優麻が悪魔と交わした契約は、監獄結界に幽閉されている実の母親――仙都木阿夜の解放だった。そのために優麻は、那月の助手として、犯罪組織《LCO》の捜査に協力している。ＬＣＯを殲滅《せんめつ》すれば阿夜を釈放すると、攻魔局が約束したからだ。

だが、阿夜を外に出すだけならば、攻魔局の手を借りるまでもない。

監獄結界の管理者である那月を斃《たお》せば、自動的に囚人たちは解放されることになる。ゆえに優麻に憑《つ》いた悪魔が、那月との戦闘を契約違反と見なすことはない。優麻はそれを利用して、古城に協力し、絃神島《いとがみじま》の破壊を防ごうとしているのだ。

「貴様の力で私に勝てるつもりか、仙都木優麻？」

那月が周囲の空間を歪《ゆが》めて、無数の銀鎖を銃弾のように撃ちこんでくる。優麻も空間を操って、那月の攻撃の軌道を必死で逸《そ》らすが、すべての攻撃を捌《さば》ききれずに空間転移《テレポート》で逃れるしかない。空間の支配力で圧倒されて、いつの間にか防戦一方になっている。

「実力的には厳しいでしょうね。ボクがあなたに勝てるなら、そもそも母さんが捕まることもなかったわけだし」

軽く息を弾ませながら優麻は苦笑した。

優麻の〝守護者〟である蒼《あお》い騎士像は、母親である仙都木阿夜から受け継いだものだ。だが、〝書記の魔女《ノタリア》〟と呼ばれた阿夜の能力は魔導書《まどうしよ》の記憶と再現で、本来は戦闘向きの〝守護者〟ではない。まともに正面からぶつかれば、那月に圧倒されるのは当然だ。

「でもそれは、あなたが能力をフルに発揮できるなら、の話だ」

蒼の騎士像の錆《さ》びた剣が、自らの足元の床に文章を刻みつける。そして次の瞬間、優麻の姿は那月の視界からかき消えた。

「自己加速……！　〝逢魔《おうま》の魔女〟の時間制御術式か！」

那月が、空間転移を繰り返しながら、無数のクマのぬいぐるみをばらまいた。クマたちは、意外に俊敏《しゆんびん》な動きで優麻に近づき、一定の距離を切ったところで自爆する。

しかし優麻は、人間の限界を超えた速度でそのすべてを回避した。そして刃のように圧縮した衝撃波を那月に向けて射出する。

「〝魔族殺し〟の〝空隙《くうげき》の魔女〟！　あなたは〝守護者〟の力を使って要石《キーストーン》を破壊することができない！　なぜならあなたが悪魔と交わした契約は……あなたの心の底からの真の願いは、人類と魔族の共存だからだ！」

「……っ」

人形めいた那月《なつき》の美貌に、初めて人間らしい動揺が浮かんだ。優麻《ゆうま》の衝撃波が那月をかすめ、豪奢《ごうしゃ》なドレスのフリルがちぎれて舞う。

「幼いころのあなたが祈った、純粋過ぎるほどに純粋な願い——それがあなたに常軌を逸した重い契約の代償と、そして膨大な魔力《まりよく》を与えたんだ！」

「仙都木阿夜《とこよぎあや》、か。おまえにそれを教えたのは……」

ワイヤーケーブルの上に降り立った那月が、感情のない瞳で優麻を睥睨《へいげい》する。

最後のクマを撃破した優麻は、額の汗を拭《ぬぐ》いながらうなずいた。

魔族殺しの異名《いみよう》で恐れられる〝空隙《くうげき》の魔女〟の願いを知る者は、ごくわずか——その中には、那月のかつての親友だった仙都木阿夜の名が含まれている。

「だからあなたは絃神島《いとがみじま》を壊せない。ここは人類と魔族が共に暮らす〝魔族特区〟——あなたの願いが具現化した場所だからだ」

「たしかに、そうだな」

那月が静かに呟《つぶや》いた。

悪魔との契約に縛られた那月は、絃神島を破壊できない。魔女である彼女を、人工島管理公社が無条件に信用して自由に行動させていたのも、それが理由だ。

「だからといって、島を沈める手段がないわけではないぞ。もともと要石《キーストーン》を破壊するのは、獅子《しし》王機関《おうきかん》の剣巫《けんなぎ》の役目だからな」

那月が冷淡な口調で言い放つ。彼女の周囲に浮かび上がったのは、魔法文字で構成された奇怪な魔法陣。優麻の知らない術式だ。

「さすが……簡単に倒せるほど甘くはないか……」

優麻の頬《ほお》が焦燥に引《ひ》き攣《つ》った。

那月が喚《よ》び出《だ》したのは、長い黒髪を持つ三体の人形。那月自身の姿を象《かたど》った精密なマリオネットだった。ドレスのリボンの色を除けば、那月本人と見分けがつかない——というよりも、現実世界にいる那月そのものが一種の操り人形なのだ。つまり、彼女が喚び出した三体の人形たちは、那月本人と同じ能力を持っているということになる。

「当然だ、小娘。教育者として、反抗的なガキはきっちりと躾《しつ》けてやらなければな」

四体に分かれた那月が、優麻を取り囲むように四方に散った。

「……いや、今どき体罰はよくないと思うよ、師匠《せんせい》……！」

優麻は内心の焦りを隠して、不敵に笑う。自分の力で那月に勝てないのは、最初からわかっていたことだ。優麻の役目は那月の足止め。古城《こじょう》たちが雪菜《ゆきな》を無力化するまでの、ただの時間稼ぎである。もっとも今の那月が相手では、それも長くは保《も》ちそうにない。

頼むよ、古城——と、口の中だけで呟き、優麻はちらりと視界の隅に映る古城を見る。

「——って、危《あぶ》ねっ！」

恥も外聞もない本気の悲鳴を上げながら、古城《こじょう》は降り注ぐ光の矢を避けて、横っ跳びに転がった。しかし、それに安堵《あんど》する間もなく、新たな矢が古城を追い詰めるように飛んでくる。

「ニャンコ先生の霊弓術《れいきゅうじゅつ》ってヤツか……！　どこから飛んでくるかわからないのは厄介だな」

柱の死角へと逃げこみながら、古城は荒々しく息を吐き出した。

以前に縁《ゆかり》と戦ったとき、古城は彼女の霊弓術によって一瞬で無力化されている。そのときに比べれば、相手の手の内がわかっているだけ少しはマシだ。それに猫の肉体では、縁の能力も大幅に制限されているはずである。にもかかわらず、縁の声にはまだ余裕が感じられる。

「〝吸血王《ザ・ブラッド》〟の黒の眷獣《けんじゅう》は、強力だけど攻撃的すぎる。防衛には向いてない。それは自分でもわかってるんだろ、第四真祖《だいよんしんそ》の坊や」

張り巡らされたケーブルの上から古城を見下ろし、縁が淡々と警告する。

「あんただって、その身体《からだ》じゃ、要石《キーストーン》をぶっ壊すほどの力は使えないだろ！」

古城はグッと息を呑《の》み、半ばムキになって言い返した。黒猫がふっと嘲笑《あざわら》う気配がある。

「さあ、どうかね？」

「……っ⁉」

言葉にならない違和感が古城を襲ったのは、その直後のことだった。真っ白な静寂を引き裂いたような、存在しないはずの音が耳元で響く。

連続した時間の流れの中に、誰かが強制的に存在しない時間を割りこませたのだ。

攻撃を放つための一瞬を――

「雷霆《ひかり》、あれ」

「なっ……！」

自分の正面で洋弓《ようきゅう》を構えている女性の存在に気づいて、古城は呆然《ぼうぜん》と息を呑《の》んだ。車椅子《くるまいす》に乗っていたはずの閑《しずか》古詠《こよみ》が、いつの間にか古城の前に現れて銀色の洋弓を引き絞っている。

絶対先制攻撃の権利、〝静寂破り《ペーパーノイズ》〟――古城が彼女の存在に気づいたときには、閑古詠は、すでに古城に向けて呪矢《じゅし》を射放っていた。

鳴《な》り鏑矢《かぶらや》が発する轟音《ごうおん》が、長大な呪文詠唱と同じ効果を発動し、吸血鬼の眷獣にも匹敵する破壊的な呪術砲撃を形成する。反応の遅れた古城にはそれを避けられない。

だが、予想した衝撃が古城を襲うことはなかった。

薔薇色《ばらいろ》の眷獣の巨大な腕が、古城の眼前で呪術砲撃を遮《さえぎ》っていたからだ。

「アスタルテ！」

「問題はありません。私の眷獣に呪術砲撃は無効――」

人型《ひとがた》の眷獣をまとった人工生命体《ホムンクルス》の少女が、感情の籠《こ》もらない声で言う。しかし古城が焦っていた理由は別だった。

「違う！　上だ！」

呪術砲撃《じゅじゅつほうげき》を放ち終えた直後の閑古詠《しずかこよみ》が、古城《こじょう》たちの頭上へと跳んでいた。彼女の左手に握られているのは銀色の長剣《ちょうけん》〝六式降魔剣・改《ローゼンカヴァリエ・プラス》〟——その斬撃《ざんげき》が生み出す空間の断層は、アスタルテの眷獣《けんじゅう》でも防げない。

吸血鬼としての生存本能が、頭で考えるより先に、古城の肉体を衝《つ》き動かしていた。生身のまま、眷獣の能力の一部を喚《よ》び出《だ》して空間を裂き、閑古詠の剣を迎撃する。

空間の断層同士が空中で激突し、金属が擦《こす》れ合うような甲高《かんだか》い轟音《ごうおん》が鳴り響いた。激突の反動で弾《はじ》き飛ばされた閑古詠が、ふわりと舞ってケーブルの上に着地する。

雪菜の体捌《たいさば》きに似ているが、その洗練度合いは桁外れだ。〝静寂破り《ペーパーノイズ》〟の能力に頼らずとも、彼女が超一流の攻魔師《こうまし》であることがよくわかる。

「疑似空間切断の斬撃《ざんげき》を、〝始祖なる虹炎《プリムス・イーリス》〟の斬撃で撃ち落としましたか。やりますね」

閑古詠が、古城を賞賛するように微笑《ほほえ》んだ。古城は小さく唇を歪《ゆが》める。

「あんた……重傷ってのは偽装《フェイク》かよ。すっかり騙《だま》されたぜ……」

「いえ、普通に重傷でしたよ。ですが、気合いで治しました。獅子王機関《ししおうきかん》の〝三聖《さんせい》〟が、いつまでも休んでいるわけにもいきませんので」

「そうかよ……！」

古城の背中に汗が滲《にじ》んだ。閑古詠の言葉が事実であれ嘘《うそ》であれ、自力では立ち上がることすら出来なかったはずの彼女が、戦っていることには変わりない。獅子王機関〝三聖〟の参戦は、正直、嬉《うれ》しくないサプライズだ。

「終わりだよ、領主の坊や。諦《あきら》めな」

古城の背後に回った黒猫が、無数の光の矢を自分の周囲に浮かべて告げてくる。古城は、参った、というふうに後頭部に手を当てて、

「まったくだ……助っ人を連れてきてなかったら詰んでたぜ」

「助っ人……？」

黒猫が驚いたようにヒゲを震わせた。直後、最下層入り口のメンテナンス用ハッチが爆発し、深紅の有脚戦車《ロボットタンク》が飛びこんでくる。

『――どうやら間に合ったようでござるな！　お待たせして相済まぬでござる、彼氏殿！』

リディアーヌ・ディディエが高らかに言い放ちながら、スモーク弾を射出《しゃしゅつ》した。防虫剤に似た鼻を衝《つ》く香りが、古城たちの周囲に広がっていく。

縁堂縁《えんどうゆかり》は咄嗟《とっさ》に光の矢を放つ――が、それらはわずかに狙いを外し、古城たちには届かない。

「まさか、この匂《にお》い……マタタビを……！」

黒猫がふらふらとよろめいて、酩酊《めいてい》したようにその場に寝転がる。たとえ縁堂縁が卓越した魔術師でも、使い魔の肉体が酔っ払っていてはまともに戦えない。リディアーヌは、縁の黒猫

への対策として、マタタビ弾を戦車の発煙弾発射機《スモークディスチャージャー》に装填《そうてん》していたのだ。

「縁《ゆかり》！」

ワイヤーケーブルから舞い降りてきた閑古《しずかこ》詠《よみ》が、リディアーヌの戦車に斬《き》りかかる。

空間ごと斬り裂く六式降魔剣・改《ローゼンカヴァリエ・プラス》の前には、有脚戦車《ロボットタンク》のFRP装甲などひとたまりもない。

しかし古詠の斬撃《ざんげき》が、リディアーヌの戦車に届くことはなかった。煙幕の中から飛び出してきた人影が、古詠の剣を受け止めたからだ。

「な……煌坂《きらさか》紗矢華《さやか》……!?」

「——〝煌華麟《こうかりん》〟！」

予期せぬ妨害に動揺する古詠を、紗矢華が力任せに押し返す。紗矢華と古詠の武器の性能は互角。二人の剣が互いの能力を相殺《そうさい》して、剝《む》き出《だ》しになった刃《やいば》同士が火花を散らす。

「紗矢華お姉さんを連れてきて、正解でしたね」

『遠くの親戚より今日の強敵《とも》でござるな！』

戦車の背中に乗っている結瞳《ゆめ》と操縦席のリディアーヌが、それぞれ満足げな感想を洩《も》らす。

「——〝夜の魔女《リリス》〟の精神支配ですか」

敵意丸出しで斬りかかる紗矢華をいなしながら、閑古詠が苛立《いらだ》たしげに低くうめいた。

紗矢華は前にも結瞳に操られて、古城《こじょう》たちを襲ってきたことがある。結瞳はそれと同じことを繰り返しただけだ。ただし今回は、古城の味方として、だ。

「煌坂には、絃神島《いとがみじま》を護《まも》るように頼んでおいた。結瞳が言うには、夢魔《サキュバス》の力でも、本人が望んでない命令には従わせられないらしいぜ？」

動けなくなった黒猫を取り押さえながら、古城が説明する。

「逆に与えられた命令と本人の望みが一致していれば、完全に迷いが消えて普段以上の実力を発揮しかねない……厄介な真似《まね》をしてくれますね」

閑古詠が冷静に返事をした。彼女と紗矢華の武器は対等。戦闘技術では古詠に分《ぶ》があるが、今の彼女は病み上がりだ。戦いが長引けば紗矢華にも勝機はある。

それを知る古詠が、〝静寂破り《ペーパーノイズ》〟を発動した。一瞬の静寂。そして轟音《ごうおん》。攻撃準備を終えた古詠が紗矢華の死角に出現し、躊躇《ちゅうちょ》なく峰打《みねう》ちを叩《たた》きこんでくる。だが、

「なっ……!?」

回避不可能なはずのその打撃を、しかし紗矢華は寸前で受け止めた。古詠の瞳に驚愕《きょうがく》が浮かぶ。潜在能力を限界まで引き出した紗矢華の超反応が、古詠の攻撃速度を上回ったのだ。

「任せて、暁《あかつき》古城！」

動揺する古詠を剣技で圧倒しながら、紗矢華は力強く言い切った。

「絃神島も、あなたも、私が護る！」

「お……おう……」

結瞳の精神支配のせいか、妙にテンションの高い紗矢華に若干《じゃっかん》圧倒されながらうなずいて、

古城《こじょう》は背後を振り返る。

絃神島《いとがみじま》の要石《キーストーン》の前では、今も雪菜《ゆきな》と雫梨《しずり》が本気の死闘を繰り広げていた。

閑古詠《しずかこよみ》と戦う紗矢華に気づいて、雪菜は激しく狼狽《ろうばい》した。

「紗矢華《さやか》さん……どうして……」

紗矢華は舞威媛《まいひめ》。国家要人の警護すら任される、獅子王機関《ししおうきかん》のエリートだ。そんな紗矢華が、〝三聖《さんせい》〟の古詠に反逆するなど、あり得ないはずのことだった。

「わたくしを相手にしながら、よそ見とは余裕ですわね、姫柊雪菜《ひめらぎ》!」

雪菜の隙《すき》を見逃すことなく、雫梨が強烈な斬撃《ざんげき》を繰り出してくる。

雫梨の深紅の長剣《ちょうけん》は、斬《き》りつけた相手の魔力《まりょく》を吸って威力を増していく魔剣《まけん》だ。

刀身《とうしん》に溜《た》めこんだ魔力を一気に解放して、衝撃波のように放つこともできる。生身の人間がまともに受け止められるような武器ではない。ただし雪菜だけは例外だ。

「〝雪霞狼《せっかろう》〟──！」

深紅の長剣を覆っていた魔力を、雪菜の槍《やり》が消滅させる。

魔力を無効化する〝雪霞狼〟は、雫梨の〝炎喰蛇《ハウラス》〟の天敵なのだ。蓄積した魔力を失った〝炎喰蛇《ハウラス》〟は、単なる奇妙な形の長剣に過ぎない。剣と槍の戦いになれば、武器の長さ《リーチ》のぶんだけ雪菜が有利なはずだった。

にもかかわらず、雫梨は獰猛《どうもう》に笑って長剣を振り下ろす。

「無駄ですわ！　〝炎喰蛇《ハウラス》〟！」

「なっ……!?」

雫梨の長剣から再び放たれた魔力の刃《やいば》を、雪菜はギリギリのところで受け止めた。

消滅させたはずの〝炎喰蛇《ハウラス》〟の魔力が復活している。雪菜はその黒く禍々《まがまが》しい魔力の正体を知っていた。昨晩、雪菜たちが戦った眷獣《けんじゅう》と同じ気配がしたからだ。

「この魔力、まさか、黒の眷獣の……！」

「……修女騎士《パラディネス》の加護ですわ」

問《と》い質《ただ》す雪菜から目を逸《そ》らし、雫梨が平坦《へいたん》な口調で言う。雪菜は思わず声を荒らげて、

「嘘《うそ》！　思いっきり暁《あかつき》先輩の魔力を引き出しまくってるじゃないですか……！」

「あ、暁古城の〝血の伴侶《はんりょ》〟として、当然の権利ですわ！」

開き直ったように言い放ち、雫梨が長剣の切《き》っ先《さき》を雪菜に向けてきた。

雫梨は、希少な魔族である鬼族《オグレス》だ。仮契約とはいえ、古城の〝血の伴侶〟になったことによる恩恵は、以前の雪菜に比べても大きい。古城から供給される魔力を利用して、事実上、無制限に〝炎喰蛇《ハウラス》〟の魔力放出を使えるのだ。

「降参なさいな、姫柊雪菜。古城を裏切って、霊力《れいりょく》を満足に引き出せないあなたに勝ち目はあ

りませんの！」

「……え？」

雪菜《ゆきな》が頼りなく呟《つぶや》いて動きを止めた。雫梨《しずり》が何気なく口にしたひと言が、必死に忘れようとしていた事実を雪菜に突きつけてくる。

「裏切った……わたしが、先輩を……裏切った……」

「あ……いや、待って……待ってくださいまし！」

うつむいて肩を震わす雪菜を見て、慌てたのは雫梨のほうだった。雪菜が泣いていると思ったのかもしれない。深紅の長剣《ちょうけん》を構えたまま、雫梨は居心地悪そうに目を泳がせて、

「たしかに今のは、ちょっと言い過ぎましたわ……！　つまりわたくしが言いたかったのは、この戦いは無益だから、話を聞いて欲しいということで……」

「……こんな戦いが無意味なことくらい、わたしにだってわかってる！」

雪菜が、雫梨の言葉を遮《さえぎ》って絶叫した。

そう、この戦いに意味はないのだ。雫梨や古城《こじょう》は、そもそも雪菜の敵ですらない。

雪菜が真に戦うべき相手は、眷獣弾頭《けんじゅうだんとう》という恐怖によって人類を支配しようとしている〝天部《てんぶ》〟——シャフリヤル・レンとその同盟者たちのはずである。

それなのに、雪菜は己の無力さゆえに、無関係な絃神島《いとがみじま》の住民を犠牲にしようとしている。雪菜を止めようとしている古城や雫梨に、罪はない。それがわかっているのに、雪菜には、

どうすることもできないのだ。

唐突な静寂が雫梨を襲い、彼女の視界から雪菜が消えた。

「ひ、姫柊《ひめらぎ》雪菜⁉」

無意識に異常を悟った雫梨が、咄嗟《とっさ》に後退して防御の構えを取る。だが、そのときにはもう雪菜の攻撃準備は終わっている。絶対先制攻撃の権利〝静寂破り《ペーパーノイズ》〟——

「だけど、なにが正解なのか、なんて！　どうすればいいのかなんて、わからないから！」

「にゃあっ⁉」

雪菜の放った渾身《こんしん》の突きが、雫梨の無防備な右肩をとらえる。槍《やり》の石突きによる打撃だが、手加減はしていない。たとえ相手が頑丈な鬼族《オグレス》でも、鎖骨を砕く程度の威力はあるはずだ。即座に身体《からだ》を捻《ひね》って直撃を避けた雫梨は、流石《さすが》というべきだろう。それでもまったくの無傷で済むはずがない。雫梨は大きくバランスを崩して、胸元のガードがガラ空きになる。

「だから、わたしにはもうこうするしか！」

雪菜は槍を手放して、再び〝静寂破り《ペーパーノイズ》〟を発動する。存在しないはずの空白の時間を利用して、雫梨の眼前に移動。彼女の心臓に両手を密着させて、零《ゼロ》距離から必殺の掌打《しょうだ》を叩《たた》きこむ。

「——響《ゆらぎ》よ！」

「そう来ると思いましたわ！」

バランスを完全に崩していたはずの雫梨が、目の前に現れた雪菜を目がけて自分の額を叩きつけてくる。眉間《みけん》に凄《すさ》まじい衝撃を喰《く》らって、雪菜《ゆきな》はたまらず吹き飛んだ。

「がっ……!?」

「……相打ちなら、人間のあなたより、わたくしに分《ぶ》がありましてよ！」

胸を押さえて咳《せ》きこみながら、雫梨《しずり》が勝ち誇ったように唇の端を吊り上《あ》げる。雪菜はようやく自分が誘われたのだと気づいた。

雫梨は体勢を崩していたわけではない。彼女は、雪菜の攻撃を防げないと知って、すぐさま相打ち狙いに切り替えた。わざと反撃しやすい方向に、雪菜の攻撃を誘導したのだ。

だが、まだ双方のダメージは互角。そして雫梨の手の内は割れた。次に〝静寂破り《ペーパーノイズ》〟を仕掛ければ、雫梨は今度こそかわせない。

瞬時にそう計算して、雪菜は一度手放した〝雪霞狼《せっかろう》〟の方向へと跳んだ。右肩にダメージを負った今の雫梨に、〝炎喰蛇《ハウラス》〟の魔力放出は使えない。この距離ならば彼女の攻撃はない――はずだった。

「〝雷啼雀《ラアディア》〟――！」

雫梨が制服の背中から、左手で二本目の武器を引き抜いた。深紅の〝炎喰蛇《ハウラス》〟と対《つい》になる、鬼族《オグレス》王家の第二の魔剣《まけん》。終焉教団《オーダー・ジ・エンド》の使徒だった鬼族《オグレス》――イゼア・ニオスの青の湾刀だ。

「がっ……！」

魔力放出の衝撃波を喰らって、雪菜は悲鳴とともに吹き飛んだ。全身に呪力《じゆりよく》をまとって防御したが、それでも車に撥《は》ねられたような衝撃だった。視界が歪《ゆが》んで、意識が遠のく。体中が痺《しび》れて立ち上がれない。

一方、攻撃を放った雫梨も、片膝《かたひざ》を突いてうずくまっていた。

雪菜の打撃が、今ごろになって効いてきたらしい。そもそも雫梨は今日の午後になるまで、一人では歩けないくらいの重傷だったのだ。

それでも彼女は、雪菜を止めるという役割をきっちりと果たしたことになる。暁古城《あかつきこじょう》の〝血の伴侶《はんりよ》〟として、絃神島《いとがみじま》を護《まも》るという役割を――

「わたし……わたしが、要石《かなめいし》を破壊しないと……大勢の人々が犠牲になる……から……」

転がっていた槍《やり》を拾い上げ、雪菜は朦朧《もうろう》とした意識の中で立ち上がる。

那月《なつき》は優麻《ゆうま》と交戦中。優麻は苦戦しているが、那月の足止めに徹して時間を稼いでいる。縁《ゆかり》の使い魔の黒猫は、リディアーヌの戦車のマニピュレーターに捕獲されたまま、ぐったりとして動かない。どうやら酩酊《めいてい》して眠っているらしい。

そして古詠《こよみ》は、信じられないことに紗矢華《さやか》に圧倒されていた。いかに獅子王機関《ししおうきかん》〝三聖《さんせい》〟といえども、病み上がりの状態で、アスタルテの支援を受けた紗矢華を無力化するのは容易ではないのだろう。今、要石《キーストーン》を破壊できるのは雪菜だけ、ということだ。

「わたしが……やらないと……」

銀色の杖を引きずりながら、雪菜は要石《キーストーン》を配置した土台《アンカー》へと近づいていく。

なぜ自分がそれをしなければならないのか、雪菜《ゆきな》にはもうわからない。獅子王機関《ししおうきかん》の任務だからか、それが本当に人々のためになると信じているからなのか。

たったひとつわかっていることは、目の前の結界を破壊すれば、すべてが終わるということだ。顔も知らない世界中の人々を救うために、絃神島《いとがみじま》にいる大切な友人たちを犠牲にするのだ。

それがわかっていても、雪菜はもう戻れない。

使い慣れたはずの銀色の槍《やり》が酷《ひど》く重い。青白い輝きに包まれたその槍を、雪菜は感情のない機械のような表情で構える。

その直後、雪菜はハッと息を呑《の》む。雪菜が構えた槍の先に、気怠《けだる》げな雰囲気を漂わせた少年が立っていたからだ。

「つらそうだな、姫柊《ひめらぎ》……まるで泣いてるみたいに見えるぜ？」

暁《あかつき》古城《こじょう》が、哀れむような目つきで雪菜を見返してくる。

「先……輩……ごめんなさい……」

雪菜は呆然《ぼうぜん》と息を吐く。震える雪菜を眺めて、古城は呆《あき》れたように苦笑する。

「おまえたちは日本政府の命令で絃神島をぶっ壊しに来た正義の味方なんだろ？　だったら、もっと堂々としてろよ。こっちは聖域《せいいき》条約機構サマの決定に逆らう悪役だぜ？」

「ごめん……なさい……先輩……ごめんなさい……ごめんなさい……ごめんなさいごめんなさいごめんなさいごめんなさいごめんなさいごめんなさいごめんなさいごめんなさい！」

心の底からあふれ出してくる感情を塞《せ》き止《と》めきれずに、雪菜は甲高《かんだか》い声で絶叫する。

「どうせこの任務が終わったら、わたしはもう先輩とは一緒にいられないから……だから！」

限界を超えた霊力《れいりょく》が、雪菜の全身から迸《ほとばし》った。その霊力を相殺《そうさい》するはずの、古城からの魔力供給はすでにない。雪菜の背中に光り輝く純白の翼が広がった。二度と人間に戻れず、消滅することすら覚悟した上での天使化だ。

「ああああああああああああああああああ――っ！」

慟哭《どうこく》とともに雪菜が疾走《はし》った。人間の限界を超えた速度で突進し、古城の肉体ごと、彼の背後の要石《キーストーン》の結界を破壊しようとしたのだ。絃神島も、古城も、そして自分自身も一緒に消えてしまえばいい、と衝動のままに考える。

そして古城は、雪菜の攻撃を避けようとはしなかった。

無防備に立ち尽くす彼の心臓目がけて、雪菜は銀色の槍を容赦なく突き出す。

魔力を無効化し、ありとあらゆる結界を斬《き》り裂《さ》く破魔《はま》の槍。古城の眷獣《けんじゅう》でもこの攻撃は防げない。たとえ不死身の吸血鬼でも、塵《ちり》となって消滅するだけだ。だが――

「なっ⁉」

槍から伝わってくる異様な手応《てごた》えに、雪菜は表情を凍らせた。古城が突き出した右の掌《てのひら》が、真紅の輝きを放っている。その輝きが生み出した光の膜が、〝雪霞狼《せっかろう》〟の一撃を止めたのだ。

「この光⁉　どうして、先輩が〝聖殲《せいせん》〟を……！」

雪菜《ゆきな》は槍《やり》を握る手に必死で力をこめる。しかし槍は動かない。世界の物理法則を書き換える禁呪《きんじゅ》〝聖殲《せいせん》〟の輝きが、〝雪霞狼《せつかろう》〟の神格振動波《しんかくしんどうは》を完全に抑えこんでいる。

だが、それはあり得ないことだった。〝聖殲《せいせん》〟の発動には膨大な魔力と、複雑な魔術演算――そして〝聖殲《せいせん》〟についての深い知識が必要だ。

魔力だけなら古城《こじょう》が自前でどうにか出来ても、知識と魔術演算は、彼一人ではどうにもならないはず。そう、古城一人では――

「ごめんね、姫柊《ひめらぎ》さん。だけど……」

破壊されたメンテナンスハッチの陰から出てきた藍羽浅葱《あいばあさぎ》が、愛用のスマホを片手に、醒《さ》めた口調で告げてくる。彼女の左手薬指で輝いているのは、飾り気のない銀色の指輪だ。

それを見た瞬間に、雪菜は理解する。古城は浅葱を〝伴侶《はんりょ》〟にして、〝聖殲《せいせん》〟に関する彼女の〝血の記憶〟を喰《く》ったのだ、と。

「今のあなたに、古城はあげない」

浅葱が雪菜に向かってきっぱりと告げる。雪菜が打ちひしがれたように動きを止める。

古城がゆっくりと左手を掲《かか》げた。その腕から噴き出した漆黒《しっこく》の血霧《けつむ》が、巨大な獣の姿へと変わる。実体を持つほどの濃密な魔力の塊《かたまり》。異界からの召喚獣《しょうかんじゅう》の姿へと――

「疾《き》く在《や》れ《がれ》、〝始祖なる瞳晶《プリムス・クリユスタルス》〟――！」

「っ……！」

密閉されたキーストーンゲート最下層に現れたのは、黒曜石《こくようせき》のように美しく輝く魚竜《ぎょりゅう》だった。古城が〝吸血王《ザ・ブラッド》〟から受け継いだ漆黒の眷獣《けんじゅう》。宝石のような巨大な瞳が、雪菜や古詠《こよみ》を視界に入れる。

その瞬間、雪菜の全身から力が抜けた。意識が白い靄《もや》に包まれたように遠のいていく。銀色の槍が、雪菜の手を離れて床に転がり、雪菜もその場に膝《ひざ》を突く。

「……先輩……ごめんなさい……」

無意識にそう呟《つぶや》いて、雪菜は力尽きたように目を閉じる。

その頬《ほお》を、涙が一粒ゆっくりと流れ落ちた。

4

翌朝——

絃神島《いとがみじま》の市街中心部の路上は、集まってきた群衆に埋め尽くされていた。

大規模なデモ行進を思わせる光景だが、人々の間に混乱はない。

彼らの目当ては、街頭の大型ビジョンに映し出された人工島管理公社幹部の会見映像だった。

領主選争の顚末《てんまつ》とその後の方針、そして絃神島上空に現れた異境《ノド》への〝門《ゲート》〟と死都《しと》について、初めての公式発表が行われることになっていたのだ。

「親父さんたちの演説が終わったみたいだな」

運河対岸の市街地で起きた喚声《かんせい》が、キーストーンゲートの中にまで響いてくる。地鳴りのようなその音を聞きながら、矢瀬基樹《やぜもとき》は浅葱《あさぎ》に呼びかけた。

「そーね」

理事室のソファに寝転んだ浅葱《あさぎ》が、スマホを弄《いじ》りながら素っ気なく返事をする。

浅葱の父親、藍羽仙斎《あいばせんさい》は、絃神《いとがみ》市の前市長。そして絃神市評議会の評議員だった。任期満了により市長職を退いたあとも、真祖《しんそ》大戦《たいせん》直後の日本政府との交渉に辣腕《らつわん》を発揮し、市民の絶大な信頼を集めている。

今朝の記者会見ではその藍羽仙斎が、市民への演説を行う予定だった。演説は、MARによる絃神島の買収についての交渉を、人工島管理公社に一任しろという、ある意味、傲慢《ごうまん》な内容だ。

それに対する市民の回答は、即座にオンライン投票にかけられて判明することになっている。つまりこれは絃神島の運命を賭けた演説なのだ。勝算が皆無というわけではないが、投票の行方は矢瀬たちにも読めない。矢瀬がそわついているのはそのせいだ。

やれやれ、と露骨な呆《あき》れ顔《がお》を隠そうともせずに、浅葱がむくりと起き上がる。理事室のドアの向こうから、どやどやと足音が聞こえてきたのはそのときだ。

最初に部屋に入ってきたのは青髪《あおがみ》の女性秘書を連れた矢瀬幾磨《かずま》。人工島管理公社の上級理事にして、今回の演説とオンライン投票の責任者だ。

「兄貴、首尾はどうだった？」

矢瀬が、もどかしそうに幾磨に訊《き》く。

「市民の反応は悪くない。藍羽評議員のおかげだな」

幾磨はかすかに口元を緩めて、自分の背後を振り向いた。ちょうど藍羽仙斎本人が理事室に入ってきたところだった。厳《いか》めしい顔つきの中年男性。さして大柄なわけではないが、独特の存在感をまとっている。いかにも政治家らしい政治家、という雰囲気の男だ。

「人工島管理公社の世論操作の効果だよ。聖域《せいいき》条約機構軍をも退けたＭＡＲと、世界で唯一、絃神市国《いとがみしこく》だけが単独で交渉するという状況も、市民にしてみれば悪くない気分だろうしな」

低く落ち着いた声で仙斎が言った。ソファに座る娘をちらりと眺めて、彼は少し面白そうに笑う。

「だが、やはり大きいのは暁古城《あかつきこじょう》という少年の存在だ。三真祖《さんしんそ》すら恐れぬＭＡＲが、絃神島には対等の交渉を持ちかけた。それは領主選争に勝ち残った新たな領主の功績だと人々は信じている。暁くんが世界最強の吸血鬼──第四真祖だという噂《うわさ》も拡散しているようだしね」

「それこそ世論操作ってやつの影響じゃないの？」

浅葱がぶっきらぼうな口調で訊き返す。古城のことを褒められて満更《まんざら》でもない気分なのだが、父親に対しては素直になれない面倒なお年頃なのだ。

矢瀬《やぜ》は苦笑しながら大げさに肩をすくめて、

「それがそうでもないんだよな。あいつ、これまでも散々暴れて目立ちまくってただろ……当然それを目撃していた連中もいるわけで、これまでも少なからず話題にはなってたんだよ」

「ネット経由の情報は、きみたちが上手《うま》く制御していたようだが、人の噂《うわさ》まではさすがにどうにもならないからな」

幾磨《かずま》も冷静に指摘する。

浅葱《あさぎ》は、ふん、と鼻を鳴らしつつ、スマホで検索をかけて、

「――って、拡散してるのは古城《こじょう》じゃなくて、ほとんど姫柊《ひめらぎ》さんの目撃情報じゃない……！」

「まあ、あの子のビジュアルは目立つからなあ……」

矢瀬が困ったようにポリポリとこめかみを引《ひ》っ掻《か》いた。

面白くない、と言わんばかりに浅葱は大きく頬《ほお》を膨らます。

「……ラードリー・レンとの会談は、今日の日没と同時に開始ということで了解を取りつけた。我々が力を貸せるのは、ここまでだ」

仙斎《せんさい》が、浅葱を正面から真顔で見据えて言った。

絃神《いとがみ》市民の多くは、人工島管理公社がＭＡＲとの交渉を行うことに同意した。だが、絃神島を売り渡すことまで認めたわけではない。ましてや〝天部《てんぶ》〟の武力に屈することなど論外だ。絃神島を戦火に巻きこむことなく、ＭＡＲの要求を拒絶する。その上で〝天部〟が保有する

眷獣弾頭《けんじゅうだんとう》を無力化し、異境《ノド》にいるシャフリヤル・レンの計画を止める――およそ実現可能とは思えない困難な交渉に、絃神島は臨まなければならないのだ。

そしてラードリー・レンが交渉の相手として指名したのは、領主である暁《あかつき》古城だけ。仙斎も幾磨も、その交渉に介入することはできない。

「本当に、おまえたちだけでやれるのか？」

仙斎が、誰もが感じていた不安を端的に口にする。

浅葱は心配顔の父親を見上げて、小さく笑った。圧倒的な自信に満ちた強気な笑みだ。

そして短く言い放つ。

「当然」

5

窓越しに射しこむ光を浴びて、雪菜《ゆきな》はゆっくりと目を覚ます。

「う……」

最初に視界に映ったのは、自分の部屋のものではない――それなのに、なぜか懐かしい天井だった。奇妙に居心地のいい匂《にお》いに包まれながら、夢の続きを見ているのだろうか、と混乱する。なぜなら雪菜が目覚めた場所は、暁《あかつき》家のマンションの一室だったからだ。雑然とした男子高校生の勉強部屋。つまり雪菜《ゆきな》は、古城《こじょう》のベッドで寝ていたのだ。

「あ、雪菜ちゃん、目が覚めた？　おはよう！　大丈夫？　怪我《けが》してるとこ、痛くない？」

雪菜が起き上がる気配が伝わったのか、前触れもなくドアが開き、暁凪沙《あかつきなぎさ》が部屋に入ってくる。食事の支度でもしていたのか、制服の上にエプロンという生活感のある服装だ。

「凪沙ちゃん……わたし……どうして？」

雪菜は額を押さえて訊《き》き返《かえ》す。キーストーンゲートの最下層で古城たちと戦い、黒の眷獣《けんじゅう》の精神攻撃を受けた。雪菜が覚えているのはそこまでだ。

絃神島《いとがみじま》を沈めようと画策し、あまつさえ古城を殺そうとした——そんな自分がどうして古城のベッドの上で眠っていたのか、その理由がどうしてもわからない。

しかし凪沙は、戸惑う雪菜を少し面白そうに見返して、

「どうしてって訊かれても、昨日の夜中に優麻《ユウ》ちゃんが、古城君たちと一緒に連れてきたんだよ。雪菜ちゃんの先輩だか上司の人だかも一緒だよ。あの三つ編みのお姉さん」

「え……？」

「いやー……びっくりしたよ。雪菜ちゃんが雫梨《しずり》ちゃんと喧嘩《けんか》して気絶したって聞いたから。服もボロボロだし、たんこぶとか出来てるし。いちおう深森《みもり》ちゃんに診《み》てもらった感じだと、怪我はたいしたことないから大人しくしてれば大丈夫だって。あ、深森ちゃんはね、雪菜ちゃんの先輩の人を病院に連れて行ったよ。大怪我してるのに無理して動いたみたいで、深森ちゃ

んにメチャメチャ怒られてた」

「そ、そうなんだ……」

休みなくまくし立ててくる凪沙の早口に圧倒されつつ、雪菜は曖昧《あいまい》にうなずいた。

病院に連れて行かれた雪菜の先輩というのは、閑古詠《しずかこよみ》のことだろう。負傷をおして戦闘に参加したことで、やはり彼女の肉体には相当の負担がかかっていたらしい。

凄腕《すごうで》の医師である暁《あかつき》深森が、古詠のことを診てくれたのは幸いだ――というよりも、彼女を深森に診せるために、古城は自宅に戻ってきたのかもしれなかった。

「あ、これ、雪菜ちゃんの制服ね。洗濯してアイロンかけておいたから」

凪沙が胸元に抱いていた着替えを、雪菜のベッドの足元に置く。そこで雪菜は、自分が凪沙のパジャマを着せられていたことに気づいた。よく見れば雪菜の全身には、真新しい湿布や絆《ばん》創膏《そうこう》が貼りつけられている。おそらくそれも深森がやってくれたのだろう。

「それで雫梨ちゃんとの喧嘩の原因はなんだったの？　やっぱり古城君のせい？」

「え……と、それは、その……」

邪気のない口調で問いかけられて、雪菜は、うう、と返事に窮する。この状況で凪沙相手に、絃神島《いとがみじま》を沈めようとしたが阻止された、とは言いづらい。

弱り果てる雪菜を気遣ったのか、凪沙はクスッと愉《たの》しそうに笑って、

「まあいいや。あたしがいると言えないこともあるかもだから、あとは当人同士で話し合って

早めに仲直りしてね。あたしはキーストーンゲートに行くから、またあとで」

「キーストーンゲート？　浅葱《あさぎ》ちゃんに呼ばれてるんだ」

じゃあね、と手を振って、凪沙《なぎさ》は部屋を出て行った。やがてパタパタと足音がして、凪沙が玄関から出て行く気配がする。雪菜《ゆきな》はベッドの端に腰掛けたまま、呆然《ぼうぜん》とその音を聞いていた。

そのまま二、三分ばかり放心して、雪菜はようやく正気を取り戻す。

部屋の中に〝雪霞狼《せっかろう》〟は置かれていなかった。古城《こじょう》たちにとって、雪菜は日本政府の命令で絃神島《いとがみじま》を破壊しようとした明白な敵だ。武装解除するのは当然だろう。

問題なのは、その雪菜が、なぜ古城の自宅に連れて来られたのか、ということだ。しかも、拘束されるどころか、見張りすらついていない。古詠《こよみ》が病院に連れて行かれたのはわかったが、縁《ゆかり》や那月《なつき》の扱いも不明だ。状況がさっぱりわからない。

「………………」

雪菜は薄く溜息《ためいき》を洩《も》らして、パジャマのボタンに手を掛けた。このまま一人で部屋にいても、事態が変わることはない。まずは外に出て情報を集めるべきだと考えたのだ。

凪沙に借りたパジャマを脱いで、洗いたての制服に手をかける。下着まで洗濯されていたことに多少困惑しながら、雪菜は自分のブラジャーを手に取って、その直後——

ふわ、という気の抜けた声とともに、ソファが軋《きし》む音がした。

雪菜は、半裸のまま顔を上げ、部屋のドアが開けっぱなしだったことに今さら気づく。

正面に見えるのは、暁《あかつき》家のリビング。その中央に置かれたソファの上で、背伸びをしていたのは古城だった。見るからに寝起きという顔をした彼が、立ち尽くす雪菜の姿に気づいて、不思議そうに目を瞬《また》く。雪菜は、そんな古城としばらく見つめ合う。

「え……？」

「あ？」

長く短い沈黙のあと、雪菜と古城が、ほとんど同時に声を洩らした。

負傷した雪菜に自分のベッドを貸したため、古城はリビングのソファで眠って、ちょうど目覚めたところらしい。当人同士で話し合え、という、さっきの凪沙の言葉を思い出す。あれは、古城がすぐそこにいる、という意味でもあったのだ。

「ひ、姫柊《ひめらぎ》？」

「は、はい……って！　なんでいつまでも見てるんですか⁉」

雪菜はつかんでいた下着で胸元を隠しながら、悲鳴じみた声で抗議する。

古城は慌てて目を逸《そ》らしながら、

「いや、待て。俺が目を覚ましたら、姫柊がいきなり裸で突っ立ってたんだろ⁉」

「着替えの途中だったんです！　まさか先輩がいるとは思わなくて、それで――」

「わかった！　悪かったよ！　あっち向いてるからさっさと服を着て……って、くそ、ティッ

シュ！　ティッシュ……！」

　自分の鼻を両手で押さえて、古城《こじょう》がくぐもった悲鳴を洩《も》らす。どうやら興奮して鼻血を噴いたらしい。とても世界最強クラスの吸血鬼とは思えぬ行動だ。

　緊張感のない古城の後ろ姿に、妙な懐かしさを覚えつつ、一方で雪菜《ゆきな》は戸惑いを感じていた。自分に接する彼の態度が、あまりにも自然で普段どおりだったからだ。

「……やっと止まったか……ったく、なんで昼間からこんな目に……」

　鼻の付け根をつまんだまま、古城が疲れたように息を吐く。

　そんな彼の姿をじっと睨《にら》んで、雪菜は絞り出すような小声で訊《き》いた。

「どうして……なんですか？」

「いや、どうしてって、驚いたんだよ。姫柊《ひめらぎ》がいきなり、その……胸を見せてきたから……」

　古城が照れたように無愛想《ぶあいそう》に答えてくる。雪菜はカッと頬《ほお》を赤らめて、扉の陰に身を隠し、

「そうじゃなくて……！　わたしは暁《あかつき》先輩を裏切って、絃神島《いとがみじま》を沈めようとしたんですよ？　どうしてなにも言わないんですか⁉　先輩はわたしを憎んで当然なのに……！」

「裏切った……って、どういうことだ？」

　古城が怪訝《けげん》な表情で雪菜を見た。彼の反応に雪菜は混乱する。

「え？」

「姫柊は日本政府から派遣されてきた第四真祖《だいよんしんそ》の監視役なんだろ？　裏切るもなにも、おまえ、

最初から俺を抹殺しに来たとかなんとか言ってたじゃねーかよ」

「そ、それはそう……ですけど……」

油の切れた機械のように、雪菜《ゆきな》はギクシャクとうなずいた。たしかに彼の言うとおり、雪菜の本来の任務は古城《こじょう》の監視だ。暁《あかつき》古城という少年の素性を見極め、危険な存在だと判断したら、滅殺《めっさつ》する許可を与えられている。〝雪霞狼《せっかろう》〟とは本来、そのために与えられた武神具《ぶしんぐ》なのだ。

「日本政府に命令されて俺を殺しに来た攻魔師《こうまし》が、日本政府に命令されて絃神島《いとがみじま》を沈めようとしたんだろ。筋が通ってるじゃねーか。べつに裏切られたとも思わないし、姫柊《ひめらぎ》に腹を立てる理由もないんだが……」

「で、でも……でも……わたしは……！」

雪菜は思わず部屋から飛び出して古城に詰め寄った。

古城が態度を変えない理由はわかったが、素直に喜ぶ気にはなれなかった。彼にとって自分は結局、どこまでいっても、ただの監視役としか思われていなかったというわけだ。

だからといって、そのことで古城を責めるのもお門違いだろう。彼との絆《きずな》よりも獅子《し し》王《おう》機関《かん》の任務を優先して、絃神島を破壊しようとしたのは、ほかならぬ雪菜自身なのだから。

「だから、もしも姫柊が自分に腹を立ててるのなら、それはおまえ自身の問題だろ」

古城が淡々と言い放つ。咎《とが》めるでもなく、諭《さと》すでもない、妹に接するような柔らかな口調で。

「わたし……の？」

雪菜が頼りない口調で呟《つぶや》いた。ああ、と古城はめずらしく真面目な表情でうなずいた。

「姫柊たちは任務に失敗した。ニャンコ先生も〝三聖《さんせい》〟の姐《ねえ》さんも捕まってるから、獅子王機関からの新しい指令は、もう姫柊には届かない。これから先の行動は、おまえが自分で考えて決めろよ。もう一度、この島をぶっ壊しに行くか、それともこの島を救うために手を貸すか」

「この島を……救う？」

雪菜は驚いて古城を見る。三真祖《さんしんそ》を含めた聖域《せいいき》条約機構加盟国が、眷獣弾頭《けんじゆうだんとう》によって沈黙を余儀なくされている今、絃神島を救う方法は一つしかない。それは絃神島をMARに売り渡し、〝天部《てんぶ》〟の庇護下《ひごか》に入ることだ。

「先輩は、本当に絃神島をMARに売り渡すつもりなんですか？」

「……かもな」

雪菜の真剣な問いかけに、古城は素っ気ない答えを返す。

そんな彼の言葉を、雪菜は即座に否定した。

「嘘《うそ》です」

「え？」

「それは、嘘。あなたは絶対にそんなことはしない……誰かが勝手に他人の運命を決めるのを、先輩はなによりも嫌がってたじゃないですか！」

雪菜《ゆきな》は迷いなく言い切った。ずっと彼のことを監視《み》てきた雪菜にはわかる。世界最強の吸血鬼の力を持ちながら、古城《こじよう》は決して、その力を自分のために使おうとはしなかった。

彼が求めた〝力〟とは、妹の凪沙《なぎさ》や、十二番目のアヴローラ――暴力に運命を弄《もてあそ》ばれる弱者を護《まも》るためのものなのだ。力を持っているというだけの理由で、弱者の意思や尊厳を踏みにじろうとする者――それが暁《あかつき》古城にとっての敵だ。

だから彼は、絶対に〝天部《てんぶ》〟の支配を受け入れない。眷獣弾頭《けんじゆうだんとう》という恐怖をもって、人類を支配しようとするシャフリヤル・レンの思想を、古城が認めるわけがない。

「だけど、もし先輩がラードリーさんの提案を拒めば、MARはきっと眷獣弾頭を使うから、何百万人も犠牲になるから、もしそんなことになったら先輩は一人でその人たちの死の責任を背負いこんでしまうから……だから……！」

雪菜の瞳が涙で揺れた。言葉が詰まって声にならない。

古城は困惑したように雪菜を見つめて、

「姫柊《ひめらぎ》が絃神島《いとがみじま》を沈めようとしたのは、もしかしてそれが理由だったのか？　俺に大量殺戮《さつりく》の責任を感じさせたくなかったから……？」

「わたしには、ほかにどうすればいいかなんてわからなかったんです！」

雪菜が幼い子どものように乱暴に首を振る。

人類の安全と古城の想《おも》い――それを比べることなど、雪菜にはできなかった。だからせめて古城の代わりに、絃神島を破壊するという罪を自分で背負おうと思ったのだ。

「……大丈夫だ、姫柊。眷獣弾頭はなんとかする」

立ち上がった古城が、思い詰めた表情の雪菜の頭に、ぽん、と優しく手を置いた。

雪菜は、手の甲で涙を拭《ぬぐ》って、

「先輩が……ですか？」

「いや。俺たちがどうにかする。シャフリヤル・レンなんかの好きにはさせない」

古城が奇妙に力強い口調で言い切った。そして彼はふと思い出したように、ソファの背もたれに立てかけてあった楽器ケースを雪菜に手渡してくる。ベースギター用の黒いギグケースだ。

「だから姫柊は、姫柊の好きなようにしろよ。これはおまえに返しておくから」

「〝雪霞狼〟……」

雪菜は驚きに目を見張りながら、ギグケースを受け取った。〝雪霞狼《せっかろう》〟があれば、雪菜は、もう一度、要石《キーストーン》の破壊に向かうことができる。それくらいのことは古城にもわかっているはずだ。それでも構わない、と彼は言っているのだ。雪菜の決断を信じる、と。

「……っと、もう、こんな時間か。やべえな、寝過ぎた。そろそろ準備に行かないと」

時刻が午後三時を過ぎていることに気づいて、古城が慌てて身支度を始める。

「準備？」

ギグケースを抱いたまま、雪菜は訊《き》いた。ああ、と古城は投げやりにうなずく。

「今日の日没直後の十九時に、ラードリー・レンと会談するんだと。姫柊《ひめらぎ》はどうする？　一緒に来るか？」

「……ＭＡＲとの会談に参加する資格なんて……わたしには、もう……」

雪菜《ゆきな》は頼りなく首を振った。古城《こじょう》とＭＡＲの交渉を阻止するために、雪菜は絃神島《いとがみじま》を沈めようとしたのだ。その雪菜が、今さらどんな顔をして会談に出席できるのか、と思う。

「資格？　浅葱《あさぎ》もカス子もべつにそんなものは持ってないと思うぞ。もちろん、俺もな」

古城が、不思議そうな表情で雪菜を見つめた。そして、まあいいか、と肩をすくめる。

「……って言っても、そんなすぐには答えは出ないよな。来るか来ないか、姫柊が好きに決めればいいさ。じゃあな」

昼食代わりにするつもりなのか、テーブルの上の飴玉を何個か無造作につかみ取り、古城はそのまま慌ただしく出かけていく。玄関に鍵すらかけない不用心な振る舞いだが、それがいかにも彼らしい、と雪菜は思った。

雪菜に槍《やり》を返したのも同じだ。信用しているといえば聞こえがいいが、要するに隙《すき》だらけでお人好《ひとよ》し過ぎるのだ。目を離すと不安で仕方がない。あんな温《ぬる》い性格で、強大な吸血鬼の力を抱えたまま、絃神島の領主が務まるとでも思っているのか。

だから、自分がちゃんと彼を監視していなければならないのだ。

「まったく……世話のやける吸血鬼《ヒト》ですね……」

ぐしぐしと乱暴に涙を拭《ぬぐ》って、雪菜はキッと顔を上げた。

その瞳には、なにかが吹っ切れたような力強い光が宿っていた。

6

キーストーンゲートの北口地下。特区警備隊《アイランド・ガード》本部の留置場に、若い女の啜《すす》り泣《な》く声が響いていた。気が滅入《めい》るような陰惨な泣き声だ。

「うう……死なせて……精神支配を受けてたとはいえ、〝三聖《さんせい》〟の古詠《こよみ》様に剣を向けるなんて、腹を切って詫《わ》びるしかないんだけど……雪菜、ごめんね……先立つ不孝を許して……！」

声の主は、檻《おり》の中で膝《ひざ》を抱えた長身の少女だ。大げさな言葉を並べ立ててはいるものの、両手を背中側で縛られているため、実際のところは切腹どころか、一人でトイレに行くのも苦労するような有様である。本来、彼女は勾留《こうりゆう》される予定ではなかったのだが、泣きわめいたり暴れたりして迷惑なので、鬱陶《うっとう》しく思った特区警備隊《アイランド・ガード》が留置場に放りこんだのだった。

「うるさい。やかましいぞ、獅子《しし》王《おう》機《き》関《かん》のポニテ。切腹したければ余所《よそ》でやれ！　って、おい、そこの駄猫《だねこ》！　私のドレスで爪《つめ》を研《と》ぐんじゃない！　噛《か》むな、こら！」

同じ檻の中に閉じこめられていた南宮那月《みなみやなつき》が、露骨に不機嫌な口調で言う。

要石《キーストーン》襲撃に失敗した那月たちは、絃神島においては魔導《まどう》犯罪者と同じ扱いだ。負傷していた姫柊雪菜《ひめらぎゆきな》と閑古詠《しずかこよみ》はべつにして、無傷の那月《なつき》が勾留《こうりゅう》されたのは当然といえる。

問題は同じ留置場内に、鬱陶《うっとう》しく落ちこんでいる紗矢華《さやか》と、縁《ゆかり》の使《つか》い魔《ま》の黒猫がいることだ。縁との魔術的な接続《リンク》が途切れているせいで、縁の使い魔は、単なる躾《しつけ》の悪い飼い猫と化していた。おまけに留置場内は〝聖殲《せいせん》〟の結界が張られていて、一切の魔術が使えない。さすがの那月にも脱走は不可能で、果てしなくストレスだけが溜《た》まっていく。と、
鉄格子の向こうから、そんな那月を揶揄《やゆ》するような声がした。

「よお、先生ちゃん。なかなか、いい恰好《かっこう》だな。まるで囚《とら》われのお姫様、ってとこか。まあ、ちょっとばかり色気が足りないけどな」

馴《な》れ馴《な》れしく笑いかけてくる男の顔を、那月は無言で睨《ね》め上げる。

よく日焼けした、不敵な顔立ちの中年男性だ。髪はナイフで切ったように不揃《ふぞろ》いで、顎《あご》には無精髭《ぶしょうひげ》が目立つ。服装は色褪《いろあ》せた革製のトレンチコート。時代遅れのマフィアの一員か、売れない私立探偵という雰囲気の男——考古学者の暁牙城《あかつきがじょう》である。

「なんの用だ、盗掘屋《とうくつや》？　貴様に金を貸す気はないぞ？」

那月が心底軽蔑《けいべつ》したような口調で言った。牙城は少し面喰《めんく》らったように顔をしかめて、

「借金の申しこみに来たわけじゃねーよ。ちょっと、うちのバカ息子に頼まれてな」

「暁古城《こじょう》が、貴様に頼み事……だと？」

那月は驚いたように目を丸くする。まるで空を飛ぶ豚を見たかのような表情だ。

「いやいや、そこまで驚くことじゃねーだろ。俺、父親。あいつの実の父親だから」

牙城は心外だ、というふうに力説する。那月は、ふん、とそんな牙城の抗議を一蹴《いっしゅう》するが、

「待て、〝死都帰《しとがえ》り〟……！　貴様、あいつになにを訊《き》かれた？」

「ハッ……察しがいいな。さすがは先生ちゃん」

牙城がニヤリと口角を上げた。

那月は、ギリ、と奥歯を噛《か》む。暁牙城は〝死都帰り〟──かつて〝天部《てんぶ》〟の遺跡に侵入し、そこから戻ってきた数少ない生還者なのだ。このタイミングで古城が父親に尋ねることなど、死都に関する情報以外にはあり得ない。

「まあ、俺はどちらかと言うと言葉より背中で語るタイプなんだけどな。あのガキがどうしてもって頼むから、ちょっとした昔話を聞かせてやったのさ」

那月の追及をはぐらかすように、牙城はのらりくらりと自慢話を続ける。息子に頼ってもらえたことが、よっぽど嬉しかったらしい。

「……貴様の息子は、ＭＡＲ相手になにを始める気だ？」

那月が、牙城の長い説明を強引に遮《さえぎ》って訊いた。

「そいつは自分で確かめたらどうだ？」

牙城は愉快そうに喉《のど》を鳴らして、留置場の扉の錠前《じょうまえ》に触れた。ガチャリ、と小気味よい金属音が響いて、頑丈な錠前が一発で開く。

死都《しと》から帰還した暁《あかつき》牙城《がじょう》の肉体は、現世と異界の境界線上に今も留《とど》まったままなのだ。

金属の内側に手を射しこんで、機械式のシリンダー錠をこじ開けるのは、彼にとってはぴったり張りついたスーパーのビニール袋をめくる程度の手間でしかない。

「ま、保護者としても、先生ちゃんがあいつの面倒を見てくれると安心だしな。あとは息子の嫁候補にも、少しはいいところを見せておかないと」

那月《なつき》たちを檻《おり》の外に連れ出しながら、牙城が気障《きざ》ったらしく片目を瞑《つむ》る。息子の嫁と呼ばれた紗矢華《さやか》が、頰《ほお》を赤らめながら、いやいやそんな、と照れまくり、那月は苛々《いらいら》と嘆息する。

「親馬鹿め」

那月のストレートな罵倒を喰《く》らった牙城は、どこか面白そうに眉《まゆ》を上げ、

「否定はしねーよ」

そう言って、那月のドレスにじゃれついていた黒猫を慣れた手つきで抱き上げた。

7

夕暮れ刻《どき》の彩海学園《さいかいがくえん》は、いつになくひっそりと静まり返っていた。

領主選争が終結したことで校内に避難していた近隣住民が帰宅し、授業が再開されていないので部活生たちの姿もない。無人の校舎を夕陽《ゆうひ》が赤く染め、教室の机や椅子《いす》だけが床に複雑な

影を落としている。

そんな校舎の屋上に、こっそり忍びこんだ数人の生徒の姿があった。矢瀬《やぜ》と浅葱《あさぎ》。香菅谷雫《かすがやしずく》梨《り》・カスティエラ。そして見慣れない黒衣を羽織った古城《こじょう》である。

藍羽仙斎《あいばせんさい》の演説の影響でキーストーンゲート周辺は騒然としており、迂闊《うかつ》に近づけない状況が続いている。日本政府と決別し、単独でMARとの交渉を行うという人工島管理公社の方針に対して、賛成派と反対派の市民が激突し、小競《こぜ》り合《あ》いを続けているのだ。

とてもテロリストとの交渉ができる状況ではないが、そうこうしている間にも、ラードリー・レンとの会談の時刻は近づいている。

そこで古城たちは、急遽《きゅうきょ》、会談の場所を変更した。

ある程度の広い敷地を持ち、周囲にひと気がなく、キーストーンゲートとも専用のネットワーク回線で結ばれている場所。そして古城たちがよく知っている場所――すなわち彩海学園に。

「悪いな、叶瀬《かなせ》。いちばん危険な役を押しつけて」

屋上のフェンスにもたれながら、古城は借り物のスマホに向かって呼びかける。

画面に映っていたのは、叶瀬夏音《かのん》だ。

リアルタイムのビデオ通話だが、電波状況があまりよくないのか、映像が暗く、ノイズが多い。それでも夏音の柔らかな美貌は、十分すぎるほど伝わってくる。

今の夏音が身に着けているのは、身体《からだ》にぴったりと張りついたウェットスーツ。華奢《きゃしゃ》だが、意外に女性らしい彼女の体型が強調されていて、なんとなく目のやり場に困ってしまう。

古城《こじょう》のそんな邪《よこしま》な思いを知ってか知らずか、夏音《かのん》は、ボディーラインを強調するかのようにわざわざ両腕を上げて頭上を見上げ、

『大丈夫でした。この子もとても可愛《かわい》かったので』

「か……可愛い……か？」

スマホの小さな画面では見切れているが、その画面の外にいるモノの姿を思い出して、古城は複雑な表情を浮かべた。

『心配要りません。夏音お姉さんには私がついてますから』

夏音との通話に割りこむように、江口結瞳《えぐちゆめ》が画面の下から顔を出す。彼女が着ているのはいつもと同じ、名門女子校の制服だ。

「ああ、結瞳も気をつけろよ」

古城が真剣な口調で言う。結瞳と夏音は、ある理由で、古城たちとは離れて別行動を取っている。二人はMARとの交渉における、古城たちの切り札なのだ。

もちろん上手《うま》くいくという保証はない。もしも計画が破綻《はたん》すれば、彼女たちはとてつもない危険に晒《さら》されることになる。それがわかっていても、結瞳たちはその役割を引き受けてくれた。

多少の見返りは要求されたのだが――

『はい。その代わり、約束を忘れないでくださいね。二人でデートですよ、デート』

結瞳が、ぐい、とカメラに顔を近づけて主張する。古城は苦笑まじりにうなずいて、

「おう……大丈夫だ、忘れてないぞ。公演の砂場とかでよかったか？」

『私は幼稚園児ですかっ⁉　もっと大人な感じのデートでお願いします！』

「いや……大人な感じって言われても……」

本気で憤慨したような結瞳の抗議に、古城は心底困り果てた。多少、大人びていても結瞳はまだ小学生であり、迂闊な場所に連れて行くと古城が犯罪者扱いされそうだ。

『あの……私もそれがよかったでした』

結瞳と古城のやり取りを聞いていた夏音が、怖《お》ず怖《お》ずと遠慮がちに手を挙げる。

「叶瀬も？」

『はい。大人のデートでした』

めずらしく強く自己主張する夏音に、古城はますます追い詰められた気分になった。

年齢的な問題はともかく、妹の親友相手に大人のデートというのは、それはそれでまずい気がする。夏音がすでに古城の〝血の伴侶《はんりょ》〟となっているだけに尚更《なおさら》だ。

『約束、忘れないでくださいね』

『でした』

念押しするように言い残す二人の声を最後に、テレビ通話の回線が切れた。本当に電波が届かなくなったのだ。

古城《こじょう》は救われたような気分でホッと息を吐く。と、背後から不意に声がかけられた。

「へー……大人のデート、ですか……そうですか」

抑揚の乏しい冷え冷えとした口調に、古城はぎこちなく振り返る。そこに立っていたのは、見慣れた黒いギグケースを背負った彩海学園《さいかいがくえん》の女子生徒だ。

唐突に現れた彼女の姿を見ても、矢瀬《やぜ》や浅葱《あさぎ》は表情を変えない。驚いているのは古城だけだ。

「……姫柊《ひめらぎ》？」

「わたしがちょっと目を離している間に、夏音《カノ》ちゃんだけでなく結瞳《ゆめ》ちゃんとまで、大人のデートの約束を取りつけるなんて……本当に油断も隙《すき》もない吸血鬼《ヒト》ですね」

露骨に不機嫌な表情を浮かべて、雪菜《ゆきな》が深々と溜息《ためいき》をつく。

まったくですわね、と雫梨《しずり》も同意。なぜか浅葱と矢瀬も否定しない。

「いや……ちょっと待て。今の話、聞いてたのならわかるだろ。協力してくれる見返りとして、遊びに連れて行けっていったのはあいつらのほうで――」

「まあ、べつにいいですけど。結瞳ちゃんたちに不埒《ふらち》な行為を働かないように、先輩のことは、わたしが最後までちゃんと監視してますから」

雪菜はキッと顔を上げ、強気な視線を古城に向けた。彼女の態度に古城は戸惑う。どういう心境の変化があったのか知らないが、今朝、話したときの雪菜とはまるで別人だ。

「監視する……って、だけど、姫柊の任務はもう終わってるだろ？」

「わたしは獅子《しし》王機《おうき》関《かん》の剣巫《けんなぎ》ですから。攻魔師《こうまし》法《ほう》第六十五条に基づき、大規模魔導《まどう》犯罪を阻止するためには、任務外の状況においても攻魔師としての職権を行使する義務があるんです」

「……は？」

暗号めいた雪菜の言葉に、古城はぽかんと目を瞬《またた》いた。なにを言われたのか理解不能だ。

途方に暮れる古城の代わりに、ククッ、と喉《のど》を鳴らして笑ったのは矢瀬だった。屋上の隅で不良座りをしていた矢瀬が立ち上がり、なぜか感心したように雪菜を見る。

「……なるほど。攻魔師の犯罪抑止義務か。少々強引だけど、いちおうスジは通っているな」

「はい」

雪菜が力強くうなずいた。それでも古城には意味がわからない。

「どういうことだ、矢瀬？」

「攻魔師免許の保有者は、大規模魔導犯罪が行われると知り得た場合、正当な理由がない限り、たとえ非番や管轄外《かんかつがい》でもそれを未然に阻止しなきゃなんねーんだよ。つまり姫柊ちゃんは凶悪魔導犯罪者を監視するためなら、獅子王機関とは無関係に自分の意思で行動できるって話だ」

「凶悪魔導犯罪者って……もしかして俺のことを言ってるのか？」

古城が、納得いかない、というふうに唇を歪める。しかし矢瀬は冷静な口調で、

「これまで日本政府は、第四真祖《だいよんしんそ》の存在を公式に認めてこなかった。だから姫柊ちゃんも獅子王機関の命令って形でしかおまえにつきまとえなかったわけだ。だけど、今のおまえは〝吸血《ザ・ブラ》

王《ツド》〟の眷獣《けんじゅう》を引き継いだ無名の吸血鬼だ。監視対象と認めるには十分だな」

「これまでに絃神島《いとがみじま》に与えた損害を思えば、すでにだいぶ凶悪犯寄りだけどね」

浅葱《あさぎ》がニヤニヤと笑って言った。

それは不可抗力だったろ、と古城《こじょう》が不満をあらわに独《ひと》りごちる。そもそも絃神島で起きた事件の多くには浅葱も絡んでいるのだから、彼女も半分くらいは同罪のはずだ。

「姫柊雪菜《ひめらぎゆきな》、それがあなたの出した答えですの？」

それまで無言で雪菜を睨《にら》んでいた雫梨《しずり》が、険しい表情を浮かべて訊いた。

古城は悪い予感を覚えて二人の顔を見比べた。

昨晩キーストーンゲートの最下層で、雫梨と雪菜はかなり本気《ガチ》めの殺し合いを演じているのだ。ほぼ相打ちの形で中断したため、勝負は決着していない。何気に負けず嫌いな二人の性格からして、今から続きをすると言い出すのではないかと不安になる。

「ええ……わたしは暁《あかつき》先輩の監視役です。これまでも、これからも」

雫梨を見つめ返して、雪菜が言った。そのまま彼女たちが睨み合ったのは一瞬だ。雫梨は、ふっ、と笑って肩をすくめた。

「獅子《しし》王機関《おうきかん》に命じられたからではなく、自分でそう決めた、ということですの？　でしたら、今度こそわたくしたちは対等ですわね……」

「そうですね」

雪菜も同じように微笑する。

聖団《ギゼラ》最後の修女騎士《パラディネス》である雫梨は、自分の意思で古城に力を貸すことを選んだ。獅子王機関の命令とは無関係に動いている今の雪菜も、それは同じだ。そのせいか、雪菜と雫梨の間にあった一触即発の気配は嘘《うそ》のように消えている。それに気づいて、古城はホッと脱力した。

雫梨は、そんな古城の全身をジロジロと眺めて、呆《あき》れたように息を吐く。

「それはそれとして、古城……あなたのマント、少し大げさではありませんの？」

「おまえにだけは言われたくないんだが……まあ、たしかにちょっと動きにくいんだよな」

長い頭巾《ウィンプル》を被《かぶ》ったままの雫梨を見返しながら、古城は肩をぐりぐりと回した。

古城が着ているのは、漆黒《しっこく》のマントコートだ。ハッタリを利かせるためだと浅葱に言われて、無理やり押しつけられたのだ。髪型もジェルで固めているので、普段とはずいぶん印象が違う。似合っているのかどうかは知らないが、慣れない服装で落ち着かないのは事実だ。

「あんたがスーツを着るのを嫌がったせいでしょ。それくらい我慢しなさいよね。彩海学園《さいかいがくえん》の制服で交渉に出て行くわけにもいかないんだから」

浅葱が不満顔の古城をたしなめた。彼女の言葉に一理あるのは認めざるを得ない。が、

「ラードリーとの会談は非公開なんだろ。だったら服なんか、なんでもいいじゃねーか」

「それにしたって、威厳ってもんがあるのよ」

聞き分けのない子どもを叱《しか》るように浅葱が乱暴に言い放つ。

雪菜《ゆきな》は古城《こじょう》たちのどうでもいい言い争いを真面目な表情で遮《さえぎ》って、

「それよりも、先輩……ラードリーさんとはどうやって交渉するんですか？　まさか、本当にMARと組んで世界中を敵に回すつもりじゃないんですよね？」

「まあ、それも悪くねーな、と思ってるよ」

不安げな雪菜を見返して、古城はどこか意味深に笑った。浅葱《あさぎ》も愉快そうに目を細めて、

「だったら、あたしたちは希代《きたい》の大罪人《たいざいにん》として歴史に名を残すことになるわね」

「それは本気で言ってるんですか……？」

雪菜が目つきを険しくする。これから世界の命運をかけた交渉に臨むというのに、古城たちの態度には緊張感が欠けている。そのことに苛立《いらだ》ちを覚えているらしい。

しかし古城は、殺気立つ雪菜を見つめて愉快そうに笑う。

「だけど、そのときは姫柊《ひめらぎ》が俺を止めてくれるんだろ？」

「あ……」

雪菜が動揺したように動きを止めた。そしていつもの生真面目《きまじめ》な態度で、なにかを決意したように力強くうなずく。

「はい。わたしはそのための監視役ですから」

強烈な魔力の気配が絃神島《いとがみじま》を包んだのは、それから間もなくのことだった。

深紅の残照に染まった空に、膨大な魔力に支えられた複雑な魔法陣が浮かび上がる。異境《ノド》に通じる巨大な〝門《ゲート》〟だ。

わずかに消え残っていた太陽が、完全に水平線の下へと沈んでいく。

「日没、か」

古城が無意識に荒々しい笑みを浮かべて言った。常夏《とこなつ》の人工島の昼間が終わりを告げ、魔族特区に夜が訪れる。

雷鳴のような轟音《ごうおん》を響かせて、古城たちの頭上に灰色の球体が現れた。

空に浮かぶ、第二の月のような巨大な城砦《じょうさい》。異界を漂う〝天部《てんぶ》〟の居城だ。

「あれが……死都《しと》……！」

空を見上げて雪菜が静かな呟《つぶや》きを洩《も》らす。

魔族特区と死都の二度目の邂逅《かいこう》。

世界の命運をかけた交渉の始まりだった。

第四章　死都

Fortified Necropolis

1

「我が影は、霧にして霧に非《あら》ず、刃《は》にして刃《は》に非ず——」

妃崎霧葉《きさききりは》が、槍《やり》を掲《かか》げて厳《おごそ》かに舞い踊る。その姿が、虚空《こくう》に溶けこむように消えていく。

呪的身体強化《フィジカルエンチャント》によって高められた身体能力と、見る者を幻惑する歩法を組み合わせ、人が認識できない速度で攻撃を仕掛けたのだ。

「斬《き》れば夢幻《むげん》の如《ごと》く、啼哭《ていこく》は災禍《さいか》を奏でん！」

重武装の兵士たちのド真ん中に現れた霧葉が、音叉《おんさ》のような美しい響きを奏でながら、槍を振るった。鮮血が飛び散り、次々に兵士たちの絶叫が上がる。

雲海の中に浮かぶ小さな岬。輸送機から降り立ったＭＡＲ特殊部隊の兵士八人が、霧葉一人に為すすべもなく蹂躙《じゅうりん》されていく。

「あれが……太史局《たいしきょく》の六刃神官《りくじんしんかん》……」

地面の起伏に隠れた唯里《ゆいり》が、険しい表情を浮かべて言った。

致命的な急所だけは外しているが、霧葉はそれ以外ほとんど手加減をしていない。返り血を浴びながら笑う彼女の姿は、なまじ容姿が優れているだけに鬼気迫る恐ろしさがあった。特殊部隊の屈強な兵士たちが、恐怖に顔を引《ひ》き攣《つ》らせて撤退を開始する。

「煌坂《きらさか》はよくあんなのに勝ったな……泣いて謝るまでボコボコにしてやったと言ってたが……」

霧葉を援護するために構えていた弓を降ろして、志緒《しお》がやれやれと息を吐く。

「聞こえてるわよ、獅子王機関《ししおうきかん》。そんなわけないでしょう」

敵の撤退を見届けた霧葉が、頬《ほお》についた返り血を拭《ぬぐ》いながら志緒を睨《にら》んだ。そして霧葉は、志緒たちの背後――アヴローラに抱かれた不細工なぬいぐるみに目を向ける。

「まあいいわ。モグワイとか言ったわね。さっきの話を続きを聞かせてもらえるかしら？」

『……さて、なんの話だっけか？』

モグワイが、アヴローラに抱かれたまま、わざとらしく目を逸《そ》らす。志緒はそのモグワイの鼻先に、血に濡《ぬ》れた双叉槍《スピアフォーク》を突きつけた。

「とぼけないで。殺すわよ。まさか、あんな雑魚《ざこ》どもの相手をさせるために、私たちを異境《ノド》に連れてきたわけじゃないんでしょう？」

『雑魚とか言ってやるなよ。あいつら、あれでも〝天部《てんぶ》〟の血を引くＭＡＲの精鋭だぜ』

逃げ去る輸送機を見送りながら、モグワイがケケッと皮肉っぽく笑った。霧葉は黙って眉《まゆ》を寄せる。

「〝天部〟って……シャフリヤル・レンの仲間ってこと？」

「古代超人類というのは、あの程度なのか？」

唯里《ゆいり》と志緒《しお》が、軽く戸惑いながら訊《き》き返《かえ》す。

シャフリヤル・レンが自らの正体を明かすまで、〝天部《てんぶ》〟と呼ばれる種族は、遠い過去に亡《ほろ》びた伝説上の存在だと考えられていた。高度な魔導《まどう》技術を保有し、獣人や巨人族などの多くの魔族を使役《しえき》していた太古の超人類。神力《しんりき》と呼ばれる超常的な力を操り、唯里たちが持つ霊力《れいりょく》も、人類の先祖が〝天部〟との交配によって手に入れたものだといわれている。

その超人類たる〝天部〟の実力が、先ほどの兵士たち程度なのだとしたら、正直、期待外れもいいところだ。

しかしモグワイは、短い首をすぼめるような仕草をして、

『実際のところは何世代も前の先祖に〝天部〟がいたってだけで、戦闘能力はそこらの人間と大差ないみたいだがな』

「やっぱりただの雑魚《ざこ》ということね」

霧葉《きりは》が冷淡に切って捨てる。モグワイはククッと喉《のど》を鳴らして、

『まあ、あんたらがこいつらを弱っちく感じるのには、別の理由もあるんだがな』

「興味ないわね。それよりも眷獣弾頭《けんじゅうだんとう》の話をしなさい、害獣。この施設で眷獣弾頭を封印しているというのはどういうこと？」

『そいつは普通に文字どおりの意味だ。あそこに見える人工島センラは、もともと眷獣弾頭の貯蔵施設として建造されたんだよ。絶対に暴発の危険のない安全な場所としてな』

害獣呼ばわりに苦笑しつつ、モグワイは頭上の海面を見上げる。

「暴発の危険がないというのは、どういうことなの？」

霧葉が表情を変えずに訊《き》いた。モグワイはニヤニヤと愉快そうに笑って、

『第四真祖《だいよんしんそ》の兄《ニイ》ちゃんに聞かなかったか？　異境《ノド》では魔力が使えねーんだよ』

「魔力が使えない？」

志緒《しお》が驚いて目を見張る。唯里はハッと思い出したように背後を振り返り、

「じゃあさっきの特殊部隊が脆《もろ》かったのは、もしかしてそのせい？」

『連中の装備の大半は、魔術で駆動しているはずだからな。魔力を動力源にしている機器も、魔術師も、ここじゃ軒並み役立たずだ』

モグワイが、大げさな身振り手振りを加えて説明する。

『魔族の連中はもっと深刻だ。生命活動を魔力に依存してる一部の魔族は、そもそも異境《ノド》じゃ生きられねえ。そこまで深刻じゃなくても、ほとんどの魔族は弱体化する。獣人化はできないし、吸血鬼は眷獣を使えない。ほんのひと握りの例外を除いて、な』

そう言ってモグワイは、自分を抱いているアヴローラをちらりと見上げた。アヴローラは、今ひとつ実感が湧《わ》かないというふうに、頼りなく視線を泳がせる。

しかし志緒たちは知っていた。第四真祖は特別な吸血鬼だ。決して滅ぼせないはずの咎神《きゅうしん》カインを殺すために、〝天部〟によって生み出された殺神兵器《さつじんへいき》。

どういう絡繰《からく》りになっているのかはわからないが、魔力が存在しないはずの異境《ノド》で、第四真《だいよんしん》祖《そ》だけが眷獣《けんじゅう》を喚《よ》び出《だ》せるのだとすれば、その特別な評価にも納得できる。

『――MARが地上に運び出した眷獣弾頭《けんじゅうだんとう》は七発だ。それ以外の眷獣弾頭は、貯蔵施設の中に残ってる。この金髪《パツキン》の嬢ちゃんの魔力を使って、俺が施設を閉鎖してるからな』

「そうか。だからMARは、この施設を狙っているわけか」

モグワイの言葉に、なるほど、と志緒《しお》はうなずいた。

第四真祖であるアヴローラは、たった一人で、異境《ノド》と絃神島《いとがみじま》を結ぶ〝門《ゲート》〟を開くほどの魔力を持っている。モグワイはそんな彼女の魔力を利用して、貯蔵施設の中にある眷獣弾頭の搬出を阻止しているらしい。

「だから私たちを連れてきたわけ？　あなたたちの護衛として？」

霧葉《きりは》が、唯里《ゆいり》たちの隣で退屈そうにしているグレンダを睨《にら》む。

だっ、と小さくうなずくグレンダ。志緒と唯里は、思わずグレンダを背後に庇って、

「連れてきたというか、妃崎《きさき》霧葉は私たちに巻きこまれただけのような気がするが」

「し、志緒《しお》ちゃん、それは言っちゃダメなやつ！」

「……納得できないわね」

霧葉が瞼《まぶた》をひくつかせながら、アヴローラたちのほうに向き直る。

「アヴローラ・フロレスティーナは、暁古城《あかつきこじょう》から第四真祖の眷獣を引き継いだんでしょう？

だったら、私たちの力を借りるまでもなく、あんな雑魚《ざこ》どもは容易《たやす》く蹴散らせるはずよ？」

『ケケッ……たしかにそのとおりだな。金髪《パツキン》の嬢ちゃんが、本当に第四真祖の眷獣を制御できるのならな』

無言でうつむくアヴローラに代わって、モグワイが答えた。そうか、と志緒がぼそりと呟《つぶや》く。

「眷獣たちは、アヴローラのことをまだ宿主《やどぬし》と認めていないのか」

「ふ、不覚」

アヴローラが、モグワイを抱いたまま、華奢《きやしや》な肩をますます縮こまらせた。

第四真祖の眷獣の厄介な性質については、姫柊雪菜《ひめらぎゆきな》の報告で、志緒たちの耳にも入っている。暁古城が自分の眷獣を自由に喚び出せるようになったのは、真祖大戦終結直前になってから。第四真祖の力を引き継いで、九カ月近く経《た》ったあとのことだった。

おそらくアヴローラも同様に、自分の眷獣をまだ掌握していないのだ。もともと人間だった暁古城に比べれば、眷獣との相性はいくらかマシなはずだが、それでも無理やり眷獣を従えようとすれば、暴走させてしまう可能性が高い。

『それとな、太史局《たいしきよく》の嬢ちゃん。あんたたちはもうひとつ重要なことを忘れてるぜ』

モグワイが柄にもなく真面目な口調で言った。霧葉がぴくりと片眉《かたまゆ》を上げて、

「なにかしら？」

『たとえ第四真祖の眷獣が使えたとしても、ここを護《まも》り切《き》るのは簡単じゃねーってことだよ。

なにしろここは異境《ノド》だからな』

「さっきから話が回りくどいわね。いったいなにが言いたいの？」

霧葉《きりは》が苛々《いらいら》と目を眇《すが》めた。志緒《しお》がハッと真顔になる。

「いや……そうか、異境《ノド》にはあいつがいるのか……！」

『正解だぜ、短髪の嬢ちゃん』

モグワイが片側だけ唇を上げた。霧葉が怪訝《けげん》そうに訊《き》き返《かえ》す。

「あいつ？」

『そうか。嬢ちゃんはまだ遭遇したことがないんだっけか。あいつだよ。吸血鬼の真祖に匹敵する、もう一方の魔族《まぞく》の頂点だ』

モグワイが挑発的な口調で言った。霧葉が小さく息を呑《の》む。モグワイがそれとなく匂《にお》わせたものの正体に気づいたのだ。

「唯里《ゆいり》、志緒」

グレンダが不意に唯里たちを呼んだ。普段の舌足らずな口調ではない、はっきりとした声で。

何気なく彼女のほうに目を向けて、唯里と志緒は困惑する。そこにいたのは、二人がよく知る鋼色《はがねいろ》の髪の少女ではなかった。

幼いグレンダに重なるように、幽霊のように淡く透けたもう一人のグレンダが立っている。

姉妹のようによく似ているが、二人は明らかに別人だ。

実体のグレンダはせいぜい十歳前後。それに対して、もう一体の幻影は、最低でも唯里たちと同世代だろう。そして彼女はアヴローラと同じ、彩海学園《さいかいがくえん》のものによく似た制服を着ている。

「グレンダ……？」

「あなたもグレンダ……なのか？」

「ええ、そう。正確には、かつてグレンダだった存在、かな」

戸惑う唯里と志緒を優しく見つめて、グレンダの幻影が悪戯《いたずら》っぽく告げた。

その瞬間、唯里たちは直感的に理解した。グレンダの幻影の本体は、すでにこの世界には存在しない。おそらく何千年も前に消滅しているのだと。

唯里たちが知っているグレンダには、人為的な遺伝子操作の痕跡《こんせき》があった。おそらく彼女は、かつてグレンダと呼ばれていた存在の、後継者として生み出された龍族《ドラゴン》なのだ。

「時を超えた友人であるあなた方の力を、私に少しだけ貸して欲しいんだ。我が主《あるじ》、咎神《きゅうしん》カインの望みを叶《かな》えるために――」

グレンダの幻影が、ちらりとモグワイを眺めて言った。モグワイは、素っ気なく目を逸らす。

「カインの……望み？」

警戒しながら尋ねる志緒を見て、幻影の少女は人懐《ひとなつ》こくうなずく。そのせいで志緒たちは、それ以上なにも訊《き》けなくなる。なぜか一方的に志緒たちを信頼しきった少女の瞳は、幼いほうのグレンダとまったく同じものだった。

『……やれやれ。噂《うわさ》をすれば影ってやつだな』

モグワイが不意に頭上を見上げて、他人事《ひとごと》のように呟《つぶや》いた。彼を胸に抱くアヴローラが、怯《おび》えたようにビクッと肩を震わせる。

海面に浮かぶ鋼《はがね》色《いろ》の人工島センラから、MAR製の航空機が再び近づいてくる。

先ほど撤退した機体と同じティルトローター式の輸送機だが、こちらは対地攻撃用のロケット弾と機関銃を積んだ武装タイプだ。

さらにその後方には、巨大な翼を広げた、赤銅色《しやくどういろ》の魔獣《まじゆう》の姿も見える。

輸送機を超える攻撃的な巨体。長い尻尾《しつぽ》と強靭《きようじん》な四肢《しし》。細胞が発する膨大な熱が、全身から陽炎《かげろう》のように立ち上っている。それは魔獣の頂点に君臨する伝説上の怪物だ。

『来たぜ、龍族《ドラゴン》だ』

どこか投げやりな態度で、モグワイが告げる。

頭上より飛来する炎龍《えんりゆう》クレードが、そんなモグワイたちの姿を認めて荒々しく咆吼《ほうこう》した。

2

彩海学園《さいかいがくえん》の校舎の屋上。空間制御術式特有の陽炎のような揺らぎに包まれながら、派手な衣装の女が現れる。

「ご機嫌よう、領主殿。これはまた錚々《そうそう》たる顔ぶれですね」

奇術師《マジシャン》を思わせる短い杖をくるりと回しつつ、ラードリー・レンは、屋上に集う古城《こじょう》たちの姿を順番に見回した。古城と矢瀬《やぜ》、そして浅葱《あさぎ》。次に雫梨《しずり》を目にしたところで、彼女は、怪訝《けげん》そうに首を傾《かし》げる。

「人工島管理公社の代表者である矢瀬基樹《もとき》殿。〝カインの巫女《みこ》〟にして領主殿の〝血の伴侶《はんりょ》〟である藍羽《あいば》浅葱殿……はて、そちらの方は？　鬼族《オグレス》の王族のようですが？」

「香菅谷《かすがや》雫梨・カスティエラですわ」

ＭＡＲの最上級執行責任者が相手でも、雫梨はまったく態度を変えずに堂々と言い放つ。はあ、と面喰《めんく》らった表情を浮かべるラードリー。古城は、くっ、と小さく失笑して、

「こいつも俺の〝血の伴侶〟だ。俺の護衛として同席させてもらって構わないか？」

「〝血の伴侶〟――つまり妻、ということですか。ええ、もちろん構いませんよ。奥さんが沢山でお盛んですね」

ラードリーは浅葱と雫梨を見比べながら、なぜか得意満面の笑顔で答えてくる。どうやら、奥さんと沢山とお盛んで韻を踏んでいるつもりらしい。

「……あの女、ぶった斬《ぎ》っても構いませんの？」

「落ち着け、カス子」

たまらず長剣《ちょうけん》の柄《つか》に手をかけた雫梨を、古城がうんざりした顔で制止する。誰がカス子か、

と言わんばかりに歯を剝《む》いて、雫梨《しずり》は古城《こじょう》を睨《にら》みつけた。

そんな二人を複雑な表情で眺めつつ、雪菜《ゆきな》は薄く溜息《ためいき》をつく。と、なぜか矢瀬《やぜ》が面白そうに、雪菜を親指でぞんざいに指さした。

「あとは人工島管理公社が確保した捕虜が一名だ」

「っ……⁉」

雪菜は危うく声を洩《も》らしそうになる。この場では雪菜は古城の監視役ではなく、なぜか日本政府に対する捕虜という扱いになっているらしい。

戸惑う雪菜を、ラードリーは訝《いぶか》しむように一瞥《いちべつ》し、

「……捕虜？」

「実はね、昨晩、日本政府の命令で、絃神島《いとがみじま》の要石《キーストーン》を破壊しようとした連中がいたのよ」

ラードリーの疑問に、浅葱《あさぎ》が答えた。雪菜は無言で唇を噛《か》む。

「あら……それは政府《セーフ》だけどアウトですね。要石《かなめいし》を破壊したら墓石《はかいし》になっちゃいますって」

雪菜の反応を横目で見ながら、ラードリーが愉快そうに呟《つぶや》いた。雫梨が剣の柄を握って怒りをこらえているが、浅葱はクスクスと声を上げて笑う。

「まあ、そうね」

「なるほど。それが理由ですか。あなた方が我々との交渉に応じる気になったのは」

ふむふむ、とラードリーが納得したようにうなずいた。

日本政府が雪菜たちを使って、要石《キーストーン》を攻撃したのは事実だった。異境《ノド》への〝門《ゲート》〟を破壊するという大義名分があったにせよ、絃神島を裏切ったことに変わりはない。

絃神島が、それに対抗してＭＡＲと手を組むのは、ある意味で当然の判断ともいえる。軍事、経済の両面において、聖域《せいいき》条約機構軍に対抗できる可能性があるのは、膨大な数の眷獣弾頭《けんじゆうだんとう》を保有するＭＡＲだけだからだ。

「結構。それでは聞かせていただけますか？　絃神島はＭＡＲの買収に応じるのか否か」

ラードリーが古城に向かってストレートに訊く。

雪菜は息を止めて古城の横顔を見た。古城の口元には笑みが浮かんでいる。見慣れないマントコートのせいか、今の古城は、雪菜の知っている彼とはどこか別人のようだ。

「その前に、あんたたちの力を見せてくれないか、ラードリー・レン」

古城が威圧的な視線をラードリーに向けた。

「私たちの力……ですか？」

ラードリーが少し拗《す》ねたように片頬《かたほお》を膨らます。古城は笑いながらうなずいた。

「だって、そうだろ？　聖域条約機構軍の艦隊を追い払う程度のことは、俺たちも前にやっている。その程度の戦果で勝ち誇られても、こっちとしては戸惑うだけだ」

「私たち〝天部《てんぶ》〟を試しますか、暁《あかつき》古城？　いささか歯痒《はがゆ》くはありますが、あなたの言い分はもっともですね」

ラードリーが努めて冷静な口調で言う。かつての真祖大戦《しんそたいせん》において、絃神島《いとがみじま》は、聖域条約機構軍の多国籍艦隊と交戦し、彼らを一方的に退《しりぞ》けていた。そのことを思い出したのだろう。絃神島には〝聖殲《せいせん》〟があり、古城《こじょう》の黒の眷獣《けんじゅう》もある。果たしてMARには、それらと釣り合うだけの力があるのか。古城はそう問いかけているのだ。

それはおそらくラードリーにとって、予期せぬ提案だったはずである。しかし彼女は、あっさりとそれを受け入れた。

「いいですよ、どうすればあなた方が満足するのか、望みを言ってくださいな」

今度はラードリーの側が、古城を試すように訊《き》いてくる。

古城は満足げにうなずいて、淡々と告げた。

「もう一度、眷獣弾頭の威力を確かめさせてくれ。艦隊なんてちっぽけな目標じゃなく、そうだな、例えば大都市に撃ちこんだらどうなるのか、興味がある」

「先輩⁉」

雪菜《ゆきな》が目を見開いて古城を見た。しかし抗議の言葉を続ける前に、雪菜の喉《のど》にはひんやりとした刃《やいば》が押し当てられている。深紅の長剣《ちょうけん》を抜いた雫梨《しずり》が、それを雪菜に向けていたのだ。

「落ち着きなさいな、姫柊《ひめらぎ》雪菜。今は交渉の席でしてよ」

雫梨が無感情な声で告げてくる。雪菜は信じられない気分でそれを聞いた。聖団《ギゼラ》の修女騎士《パラディイネス》を自称する雫梨が、何百万もの罪なき人々の犠牲を許容するとは思えなかったのだ。

しかしそれは古城も同じだ。そして無関係な絃神市民を犠牲にしようとしたのは、そもそも日本政府のほうなのだ。絃神島を沈めようとした日本政府に、古城たちが本気で腹を立てているのなら、彼らが提示した条件も、決して理解できないものではない。

「どうやらハッタリというわけでもなさそうですね、暁《あかつき》古城……ですが、本当にいいんですね？　眷獣弾頭を発射したら、もう後戻りはできませんよ？」

ラードリーが古城に念押しする。彼女にとっても、古城たちの提案は少なからず意外に思えたのだろう。しかし古城は冷淡に笑って首肯する。

「先に俺の領地に手を出したのは日本政府だ。東京を丸ごと吹き飛ばされても、まさか文句は言わないだろうさ」

「先……輩……」

雪菜がかすれた声で呟《つぶや》いた。古城の真意がわからず、混乱する。ラードリーの言うとおり、発射されてしまった眷獣弾頭は止められないのだ。仮に眷獣弾頭の残弾を減らすのが目的だとしても、そのために東京を吹き飛ばされては、あまりにも犠牲が大きすぎる。ＭＡＲを挑発して眷獣弾頭を撃たせることに、意味があるとは思えない。

しかし、浅葱《あさぎ》や矢瀬《やぜ》は古城を止めない。雫梨もまた、雪菜に刃を当てたまま動かない。

「いいでしょう、領主殿。お望みどおり、我ら〝天部《てんぶ》〟の力をご覧に入れます」

ラードリーが、呆《あき》れたように肩をすくめて言った。

そして彼女は古城《こじょう》たちを見回し、頭上に浮かぶ球形の城砦《じょうさい》を指さした。

「それでは、これより皆様を、我らが死都《しと》カレナレン城にご招待しましょう――ショウタイムだけに。なんちゃって」

3

悲鳴のような轟音《ごうおん》が、異境《ノド》の空を震わせた。

その轟音は、人間には詠唱不可能な超高密度の呪文《じゅもん》となって空中に巨大な魔法陣《まほうじん》を紡ぎ出す。

魔法陣が生み出し、増幅したのは、衝撃を伴う破壊的な閃光《せんこう》。六式降魔弓《フライクーゲル・プラス》・改の呪術砲撃だ。

閃光が、苔《こけ》むした岬の地面ごとMARの兵士たちを薙《な》ぎ払《はら》う。攻撃に巻きこまれたティルトローターの輸送機がバランスを崩し、眼下の雲海へと墜《お》ちていく。

しかし銀色の洋弓《ようきゅう》を構えた志緒《しお》の表情は、怯《おび》えたように硬く強張《こわば》っていた。

呪術砲撃の閃光が消えて、抉《えぐ》られた地面があらわになる。そこに蠢《うごめ》いていたのは、奇怪な姿の怪物たち。白い外骨格《がいこっかく》に覆われた兵士の群れだ。

「なんだ、あいつら!?　今の呪術砲撃に耐えたのか……!?」

志緒の声が焦燥《しょうそう》に震えた。六式降魔弓《フライクーゲル・プラス》・改の呪術砲撃は、瞬間的には第四真祖《だいよんしんそ》の眷獣《けんじゅう》に近い威力を発揮する。あの白骨めいた姿の兵士たちは、その直撃を喰《く》らっても、ほぼ無傷のまま活動を続けているのだ。

『あー、ありゃ竜牙兵《スパルトイ》だな』

アヴローラに抱っこされたままのモグワイが、ヒュウと驚いたように口笛を鳴らす。志緒は戸惑ったように目を細めて、

「竜牙兵《スパルトイ》？　なんだ、それは……？」

『龍族《ドラゴン》の細胞組織を培養して生み出された人工魔族らしい。知性はないが、龍族《ドラゴン》と同等の魔術耐性を持ってる。手強《てごわ》いぜ。ただの兵士じゃ埒《らち》が明かないと踏んで、シャフリヤル・レンの野郎、あんなもんを投入してきやがった』

「他人事《ひとごと》みたいに言ってる場合か！」

志緒は唇を噛《か》みながら、新たな呪矢《じゅし》を弓につがえた。しかし竜牙兵《スパルトイ》たちの動きが速い。志緒が狙いをつける前に距離を詰め、昆虫じみた動きで襲ってくる。

「六式降魔剣《ローゼンカヴアリエ・プラス》・改、起動《ブートアップ》――！」

銀色の長剣《ちょうけん》を振りかざして、飛び出したのは唯里《ゆいり》だった。怯《ひる》むことなく竜牙兵《スパルトイ》の群れに突っこみ、分厚い外骨格の鎧《よろい》ごと、彼らを叩《たた》き斬《き》っていく。空間そのものを斬り裂いたのと同等の効果を付与する六式降魔剣《ローゼンカヴアリエ・プラス》・改の斬撃《ざんげき》は、龍族《ドラゴン》の肉体と同等の硬度を持つ竜牙兵《スパルトイ》にも有効なのだ。

「唯里！」

「志緒《しお》ちゃん、下がって！　アヴローラちゃんとグレンダをお願い！」

瞬《また》く間《たま》に六体の竜牙兵《スパルトイ》を斬《き》り伏《ふ》せて、戦えるという感触を得たのだろう。唯里《ゆいり》が、志緒たちに力強く笑いかけてくる。

だが、彼女を見る志緒の表情に浮かんでいたのは、驚きと焦りと絶望だった。

「違う、唯里！　まだだ！　そいつらはまだ動く！」

「え……⁉」

斃《たお》したはずの竜牙兵《スパルトイ》たちが、唯里の背後で再び起き上がる。再生したというよりも、切断された身体《からだ》を無理やりつなぎ合わせただけだが、内臓を持たないがらんどうの竜牙兵《スパルトイ》にとっては、それで十分なのだろう。鋭利すぎる六式降魔剣・改《ローゼンカヴアリエ・プラス》の切断面が、逆に彼らの復活を助けているのだ。

「このおおお……っ！」

再生途中の竜牙兵《スパルトイ》たちに向けて、志緒は呪矢《じゆし》を撃ちこんだ。唯里の周囲を取り囲むように小規模な竜巻が巻き起こり、竜牙兵《スパルトイ》の残骸《ざんがい》がバラバラに弾《はじ》け飛《と》ぶ。根本的な解決にはなっていないが、肉体を構成する部品がなければ、竜牙兵《スパルトイ》もすぐには復活できない。ひとまず彼らの戦闘能力を奪うには十分だ。

『おー……やるなあ、嬢ちゃんたち』

モグワイが感心したように言った。アヴローラも碧《あお》い目を興奮気味に見開いて拍手をする。

「この程度、当然だ」

強気な口調で言い返しつつ、志緒は肩で息をしていた。竜牙兵《スパルトイ》との戦闘を通じて、魔力が存在しないという異境《ノド》の特殊性がようやく理解できたのだ。

魔術と呪術は、よく似ている。しかし根本的な原理に違いがある。

魔術とは地脈や星辰《せいしん》などの現実世界の魔術法則を利用して、超常的な現象を引き起こす技術。対して呪術は、術者自身の肉体や自然界の生体エネルギーを使用する技だ。

魔力が存在しない異境《ノド》でも志緒たちが呪術を使えているのは、術者自身の生命力を燃料にして生み出す呪力の性質ゆえのことだろう。竜牙兵《スパルトイ》が異境《ノド》で活動できるのも、おそらく彼らが龍《ドラ》族《ゴン》の肉体をベースに造り出された存在だからだ。

問題は術者の肉体に依存している以上、志緒たちの呪力が有限ということだった。

地脈や自然界の力を借りられないぶん、むしろ呪力の消耗は地上よりも激しい。おまけに志緒の六式降魔弓・改《フライクーゲル・プラス》は、決して呪力効率のいい武器ではない。それは唯里の六式降魔剣・改《ローゼンカヴァリエ・プラス》も同じだ。戦闘を長引かせるのは危険だった。できることなら戦力を集中して、一気に勝負を決めたいところだ。

「妃崎霧葉《きさききりは》は……？」

志緒が、すぐ傍《そば》のアヴローラに訊《き》いた。アヴローラはハッと顔を上げ、

「彼《か》の者は……汝《なんじ》のすぐ背後に」

「え？」

思いがけないアヴローラの返事に、志緒《しお》は思わず後ろを振り返る。そんな志緒の背中を、衝撃が襲った。誰かにいきなり蹴《け》り飛《と》ばされたのだ。

「退《ど》きなさい、斐川《ひかわ》志緒！」

霧葉《きりは》の罵声を聞きながら、志緒はアヴローラを巻きこんで地面に転がった。その背中に強烈な熱風が吹きつける。龍族《ドラゴン》が撒《ま》き散《ち》らした灼熱《しやくねつ》の閃光《せんこう》が、志緒たちの頭上を駆け抜けたのだ。

「どういうつもりだ⁉　危ないだろ、妃崎《きさき》霧葉！」

背中の痛みに耐えながら、志緒は振り返って抗議する。

霧葉は、ハッ、と蔑《さげす》むように志緒を一瞥《いちべつ》し、すぐさま頭上へと視線を戻した。彼女が睨《にら》みつけていたのは、上空を舞う赤銅色《しやくどういろ》の炎龍《えんりゆう》だ。

「獅子王機関《ししおうきかん》の山猿は、助けてもらっておいて礼のひとつも言えないのかしら。こっちは龍族《ドラゴン》の相手をするだけで手一杯なの。足手まといに構っている余裕はないのよ」

「余裕がない？　太史局《たいしきよく》の六刃神官《りくじんしんかん》は、対魔獣《まじゆう》戦闘の専門家《エキスパート》じゃなかったのか？」

「なんだったら、今からでも役割を代わってあげましょうか？　ろくな装備も人員もなしに、古龍《こりゆう》を押さえてあげてるのよ。感謝なさい――っ！」

霧葉が言い終える前に、炎龍が再び炎を吐く。志緒と霧葉は、倒れたままのアヴローラを両側から抱え上げ、慌てて炎の効果範囲から逃げ出した。

「古龍を押さえてる？　追い立てられてるの間違いだろ？」

「黙りなさい。殺すわよ……！」

思わず嫌味を口にする志緒を、霧葉が殺気立った眼差《まなざ》しで睨んでくる。為すすべもなく逃げ回っていることに、相当ストレスを溜《た》めているらしい。

「グレンダとか言ったわね。あの子は戦えないの？」

霧葉が周囲を見回して訊《き》いた。鋼色《はがねいろ》の髪の龍族《ドラゴン》の少女は、今は岬の先端の塔の中にいるはずだ。一人で隠れているわけではなく、彼女は彼女でやるべきことがあるらしい。

「おまえ……グレンダをあんなのにぶつける気か⁉」

頭上の巨大な炎龍を見上げて、志緒は霧葉に抗議する。同じ龍族《ドラゴン》といえども、いまだ幼いグレンダと古龍のクレードでは、体軀《たいく》に倍以上の開きがある。勝負になるとは思えない。

しかし霧葉は不満げに唇を尖《とが》らせて、

「なによ？　あれもいちおう龍族《ドラゴン》なのでしょう？」

『ケケッ……ご期待に添えず悪いが、そいつは無理だ。あいつは今それどころじゃなくてな』

志緒の腰にくっついたモグワイが、偉そうな口調で割りこんでくる。アヴローラが転んだときに投げ出されて、慌てて志緒のスカートにしがみついたらしい。

「どういうことだ？　おまえたちがこの施設に立《た》て籠《こ》もっていたことと関係あるのか？」

志緒は、そんなモグワイを乱暴につまみ上げた。触り心地や重量、質感ともに、やはりただのぬいぐるみそのものだ。

『悪いが、そいつを説明してる時間はなさそうだ。来るぜ』

「なに？」

モグワイに話を逸《そ》らされて、志緒《しお》は頭上の龍族《ドラゴン》を見上げた。

アヴローラを巻きこむことを恐れているのか、炎龍《えんりゅう》クレードは炎を吐かない。代わりに竜牙兵《スパルトイ》の軍勢の中心へと降下して、地面を抉《えぐ》りながら着地する。その巨体が灼熱《しゃくねつ》の輝きに包まれて、急激に縮んだ。そして全身を鱗《うろこ》で覆った大柄な龍人《りゅうじん》の姿に変わる。

「あの古龍《こりゅう》……どういうつもり？」

「龍化《りゅうか》を解除したのは、アヴローラを連れ去るためか……！」

霧葉《きりは》と志緒が、アヴローラを庇《かば》うように前に出る。

唯里《ゆいり》も竜牙兵《スパルトイ》の集団から距離を取り、警戒するように低く身構えた。

魔獣《まじゅう》との戦いに慣れていない志緒や唯里にとって、龍族《ドラゴン》の巨体を相手にするより、戦いやすくなったのは事実だ。しかし龍人の姿に変わったからといって、炎龍クレードが放つ威圧感に変化はない。竜牙兵《スパルトイ》との連携が取れるようになったぶん、かえって厄介になったともいえる。

「アヴローラ……フロレスティーナァァァ……！」

唇の端から白い蒸気を洩《も》らしつつ、クレードが低く咆吼《ほうこう》した。

志緒たちの背中に隠れたアヴローラが、恐怖に小さく息を呑《の》む。

龍族《ドラゴン》の思念に操られたように、竜牙兵《スパルトイ》たちが一斉に前進を開始する。鈍重《どんじゅう》そうな外骨格の姿とは裏腹の凄《すさ》まじい加速だ。

「ちっ！　援護しなさい、獅子《しし》王機関《おうきかん》！」

一方的に志緒に言い残し、霧葉がクレードに向かって駆け出した。破壊してもすぐに再生する竜牙兵《スパルトイ》たちを無視して、先にクレードを無力化しようと考えたのだろう。

霧葉に命令されるのは癪《しゃく》だが、彼女の判断は的確だ。志緒は洋弓《ようきゅう》に新たな呪矢《じゅし》をつがえて、クレードを狙う。霧葉の援護を兼ねて、クレードの注意を自分に引きつけようとしたのだ。

だが、志緒が呪矢を射放つより、クレードの攻撃のほうが早かった。巨大な顎《あぎと》を大きく開け放ち、龍人が灼熱の閃光《せんこう》を放つ。

「あいつ……！　人間体でも炎を吐けるのか⁉」

想定外の反撃に動揺しながら、志緒は呪術砲撃を中断。アヴローラを抱き上げ、横っ跳びに跳んで炎をかわした。限界を超えた呪的身体強化《フィジカルエンチャント》で全身が軋《きし》むが、それを気にしている余裕はない。

「黒雷《くろいかずち》――！」

霧葉が人間離れした加速でクレードに肉薄し、双叉槍《スピアフォーク》を叩《たた》きつける。彼女の槍《やり》に付与された術式は、六式降魔剣・改《ローゼンカヴァリエ・プラス》と同じ擬似空間切断だ。龍族《ドラゴン》の肉体がどれほど強靭《きょうじん》でも、その攻撃には絶対に耐えられない。だがそれは、霧葉の攻撃が当たれば、の話だ。

霧葉《きりは》の表情が驚愕《きょうがく》に歪《ゆが》んだ。龍人化《りゅうじんか》したクレードの反応速度は、呪力《じゅりょく》で極限まで加速した霧葉を遥《はる》かに凌《しの》いでいた。霧葉の攻撃は虚《むな》しく空《くう》を切り、逆に衝撃が彼女を襲った。

龍人化したクレードが拳を振るい、骨の砕ける鈍い音が響く。霧葉の手から、乙型呪装双叉槍《リチエルカーレ》が吹き飛んだ。左腕を不自然な方向に曲げた霧葉が地面に叩《たた》きつけられて、そのまま声もなく転がっていく。

「なっ……⁉」

「妃崎《きさき》霧葉！」

「妃崎さん！」

志緒《しお》と唯里《ゆいり》が悲鳴を上げた。霧葉を追撃しようとするクレード目がけて、志緒たち二人は咄《とっ》嗟《さ》に飛び出し、それぞれが同時に攻撃を仕掛ける。

「――響《かぎり》よ！」

「六式降魔剣《ローゼンカヴァリエ》・改《プラス》！」

志緒が手持ちの呪符のすべてを使って猛禽《もうきん》型の式神《しきがみ》を召喚《しょうかん》した。それらを目眩《めくら》ましに使って、唯里が必殺の斬撃《ざんげき》を繰り出す。事前に示し合わせたかのような息の合った連携攻撃。龍族の反応速度をもってしても、それは防げないはずだった。

だが、そんな志緒たちの思惑は、眩《まばゆ》い閃光《せんこう》によってあっさりと破られる。クレードが吐き出した灼熱《しゃくねつ》の吐息《ブレス》が志緒の式神たちを一瞬で焼き尽くし、唯里の接近を阻んだのだ。

爆風が志緒の全身を殴りつけてくる。平衡《へいこう》感覚が失われて、意識が遠のく。炎の直撃はどうにか避けたが、衝撃までは防ぎきれない。

そして志緒のぼやけた視界の片隅に、ゆっくりと倒れこむ唯里の姿が映る。至近距離にいた唯里は、クレードの炎をまともに浴びていた。半身を炎に焼かれた無惨《むざん》な姿で、熔《と》けた地面の上にくずおれる。銀色の長剣《ちょうけん》が音を立てて地面に転がった。

4

深い井戸の底のような薄暗い部屋の片隅で、暁凪沙《あかつきなぎさ》は立ち尽くしていた。

キーストーンゲートの地下に隠された、閉鎖区画の内部である。

頭上には、螺旋《らせんじょう》状の広大な空間が広がっている。壁面に刻みつけられているのは、呪文のような奇妙な文字の羅列だ。見知らぬ文字を刻んだ石版が、壁一面にぎっしりと並んでいる。

人類の歴史上、かつて存在したことのない文字。

人類以外の者が残した記録。誰かの記憶。

それを見上げる凪沙の瞳に、恐怖の色は浮かんでいない。感じているのは、誰かの私的な日記をのぞき見ているような後ろめたさと好奇心だけだ。

『こんにちは、暁凪沙。〝咎神の棺桶《カインズ・コフィン》〟へようこそ』

部屋の中に機械的な合成音声が響いた。幼い少女のような声だ。

「こんにちは。えーと、あなたが浅葱《あさぎ》ちゃんの言ってたAIさん？」

空中に浮かび上がった奇妙な立体映像を見上げて、凪沙《なぎさ》が不審そうに小首を傾《かし》げた。

ひと言で表現するなら、嘴《くちばし》の生えた犬、とでもいうべき怪しい姿のぬいぐるみだ。不気味とまでは言わないが、少なくとも可愛《かわい》らしくはない。デザインした浅葱の美的感覚に若干《じゃっかん》の問題があるのだと思われる。

そんな凪沙の感想をよそに、AIの現身《アバター》は微笑《ほほえ》んで、

『はい。邪妖精《スプリガン》シリーズ・バージョンⅦ《セブン》──私のことはキキモラとお呼びください』

「わかった。よろしくね、キキモラちゃん。それであたしはなにをすればいいの？　ていうか、なんであたし水着に着替えた？」

競泳水着風のスーツを着せられた自分の姿を見下ろして、凪沙は少し照れたように質問した。全身至るところに電極やセンサーを貼りつけた衣装は、身体《からだ》のラインをぴったりと浮き上がらせて、誰にも見られないとはいえ、少し気恥ずかしいものがある。

しかしキキモラは、凪沙の質問を平然とはぐらかし、

『創造主《マスター》より、あなたには言葉で説明するよりも実際に体験してもらったほうが早い、との指示を受けています』

「えーと……それってどういう……」

凪沙が眉間《みけん》にしわを寄せてキキモラを睨《にら》む。と、ひんやりとした感触がハイソックス越しに、凪沙の足首に伝わってきた。凪沙のいる密閉空間に、いつの間にか大量の水が流れこんでいる。

「ちょ、ちょっと……水？　なんで……？　って、冷たっ⁉　待って待って、どういうこと⁉　実はあたし、泳ぎはあんまり得意じゃないんだけど……！」

凪沙は激しく焦りながら、空中のキキモラに詰め寄った。この〝咎神の棺桶《カインズ・コフイン》〟と呼ばれる部屋は、実は巨大な潜水艇の一部だと聞いている。その内側が浸水しているのは、考えるまでもなく相当ヤバい状況だと思われた。

『〝門《ゲート》〟との接続完了。実行伝送量《スループット》の安定を確認。〝沼の龍《グレンダ》〟を同期《シンクロ》モードに移行。記憶投影開始――』

狼狽《ろうばい》する凪沙とは裏腹に、キキモラが感情のない機械的な口調で、謎の手順を進めていく。

その間に室内の水量は増していき、小柄な凪沙の胸のあたりにまで達していた。流れこむ水流に足を取られて、凪沙は転倒。そのまま水底へと沈んでいく。

束ねていた長い髪が解《ほど》けて、ふわりと水中に広がった。

重力から解き放たれて、上下の感覚が失われる。

奇妙なのは、水中を漂っていても、息苦しさを感じないことだった。水の冷たさも感じない。暗くもない。壁面がぼんやりと輝いて、見知らぬ遠くの光景を映し出す。その感覚を、凪沙は知っていた。以前に体験した朧《おぼろげ》気な記憶が脳裏に甦《よみがえ》る。

「これって……神縄湖《かんなわこ》のときの……」

凪沙《なぎさ》の意識に、誰かの記憶が流れこんでくる。

寄せ集めのガラクタのような、継《つ》ぎ接《は》ぎだらけの空虚な記憶だ。しかし彼女たちには、それしかないのだ。生まれたての真っさらな状態のまま、眠り続ける彼女たちには。

本物の喜びと悲しみを、誰かが彼女たちに伝えるまでは——

『——この島は、好きですか、暁《あかつき》凪沙』

「この島？　絃神島《いとがみじま》のこと？」

唐突なＡＩの質問に、凪沙は少し戸惑った。

望んで移り住んだ島ではない。魔族《まぞく》の襲撃で重傷を負い、その治療のために魔族特区の技術が必要だといわれた。長い時間をベッドの上で過ごし、自由に出歩けるようになったのは、ごく最近のことだ。街で魔族とすれ違うたびに、今も漠然とした恐怖を感じる。

強烈すぎる陽射《ひざ》し。風情《ふぜい》に欠けた人工的な街並み。潮風で髪はべたつくし、にわか雨も多すぎる。それでも好きかと聞かれれば、凪沙は迷うことなく答えるだろう。

「うん。大好き……いろんなことがあって大変な目にも遭ったけど、それでもあたしは、ここが好きだよ。だってみんなに会えたから。浅葱《あさぎ》ちゃんや、矢瀬《やぜ》っちや、雪菜《ゆきな》ちゃんや、夏音《カノ》ちゃんやクラスのみんな……それに……そう……ディセンバーやアヴローラちゃんにも——」

凪沙の視界が柔らかな光に包まれる。水中を漂う髪が純白の霊気《れいき》の糸となって、どこまでも広がっていく。自分の胸を満たす温かな感情が、波紋のように広がった。見知らぬ世界の顔も知らない少女たちに、その思いが伝わっていると感じられる。

『彼《カイン》は、あなたをずっと待っていたの。〝焔光の夜伯《カレイドブラッド》〟と心を通わす人間の巫女《みこ》を。咎神《きゅうしん》の遺産たる哀《あわ》れな〝番号持ち《ナンバード》〟に、偽りの思い出と未来の希望を与えてくれる者を――』

無機的だったキキモラの声音《こわね》が、数百、数千もの女性の声の重なりに変わっていく。気が遠くなるほどの長い歳月をかけて、咎神の意思を受け継いできた人々――歴代の〝カインの巫女〟の声に。

「咎神《カイン》の……希望……そうか……わかったよ、あたしに出来ること……」

光の中で、ぼやけていた視界が鮮明になっていく。

浮かび上がったのは見知らぬ景色。眼下を埋め尽くす白い雲海と、頭上に広がる果てしない海面。煌《きら》めく波間に浮かんでいるのは、絃神島によく似た人工島だ。

「伝えればいいんだね。あの子たちに」

呟《つぶや》いて、凪沙はゆっくりと歩き出す。鋼色《はがねいろ》の長い髪を揺らしながら。

5

「唯里《ゆいり》っ……！」

志緒《しお》の悲痛な絶叫が、異境《ノド》の空に響き渡った。

重傷を負った唯里《ゆいり》は、ぐったりと倒れたまま動かない。立ち上がろうとした霧葉《きりは》が、激しく咳《せ》きこみ、鮮血を吐く。彼女のダメージも相当だ、
クレードは、倒れたままの志緒たちを無感情な瞳で睥睨《へいげい》した。鱗《うろこ》に覆われた龍人《りゅうじん》の全身が、高熱を帯びて発光する。再び炎を吐こうとしているのだ。

それに気づいたアヴローラが、覚束《おぼつか》ない足取りで前に出た。志緒たちを庇《かば》おうとしているのだ。全身を恐怖に震わせながら、彼女は戦闘態勢のクレードを睨《にら》みつける。

「……ひ、控えよ……炎龍《えんりゅう》！」

アヴローラが右腕を龍人に向けた。眷獣《けんじゅう》を召喚《しょうかん》するかのような仕草。今の彼女に出来る精いっぱいの威嚇《いかく》だ。

「アヴローラ……よせ……！」

「逃げ……て！」

傷ついた志緒と唯里が、弱々しく叫ぶ。龍族《ドラゴン》は、吸血鬼の真祖と並び称される最強の魔族である。まともに眷獣が使えないアヴローラに、勝ち目があるとは思えない。

「無駄ダ……アヴローラ・フロレスティーナ……来い……我とともニ……」

攻撃を中断したクレードが、聞き取りにくい嗄《しゃが》れた声で告げた。

アヴローラは小刻みに首を振る。碧《あお》く輝く彼女の瞳には、はっきりと拒絶の意思が浮かんで

いた。クレードが低く喉《のど》を鳴らして唸《うな》る。

「……従わヌ、なら……従わせる……まで」

クレードがゆっくりと両腕を広げた。それを目の当《ま》たりにしたアヴローラが青ざめる。龍人化したクレードの指先には、短刀の刃《は》を思わせる巨大な鉤爪《かぎづめ》が剝《む》き出《だ》しになっている。高熱を帯びた鉤爪の周囲には、ゆらりと陽炎《かげろう》が立ち上っていた。

「不死身の吸血鬼……ならバ……四肢《しし》をもぎ取り、顔を焼いても死にはすまイ……！」

龍人が、地面を蹴りつけて弾《はじ》かれたように加速。アヴローラ目がけて疾走する。

「と……疾《と》く在《あ》れ、〝冥姫の虹炎《ミネラウバ・イーリス》〟！」

恐怖に衝《つ》き動《うご》かされたように、アヴローラが叫んだ。虹色の巨大な戦乙女《いくさおとめ》が、彼女の背後に一瞬だけ実体化し、輝く魔力の刃《やいば》を振るう。

第四真祖《だいよんしんそ》の六番目の眷獣〝冥姫の虹炎《ミネラウバ・イーリス》〟は、かつての六番目《ヘクトス》の――すなわち現在のアヴローラの肉体に封印されていた眷獣だ。今のアヴローラが召喚できるとすれば、この眷獣をおいてほかにない。

クレードはそのアヴローラの攻撃を、正面から受け止めた。彼の全身に漲《みなぎ》る龍気《りゅうき》が、アヴローラの魔力と激突して大気を激しく軋《きし》ませる。

互いの力が拮抗《きっこう》していたのは一瞬だった。アヴローラが放った眷獣の刃が、砕け散るように不意に消滅し、あとにはほぼ無傷のクレードが残される。

「この程度……カ……第四真祖《だいよんしんそ》……」

自らの右腕に刻まれた浅い裂傷を見下ろして、クレードはむしろ落胆したように息を吐く。

「ひ……う……！」

志緒《しお》たちは絶望に唇を噛《か》む。アヴローラが召喚《しょうかん》した眷獣《けんじゅう》は、完全な姿ではなかった。やはり彼女は、第四真祖の眷獣たちをまだ掌握していないのだ。

そもそもアヴローラは眷獣たちを支配する器《うつわ》ではないのかもしれない。彼女は本来、第四真祖として造られたわけではなく、眷獣を封印するために生み出された人工吸血鬼の一体に過ぎないのだ。獰猛《どうもう》で破壊的な眷獣たちを従わせるには、彼女はあまりにも穏やかで優しすぎる。

「う……うう……」

アヴローラが、再び眷獣を召喚しようと手を伸ばす。しかし彼女の呼びかけに眷獣たちは応《こた》えない。小柄な吸血鬼の細い腕は、虚《むな》しく宙を掻《か》きむしるだけだ。

無力なアヴローラを蔑《さげす》むように、クレードがゆっくりと彼女に近づいていく。

その龍人《りゅうじん》が、戸惑ったように動きを止めた。志緒の隣をすり抜けて前に歩み出た小柄な影が、アヴローラに近づき、そっと彼女に寄り添ったからだ。

「グレンダ……⁉」

志緒が呆然《ぼうぜん》と目を瞬《またた》く。塔の中にいたはずの龍族《ドラゴン》の少女が、怯《おび》えるアヴローラの肩を支えている。

困惑の表情を浮かべるクレードの前で、グレンダの外見がゆっくりと変化した。幼い龍族《ドラゴン》の少女ではなく、まったくの別人の姿へと。

「汝《なんじ》は……！」

アヴローラが声を震わせた。

ほんの数秒前までグレンダだった少女が、そんなアヴローラに優しく微笑《ほほえ》みかける。

鋼色《はがねいろ》の長い髪が、艶《つや》やかな黒髪に変わっていた。小柄なグレンダの背が少しだけ伸びて、アヴローラと変わらないくらいになっている。そのせいか今の彼女たちは、一緒に育った姉妹のようにも見える。グレンダだった少女の口元に浮かんでいたのは、人懐《ひとなつ》こい微笑みだ。

「暁《あかつき》……凪沙《なぎさ》……」

志緒が少女の名前を呟《つぶや》いた。混乱と同時に、奇妙に腑《ふ》に落ちる感覚があった。

かつてグレンダは、暁古城《こじょう》の前で、姫柊雪菜《ひめらぎゆきな》の姿に変わったことがあるという。

それと同じことが起きている。唯一そのときと違っているのは、今のグレンダが彼女自身ではなく、暁凪沙の意思で動いていることだ。地上にいるはずの暁凪沙が、精神だけを飛ばしてグレンダに憑依《ひょうい》しているのだ。

『どうにか間に合ったみたいだな……』

志緒の足元から声がした。地面に転がったままのモグワイが、グレンダの変化した姿を見て、不敵な笑みを浮かべている。

志緒《しお》は驚いてモグワイを見つめた。

強力な霊媒《れいばい》である暁凪沙《あかつきなぎさ》の能力を使って、彼女をグレンダに憑依《ひょうい》させる。その状況を仕組んだのは、おそらく、この不細工なぬいぐるみと、彼の相方である藍羽浅葱《あいばあさぎ》の仕業《しわざ》だ。

それはすなわち〝カインの巫女《みこ》〟の、否《いな》——咎神《きゅうしん》カインの意志ということだ。

だが、なんのために、と志緒が困惑を覚えたとき、クレードが動いた。

同族であるグレンダの出現に、わずかに戸惑っていたクレードだが、暁凪沙に憑依された彼女が、たいした脅威ではないと判断したのだろう。

鉤爪《かぎづめ》を鈍く輝かせて、彼は再びアヴローラたちへと襲いかかる。

凪沙＝グレンダは、怯《おび》えることなく、そんな龍人《りゅうじん》を平然と睨《にら》み返《かえ》している。そして彼女は、力強くアヴローラに呼びかけた。

『大丈夫。できるよ。あたしたち、二人一緒なら——』

凪沙が自らの左手を、アヴローラの右手に搦《から》めて握り合わせた。アヴローラが、ハッと目を見開き、唇を固く引き結ぶ。

そして二人の少女は、その手を真《ま》っ直《す》ぐにクレードに向けた。二人の全身から迸《ほとばし》ったのは、志緒たちの視界すべてを覆い尽くすほどの膨大な魔力。純白の凄《すさ》まじい凍気だった。

『疾《と》く在《あ》れ、〝妖姫の蒼氷《アルレシヤ・グラキエス》〟——！』

二人の少女の声が、同時に響く。アヴローラの全身から噴き出した魔力が、巨大な眷獣《けんじゅう》へと変わる。第四真祖《だいよんしんそ》の十二番目の眷獣。美しい氷の妖鳥《ようちょう》の姿へと——

「な……ニ⁉」

押し寄せてくる極低温の凍気に、クレードが激しく動揺した。灼熱《しゃくねつ》の閃光《せんこう》を吐き出して、眷獣の魔力に対抗しようとする。

だが、第四真祖の眷獣が放つ凍気は、炎龍《えんりゅう》の吐息《ブレス》を易々《やすやす》と凌駕《りょうが》した。灼熱の炎が純白の霧にかき消され、龍人の全身が氷塊《ひょうかい》に包まれる。

眷獣の攻撃は、クレードの背後の竜牙兵《スパルトイ》たちにも及んでいた。龍族《ドラゴン》に匹敵する強度の彼らの外骨格《がいこっかく》が、極低温に晒《さら》されて砂のように脆《もろ》く砕け散る。地面に積もった破片が再生する気配はない。眷獣が撒き散らす強烈な魔力《まち》が、触媒となった龍族《ドラゴン》の体組織と、竜牙兵《スパルトイ》を造り出すための術式を破壊し尽くしたのだ。

『オオオオオオオオオオオッ……！』

赤銅色《しゃくどういろ》の巨大な龍族《ドラゴン》が、氷塊を砕きながら姿を現した。クレードが龍の姿に戻ったのだ。凍てついた肉体を自ら放った炎で融《と》かし、そのまま上空へと舞い上がる。

しかし彼の右腕は、付け根近くからごっそりと失われていた。アヴローラの眷獣の攻撃で、凍てつき、砕け散ったのだ。

『GUROOOOOOOOOOOHH！』

耳をつんざくような轟音《ごうおん》で、炎龍クレードが咆吼《ほうこう》する。もはや彼の声は人間には聞き取れない。だが、それが呪詛《じゅそ》と憎悪の言葉であるのは理解できた。自らの肉体を傷つけたアヴローラに対して、彼は怒り狂っているのだ。

だが、彼が連れてきた竜牙兵《スパルトイ》はすでに全滅している。今のアヴローラに対して単独で戦うのは、さすがに危険だと判断したのだろう。憎々しげにアヴローラを睨《にら》みつけ、炎龍はそのまま飛び去っていく。頭上の海面に浮かぶ人工島へと撤退したのだ。

それを追撃するだけの余裕は、アヴローラには残されていなかった。強引に眷獣を召喚《しょうかん》した彼女は、力尽きたようにその場に膝《ひざ》を突く。

『……ありがとう、アヴローラちゃん。おかげで間に合ったよ……次は、あたしの番だね』

アヴローラの背中に優しく触れながら、凪沙《なぎさ》＝グレンダが微笑《ほほえ》んだ。

「間に合った……？」

傷ついた唯里《ゆいり》に駆け寄りながら、志緒《しお》は驚きの表情を浮かべる。凪沙＝グレンダの全身から放たれた、凄《すさ》まじい閃光を直視したからだ。

「暁《あかつき》凪沙……あなたは……！」

志緒が呆然《ぼうぜん》と呟《つぶや》いた。凪沙＝グレンダが放つ閃光の正体は、眩《まばゆ》く輝く霊気《れいき》の糸だった。数千本もの不可視の霊気の糸を、彼女は、熟練の人形使いのように自在に操っている。

志緒は、その技の正体を知っていた。〝神は女王を護り給う《テオクラティア》〟——獅子《しし》王機関《おうきかん》〝三聖《さんせい》〟の一人、闇白奈《くらきしろな》の精神支配術式だ。

数千、数万の対象の精神を同時に操る、闇一族の奥義《おうぎ》。暁凪沙《あかつきなぎさ》はその術式を、かつて一度、自ら体験している。おそらくそのときの記憶を基に、彼女は白奈の技を再現したのだ。

凪沙＝グレンダが紡いだ霊糸《れいし》は、鋼色《はがねいろ》の塔を経由して、異境《ノド》の空へと広がっていく。

その輝きを追っていくうちに、志緒《しお》は周囲の異変に気づいた。

異境《ノド》の空を覆っていた雲が晴れている。第四真祖《だいよんしんそ》の眷獣《けんじゅう》の凍気によって、大気中の水分が氷結し、雲の状態を維持できなくなったのだ。

「そうか……これが……」

雲が晴れ、鮮明になった空を見回して、志緒は放心したように息を吐く。

なぜ、天地が逆転しているように見えたのか。なぜ、この地には魔力が存在しないのか。異《ノ》境《ド》と呼ばれる世界の秘密が、ようやく理解できた気がした。

「これが異境《ノド》の本当の姿だったのか……」

激しい目眩《めまい》に襲われて、志緒はその場に膝《ひざ》を突いた。志緒たちの頭上に広がっていたのは海。

そして遥《はる》か眼下に広がっていたのも、やはり海面だった。

雲海の中に浮かぶ岬と思えた場所は、虚空《こくう》を横切る回転軸《シャフト》の一部だ。

直径十数キロに達する、金属製の円筒の内部の世界。

異境《ノド》と呼ばれる世界そのものが、巨大な人工物なのだった。

6

空間転移《テレポート》を終えた古城《こじょう》たちは、闇に包まれた広大な空間へと降り立った。

高さも直径もまちまちな無数の円柱が、上下左右の区別なく無数にそそり立ち、古城たちの視界を埋めている。血管のように張り巡らされた階段や回廊が、それらを強引に連結している。

その円柱の一つ一つが、城を構成する塔であり、同時に巨大な外壁を支える構造材でもあるのだろう。〝天部《てんぶ》〟の死都《しと》——カレナレン城の内部である。

古城たちが立っているのは、直径十メートルばかりの円柱の上面だ。

燃え盛る篝火《かがりび》に照らし出されたその場所は、円形の舞台のようにも見える。

やや離れた場所には高さの異なる円柱があり、そこには豪華な椅子《いす》が一台だけ置かれていた。

古城たちはその無人の椅子を、わずかに見上げる形になる。

「——ようこそ、カレナレン城へ。どうです？　美しい景色でしょう？」

古城たちと同じ舞台に立って、ラードリー・レンが振り返る。得意げに小鼻をひくつかせた彼女を見る限り、皮肉で言っているわけではないらしい。

「現世と異界の狭間《はざま》を漂う〝天部〟の居城、か」

「化け物屋敷とはよく言ったものね……」

矢瀬《やぜ》と浅葱《あさぎ》が、本気で顔をしかめて言った。まともな美的感覚を持つ人間にとって、幾何学模様のようなこの不安定な空間は、ひどく落ち着かないものに感じられるのだ。

「お気に召しませんでしたか。それは残念です」

浅葱たちの反応が芳《かんば》しくなかったことで、ラードリーが拗《す》ねたように唇を尖《とが》らせる。

闇色の不気味な空間に男の声が響き渡ったのは、その直後のことだった。

「ようこそ。絃神島《いとがみじま》の領主殿」

古城《こじょう》たちの正面。空っぽだったはずの椅子《いす》の上に、年齢のよくわからない男が座っている。

目元に穏やかな微笑を張りつけた白皙《はくせき》の東洋人だ。

「シャフリヤル・レン……」

古城が男の名前を呼んだ。異境《ノド》にいるはずのシャフリヤル・レンが、玉座を思わせる豪華な椅子に座り、古城たちを見下ろしていた。

彼の服装は、古代の王族を思わせるゆったりしたローブ。自らが〝天部《てんぶ》〟の王であることを誇示するための衣装なのだろう。

「まさか、きみと再び対話することになるとは思わなかったよ、暁古城《あかつき》」

レンが冷ややかな口調で告げてくる。その姿が実体ではないことに、古城たちはすでに気づいていた。ここにいるシャフリヤル・レンはただの幻。魔術ですらない、単なる立体映像だ。

ラードリーはそんな兄に向かって、恭《うやうや》しく片膝《かたひざ》をついている。主君に仕える騎士のような、

時代がかった仕草である。レンは、彼女の殊勝な態度に満足したようにうなずいて、

「だが、賢明な判断だと言っておこう。きみが十二番目《ドウデカトス》……いや、アヴローラ・フロレスティーナとの再会を望むのなら、尚更《なおさら》だ」

「御託《ごたく》はいい。それよりも、俺たちがここに来た目的はわかってるな？」

レンの言葉を遮るように、古城が乱暴に言い放つ。

思いがけず無礼な古城の態度に、レンの瞼《まぶた》が何度か小刻みに引《ひ》き攣《つ》った。それでも彼はどうにか感情を抑え、眼下の妹に目を向ける。

「……ラードリー」

「はいはい。それでは中継をつないで見ましょう。ズー城のクル・ズー閣下ぁー？」

いつものふざけた口調に戻って、ラードリーが呼びかけた。

彼女が見つめていたのは、古城たちの右手側。闇の中から横向きに生えた小さな円柱だ。その円柱の最上部に、小柄な老人が立っている。

「……ラードリー殿。お戯《たわむ》れは程々に願いたいですな」

クル・ズーと呼ばれた老人が、ラードリーを真横から見上げて言った。

ズー城の城主ということは、彼もまた死都《しと》の所有者なのだろう。実際に眷獣弾頭《けんじゅうだんとう》を射出《しゃしゅつ》して、聖域《せいいき》条約機構軍の艦隊を沈めた実行犯だ。

「これは失礼。状況は伝わっておりますね、閣下」

ラードリーは、悪びれた様子もなく確認した。眷獣弾頭《けんじゅうだんとう》を東京に撃ちこんでみせろ、という古城《こじょう》の依頼は、すでにズー城の領主に届いていたらしい。

しかしクル・ズーは、非難がましい視線をラードリーに向ける。

「補充も寄越《よこ》さずに、我らに最後の眷獣弾頭を使えと？」

「そこをなんとかお願いします。予備の弾頭はすぐに手配しますから」

ラードリーはにこやかに両手を合わせた。

悪戯《いたずら》っぽく笑う彼女の視線は、なぜか頭上の兄に向けられている。眷獣弾頭の補給が滞っているのが、シャフリヤル・レンのせいだと言わんばかりの表情だ。

「四半刻《しはんとき》ほど待っていろ。我らの死都《しと》を移動させる。出現地点は東京湾上空だ」

クル・ズーが無愛想《ぶあいそう》に言い放つ。

「感謝します、閣下」

ラードリーが慇懃《いんぎん》に一礼した。円柱を照らす篝火《かがりび》が消えて、老人の姿が闇に沈む。ズー城との通信が切れたのだ。

「三十分で東京湾に到達……あたしたちが言い出さなくても、最初から東京を攻撃するつもりだったのね？」

浅葱《あさぎ》が、咎《とが》めるような視線をシャフリヤル・レンに向けた。死都の移動原理はわからないが、直径一キロを超える巨体が、高速で動き回れるとは考えづらい。三十分で東京湾に到着するということは、ズー城は、おそらく何時間も前から東京に向かっていたはずだ。彼らは最初から、東京を攻撃するつもりだったのだ。

「交渉というものはね、相手の手の内をすべて知った上で臨むものだよ、〝カインの巫女《みこ》〟」

レンが、勝ち誇ったように浅葱を見下ろして告げた。日本政府が絃神島《いとがみじま》を沈めようとすることも、それに対する古城たちの反応も、すべて予測済みだった、と言いたいらしい。

「勉強になったわ。ありがとう」

浅葱は肩をすくめて言った。そして彼女は皮肉っぽく目を眇《すが》め、

「お礼に、あたしからもいいことを教えてあげる。ちょっとした昔話よ。絃神島の最奥部《さいおうぶ》──〝咎神の棺桶《カインズ・コフィン》〟に刻まれていた古い記憶」

「〝咎神の棺桶《カインズ・コフィン》〟の記憶……だと？」

レンがわずかに眉《まゆ》を震わせた。彼ら〝天部《てんぶ》〟の仇敵《きゅうてき》であるカインの記憶をちらつかされては、さすがに無関心ではいられなかったらしい。

そんなレンの反応を楽しむように、浅葱は芝居がかった態度で口を開く。

「そもそも眷獣とは、儀式魔術によって喚《よ》び出《だ》される異界からの召喚獣《しょうかんじゅう》だった。自らの意志を持つほどの強大な魔力の塊《かたまり》。誰にもそれを制御することはできない──ゆえに、〝天部〟は、彼らを大量破壊兵器として扱うことにした。それが眷獣弾頭、よね？」

「そうだ」

レンが眉間《みけん》にしわを刻む。わかりきったことを今さら、と言いたげな表情だ。

浅葱《あさぎ》はそれに構わずに続けた。

「眷獣《けんじゅう》の召喚《しょうかん》には依代《よりしろ》となる生贄《いけにえ》が必要だった。しかし、人間や普通の魔族《まぞく》の肉体では、眷獣を宿す負担には耐えられない。だからといって、希少な〝天部〟を生贄にはできない。だから〝天部《てんぶ》〟は、吸血鬼と呼ばれる眷獣の器《うつわ》を造り出した。記憶のない、名前すら持たない、数字だけで呼ばれる少女たちを──」

古城《こじょう》がぴくりと頬《ほお》を強張《こわば》らせた。番号持《ナンバード》ち。第四真祖《だいよんしんそ》の眷獣を宿した〝焰光の夜伯《カレイドブラッド》〟たちですら、単なる数字で呼ばれていたのだ。使い捨ての眷獣弾頭に、それぞれの名前が与えられていたはずもない。

彼女たちは工場で生み出され、体内に眷獣を埋めこまれ、宝石の中に閉じこめられたのだ。それから何千年もの間、彼女たちは夢を見ることもなく眠り続けている。恐ろしく忌まわしい、ただの大規模破壊兵器として。

「そして強力すぎる眷獣弾頭の威力を、〝天部〟は恐れた。それらが無制限に解放されれば、〝天部〟自身を滅ぼすことが明白だったから」

浅葱がそこで言葉を切る。レンは退屈そうに脚を組み替えて、

「そうだ。だから〝天部〟は、すべての眷獣弾頭を異境《ノド》に運びこんで王家の管理下においた。つまり、異境《ノド》にある眷獣弾頭は、本来すべて〝天部〟のものなのだよ。我らは、当然受け継ぐ

べき正統な〝天部〟の遺産を取り戻そうとしているだけだ」

「あなたたちの言い分はそうでしょうね」

クス、と浅葱が愉快そうに笑う。

「でも、カインはそう考えなかった。〝大聖殲《だいせいせん》〟——人類や魔族が〝天部〟に戦いを挑んだとき、カインは異境《ノド》の〝門《ゲート》〟を閉ざして眷獣弾頭の持ち出しを拒んだ。〝天部〟でありながら〝天部〟に害を為す裏切り者——咎神《きゅうしん》の謗《そし》りを受けてもなお」

「……なにが言いたいのかね？」

レンが目元を醜く歪《ゆが》めた。数千年かけて溜《た》めこんだカインへの怒りと憎しみを、あらためて思い出したのかもしれない。

攻撃的なレンの視線を、浅葱は正面から平然と受け止めた。しかし彼女が、レンの質問に答えることはなかった。

古城たちの背後で篝火《かがりび》が揺れて、新たな人影が出現したからだ。

「ラードリー様」

全身を布のようなもので覆った男が、円柱の上に跪《ひざまず》いてラードリーに呼びかける。会話を中断させられたレンが不機嫌そうに眉を寄せ、ラードリーは振り返って自分の部下を見た。

「どうしました？　お客人の前ですよ？」

「アルニカ・クアッドより緊急通信です」

部下の男がラードリーに報告する。焦りを滲《にじ》ませた硬い声だ。

ラードリーは、手招きするように右手を伸ばして、部下が差し出した紙片を受け取った。そこに書かれていた通信内容に目を通し、驚いたように目を丸くする。

「聖域《せいいき》条約機構軍が、再び我がMARの本社に攻めてきたようです」

ラードリーが困惑したような口調で言った。眷獣弾頭《けんじゅうだんとう》の威力をよく理解しているはずの聖域条約機構が、今になってMAR本社に再侵攻してきたのが意外だったのだろう。

そして彼女は、物言いたげな視線を古城に向けて、

「主力は、アルディギア王国の聖環騎士団《せいかんきしだん》航空艦隊——旗艦《きかん》は、ラ・フォリア・リハヴァイン王女の〝ベズヴィルド〟とか。たしかアルディギアは、絃神市国《いとがみしこく》の同盟国でしたね？」

「……ラ・フォリア王女が？」

雪菜《ゆきな》が誰にも聞こえないくらいの小声でうめいた。

たしかにアルディギア王国は、聖域条約機構の一員だ。敵対しているMARに対して、彼らが攻撃を仕掛けても不思議はない。

しかしその行動はあまりにも無謀だった。MAR本社を攻撃しようとした聖域条約機構軍の艦隊は、すでに一度、眷獣弾頭で壊滅的な打撃を受けている。ラ・フォリアを乗せたアルディギア王国の航空艦隊が、それと同じ運命を辿《たど》らないという保証はないのだから。

「……だったら？」

しかし古城《こじょう》は無感情な声で訊《き》き返《かえ》す。

ラードリーは、おや、と警戒したように目を細め、それでもにこやかな表情で続けた。

「少々困ったことになりました。我々としては自衛のために、聖域条約機構軍を迎撃しなければならないのですが、このままではラ・フォリア王女を巻きこんでしまいます」

「そうか。まあ、仕方ないよな」

恫喝《どうかつ》ともとれるラードリーの警告を、古城は平気で受け流す。

「先輩……！」

あまりにも冷淡な古城の反応に、雪菜はたまりかねたように声を上げた。絃神島で、古城の黒の眷獣を相手にしたときとは状況が違うのだ。無制限に魔力を解放する眷獣弾頭が相手では、いかにラ・フォリアでも勝ち目はない。今の古城の発言は、彼女を見殺しにすると言っているも同然だ。

「いいのですか？　本当に？　王女はあなたの〝伴侶《はんりょ》〟候補だったはずですが？」

ラードリーが当惑したように確認する。それでも古城は態度を変えない。

「絃神島の領主としては、あんたたちとの交渉が優先だ。当然だろ？」

「……相手が王女だけに、往生際のよろしいことで」

ラードリーが投げやりに息を吐いた。そして彼女は、眼下の部下に視線を移す。

「アルダ・バ侯に連絡を。聖域条約機構軍の殲滅《せんめつ》をお願いしますって」

　承知しました、と無言でうなずき、ラードリーの部下は姿を消した。彼を照らしていた篝《かがり》火《び》も消え、かすかな足音だけが遠ざかっていく。

「殲滅《せんめつ》か。あんたたちにそれができるかな？」

　古城《こじょう》が独《ひと》りごとのようにぼそりと呟《つぶや》いた。ラードリーは特に腹を立てることもなく、そんな古城を興味深そうに見つめる。

　死都《しと》の内部が、にわかに騒がしくなったのはその直後だった。

　どこに隠れていたのかと思うほど多くの人々が、古城たちの周囲に次々に現れた。ラードリーの部下のオペレーターたちだ。

　いくつものスクリーンが空中に浮かび上がり、鮮明な立体映像が投影される。

　映っていたのは都市の夜景。東京湾上空から見下ろす都内各地のリアルタイム映像だ。

「ズー城、東京湾上空に到達。実体化します」

「眷獣弾頭《けんじゆうだんとう》の安全装置を解除。射出シーケンス開始します」

　オペレーターたちが口々に状況を報告する。

　シャフリヤル・レンは深々と座席に背中を預けて、その報告を愉快そうに聞いている。

　古城はまったく表情を変えない。浅葱《あさぎ》や矢瀬《やぜ》も。そして雫梨《しずり》もだ。

「先輩、本当にいいんですか⁉　先輩！」

　雪菜《ゆきな》は、雫梨に腕を押さえつけられたまま、古城に向かって懸命に訴える。今ここで眷獣弾頭の発射を止められるのは、古城だけだ。古城が、絃神島《いとがみじま》の領有権を、シャフリヤル・レンに売り渡す。それ以外に、東京都内の一般人を救う手段はない。

「バ城、眷獣弾頭射出！　続けてズー城もカウントダウンに入ります。三・二・一……発射」

焦る雪菜を嘲笑《あざわら》うように、オペレーターが無情に告げる。

古城は最後まで動かない。

「日本の首都が消え去る歴史的な瞬間ですね。発射《シュート》、なんちゃって」

ラードリーが淡々と呟きを洩《も》らす。その声はどこか寂しげだった。

7

「砲撃確認！　眷獣弾頭です！　二十五秒で当空域に到達します！」

装甲飛行船〝ベズヴィルド〟の船橋《ブリッジ》に、電測員の声が響き渡る。

西大西洋セレベス海の上空だ。〝ベズヴィルド〟は十四隻の装甲飛行船群を率いて、〝アルニカ・クアッド〟と呼ばれるMARの本拠地へと迫っていた。上空からの奇襲で〝アルニカ・クアッド〟を制圧し、MARの戦力を削《そ》ぐのが目的である。

だが、その作戦を阻むように〝天部《てんぶ》〟の死都が異界から出現。無警告で眷獣弾頭を射出《しゃしゅつ》した。

魔導《まどう》兵器の使用を制限する聖域《せいいき》条約はもとより、戦時国際法すら無視した暴挙だ。

しかし〝ベズヴィルド〟の乗員たちに焦りはない。〝天部《てんぶ》〟が強硬手段に出るのは、あらかじめ予想されたことだった。兵力に劣る〝天部〟には、眷獣弾頭《けんじゆうだんとう》に頼る以外にないからだ。

「〝ベズヴィルド〟両舷《りようげん》前進！　第九戦速！」

海賊を思わせる風貌の船長が、野太い声で指示を飛ばす。白群青《ペールブルー》の美しい船体が、眩《まばゆ》い魔力《まりよく》の輝きとともに加速した。

同行していたほかの飛行船たちは、散開して距離を取っている。旗艦《きかん》である〝ベズヴィルド〟だけが単独で、眷獣弾頭の有効範囲に突っこんでいく形である。

「さて、どうなりますかな。本船の今の状態で、真祖クラスの眷獣の相手は厳しいんですがね」

顎髭《あごひげ》を乱暴に撫《な》でながら、船長が苦い表情で呟いた。

「古城《こじよう》の眷獣を相手に無理をしましたからね」

船長の隣に座っていた王女――ラ・フォリア・リハヴァインが華やかに微笑する。

他人事《ひとごと》のように無責任な彼女の言葉に、船長は軽く天を仰いだ。真祖クラスの眷獣を、たった一隻で抑えこんだ代償は〝ベズヴィルド〟の船体に深刻なダメージを残している。

それから三日も立たないうちに、次は眷獣弾頭を相手にしようというのだから、この王女の無謀さは常軌を逸している。それでも誰一人文句を言わずに付き従っているのは、彼女の持つ絶大なカリスマの成せる業《わざ》だろう。

「眷獣弾頭、捕捉《ほそく》しました。映像、出ます！」

船橋《ブリッジ》のメインスクリーンが切り替わり、高速で飛来する眷獣弾頭の姿が映し出される。

宝石を思わせる美しい結晶だ。その内側にはうっすらと影が浮かんでいる。膝《ひざ》を抱えて眠る少女の影だ。

「接触まで五秒！　眷獣弾頭の外殻《がいかく》、崩壊します！」

眷獣弾頭の周囲が淡い輝きに包まれる。宝石状の外殻が砕け散り、その破片が光を反射しているのだ。結晶が小さくなるにつれ、内部にいる少女の姿が鮮明になっていく。体内に獰猛《どうもう》な眷獣を宿した、少女の姿が――

「外殻消滅！　眷獣の反応ありません！」

オペレーターの声にかすかな驚きが混じった。

眷獣弾頭の結晶が完全に砕け散り、依代《よりしろ》の少女が空中に投げ出される。

金色の長い髪が夜空に広がる。強い風にあおられて、少女の裸身が宙に舞う。しかし眷獣は出現しない。少女は眠り続けたまま、ゆっくりと海に向かって落ちていく。

「姫様、これは……？」

船長が驚いてラ・フォリアを見た。ラ・フォリアは碧《あお》い目を細めて笑う。

「古城たちの計画どおり、ですか。さすがですね、〝カインの巫女《みこ》〟……いえ、藍羽《あいば》浅葱《あさぎ》」

加速を続ける〝ベズヴィルド〟が、依代の少女と交錯《こうさく》した。それでも眷獣は出現しない。死都が射出《しゃしゅつ》した眷獣弾頭《けんじゅうだんとう》は不発。彼らの攻撃は失敗したのだ。

「船長、依代《よりしろ》の少女の回収を」

ラ・フォリアが穏やかに指示を出す。船長はハッと我に返って、

「了解。空挺騎士《くうていきし》、投下しろ！」

「空挺騎士、第一小隊、第二小隊、投下！」

飛行ユニットを装着した騎士たちが、次々に〝ベズヴィルド〟から飛び立った。ラ・フォリアが、事前に彼らを格納庫で待機させておいたのだ。

つまりラ・フォリアは、眷獣の召喚《しょうかん》が失敗すると最初から知っていたことになる。眷獣弾頭が不発だったのは偶然ではない。最初から仕組まれていたことだったのだ。

「今ごろ、〝天部《てんぶ》〟の連中は大慌てですかな」

正面に浮かぶ死都《しと》を睨《にら》んで、船長が破顔《はがん》した。

「死都が異界に潜る前に仕留めます」

ラ・フォリアが冷静な口調で告げる。〝天部〟の死都は、異界に潜行する能力を持っている。このまま彼らを逃がしてしまえば、再び死都の出現地点を予測するのは不可能だ。

「──我が身に宿れ、神々の娘。軍勢の護《まも》り手《て》。剣の時代。勝利をもたらし、死を運ぶ者よ！」

詠唱するラ・フォリアの周囲を霊気《れいき》の輝きが包んだ。自らの肉体を依代にして、高次元空間

から精霊を召喚。その膨大な霊力を流しこまれた〝ベズヴィルド〟の精霊炉《せいれいろ》が、常識外れの凄《すさ》まじい出力を発揮する。

「船首衝角《しょうかく》、展開！　最大戦速！　擬似聖剣《ヴェルンド・システム》起動しろ！」

船長が次々に指示を出す。死都は直径一キロにも達する浮遊城砦《じょうさい》だ。おまけに空間制御魔術による強力な防壁を持っている。多少の砲撃では、おそらく傷もつけられないだろう。

だが〝ベズヴィルド〟には、その防壁を突破する切り札がある。

「目標、死都中央部、眷獣弾頭射出口！　総員、衝撃に備えろ！　衝角突撃──！」

船長が猛々《たけだけ》しい雄叫《おたけ》びを上げた。船体そのものを巨大な聖剣《せいけん》に見立てた、擬似聖剣《ヴェルンド・システム》による衝角突撃《ラムアタック》だ。

霊気によって護られた船体が、死都の中心に激突した。眷獣弾頭を射出するために、剝《む》き出しになっていた砲門を刺《さ》し貫《つらぬ》き、そのまま外壁をぶち破る。

激突の反動が〝ベズヴィルド〟を襲うが、その衝撃は予想よりも小さい。擬似聖剣《ヴェルンド・システム》の出力が、死都の防壁を完全に凌駕《りょうが》していたからだ。

「船体の損傷を確認しろ！　精霊炉、出力そのまま！　死都の状況は⁉」

「気嚢《エンベロープ》四番、六番破損。浮力八十四パーセントに低下。航行には支障ありません」

「レーダードームの電装系破損。予備回路に切り替えます！　回復まで六十秒！」

「死都外壁の魔力反応消失を確認。質量が急激に増大しています！」

船長の問いかけに、乗員たちが次々に返答する。楽観することはできないが、さほど悪くない状況だった。特に死都の質量が増大した、というのは朗報だ。現実側の質量が増したということは、異界に潜行する能力が失われたということだからだ。

"死都帰り"の情報は正しかったようですね。眷獣弾頭を射出する瞬間、死都は現実世界に完全に浮上しました。そして死都の異界防壁は、より高次の攻撃であれば貫通できる、と」

精霊の召喚を解除したラ・フォリアが、死都の壊れた外壁を眺めて微笑んだ。

死都の能力、そして弱点をアルディギア王国に伝えたのは、"死都帰り"と呼ばれる一人の考古学者だった。その結果、ラ・フォリアたちは最小限の犠牲で最大の戦果を挙げ、"天部"の死都に致命的なダメージを与えている。

「聖域条約機構軍艦隊より入電。発信者は混沌界域、第三真祖です――」 戦乙女の王国の奮戦に感謝する"と」

通信士がラ・フォリアを振り返って報告する。"ベズヴィルド"後方の海上には、聖域条約機構が派遣した多国籍艦隊が出現していた。主力は混沌界域の潜水空母。艦隊を覆い尽くすほどの大規模な魔術迷彩を展開していたのは、"第三真祖"ジャーダ・ククルカン本人だろう。

もとよりアルディギアの空中艦隊に、死都や"アルニカ・クアッド"を制圧するほどの地上戦力は搭載されていない。面倒な後始末は、彼らに任せるのが得策だ。

「どうやら、こちらは片付きそうですな。あとは、東京湾ですか……」

髭面《ひげづら》の船長が、安堵《あんど》の表情を浮かべて言った。

東京湾上空に出現した新たな死都が、眷獣弾頭を使用したという情報は、すでに〝ベズヴィルド〟にも届いている。今の日本政府には、それを阻止するだけの戦力はないはずだ。

「それは心配ないでしょう」

しかしラ・フォリアは迷いなく言い切った。自分の左手の指輪を眺めて、王女は、意味深な微笑を浮かべている。

「アルディギア王家出身の〝伴侶《はんりよ》〟は、わたくし一人ではありませんから——」


周囲を闇に包まれた不気味な空間で、神官服を着た白髪《しらが》の老人が絶叫していた。死都〝ズー城〟の城主の間だ。

「なぜだ⁉　なぜ眷獣弾頭が起動しない⁉　どうなっている⁉」

老人の頭上のスクリーンには、東京の夜景が映し出されている。

絶え間なく行き交う電車の車窓。高速道路を流れる車のヘッドライト。ライトアップされた商業施設。高層ビルの窓明かり。そのすべてが平穏な都市の日常そのものだ。

それらをことごとく焼き払うはずだった眷獣は、いまだに出現の徴候《ちようこう》を見せていない。ズー城から撃ち出された眷獣弾頭は、不発のまま東京湾へと落ちていったのだ。

「超高濃度の神気《しんき》を観測！　距離……四百！　城の結界が消失します！」

激しく狼狽《ろうばい》するクル・ズーの耳に、部下の悲鳴じみた声が聞こえてくる。

新たに浮かび上がったスクリーンには、霊気《れいき》の翼を広げた少女の姿があった。あどけなさを残した美しい娘だ。彼女の左手には黄金の楯《たて》。そして右手には眩《まばゆ》い光の剣が握られている。

「アルディギア王国の模造天使《エンジエル・フオウ》か！　そんなものがいったいどこから現れた⁉」

目を血走らせてクル・ズーが叫ぶ。

模造天使《エンジエル・フオウ》と呼ばれる術式の存在については、〝天部《てんぶ》〟の間でも知られていた。人工的に追加した霊的中枢によって無制限に霊力を増幅し、人の身でありながら高次元存在へと至るという、アルディギア王家の秘呪《ひじゆ》である。

しかし〝天部〟が模造天使《エンジエル・フオウ》を危険視しているのは、彼女たちの存在が人類の霊的進化を促すからではない。もっと単純に模造天使《エンジエル・フオウ》の兵器としての性能を恐れたのだ。彼女たちが操る膨大な神気は、〝天部〟の死都《しと》の機能に、致命的な損傷を与えるからである。

「海上に巨大な魔力反応！　レ……レヴィアタンです！　生体レーザー、来ます！」

部下の報告が終わる前に、ズー城の巨体が激しく揺れた。東京湾の海面に、死都《しと》の全長にも匹敵する巨大な怪物が浮上している。〝神々の兵器〟レヴィアタン——世界最強の魔獣《まじゆう》である。

伝説上の怪物を目の当《ま》たりにして、クル・ズーは呆然《ぼうぜん》と立《た》ち竦《すく》む。

レヴィアタンは、〝天部〟が出現する前から地上に存在する神話級の生体兵器だ。そんなものを飼い慣らせる者がいるとは思えない。しかし現実にその怪物は、ズー城に牙《きば》を剝《む》いている。全長千メートルを超えるレヴィアタンの背中には、小さな影が乗っていた。

漆黒の翼を広げた幼い少女だ。信じられないことだが、その少女が、レヴィアタンを操ってズー城に攻撃を仕掛けたのだ。

「潜行だ！　異界に急速潜行！　急げ！」

クル・ズーが部下に怒鳴り散らした。

絶対的な防御力を誇る死都といえども、模造天使《エンジエル・フオウ》とレヴィアタン——その同時攻撃には耐えきれない。模造天使《エンジエル・フオウ》の神気が死都の異界防壁を無効化し、そこにレヴィアタンの超火力が降り注ぐ。考え得る限りの最悪の状況だ。

「せ、潜行不能です！　城壁が切断されています……！」

部下が消え入りそうな声で報告する。クル・ズーは今度こそ絶句した。

銀髪碧眼《ぎんぱつへきがん》の模造天使《エンジエル・フオウ》が、巨大な光の剣を生み出してズー城の外壁を斬《き》り裂《さ》いていた。もはや異界防壁の再展開は不可能。ズー城は裸も同然だ。

「擬似聖剣《ヴエルンド・システム》……馬鹿な……アルディギアの艦隊はセレベス海に向かっていたのではなかったのか？」

クル・ズーが力なく首を振った。アルディギア王家の擬似聖剣《ヴエルンド・システム》は、死都の異界防壁を突破できる数少ない術式の一つである。しかしその術式を発動できるのは、アルディギア王族の姫《ひめ》巫女《みこ》だけだと聞いていた。なのに、目の前の少女は、その擬似聖剣《ヴェルンド・システム》を使っている。模造天使《エンジェル・フォウ》の圧倒的な霊力《れいりょく》をもって――

「け、眷獣《けんじゅう》です！　直上に吸血鬼の眷獣が出現！　総数百……いえ、四百……千以上……！」

部下が絶望に顔を歪《ゆが》めてクル・ズーを見る。クル・ズーはもはや言葉もない。

夜空を埋め尽くす眷獣は、遠い過去に亡《ほろ》びたはずの巨大な翼竜《よくりゅう》の群れだった。

その巨大な群れ自体が一体の眷獣なのだ。そんな非常識な眷獣を操る吸血鬼は、世界広しといえども一体しかいない。

「第二真祖《だいにしんそ》の〝亡景離宮《インメモリアル・ガーデン》〟……！　は……ははっ……はははははは……！　彼奴《きやつ》ら三真祖まで自らの手駒に使うか、暁《あかつき》の帝国！」

「か、閣下？」

突然笑い始めたクル・ズーを見上げて、部下たちは困惑の表情を浮かべた。

「他の氏族の連中が言っていたとおりだ……第四真祖には手を出すな、と……あれは、我らが知る真祖とは別物だと……我《わ》が輩《はい》は愚かな夢を見てしまったようだな」

悄然《しょうぜん》と肩を落としたまま、クル・ズーは力なく笑い続ける。〝天部《てんぶ》〟十七氏族のうち、シャフリヤル・レンの野望に与《くみ》したのは、わずか二家のみ。その理由を、クル・ズーはようやく理解した。太平洋上に浮かぶちっぽけな人工島のために、他国の王女が自らの命を賭《と》し、伝説の魔獣《まじゅう》を操る者が動き、他の真祖までもが力を貸す。クル・ズーの知る限り、そのようなことは

〝大聖殲《だいせいせん》〟以来、一度もあり得なかったことだ。

絃神島《いとがみじま》に、あの第四真祖が出現するまでは――

「……降伏だ」

クル・ズーが、威厳を取り戻した静かな口調で告げた。

死都の内部にいる部下たちに、安堵《あんど》の表情が広がっていく。


東京湾上空に出現した球形の城砦《じょうさい》が、城門を開け、信号灯を点滅させていた。降伏の意思を伝える発光信号だ。

「あら？　もう終わりな……ノ？　残念……だけど、まあ、いいで……ショウ……」

巨大な神鳥《シームルグ》の背に乗った麗人《れいじん》が、紫色の髪をかき上げる。千体を超える眷獣の召喚《しょうかん》を解除しながら、アスワドグール・アズィーズは少し落胆したように息を吐いた。

西太平洋セレベス海では、死都《しと》バ城が、第三真祖ジャーダ・ククルカンの総攻撃を受けて、崩壊しつつあるという情報が入っている。それに比べれば、こちらはずいぶん地味な結末だ。

とはいえ、これは無益な争いを回避したズー城の城主を称《たた》えるべきだろう。

戦闘が長引けば、日本の自衛隊も出てくるはずだ。他国の領空を侵犯しているアスワドとしても、そろそろ引き際なのかもしれなかった。

「あなたも、良い仕事をしたわ……ネ。紛《まが》い物《もの》の天使の娘よ」

アスワドが気分を切り替えて振り返る。神鳥《シームルグ》の背中にはアスワド以外にも、二人の少女の姿があった。ウェットスーツのような服を着た叶瀬《かなせ》夏音《かのん》と、彼女の腕に抱かれた小柄な吸血鬼だ。

「この子が、傷つかずに済んで良かったでした」

一糸まとわぬ姿の吸血鬼の少女を見下ろして、夏音が笑う。

眷獣弾頭《けんじゅうだんとう》の中に封印されていた人工吸血鬼。短い虹色の髪の彼女は、ぐったりと目を閉じていた。死人のように青ざめているが、彼女の薄い胸は規則正しく上下している。名もなき眷獣を体内に宿したまま、彼女は今も眠り続けているのだ。

「儂《ワタシ》以外の者に、神鳥《シームルグ》が背を許すとは……ネ。それに、レヴィアタンを操る夜の魔女《リリス》……」

悠然《ゆうぜん》と海面を漂う巨大な魔獣《まじゅう》と、その背に立っている江口《えぐち》結瞳《ゆめ》を見下ろし、アスワドは赤い目を細めた。そして麗《うるわ》しき第二《だいに》真祖《しんそ》は、誰にも気づかれることなく白い牙を剥《む》いて微笑する。

「ふふっ……あなたたち、本当に飽きない……ワ。いずれまた、ゆっくり遊びましょう……ネ」

8

死都中枢《しと》――

円柱上面の広間に立って、雪菜《ゆきな》は、スクリーンに映し出された光景を呆然《ぼうぜん》と見上げていた。

セレベス海。そして東京湾の上空で、城壁を破られた死都が黒煙を上げている。アルディギア王家の擬似聖剣《ヴエルンド・システム》が、異界防壁に護《まも》られた死都外壁を斬《き》り裂《さ》き、死都にそれぞれ致命的な損傷を与えたのだ。

一方、死都から撃ち出された眷獣弾頭が、予期された惨劇を生み出すことはなかった。眷獣は召喚《しょうかん》されずに、少女の姿のまま回収されている。二発の眷獣弾頭は不発だったのだ。

雪菜の腕をつかんでいた雫梨《しずり》が、安堵《あんど》の息を吐きながら胸を撫《な》で下ろす。睨《にら》みつける雪菜の視線に気づいて、彼女は決まり悪そうに目を逸《そ》らした。

よく見れば、古城《こじょう》や矢瀬《やぜ》も同じような表情を浮かべている。雪菜はしばし息を止め、そしてこみ上げてくる猛烈な怒りにブルブルと肩を震わせた。

二発の眷獣弾頭の不具合が、偶然の産物とは思えない。眷獣弾頭が役に立たないことを、古城たちは最初から知っていたのだ。だからラードリーたちを挑発して、眷獣弾頭を使わせた。

死都をおびき出すために――

「これは、あなたの仕業《しわざ》ですか、〝カインの巫女《みこ》〟……？」

ラードリーが低い声で浅葱《あさぎ》に訊《き》く。浅葱は少し投げやりに肩をすくめる。

「残念だけど、そうじゃないわ。これは最初から仕組まれていたのよね。カインが自らを滅ぼすために、〝殺神兵器《さつじんへいき》〟第四真祖《だいよんしんそ》を受け入れたときから――」

「は？　ちょっとあんた、なにを言って――!?」

「地が出てるわよ、ラードリー・レン」

興奮して声を荒らげたラードリーに、浅葱《あさぎ》は皮肉っぽく微笑《ほほえ》みかけた。

ぐ……と、ラードリーが悔しげにうめく。

浅葱はそんなラードリーを無視して、シャフリヤル・レンに挑戦的な視線を向けた。

「咎神《きゅうしん》カインは、いずれ再び異境《ノド》への〝門《ゲート》〟が開かれて、封印した眷獣弾頭《けんじゅうだんとう》が地上に持ち出されることを予想してたのよ。シャフリヤル・レン――あんたみたいなのが現れることをね」

「…………」

レンは無言で浅葱を見下ろす。しかし平静を装った彼の唇は、血《ち》の気《け》をなくすほど、きつく嚙《か》みしめられている。浅葱はつまらなそうに息を吐き、

「それを防ぐためには、眷獣弾頭を完全に無効化するしかない。だから彼は計画を立てたの。眷獣弾頭を廃絶する計画を」

「……眷獣弾頭を無効化する？　そんなことが……出来るはずがない」

レンが無理やり声を絞り出すように言った。その言葉を浅葱は即座に否定する。

「いいえ。眷獣弾頭は無効化できる。あたしたちはその実例を知ってる」

「……吸血鬼の……真祖……か」

ギリ、とレンが奥歯を噛み鳴らす。

「吸血鬼の真祖とは、眷獣弾頭として召喚された眷獣を、その身に宿した始まりの吸血鬼。彼らは自らの血の中で眷獣を飼い慣らし、眷獣弾頭を無効化した。その代償として、永劫《えいごう》の不死の呪《のろ》いを受け入れることになってしまったけれど」

真祖たちへの敬意を表すように、浅葱が胸元に右手を当てる。

滅びの瞳《フォーゲイザー》、混沌の皇女《ケイオスブライド》、そして忘却の戦王《ロストウォーロード》――

彼らは、かつての〝大聖殲《だいせいせん》〟で使われた無数の眷獣弾頭を喰《く》らうことで、吸血鬼の真祖となった。吸血鬼の真祖とは、人類に代わって眷獣弾頭という災厄《さいやく》を背負った生贄《いけにえ》だったのだ。

「眷獣弾頭を無効化するには、それと同じことを繰り返すだけでいい。眷獣を埋めこまれた人工吸血鬼の少女たちを、眷獣たちの宿主《やどぬし》にする。それなら彼女たちの封印が破壊されても眷獣が暴走することはない、ってわけ」

浅葱が愉《たの》しそうに説明を続けた。レンは、たまりかねたように乱暴に床を蹴《け》りつけた。

「だから、それがあり得ないと言っているのだ！　あの人形たちには、眷獣を従えるために必要な〝血の記憶〟がないのだから……！」

「じゃあ、もしも彼女たちに記憶があったら？　たとえそれが人工的に造られた嘘《うそ》の記憶でも」

「な……に……⁉」

浅葱《あさぎ》の静かな反論に、レンは虚を衝《つ》かれたように沈黙した。

眷獣《けんじゅう》は実体を持たない情報生命体だ。彼らにとって情報とは、自らの存在を維持するために必要な糧《かて》なのだ。ゆえに眷獣は、情報《エサ》を与えてくれる者を宿主《やどぬし》と認めて、従う習性を持っている。喜び、悲しみ、怒り、嘆き——宿主の強い感情と、それに結びつく記憶こそが、彼らにとっては至高の美食であり、宿主がそれを贖《あがな》えなければ、寿命を喰《く》い尽《つ》くされて消滅する。だからこそ真祖たちは退屈を嫌うのだ。眷獣たちと歓《よろこ》びを分かち合うために。

だが、眷獣たちの糧となる情報《エサ》が、作り物であってはならないという法《ルール》はない。

「絃神島《いとがみじま》に住む五十六万人の——いえ、ネットワークに接続された全世界の人々の過去の記憶。それらをサンプリングして、六千四百五十二人分の新たな人格を造り出し、彼女たちに追体験してもらう。仮想空間に構築した幻の学校でね」

浅葱がなんでもないことのように平然と告げた。その横顔を見つめて、雪菜《ゆきな》はふと思い出す。

ここ数日、浅葱は相棒である補助人工知能《AI》のモグワイを使っていなかった。絃神島のメインコンピューターの処理能力《リソース》が、不足気味だったという話も聞いている。

それは浅葱が、裏で密《ひそ》かに、眷獣弾頭の解体作業をしていたからだ。六千四百五十二人の少女に新たな記憶と人格を与える。そのために幻の学校を造り出し、学生生活を体験させていた。眷獣たちを飼い慣らし、支配する意思の力を彼女たちに与えるために——

「そんな偽物の記憶で……眷獣弾頭を救ったつもりか？」

　レンが憎々しげな口調で告げる。

「最初は嘘の記憶でいいのよ。生きてさえいれば、思い出なんかあとでいくらでも手に入る。だって彼女たちには無限の未来があるんだから」

　浅葱が口角を上げて強気に笑った。それに、彼女たちの記憶のすべてが完全な偽物というわけでもない。なぜなら人工吸血鬼の仮想人格のベースになったのは、暁凪沙《あかつきなぎさ》の体験だからだ。

　凪沙は、自らが絃神島で過ごした日々の記憶を、〝神は女王を護り給う《テオクラティア》〟の術式で眷獣弾頭の依代《よりしろ》の少女たちに移植した。

　アヴローラの魂と融合していた凪沙の記憶は、依代の少女たちにとっても馴染《なじ》みやすいものだったはずだ。そして凪沙の感情を理解したことで、依代の少女たちは、未来を手に入れた。眷獣たちを飼い慣らし、共に生きる未来を——

「それが咎神《カイン》の計画だったんですか？　我ら〝天部《てんぶ》〟の末裔《まつえい》が、異境《ノド》への〝門《ゲート》〟を開くために人工島を造り出すことを予想した？　その人工島を利用して眷獣弾頭を無効化する？　そんな曖昧《あいまい》な計画なんて上手《うま》くいくはずないでしょう？」

　ラードリーが信じられないというふうに首を振る。

　理屈の上では可能でも、咎神《カイン》の計画には不確定要素が多すぎる。絃神島が建造されることを何千年も前に予見して、眷獣弾頭の解体を実現するのは、あまりにも非現実的だ。

しかし浅葱《あさぎ》は得意げに胸を張り、

「そのためにあたしたちがいたのよ。歴代の〝カインの巫女《みこ》〟がね」

「……我々MARの行動すら、あなた方の掌《てのひら》の上だったと……？」

ラードリーが力なく苦笑する。その声には、どこか呆《あき》れたような響きがある。

現実問題として浅葱の計画にも、本人が言うほどの余裕があったわけではない。常に崖《がけ》っぷちを歩くようなギリギリの局面のほうが多かったはずだ。

それでも結果的に眷獣弾頭《けんじゅうだんとう》は無効化されて、二基の死都《しと》は陥落した。〝カインの巫女〟たちは目的を果たしたのだ。

「ま……とりあえず、交渉は決裂だな。あんたたちはもう眷獣弾頭を使えない。聖域《せいいき》条約機構や日本政府が、あんたたちに従う理由もない」

どことなくすっきりとした表情を浮かべて、古城《こじょう》は重苦しいマントを脱ぎ捨てた。いつものパーカー姿になって、身軽になった肩をぐりぐりと回す。

「我々との交渉に応じたのは、それが狙いだったんですか？　眷獣弾頭をわざと発射させて、それが無効化されたことを全世界に一斉に知らせるために……！」

ラードリーが警戒したように、古城から距離を取って身構えた。彼女の手の中に現れたのは、ロリポップキャンディーを思わせる棒つきの球体。竜牙兵《スパルトイ》を召喚《しょうかん》する魔具《まぐ》だ。

「死都の一基がMARの本社を護《まも》っていることは予想できた。もう一基が東京に現れるとわかってれば待ち伏せするのは簡単だ。死都の出現地点がわかってるなら、三真祖《さんしんそ》も自国の領地に張りついてる必要はない——だろ？」

古城が意味深な笑みを浮かべて言う。

ラードリーがハッと表情を凍らせた。セレベス海には第三真祖。東京湾には第二真祖が出現して、それぞれ死都を制圧している。残る死都は、絃神島《いとがみじま》上空のカレナレン城だけだ。

「——カレナレン城、急速潜行！」

第一真祖の襲撃を警戒したラードリーが、怒鳴るような勢いで部下に命じた。目眩《めまい》のような不快な揺れが、古城たちを襲ってくる。現実側《こちら》ではない空間に、死都が潜行しようとしているのだ。

「逃がすと思うか？」

古城がラードリーを睨《にら》んで訊《き》く。ラードリーはぎこちない笑顔で古城を見返して、

「無駄ですって、暁《あかつき》古城。異界と現実の狭間《はざま》に浮かぶ死都の内部では、眷獣は召喚できません。たとえあなたの黒の眷獣でも同じです。でなければ、あなたを招待しませんよ」

「封じるのは、俺の眷獣だけでいいのか？」

「え……？」

ラードリーがきょとんと目を瞬《またた》いた。古城がなにを言っているのか、すぐには理解できなかったのだ。そのラードリーの表情が不意に固まった。

　唐突に古城《こじょう》の背後で、デタラメに強力な魔力が噴き上がる。魔力の源は、香菅谷《かすがや》雫梨《しずり》・カスティエラ――彼女が構えていた深紅の長剣《ちょうけん》だ。

「頼む、カス子！」

「任されましたわ！　〝炎喰蛇《ハウラス》〟――！」

　雫梨が長剣を力任せに振り下ろす。炎のように波打つ刃《やいば》が、眩《まばゆ》い漆黒の魔力をまとい、爆発的な衝撃波を撒《ま》き散《ち》らす。古城から供給される魔力を際限なく注ぎこんで、そのまま、純粋な破壊力として撃ち放ったのだ。

「な……」

　雫梨を制止することも忘れて、ラードリーは立《た》ち竦《すく》む。死都《しと》中枢を埋め尽くす円柱が次々に砕け散り、地響きとともに崩れ落ちていく。

　死都の内部では古城はおそらく眷獣《けんじゅう》を召喚《しょうかん》できない。ラードリーが、すんなりと古城たちを死都に招き入れたときから、それは予想できたことだった。

　だから古城たちは、交渉の場に雫梨を連れてきたのだ。古城の〝血の伴侶《はんりょ》〟となった今の彼女なら、〝炎喰蛇《ハウラス》〟を通じて、古城の魔力を無制限に放出できるからだ。

「カスちゃん、惜しい。もうちょい右だ。一時の方向、距離四百メートル。斜めに斬《き》り上《あ》げる感じで頼む」

「だれがカスちゃんですの――!?」

矢瀬《やぜ》の誘導に従って、雫梨《しずり》が再び剣を振るった。漆黒の刃と化した衝撃波が闇を抉《えぐ》り、死都《しと》全体が激しく震動する。雫梨の斬撃《ざんげき》が、死都の動力部に致命的な損傷を与えたのだ。

「機関停止！　精霊炉《せいれいろ》緊急閉鎖します！」

「異界潜行不能！　カレナレン城、現出します！」

「推進力が……このままでは……城が……！」

ラードリーの部下たちが次々に悲鳴を上げる。カレナレン城は異界潜行に失敗し、今や完全に現実世界で無防備な姿を晒《さら》していた。それどころか浮力を失って、地上に落下を始めている。

「音の反響で、カレナレン城の構造を把握していたというのですか……矢瀬基樹《やぜもとき》……？」

部下たちが上げる悲鳴を聞き流しながら、ラードリーは矢瀬を睨《にら》みつける。

「〝天部《てんぶ》〟の紛《まが》い物《もの》と思って侮ったかい？」

矢瀬は素知らぬ顔で微笑《ほほえ》んだ。

死都の構造は複雑だ。内部の空間は重力を無視して歪《ゆが》み、さらには、迷路のような幾重《いくえ》もの防壁によって主要区画は隠されている。いかなる探知魔術をもってしても把握できないはずの、その死都の弱点を、矢瀬はあっさりと暴き出した。単なる音の反響だけを頼りに——否《いな》、音の反響しか使わなかったからこそ、ラードリーを出し抜くことが出来たのだ。

「古城《こじよう》！　現実世界に復帰したわよ！」

激しく揺れる円柱の床にしがみつきながら、浅葱《あさぎ》が叫んだ。

わかってる、と無言でうなずいて、古城が右腕を正面に向ける。

「疾《き》く在《や》れ《がれ》、〝始祖なる水銀《プリムス・メルクーリ》〟！」

爆発的な魔力の奔流《ほんりゅう》とともに、出現したのは漆黒の眷獣《けんじゅう》だった。互いにもつれ合い絡み合う巨大な双頭龍《そうとうりゅう》だ。それはシャフリヤル・レンの幻影ごと、死都のド真ん中に巨大な横穴を穿《うが》ち、そのまま死都の外壁を突き破る。

月明かりが死都の内部を照らし、強い海風が吹きこんだ。破壊された外壁の裂け目から、夜の海面と絃神島《いとがみじま》の街並みが見える。

「……どうやら、この城はこれまでのようですね。総員、ダッシュで脱出してくださいな」

ラードリーが投げやりな口調で部下たちに命じた。しかし死都の内部はすでに大混乱に陥っており、彼女の言葉が本当に届いているのかどうかは疑わしい。そもそもまともな脱出装置が、死都に搭載されている保証もない。

「この貸しは高くつきますよ、暁《あかつき》古城――」

恨みがましく古城を睨《ね》めつけながら、ラードリーは胸元から小さな魔具《まぐ》を取り出した。掌《てのひら》に収まるリモコンのような姿の魔具である。その魔具が作動した瞬間、彼女の姿は波紋のような揺らぎに呑《の》みこまれた。空間転移《テレポート》で脱出したのだ。

「――先輩！　このまま死都が墜落したら、絃神島が大変なことに……！」

激しい震動に耐えながら、雪菜《ゆきな》が切羽詰まった表情で古城に詰め寄った。

古城《こじょう》たちの攻撃で浮力を失った死都《しと》は、重力に引かれて加速しながら、絃神島《いとがみじま》の市街地へと落ちている。この勢いで死都が地表に激突したら、絃神島などひとたまりもないだろう。南宮《みなみや》那月《なつき》が恐れていた、最悪の事態が訪れようとしているのだ。

「そうだな。結局こうなったか」

「結局って……！」

古城の無責任な物言いに、雪菜《ゆきな》が眉《まゆ》を吊《つ》り上《あ》げる。しかし古城は、そんな雪菜に少し決まり悪そうに笑いかけ、

「悪いな、姫柊《ひめらぎ》。そんなわけだから、最後まで俺につき合ってくれるか？」

「先輩……？　いったい、なにを言って……？」

「喋《しゃべ》ってると舌を噛《か》むぞ、姫柊！」

「……は⁉」

困惑して訊《き》き返《かえ》す雪菜の前で、古城が静かに目を閉じた。

次の瞬間、彼の全身から放たれたのは、かつてないほどに壮絶な魔力の波動だった。自らの足元の床に掌《てのひら》を当てて、古城が眷獣《けんじゅう》を召喚《しょうかん》する。第四真祖《だいよんしんそ》の監視役として、強力な眷獣を散々目の当《ま》たりにしてきた雪菜ですら、これほどまでに凄《すさ》まじい魔力を感知したのは初めてだ。

「疾《き》く在《や》れ《がれ》、〝始祖なる黒剣《プリムス・アーテル》〟──！」

古城が新たな眷獣を召喚する。

死都の内部が、悲鳴のような轟音《ごうおん》を上げて裂けていく。刃渡り百メートルを超える常軌を逸した大剣《たいけん》が出現し、真下から頭上に向けて死都を刺《さ》し貫《つらぬ》いたのだ。

これまでとは比較にならない巨大な衝撃が死都を襲い、城内のあちこちで爆発が巻き起こる。無事に残っていた円柱が次々にへし折れ、外殻《がいかく》が軋《きし》む。

だが、その一方で、死都の動きに変化が生じていた。重力による加速が勢いを減じて、奇妙な浮遊感が雪菜たちを襲う。落下速度が明らかに落ちている。

死都はやがて完全に静止し、やがて浮上を開始した。まるで重力から解き放たれたように、ゆっくりと高度を上げていく。

「眷獣の……重力制御……！」

雪菜がぽかんと目を見開いて言った。〝吸血王《ザ・ブラッド》〟から古城が受け継いだ漆黒の大剣は、重力を操る眷獣だ。その能力を利用して、古城は死都を無理やり上空へと運んでいる。その行き先にあるのは、空中に描き出された巨大な魔法陣。異境《ノド》へと続く〝門《ゲート》〟である。

『──女帝殿！　無事でござるか⁉』

軋み続ける死都の内部に、スピーカーで増幅された大音量の声が響き渡る。

古城の眷獣が穿《うが》った大穴から轟音《ごうおん》とともに侵入してきたのは、飛行ユニットを装着した真紅の有脚戦車《ロボットタンク》だった。戦車の背中には仙都木優麻《とこよぎゆうま》の姿もある。浅葱《あさぎ》たちの退路を確保するために、彼女たちは上空で待機していたのだ。

「どうやらお迎えが来たみたいね。あたしたちの仕事はここまでよ」

浅葱《あさぎ》がスマホを片手に溜息《ためいき》をつく。

すでに死都《しと》の内部はボロボロだ。周囲の円柱も、原形を留《とど》めているものはほとんどない。古《こ》城《じょう》たちの周囲がどうにか無事なのは、浅葱が〝聖殲《せいせん》〟を発動して障壁を展開していたからだ。

しかし浅葱の能力は異境《ノド》では使えない。絃神島《いとがみじま》という魔具《まぐ》の補助がなければ、〝聖殲《せいせん》〟は発動できないのだ。浅葱が複雑な表情を浮かべているのは、それが理由だった。肝心なところで古城の力になれないと感じているのだろう。

「まあ、仕方ありませんわね。わたくしたちの能力は、異境《あちら》では使えないようですし」

雫梨《しずり》が、どことなく羨《うらや》ましそうな表情で雪菜《ゆきな》を見た。鬼族《オグレス》である雫梨の能力も、魔力の存在しない異境《ノド》では失われる。異境《ノド》でも能力を使えるのは、第四真祖《だいよんしんそ》と同じ能力を手に入れた古城と、そして霊力《れいりょく》を操る雪菜だけなのだ。

『――お待たせしたでござる、皆《みな》の衆《しゅう》！　ささ、早く脱出を！』

降り注ぐ破片を強引に撥《は》ね飛《と》ばしながら、リディアーヌの戦車が到着した。

「急いだほうがいいかも知れない。絃神新島《いとがみしんとう》で待機していたMARの残存部隊が動き出してるそうだよ。どうやら絃神本島を武力で制圧するつもりみたいだ」

戦車の背中から降りてきた優麻《ゆうま》が、めずらしく真剣な口調で言う。

古城はハッと表情を硬くした。MARは絃神新島に大部隊を駐留させた前線基地を持っている。死都を無力化したからといって、彼らの脅威が完全に消滅したわけではなかったのだ。

「行ってこい、古城。アヴローラちゃんを、連れ戻すんだろ」

異境《ノド》への突入を諦《あきら》めて、絃神島の防衛に回るべきか、と一瞬迷った古城に、矢瀬《やぜ》が力強く言い放った。古城は驚いて矢瀬を見返し、そして無言で拳をぶつけ合う。

おそらくこれがアヴローラを連れ戻す最後の機会だ。浅葱や矢瀬や、多くの仲間たちの力でようやく手に入れたそのチャンスを、古城が無駄にするわけにはいかない。絶対に、だ。

そしてなによりも矢瀬の言葉には、自分たちに任せろ、という響きがあった。ならば古城に出来るのは、最後まで彼らを信じることだけだ。

ジェットエンジンの爆音が再び鳴り響き、有脚戦車《ロボットタンク》が浮上する。優麻が空間転移《テレポート》を発動した。

真紅の戦車が、波紋のような揺らぎに包まれる。

「古城のこと、任せたわよ——」

戦車の背中から、浅葱が雪菜を見下ろして言った。矢瀬と雫梨も無理やりしがみついている。

定員二人の戦車に五人乗り。なかなか無茶な状況だ。

「はい」

雪菜の声が届く前に、浅葱たちの姿は完全に消滅する。

その直後、強烈な揺らぎが雪菜たちを襲った。死都が〝門《ゲート》〟に接触したのだ。

空間の歪《ゆが》みに耐えかねて、死都の内部が崩壊を始める。視界が暗転し、瓦礫《がれき》が降り注ぐ。

倒れこむ古城《こじょう》を支えようと、雪菜《ゆきな》が咄嗟《とっさ》にしがみつく。二人は互いにもつれ合うような姿で、異境《ノド》に向かって突入していった。

第五章　暁の凱旋

Returning With Glory

1

普通の空間転移ではあり得ないほどの、巨大な衝撃が襲ってきた。急激な気圧の変化で目眩《めまい》がした。死都《しと》——カレナレン城が、異境《ノド》への〝門《ゲート》〟を越えたのだ。

ガラスが砕け散るような気配とともに、古城《こじょう》が召喚《しょうかん》していた漆黒の大剣《たいけん》が力を使い果たして消滅する。それが合図になったように、半壊していた城壁が今度こそ完全に崩れ落ちる。

しかしぶちまけられた大質量の瓦礫《がれき》が、古城たちの頭上に降り注ぐことはなかった。時間が静止したかのように、死都の残骸《ざんがい》は、空中に浮いたまま止まっている。

「重力が……ない……？　これはいったい……？」

古城の左腕にしがみついたまま、雪菜《ゆきな》が周囲を見回した。重力から解き放たれた彼女の髪が、水の中にいるようにふわりと広がっている。

「どうやら無事に異境《ノド》に着いたみたいだな……」

古城が脱力して息を吐く。実際に異境《ノド》を訪れたのは初めてだが、これほどあからさまに環境が違うのだ。少なくともここが地上ではないことに、今さら疑問の余地はない。

「異境《ノド》？　これが……異境《ノド》なんですか？」

いまだに驚きを引きずったままの口調で雪菜が訊《き》いた。

「ああ、たぶんな。まあ、それはそれとして……姫柊《ひめらぎ》、見えてるぞ」

困惑している雪菜から、古城は気まずそうに目を逸《そ》らす。重力から解き放たれた雪菜のスカートがふわふわとめくれて、彼女の下着が見えている。

「え？　わ……わああっ！」

弱々しい悲鳴を上げて古城の腕から手を離し、雪菜は慌ててスカートを押さえた。だが今度はその反動で雪菜の身体《からだ》がくるりと回転し、古城に思いきりお尻を突きつけてくる姿勢になる。

「な、なんでこんな……ああっ、ちょっ……み、見ないで！　見ないでください！」

雪菜がじたばたと脚を動かすが、彼女の体勢はたいして変わらない。スカートを押さえるのに両手を使っているせいか、思いどおりに姿勢をコントロールできずにいるらしい。

目に焼きつくような彼女の太腿《ふともも》の白さに困惑しつつ、古城は雪菜の腕をつかんで不規則な回転を止めてやる。どうにか姿勢を立て直したものの、雪菜は、無重力に対する混乱と羞恥《しゅうち》でほとんど涙目になっている。

「あー……大丈夫か、姫柊？」

無言でうつむく雪菜を見つめて、古城が怖《お》ず怖《お》ずと質問する。

雪菜は怒りに肩を震わせながら、そんな古城を恨めしげに睨《にら》みつけた。彼女の大きな瞳から、なにかが決壊したようにボロボロと涙がこぼれ出す。

「先……輩……！」

「おい、待て。なにも泣くことないだろ⁉　俺は親切で教えてやったつもりで……ていうか、一瞬、チラッと見えただけで、そんなガン見したわけじゃないからな……！」

古城《こじょう》は焦りながら必死に言い訳した。今のは慣れない無重力環境下における純然たる事故であり、古城の責任が問われるのは心外だ。とはいえ、雪菜《ゆきな》の下着を目撃したのは事実なので、古城としても多少の罪悪感を覚えないではない。が、

「パンツを見られたから怒ってるわけじゃありません！」

雪菜が、めずらしく感情を爆発させて古城にキレた。駄々をこねる子どものように、握った拳《こぶし》をぽかぽかと古城の胸に振り下ろし、

「なんなんですか！　眷獣弾頭《けんじゅうだんとう》が使えないって知ってたのなら、どうして最初に教えてくれなかったんですか……！　先輩が、本気で、東京を壊滅させるつもりかと思って……わたしが、どれだけ……心配したか……！」

雪菜の言葉は、途中から嗚咽《おえつ》にかき消されて声にならない。ラードリー・レンとの交渉の間、彼女だけは、古城たちの計画をなにも聞かされていなかったのだ。東京に眷獣弾頭を撃ちこめ、という古城の挑発を本気で信じて、深刻に思い詰めていたらしい。

さすがに気まずさを感じながら、古城は頰《ほお》を伝う汗を拭《ぬぐ》って、

「いや、あれは説明する暇もなかったし、姫柊《ひめらぎ》が焦ってくれたから、〝天部《てんぶ》〟の連中も素直に信じてくれたってところもあるし……それに元はと言えば、姫柊が俺たちに黙って絃神島《いとがみじま》を沈

めようとしたから……」

「う……うう……ううう……！」

「痛《い》てっ……ごめん、悪かったって！　もうああいうことはしねーから！」

興奮している雪菜の頭を撫《な》でながら、古城は反省の言葉を口にする。雪菜が流した涙の粒が水滴となって古城たちの周囲を漂い、宝石のようにキラキラと輝いている。

泣きじゃくる雪菜はどこか普段よりも幼く見えて、抱きしめてやりたい衝動に駆られるが、残念ながら古城たちにはそんな余裕は与えられていなかった。

古城たちの足元のほうで、なにかがぶつかり合うような震動が轟《とどろ》き、おぞましい咆吼《ほうこう》が聞こえてくる。断末魔《だんまつま》の獣の絶叫だ。

涙をごしごしと手の甲で拭って、雪菜は背中のギグケースから銀色の槍《やり》を引き抜いた。この短時間で無重力環境に慣れたのか、彼女の動きに淀《よど》みはない。

雪菜が睨《にら》みつけた先にいたのは、熊と狼をかけ合わせたような灰色の魔獣《まじゅう》だった。体長は四メートルから五メートル。体重は三トンを超えているだろう。大きく開いた口の中には、鋭い牙《きば》がぎっしりと並んでいる。魔術的な操作によって生み出された、凶暴な軍用魔獣といったところだろうか。

だが、捕食者に捕まって逃げようと必死にもがいているのは、その軍用魔獣のほうだった。

魔獣を捕らえているのは、マングローブに似た巨大な樹木だ。直径一メートルを超える枝が蛇のようにのたうって、魔獣《まじゅう》の胴体を絞め上げているのだ。樹木の幹にはサメの顎《あご》を思わせる巨大な亀裂があり、強い酸性の溶解液をよだれのように垂らしている。

「食人樹《ヤテベオ》……⁉　どうしてこんなところに⁉」

雪菜《ゆきな》が怯《おび》えたように声を震わせる。

食人樹《ヤテベオ》とは、主に中南米、混沌界域《こんとんかいいき》に棲息《せいそく》するといわれる植物系の魔獣だった。膨圧運動で動く枝の圧力は大多数の魔獣の筋力を上回り、麻痺毒《まひどく》や神経毒を含む分泌液によって、近づいてきた獲物を確実に殺す。更には強い魔術耐性も持っている。魔獣の生態に疎《うと》い古城《こじょう》ですら存在を知っている、有名な肉食魔獣の一体だ。

「ラードリー・レンのペットだろ。〝天部《てんぶ》〟の連中は、死都《しと》の中を迷宮に改造して、魔獣たちを放し飼いにする趣味があるらしいぜ」

古城がうんざりした口調で言う。シュトラ・Dの話を聞いたときには、いささか大げさだと感じたが、どうやら彼が浅葱《あさぎ》たちに語った情報はあながち嘘《うそ》でもなかったらしい。

顔をしかめる古城たちの前で、食人樹《ヤテベオ》が捕らえた魔獣を喰い始《く》《はじ》める。生きたまま骨ごと嚙《か》み砕《くだ》かれて、軍用魔獣が断末魔の絶叫を上げた。目を背けたくなるような凄惨《せいさん》な光景だ。

「魔獣同士で……共喰いを……！」

「エサくらいちゃんと喰わせとけよ、ダジャレ女！」

雪菜が小さく息を呑《の》み、古城は、この場にいないラードリー・レンに向かって悪態をつく。

しかし、そんなふうに呑気《のんき》に観察していられたのもそこまでだった。軍用魔獣の捕食を終えた食人樹《ヤテベオ》が、古城たちに向かって枝を伸ばし始めたからだ。

「出し惜しみしてる場合じゃないか！　つかまれ、姫柊《ひめらぎ》！」

古城が雪菜の細い身体《からだ》を抱き上げる。どのみち降り注いできた城壁に邪魔されて、このままでは死都の外に出られなかったのだ。通れそうな通路を探すより、瓦礫《がれき》を吹き飛ばしたほうが話が早い。

「……出し惜しみ？」

古城の何気ない呟《つぶや》きを咎《とが》めるように、雪菜が真剣に見上げてくる。しかし古城は、彼女の視線を無視して眷獣《けんじゅう》を召喚《しょうかん》した。漆黒の血霧《けつむ》が撒《ま》き散《ち》らされて、巨大な獣の姿へと変貌する。

「疾《き》く在《や》れ《が》、《れ》〝始祖なる黒霧《プリムス・シネレウス》〟――！」

古城が喚《よ》び出《だ》した甲殻獣《こうかくじゅう》が、闇色の霧《きり》を吐き出した。

その霧に触れた死都の残骸《ざんがい》が、実体を失って霧の中へと溶けていく。

古城が〝吸血王《ザ・ブラッド》〟から引き継いだ四番目の黒の眷獣は、吸血鬼の霧化《きりか》の能力の象徴だ。ただし、一度、霧へと変えたものを、元の姿に戻せるという保証はない。

黒い霧となった死都の残骸が風に吹き散らされて、跡形もなく消えていく。高い魔術耐性を持つ食人樹《ヤテベオ》は、最後まで霧化に抗《あらが》っていたが、根を張っていた地面が消滅してしまえばどうすることもできなかった。瓦礫も魔獣もなにもかもが一緒くたに消え去って、真っ二つに割れたスイカのような死都《しと》の下半分だけが残される。古城《こじょう》の黒の眷獣《けんじゅう》は、直径一キロ近い死都の質量のほぼ半分を一瞬で消し飛ばしたのだ。

霧《きり》が薄れて最初に目に映ったのは海だった。見渡す限りの広大な海面が、古城たちの頭上に広がっている。そして古城たちの足元に見えるのは、雲に覆われた星のない夜空だ。半壊した死都の残骸《ざんがい》は、空と海の狭間《はざま》に不安定な姿で浮かんでいる。

「どうして……海がわたしたちの上に……？」

雪菜《ゆきな》が呆然《ぼうぜん》と呟《つぶや》いた。ゆらゆらと波打つ海面は、空に張りついたまま落ちてくる気配はない。どうやら海面近くでは、上向きの重力が働いているらしい。

雪菜はそのまま視線を巡らせて、そして大きく目を見張る。

死都の背後の空間を完全に埋め尽くす、巨大な壁の存在に気づいたからだ。

頭上の海面から眼下の空の底まで、どこまでも垂直に広がる鋼色《はがねいろ》の断崖絶壁《だんがいぜつぺき》だ。

壁の表面には微妙な凹凸《おうとつ》が刻まれ、それが明らかな人工物であることを示している。それはまるで世界を分断する隔壁のようだった。

古城たちがいる死都の残骸は、潰《つぶ》れたピンポン球のように、その壁の表面に半ばめりこむような形でへばりついていたのだ。

「この壁は、いったい……!?」

雪菜が弱々しく首を振る。想像を絶する異常な光景の連続に、さすがの彼女も平静を保てずにいるらしい。

「ああ。そいつは異境《ノド》の果てだな。そこから外に出られるんだろ」

驚く雪菜とは対照的に、古城が平然と解説する。ちょっとめずらしい景勝地を訪れた観光客のような態度である。

「外⁉　それってどういうことですか？　異境《ノド》の外というのは、いったい……」

「そうか、姫柊《ひめらぎ》は知らなかったんだっけか」

詰め寄ってくる雪菜を見て、古城が億劫《おっくう》そうに頭をかく。

「異境《ノド》っていうのは、宇宙空間に浮かんでる馬鹿でかい人工島の中の世界らしいぜ」

「は……？」

唐突に出てきた宇宙という単語に、雪菜が表情を消して固まった。

「……宇宙空間に浮かぶ人工島……もしかしてスペースコロニーのことですか？」

「そうそう……なんか、そんなようなことを言ってたな」

鋼色の〝世界の壁〟を眺めて、古城はあっさりとうなずいた。

雪菜はしばらく凍りついたように静止したあと、小さく声を震わせて、

「じゃあ、ここが無重力なのも、空と海が逆転してるのも……異境《ノド》では魔力が使えないのも
……ここがスペースコロニーの内側だから？」

「空と海が逆転してるっていうか、宇宙島《コロニー》の壁の内側が丸ごと海になってるらしい。それなら

宇宙線による生物への悪影響も、最小限に抑えられるしな。でもって、遠心力で人工重力を造り出してるから、俺たちがいる中心付近は重力が弱いんだ」

空中に浮かぶ瓦礫《がれき》を指先で弾《はじ》きながら、古城《こじょう》が続けた。

地球から遠く離れた虚空《こくう》に浮かぶ、全長二百キロ超の超大型宇宙島《スペースコロニー》——それが異境《ノド》と呼ばれる異邦の正体だった。

異境《ノド》の全景は、直径三十キロを超える巨大な円筒。太陽光は宇宙空間に浮かぶ鏡によって集められ、円筒の底——すなわち、古城たちがいる〝世界の壁〟から取り入れられる。

その結果、異境《ノド》の太陽は常に水平線ギリギリに浮かぶことになる。真昼のない永遠の黄昏《たそがれ》と、星のない長い夜。それが異境《ノド》の一日だ。

「異境《ノド》への〝門《ゲート》〟が夜の間しか開かなかったのは……」

いまだに信じられないという表情で雪菜《ゆきな》が訊《き》く。古城は曖昧《あいまい》な記憶を辿《たど》るように目を細め、

「それは地球の自転の関係だろ。今の時期は地球から見て太陽の反対側に異境《ノド》があるから、〝門《ゲート》〟は日没後の空に開く。季節によってはそれが逆転するらしいけどな」

「ぐ……具体的にどれくらい地球から離れてるんですか？」

「浅葱《あさぎ》は、火星と木星の中間地点くらいじゃないかって予想してたけど、実際のところはよくわからん。太陽系の中にあるって証拠もないしな」

古城が投げやりに息を吐く。空間制御魔術の専門家である那月《なつき》なら正確な位置が特定できた

のかもしれないが、あいにく古城は素人《しろうと》だ。ただ、ひとつだけはっきりしているのは、ここが地球から桁外《けたはず》れに遠い場所だということだった。空間転移《テレポート》用の〝門《ゲート》〟の維持に、第四真祖《だいよんしんそ》クラスの魔力を必要としているのがその証拠だ。

「いったい誰がこんなものを……なんのために……？」

雪菜が混乱したように首を振る。

「こいつは中継地点なんだ。よその系外惑星に移動するための回廊だったらしい。知ってるか？〝天部《てんぶ》〟ってのは、もともと天空からの来訪者って意味だったんだとさ」

古城が苦笑まじりに続けた。

本当に〝天部〟が異星からの移住者だったという証拠はない。だが、栄華を極めた絶頂期の彼らが、異境《ノド》と呼ばれる宇宙島《コロニー》を作り出し、利用していたことは事実だった。

彼らは異境《ノド》を中継基地として、ほかの惑星系の星々へと進出するつもりだったのだ。

「もっとも〝大聖殲《だいせいせん》〟以前から衰退が始まっていた〝天部〟の連中には、宇宙開発を続ける熱意も技術も、実際には残ってなかったみたいだけどな」

古城は、どことなく寂しさを感じさせる口調で呟《つぶや》いた。結局、異境《ノド》は中継地点として栄えることなく放置され、単なる眷獣弾頭《けんじゅうだんとう》の保管場所として使われただけだった。そして異境《ノド》の大海には、無人のまま打ち捨てられた鋼色《はがねいろ》の人工島だけが残されたのだ。

「……ずいぶん詳しいんですね、先輩」

感傷に浸る古城《こじょう》の横顔を睨《にら》んで、雪菜《ゆきな》が平坦《へいたん》な声を出す。咎《とが》めるような彼女の視線に、古城は軽く動揺した。

「え？」

「どうして先輩がそんなことを知ってるんですか？　歴史の授業、苦手でしたよね？」

「あ……いや、それは……」

「それって、藍羽《あいば》先輩の知識ですよね？　藍羽先輩の血を吸って、〝カインの巫女《みこ》〟の記憶をわけてもらったんですね？」

雪菜が半眼《はんがん》のまま古城に問《と》い質《ただ》す。古城は黙ってそっと目を逸《そ》らした。雪菜が不在の間に血を吸って、浅葱を〝伴侶《はんりょ》〟にしたのは事実だったからだ。

気まずそうに黙りこむ古城を眺めて、雪菜は深々と嘆息し、

「先輩は本当に、わたしが少し目を離すと、そうやってほかの子といやらしいことを……」

「べつにいやらしいことはしてねえよ」

「……わたしの血は吸わなかったくせに」

ぼそりと反論する古城を無視して、雪菜が拗《す》ねたように唇を尖《とが》らせる。先日のホテルの朝の一件を、いまだに根に持っているらしい。意外に執念深い一面があるのだ。

古城は抵抗を諦《あきら》めたようにやれやれと首を振り、

「まあ、なんでもいいや。そんなことより、アヴローラを探しに行かないとな……」

「そうでした……でも、探すっていっても、どうやって……？」

雪菜が自分の頬《ほお》を叩《たた》いて真顔になる。苦労してようやく辿《たど》り着《つ》いた異境《ノド》は、想像していた以上に広大だ。あてもなく探し回っても、アヴローラを見つけ出せる気がしない。と、

『……古城君』

途方に暮れる古城たちを、誰かが不意に呼び止めた。聞き覚えのある声だった。

振り返った古城たちの目の前に、長い黒髪の少女が、どこからともなく現れる。

「凪沙《なぎさ》⁉」

「凪沙ちゃん⁉」

古城と雪菜が、驚いて彼女の名前を呼ぶ。ぼんやりとした輝きに包まれて浮かんでいたのは、髪を解《ほど》いた暁《あかつき》凪沙だった。彼女が着ているのは学校の制服。彩海学園《さいかいがくえん》の制服によく似た、モノクロームのセーラー服だ。

「凪沙……なんで、おまえが異境《ノド》に……？」

「待ってください、先輩。違います、彼女は本物の凪沙ちゃんではなくて……」

慌てて凪沙に詰め寄ろうとした古城を、雪菜が素早く制止した。

古城たちが見つめる前で、少女が姿を変えていく。長い黒髪が金属質の光沢を帯びて、人懐《ひとなつ》こい顔立ちが少しだけ大人びた表情を浮かべた。

古城はそんなふうにくるくると姿を変える少女を知っていた。かつて異境《ノド》の侵蝕《しんしょく》に捕らわれ

た古城《こじょう》の前に現れて、彼女は古城を助けてくれたのだ。

「おまえ、グレンダ……なのか？」

『……ふふっ、ようやく会えたね、暁《あかつき》古城……』
十六、七歳の姿に成長したグレンダが、微笑《ほほえ》みながら古城を見た。その表情を見て、古城は直感する。彼女は古城が知っているグレンダではない。別人——否《いな》、別のグレンダだ。
『こっちだよ……〝零《ミゼン》〟の最後の娘が待ってる』

戸惑う古城たちを手招くように、鋼色《はがねいろ》の髪の少女が歩き出す。

古城と雪菜《ゆきな》は互いにうなずき合って、第二のグレンダを追いかけた。

2

虚空《こくう》が波紋のように揺らいで。華やかな衣装を着た女が現れる。空間転移の魔具《まぐ》を使ってラードリー・レンが移動した場所は、絃神新島《いとがみしんとう》に接岸した病院船の船橋《ブリッジ》内だった。

「ラードリー様、ご無事でしたか」

MAR警備部門の局長——大佐と呼ばれる男が、安堵《あんど》の表情で呼びかけてくる。

ラードリーはそんな彼を不機嫌そうに見返して、

「ご無事なわけがありますか。死都《しと》が損壊して大損害ですって」

「は、はあ」

「交渉が決裂したからには、力尽くで制圧するしかないですね。紘神新島に駐留している全部隊に指示を。作戦《プラン》Cに移行します。それから、ガミノギガントを解放してくださいな」

「ガミノギガント……ですか？　しかし、あれは……」

大佐がめずらしく逡巡《しゅんじゅん》の表情を浮かべた。その表情に浮かんでいるのは、ガミノギガントに対する不信と嫌悪感だ。軍人上がりの彼にとって、民間人を無差別に殺傷する兵器の使用には、内心、強い抵抗があるのだろう。

しかしラードリーはむしろ愉《たの》しげに笑ってみせる。

「構いませんって。要はキーストーンゲートさえ確保できればいいんです。都市としての紘神《いとがみ》島《じま》が滅びても、そのときはそのときということで」

大佐は無言でうなずいて、部下の通信士に短く指示を出す。

ＭＡＲの残存部隊が、紘神島への一斉攻撃を開始したのは、それから十五分後のことだった。


飛行ユニットを装着した真紅の有脚戦車《ロボットタンク》が、轟音《ごうおん》とともに夜空から降りてくる。

着陸予定地点はキーストーンゲートの屋上だ。戦車の背面には優麻《ゆうま》と浅葱《あさぎ》が跨《また》がり、左右の脚には雫梨《しずり》と矢瀬《やぜ》がしがみついている。明らかな定員オーバーでふらつきながらも、どうにかリディアーヌは、降下に成功。疲れた顔の矢瀬《やぜ》たちが、ぞろぞろと屋上に降り立った。

そんな彼らの帰還を待ち構えていたように、屋上に新たな人影が現れる。

豪奢《ごうしゃ》なドレスを着た小柄な魔女と、メイド服を着た青髪《あおがみ》の人工生命体《ホムンクルス》。そして栗色《くりいろ》の髪の長身の攻魔師《こうまし》だ。

「――やってくれたな、貴様ら」

戦車から降りてきた浅葱《あさぎ》を睨《にら》んで、那月《なつき》が言う。

浅葱は少し驚いた顔で、小柄な担任教師を見返して、

「那月ちゃん？　どうやって留置場から出てきたの？　結界は……ったあっ⁉」

「教師をちゃん付けで呼ぶな」

衝撃波を額《ひたい》に喰《く》らって仰《の》け反《ぞ》る浅葱に、那月が露骨に不機嫌な声で言い捨てた。

「いや……文句を言うのはそこなのかよ……」

矢瀬が呆《あき》れた表情で息を吐く。額を両手で押さえた浅葱は、涙目になってうずくまっている。

那月が留置場に閉じこめられている間に、教え子たちがMARとの交渉に赴《おもむ》き、眷獣弾頭《けんじゆうだんとう》を撃たせた挙げ句に、絃神島《いとがみじま》上空の死都《しと》を撃墜《げきつい》したのだ。彼女が腹を立てるのも無理はない。

本来ならもっといろいろ言いたいことがあるのだろうが、時間に余裕がないせいで、那月も我慢したのだろう。今の衝撃波は、そんな万感《ばんかん》の思いのこもったデコピンだったのだ。

「雪菜《ゆきな》は⁉　雪菜と暁古城《あかつきこじよう》は一緒じゃなかったの⁉」

戦車から降りてきた顔ぶれを見回しながら、紗矢華《さやか》が真剣な口調で訊《き》く。

雫梨《しずり》は、夜空に浮かぶ魔法陣を平然と指さして、

「あの二人なら、死都に乗って異境《ノド》に行きましたわ」

「は!? 異境《ノド》!? ど、どういうことなの!? なんで、雪菜たちだけ……!?」

「ちょ……く、苦しい！ 苦しいですわ！」

もの凄《すご》い勢いで紗矢華に胸ぐらを絞め上げられて、雫梨がたまらず悲鳴を上げた。矢瀬とアスタルテが、慌てて紗矢華を止めに入る。

優麻《ゆうま》は苦笑しながらそれを見ていたが、すぐに那月のほうに真顔で向き直り、

「――それで、師匠《せんせい》。状況は？」

「絃神新島《いとがみしんとう》に駐留していたMARの攻撃部隊が、絃神本島への侵攻を開始したそうだ」

那月が絃神島の北東へと目を向けた。絃神島を取り巻くように浮かぶ絃神新島には、領主選争のドサクサに紛れて布陣したMARの基地がある。絃神新島から本島までの距離は、最短で十キロ程度しかない。彼らの上陸を未然に防ぐのは至難の業《わざ》だ。

「眷獣弾頭が無効化されてすべての死都が陥落した以上、連中には、この島を制圧する以外、戦局を打開する手段がなくなった。おそらく死に物狂いで攻めてくるはずだ」

那月が淡々と説明する。重苦しい空気が屋上に流れる。

絃神島は基本的に学究都市であり、市街戦を想定した造りにはなっていない。特区警備隊《アイランド・ガード》の

武装は、あくまで〝魔族特区《まぞくとっく》〟の治安維持を目的としたものであり、本格的な軍事侵攻に対応するには圧倒的に戦力が不足していた。独自の軍隊を持たない絃神島《いとがみじま》の防衛は、本来は日本政府の管轄《かんかつ》なのだ。

しかし、その日本政府が絃神島を沈めようとしたことで、両者の関係は決定的に悪化している。おまけに絃神島が保有する最大の戦力――すなわち第四真祖《だいよんしんそ》は不在。およそ考え得る限りの最悪の状況だ。

「それで、実際のところ勝てそうなんですの？」

雫梨《しずり》が単刀直入に訊《き》いた。

「MARの主力は異境《ノド》に移動して、こちらに残っているのは補給部隊が中心のはずだ。今の特区警備隊《アイランド・ガード》の戦力でも、いい勝負にはなるだろう」

那月《なつき》が冷静な分析を口にする。数日前にMARの基地を一度訪れている紗矢華《さやか》が、そうそう、と重々しく同意した。

一般的に戦争においては、護《まも》るほうが攻めるよりも容易であるといわれている。ましてや互いの戦力が拮抗《きっこう》しているのなら、地の利を活《い》かせる特区警備隊《アイランド・ガード》が圧倒的に有利なはずだ。

おまけに〝魔族特区〟である絃神島には、二万人を超える登録魔族と、那月たちを含めた多くの攻魔師がいる。たとえ古城が不在でも、総合力ではむしろ有利とすらいえる。

「だが」と那月は言葉を続けた。「それはMARの連中にもわかっているはずだ」

「たしかに……それなのに侵攻してきたってことは、単に自棄《やけ》になったか、でなければ、なにかしら切り札を用意しているということになりますわね」

雫梨が眉間《みけん》にしわを寄せて考えこむ。

気怠《けだる》げに戦車にもたれていた矢瀬《やぜ》が、耳を澄ますように目を閉じたまま首を振り、

「どうやらその切り札とやらが出てきたみたいだぜ」

「なに？」

矢瀬が指し示す方角に、那月たちは一斉に目を向けた。

人工島北地区《アイランド・ノース》の海岸だ。堤防付近の海面が高波のように盛り上がり、海中から巨大な影が次々に現れる。影の全高は優に十メートルを超えている。直立歩行するマッコウクジラのような、巨大な頭部を持つ人型《ひとがた》の怪物だ。

怪物の全身は硬質化した鎧《よろい》のような皮膚に覆われ、背中には無数の触手が生えている。頭部にあるのは、真紅に輝く六体の目玉。その姿を雫梨たちは知っていた。

「あれは……未確認魔獣《アンノウン》ですわ！　二足歩行する未確認魔獣《アンノウン》……！」

『なんと……面妖《めんよう》な……！』

雫梨とリディアーヌが同時に叫んだ。かつて絃神島に現れたⅨ４《ナインフォー》と呼ばれる未確認魔獣《アンノウン》——六対《ろくつい》の目玉を持つ巨人は、おそらくその最終バージョンだ。

ＭＡＲは、Ⅸ４《ナインフォー》をベースに開発した人型魔獣《ひとがたまじゅう》を、絃神島侵攻の切り札として温存していた

らしい。

「これはまた、とんでもないものを持ち出してきたな」

矢瀬《やぜ》が苦々しい表情を浮かべて、海岸沿いに視線を巡らせた。

MARが投入した人型魔獣《ひとがたまじゅう》は一体ではなかった。人工島北地区《アイランド・ノース》と東地区《イースト》の海岸から、次々に魔獣たちが押し寄せてくる。上陸した魔獣の数は、すでに二十体を超えていた。海岸沿いに布陣していた特区警備隊《アイランド・ガード》が、瞬《また》く間《ま》に蹂躙《じゅうりん》されて敗走へと転じる。このままでは絃神島《いとがみじま》全土が制圧されるのも時間の問題だ。

「藍羽浅葱《あいばあさぎ》。貴様の〝聖殲《せいせん》〟であいつらを何体潰《つぶ》せる?」

那月《なつき》が小声で浅葱に訊《き》く。浅葱は不本意そうに顔をしかめて首を振った。〝聖殲《せいせん》〟は単なる攻撃魔術ではなく、この世界の物理法則すら書き換える高度な禁呪《きんじゅ》だ。人型魔獣がどれほど強力な魔術耐性を持っていようと、確実に撃破することができる。だがそれは、〝聖殲《せいせん》〟が発動できれば——の話である。

強力すぎる〝聖殲《せいせん》〟の発動には、絃神島のネットワーク帯域を喰い潰《つぶ》すくらい大量の魔術演算が必要だ。しかし今の絃神島には、それだけの演算を行う余裕がない。メインコンピューターの処理能力のほとんどを、眷獣弾頭《けんじゅうだんとう》を無効化するために使っているからだ。

「モグワイの実体化にリソースを喰われてなければ、相手が何体いても余裕なんだけど、今の状況だといいとこ二体かな。市民の避難誘導を優先しないわけにはいかないし……」

「そういうことならば、わたくしの出番ですわね。要はあのデカブツどもを斬《き》り捨《す》ててくればよろしいのでしょう？」

悔しげに呟《つぶや》く浅葱の代わりに、なぜか自信満々で答えたのは雫梨《しずり》だった。今にも飛び出していきそうな彼女を、矢瀬は慌てて押《お》し留《とど》め、

「いや、カスちゃんは大人しくしとけ。死都《しと》の中で、あんだけ派手に魔力をぶちまけたんだ。実は全身ボロボロだろ？」

「だ、誰がカスちゃんですの⁉　この程度のダメージ、ちょうどいいハンデですわ！」

「——仙都木優麻《とこよぎゆうま》。貴様は、そこのパッパラ修女騎士《パラディネス》と獅子王機関《ししおうきかん》のポニテを連れて東地区《イースト》の特区警備隊《アイランド・ガード》を援護しろ。北地区《ノース》は私とアスタルテでやる」

那月が諦観《ていかん》の表情で淡々と指示を出す。

「了解です、師匠《せんせい》」

「パッ……パラ修女騎士《パラディネス》……⁉」

優麻は苦笑まじりにうなずき、雫梨が怒りに肩を震わせた。

未確認魔獣《アンノウン》クラスの生体兵器に対抗できるのは、高レベルの攻魔師だけである。浅葱の〝聖殲《せいせん》〟が当てに出来ない以上、ここにある全戦力をぶつけるしかない。

『拙者《せっしゃ》と〝女帝殿〟はキーストーンゲートの防衛でござるな？』

リディアーヌが愉《たの》しげな口調で言った。那月は素っ気なくうなずいて、

「そういうことだ。あとは、矢瀬《やぜ》、貴様の仕事はわかっているな？」

「俺の仕事……って、あー……そういうことか……」

いかにも気が重い、というふうに矢瀬が天を仰いだ。単純な戦闘能力では、那月《なつき》たちに大きく劣る矢瀬だが、それならそれで別の戦い方がある。那月はそう言っているのだ。

「急げよ。ここにいる連中だけでは、長《も》くは保たんぞ」

那月はそう言い残して姿を消した。空間転移《テレポート》で戦場へと移動したのだ。続けてリディアーヌの戦車も飛び立ち、優麻《ゆうま》たちも姿を消し、屋上には矢瀬だけが残される。

「しゃあねえな……じゃあ、俺は俺の仕事をしますかね」

なにかを吹っ切るように首を振り、矢瀬は懐《ふところ》からスマホを取り出した。矢瀬財閥の総帥《そうすい》だけに許された権限で、直通回線《ホットライン》の番号をコールする。

3

古城《こじょう》が〝異境《ノド》の果て〟と呼んだ隔壁は完全な平面ではなく、工作用のブロックを連想させる無数の施設の集合体だった。古い特撮映画に出てきた、ミニチュア模型の宇宙船にも少し似ている。

施設の多くはコンテナ状の小さな建物だが、中には全長数キロにも達する大型建造物もある。

第二のグレンダが古城たちを連れていったのは、それらの中でも破格に大きな電波塔のような場所だった。隔壁から生えた棘《とげ》のように、夜空に向かって垂直に伸びる塔である、塔の高さは五、六キロ。直径はおそらく二百メートルといったところだろうか。

水蒸気の濃霧に包まれたその建物は、真上から見ると、塔というよりも岬や浮橋《うきはし》のように見える。雲海の中に浮かぶ幻想的な浮橋だ。

宇宙島《コロニー》の中心軸から少し離れているせいか、橋の表面には微弱な重力があった。そのおかげで無重力に不慣れな古城たちも、それほど苦労せずに歩くことができる。

案内役の第二のグレンダは、いつの間にか姿を消している。

古城と雪菜《ゆきな》は無意識に手を繋《つな》ぎながら、雲の中の橋を二人で渡って行く——と、白い濃霧の向こうから飛び出してきた小さな影があった。

「だー！　こじょうー！」

長い鋼色《はがねいろ》の髪の少女が、子犬のように勢いよく古城に抱きついてくる。低重力のせいで彼女の勢いを受け止めきれずに、古城は大きくよろめいた。

「グレンダ！　おまえ、こんなところにいたのか！」

相手が今度こそ本物のグレンダだと確認しながら、古城は彼女の髪をもふもふと撫《な》でてやる。蕩《とろ》けるような笑みを浮かべながら、古城に頬《ほお》ずりしてくるグレンダ。それを見て雪菜も安堵《あんど》の息を吐く。

グレンダがいた場所は、橋の先端に建つ小さな建物の前だった。近くには見知った少女たちの姿もある。不細工なぬいぐるみに似た生き物の姿も、だ。

「——って、妃崎霧葉《きさききりは》!?　どうしてあんたが……!?」

目つきの悪い黒髪の美人に気づいて、古城《こじょう》が困惑したように目を瞬《また》いた。

音叉《おんさ》型の槍《やり》を握った霧葉は、ふん、と不機嫌そうに鼻を鳴らすだけだ。

「斐川《ひかわ》先輩……唯里《ゆいり》さんも……」

地面に座ったままの唯里たちに気づいて、雪菜《ゆきな》が小走りに近づいた。

唯里たちの服装は高神《たかがみ》の杜《もり》の制服だが、志緒《しお》は上着を着ていない。代わりに唯里が、志緒の上着を羽織っている。上着の袖からのぞく唯里の右手は赤く焼けただれ、だらりと力なく下がったままだった。それに気づいて雪菜が表情を険しくする。

その雪菜の隣で、古城が息を呑《の》む気配がある。

「アヴローラ……」

古城が見つめていたのは、不細工なぬいぐるみを抱えたまま、所在なげに立ち尽くす金髪の少女だった。輝くような碧《あお》い瞳を不安そうに左右に泳がせながら、彼女は頬《ほお》を赤らめている。

「アヴローラ……よかった。無事だったのか」

「う、うむ」

緊張気味に呼びかける古城に、吸血鬼の少女は小さくうなずいてみせる。

彼女と微妙な距離を保ったまま、古城はぎこちなく頭をかいて、

「あー……遅くなって悪かったな。迎えに来たぜ」

「た、大儀であった。褒《ほ》めて遣《つか》わす」

「お、おう」

互いに目を合わせようとしないまま、他人行儀な会話を交わして、古城とアヴローラは沈黙する。久々にまともに顔を合わせたせいで、なにを喋《しゃべ》ればいいのかわからないのだ。

そんな緊張感に満ちた二人のやり取りを、雪菜たちはしばらく息を殺して見つめていたが、

「――って、久しぶりに会った人見知りのイトコ同士か！」

やがて沈黙に耐えかねたように、唯里が背後からツッコミを入れた。

志緒も呆《あき》れたように深く溜息《ためいき》をついて、

「もうちょっとなんかあるだろう⁉　ハグするとか、泣いて再会を喜ぶとか。あれだけ苦労してようやくまた会えたのに……！」

「そうだけど、こんな注目されてたら、なんか普通に気恥ずかしいだろ……！」

古城が顔を赤くしながら言い返す。うんうん、と小刻みにうなずくアヴローラ。

「わたしたちを相手にしているときとは、ずいぶん態度が違うんですね」

「だー……」

雪菜とグレンダが、どこか冷ややかな眼差《まなざ》しで古城を見つめる。ほっといてくれ、と古城は

大きく顔をしかめて、

「そうだ、アヴローラ。腹減ってないか？　飴喰《あめく》うか、飴？」

パーカーのポケットに手を突っこんで、カラフルな飴玉をバラバラと取り出す古城《こじょう》。

「古城くん、いつの間にそんなものを……」

「たぶんアヴローラを連れ戻すと決めたときから、食べ物で釣る気満々だったんだな」

唯里《ゆいり》と志緒《しお》が小声でヒソヒソと呟《つぶや》き、雪菜《ゆきな》がこれ見よがしに嘆息する。しかしアヴローラは、期待どおりに、キラキラと瞳を輝かせて古城の手の中をのぞきこんでいた。

そして彼女は、飴玉の中に紛れていた銀色の小さな指輪に気づいて、

「契約の円環……」

「え？　あ、これか……これは喰い物じゃないからな」

「あ……」

指輪をポケットに戻そうとした古城の手を、アヴローラが反射的につかもうとする。古城は、そんなアヴローラの反応を少し意外に思いながら、

「もしかして、おまえも指輪が欲しいのか？」

「う……あ……な、汝《なんじ》がそれを望むなら」

アヴローラがそう言って、チラチラと古城の表情をうかがう。古城は少し考えて、べつにいいか、と彼女に指輪を渡そうとした。もともと古城が持っていても使《つか》い途《みち》がない代物《しろもの》だ。

それを見て狼狽《ろうばい》したのは志緒たちだった。

「お、おい、暁《あかつき》古城……！　大丈夫なのか!?　あなたがそれをアヴローラに渡すというのは、第四真祖《だいよんしんそ》を〝血の伴侶《はんりょ》〟に……あ、いや、吸血鬼同士だと、どっちが伴侶になるんだ……!?」

「こ、古城君……ちょっ……っ痛《つ》ぅ！」

慌てて立ち上がろうとした唯里が、右腕を押さえて弱々しくうめいた。雪菜は、ふらつく彼女の背中を咄嗟《とっさ》に支えて、

「唯里さん……あの……その右腕は……」

「ああ、これ……ちょっとドジ踏んじゃった……」

へへ、と唯里が恥ずかしそうに舌を出す。平静を装ってはいるが、彼女の腕は見た目以上に重傷だ。時間をかけて治療しても、完全に元通りに動かせるようになるとは思えない。

「シャフリヤル・レンの仲間の炎龍《えんりゅう》にやられたんだ。あのとき私が、ちゃんと唯里を援護できてたらこんなことにはならなかったのに……」

志緒が悔しげに唇を歪《ゆが》めて膝《ひざ》を突く。唯里は少し困ったように首を振り、

「志緒ちゃんのせいじゃないよ。それに凪沙《なぎさ》ちゃんが治療してくれたから、しばらくは大丈夫。すごいよね、あの子の治癒呪術《ちゆじゅじゅつ》。あ……でも、この腕じゃ本格的な戦闘はつらいかな」

唯里がごめんね、と雪菜に頭を下げる。なにも答えられずに唇を噛《か》む雪菜。

「凪沙が治癒呪術って、どういうことだ？　やっぱりあいつも異境《ノド》に来てるのか？」

古城《こじょう》が驚いて横から口を挟む。ついさっき第二のグレンダが古城たちの前に現れたとき、凪《なぎ》沙《さ》の姿を取っていたことを思い出したのだ。

「あ、ううん。そうじゃないの……凪沙ちゃん本人が来てたわけじゃないんだけど……」

「ある意味、来てたと言えなくもないが、喋《しゃべ》ってたのはやはりグレンダだったわけだし……」

唯里《ゆいり》と志緒《しお》が、困り果てたように顔を見合わせる。実際になにが起きたのか、彼女たちも正確に把握しているわけではないらしい。

『まあ、その話は長くなるんで、もうちょっと落ち着いてからでいいんじゃねーか？』

横から割りこんできた不細工なぬいぐるみが、勝手に話をまとめようとする。アヴローラに抱き上げられたままのぬいぐるみを見て、古城は気怠《けだる》く溜息《ためいき》をついた。

「おまえ、カインか？」

「え？」

古城が唐突に口に出した名前に、雪菜《ゆきな》が困惑して目を見張る。

彼女たちが訝《いぶか》しむのも当然だった。咎神《きゅうしん》の名で知られる英雄と、幼稚園児が適当にデザインしたような不細工なぬいぐるみ。とても関連性があるとは思えない。だが、

『まあ、おまけしてほぼ正解って感じだな』

ギザギザの歯を剥き出《だ》しにして、モグワイがなぜか得意げに笑《わら》った。

『正確には、生前のカインのデータから再現した擬似人格ってとこだ。絃神島《いとがみじま》の〝棺桶《コフィン》〟の中

には、石版に刻んだ状態で俺の人格のバイナリデータを残してあったんだよ。そいつをＡＩに学習させて、再構成したのさ。この肉体は〝聖殲《せいせん》〟で作った紛《まが》い物《もの》だ。イカすだろ？』

「眷獣弾頭《けんじゆうだんとう》の依代《よりしろ》を解放するのが、あんたの目的だったんだな？」

特に驚きもせずに古城が訊《き》く。浅葱《あさぎ》の血を吸って彼女と記憶を共有した時点で、古城はモグワイの正体についても理解していたのだ。

『まあ、そいつが俺のたったひとつの心残りだったからな』

頭上に浮かぶ人工島を眺めて、モグワイが懐かしそうに目を細めた。

『礼を言うぜ、古城の兄《ニイ》ちゃん。兄《ニイ》ちゃんが十二番目《ドウデカトス》の嬢ちゃんを護《まも》ってくれたから、依代たちを救えたんだ。あいつらを解放するには、成功例《サンプル》が——自我を手に入れた〝零《ミゼン》〟の娘がどうしても必要だったからな』

「……第四真祖《だいよんしんそ》とあなたは、敵同士ではなかったんですか……？」

雪菜が困惑したようにモグワイに問いかけた。

古城たちが知る歴史では、第四真祖は咎神カインを殺すために生み出された殺神兵器《さつじんへいき》だったとされている。しかしモグワイは初代の第四真祖の名を、まるで友人のように呼んでいた。おまけにカインの擬似人格を名乗るモグワイは、当代の第四真祖であるアヴローラに抱かれている。そのちぐはぐな事実が雪菜たちを混乱させているのだ。

『少なくとも地上に残った〝天部《てんぶ》〟の連中が、俺を殺すために第四真祖を造ったのは事実だぜ。

地上から遠く離れた異境《ノド》でも召喚《しょうかん》できるように、星辰《せいしん》の導きと、純粋な怨念《おんねん》だけで生み出した星の眷獣《けんじゅう》たち——そいつの存在を知ったときは、正直ぞっとしたもんだ』

モグワイが、戸惑う雪菜《ゆきな》たちを愉快そうに眺めて言った。

「あんたと第四真祖《だいよんしんそ》は、そのことを逆に利用したんだ」

古城《こじょう》が責めるようにモグワイを睨《にら》む。

咎神《きゅうしん》カインが手懐《てなず》けた、〝零《ミゼン》〟と呼ばれる人間の少年。〝天部《てんぶ》〟が彼の肉体を使って第四真祖を生み出したのは、裏切り者であるカインに対する意趣返しでもあったのだろう。

だが、それすらもカインたちの計画の一部でしかなかった。

「咎神《あんた》は管理者である自分が殺されてみせることで、異境《ノド》への〝門《ゲート》〟を封印した。あんたが遺《のこ》した眷獣弾頭《けんじゅうだんとう》に、誰も手出しできなくしたんだ」

古城は、困惑して立ち尽くすアヴローラにちらりと目を向ける。

「封印された〝門《ゲート》〟をもう一度開くには、星の眷獣たちの力が必要だ。だからあんたと仲間《グル》だった第四真祖は、自分自身をバラバラに引き裂いて眷獣を隠した。十二体の眷獣を、なにも知らない十二人の娘に無理やり押しつけてな」

『言っとくが、それは〝零《ミゼン》〟のやつが勝手にやったことで、俺が命じたわけじゃねーからな』

モグワイが、少しふて腐れたように言い訳する。友人である第四真祖が、自ら消えることを選んだのは、咎神《カイン》にとっても想定外の出来事だったらしい。

「終焉教団《オーダー・ジ・エンド》なんてものを作ったのも、〝零《ミゼン》〟だな？」

古城の問いかけに、モグワイが、ああ、とうなずいた。

『〝吸血王《ザ・ブラッド》〟の野郎は勘違いしてたみたいだが、人々に恐怖を植えつけることで第四真祖の復活を阻止するのが、もともとの終焉教団《オーダー・ジ・エンド》の役割だったんだ。準備が整う前に、異境《ノド》への〝門《ゲート》〟を開かれると困るからな』

「……準備？」

『眷獣弾頭を無効化し、依代《よりしろ》の娘たちを解放する準備だよ。それを実現するためには、二つの要素が必要だった。一つは俺《カイン》を復活させられるくらいに、人類の技術が発達すること。そしてもう一つは平和が訪れること。眷獣弾頭の解体には、依代の娘たちが生き続けたいと心から思えるような、幸福な日常が必要だったんだ』

「絃神島《いとがみじま》には、偶々《たまたま》その二つが揃《そろ》っていたわけか」

『偶々か……そうだな。あの日、十二番目《ドウデカトス》の嬢ちゃんに出会ったのが兄《ニイ》ちゃんだったことを偶々というなら、そうかもな』

ケケッとモグワイが皮肉っぽく笑った。

絃神島のメインコンピューターの中で、擬似人格として甦《よみがえ》った咎神《カイン》は、様々な手段を講じて、眷獣弾頭を無効化するための下拵《したごしら》えを続けていた。〝魔族特区《まぞくとつく》〟という、人類と魔族が共存できる箱庭を造り上げ、その一方で、〝カインの巫女《みこ》〟である藍羽《あいば》浅葱《あさぎ》や、地中海で発掘された

〝十二番目《アヴローラ》〟を島内に集めた。絃神島《いとがみじま》が、第四真祖《だいよんしんそ》を復活させる〝焔光《えんこう》の宴《うたげ》〟の舞台に選ばれたたことも、彼と無関係ではないはずだ。

『ただの人間だったはずの兄《ニィ》ちゃんが、第四真祖の力を手に入れたときは、正直この俺も頭を抱えたぜ。ま、結果的に上手《うま》くいったんだから文句は言わねーけどな』

「俺はおまえに言ってやりたいことが山ほどあるけどな……って、今さらただのぬいぐるみの真似をしても無駄だからな！」

わざとらしく動きを止めたモグワイを睨《にら》んで、古城《こじよう》が怒鳴る。モグワイは古城の追及から逃れるように、アヴローラの背中に回りこむ。

古城とぬいぐるみの真剣なやり取りを、雪菜《ゆきな》たちは呆気《あつけ》にとられたような表情で眺めていた。モグワイが語った内容に対して、いまだに理解が追いついていないらしい。

「──そんなクソどうでもいい話は、あとにしてもらえるかしら」

モグワイをアヴローラから引《ひ》き剝《は》がそうと苦闘する古城に、霧葉《きりは》が乱暴に声をかけてくる。冷え冷えとした彼女の声音《こわね》に、古城は戸惑いながら振り返り、

「いや、どうでもよくはねえよ……って、あんたも大怪我《おおけが》してるじゃねえか……!?」

「黙りなさい。殺すわよ。それが嫌なら私の血を吸いなさい。今すぐ！　さあ！」

霧葉がセーラー服のスカーフを解《ほど》いて、細い首筋と鎖骨を見せつけてくる。性格はともかく、見てくれだけは彼女も文句なしの美形なのだ。

古城は、理性を総動員して霧葉の白い肌から目を逸《そ》らし、

「血を吸え……って、なんでそうなるんだよ⁉」

「私があなたの〝血の伴侶《はんりよ》〟になれば、吸血鬼並みの再生能力が手に入るのでしょう？　この傷もちゃちゃっと治って、また戦えるようになる。そしたら、あのクソ龍族《ドラゴン》をぶち殺しに行くのよ！　論理的でしょう？　文句ある？」

霧葉が一方的にまくし立ててくる。彼女の剣幕に怯《おび》えたアヴローラが、絶望した小動物のように固まっていた。古城は霧葉の勢いに軽く圧倒されつつも、

「い、いや、理屈はわかったけど、おかしいだろ。今さら龍族《ドラゴン》なんかと戦わなくていいから、さっさと地上に戻って病院に行けよ」

「あの龍族《ドラゴン》は私に傷をつけたのよ！　それを見逃せ？　ふざけないで。殺すわよ！　御託《ごたく》はいいから血を吸いなさい！　一緒に箱根の温泉に浸《つ》かった仲でしょう⁉」

「それとこれとは全然関係ねーだろ⁉　それにあのときはべつに一緒に入ったわけじゃなくて、おまえがあとから勝手に男湯に入ってきたんじゃねーか！」

しつこく喰《く》い下《さ》がってくる霧葉を、古城がうんざりしたように突き放す。

そんな古城の視界の片隅で、志緒《しお》がネクタイを緩め始めていた。無言でシャツのボタンを次々に外し、襟元を大きくはだけていく。

「──って、斐川《ひかわ》先輩までどうして脱ぎ始めてるんですか⁉」

志緒《しお》の行動に気づいた雪菜《ゆきな》が、慌てて彼女を止めに入る。

しかし志緒は真剣な表情で、古城《こじよう》の前に歩み出て、

「悔しいが、妃崎《きさき》霧葉《きりは》の言うとおりだ。頼む、暁《あかつき》古城。私はなにをされてもいい。服を脱げと言われれば脱ぐし、姫柊《ひめらぎ》のように恥ずかしい目に遭わされても構わない。だから、唯里《ゆいり》の傷を治してやってくれ……！」

「あの……わたし、そんなふうに思われてたんですか……？」

雪菜が志緒の言葉にショックを受けたように固まった。代わりに唯里が志緒に駆け寄って、

「ま、待って、志緒ちゃん……わたしのために志緒ちゃんが恥ずかしい思いをする必要はないんだよ……！　古城くんが脱げって言うなら、わたしが脱ぐから……！」

「いやだから、なんで俺が服を脱がそうとしてる前提で話が進んでるんだよ……⁉」

勝手に盛り上がる唯里たちに、古城が疲れた声で抗議する。

そんな古城と唯里たちを見比べながら、グレンダはきょとんと首を傾《かし》げて、

「だー……グレンダも、ぬぐ？」

「脱がなくていい！」

『ケケッ、モテモテだな、兄《ニィ》ちゃん』

アヴローラの後頭部から顔を出し、モグワイが皮肉っぽく指摘した。

「この状況のどこがモテてるように見えるんだよ⁉」

『で、誰の血から行っとくんだ、兄《ニイ》ちゃん？』

「誰の血から……って言われてもな」

志緒たちの強い視線を頬《ほお》に感じながら、古城は言葉を詰まらせる。

吸血鬼の〝血の伴侶《はんりょ》〟は、主人とともに半永久的に生きる存在だ。たとえ仮契約といえども、軽々しく〝伴侶〟を作るべきではない、という理屈はよくわかる。

一方で、それが負傷した唯里たちを癒やす有効な手段であるのも事実だった。自分の行動で彼女たちが救われるのなら、迷わず血を吸うべきではないのか、と古城は苦悩する。

だが、そんな古城の葛藤《かっとう》は、前触れもなく巻き起こった爆発によってかき消された。

「──なっ⁉」

紅蓮《ぐれん》の炎に包まれて、浮橋《うきはし》に立つ小さな塔が崩落する。魔力を伴わない灼熱《しゃくねつ》の閃光《せんこう》。龍族《ドラゴン》の吐息《ブレス》だった。

「管理塔が……！」

「炎龍《えんりゅう》か！」

爆風に薙《な》ぎ倒《たお》されながら、唯里と志緒が同時に叫んだ。霧葉と雪菜は、吹き飛ばされた直後に体勢を立て直して、それぞれの槍《やり》を構えている。

古城とアヴローラとグレンダは、もつれ合うようにして地面に転がっていた。古城が二人を庇《かば》おうとしたが、衝撃に耐えきれずに転倒したのだ。

倒れたアヴローラの腕の中では、モグワイの身体《からだ》に異変が起きていた。全身に細かなノイズが走り、その姿が急激にぼやけていく。

『絃神島《いとがみじま》との接続が切れちまったか……』

さらさらと崩れ落ちていく自分の手を眺めて、モグワイが他人事《ひとごと》のように呟《つぶや》いた。

「カイン……！」

古城《こじょう》がモグワイに呼びかける。不細工なぬいぐるみは、戸惑う古城を見返して、どこか満足そうに声を上げて笑った。

『じゃあな、兄《ニィ》ちゃん。また会おうぜ……そのうちな』

「う……あ……！」

アヴローラがモグワイを抱きしめようとしたが、その腕は虚《むな》しくすり抜けただけだった。音もなく消えていくモグワイの残像を見つめて、古城は放心したように動きを止める。

その直後──

「先輩っ！」

古城の視界の片隅で、銀色の火花が激しく散った。炎の中から飛来した銀色の矢を、雪菜《ゆきな》が〝雪霞狼《せっかろう》〟で撃ち落としたのだ。

「なっ……!?」

地面に突き刺さった矢の残骸《ざんがい》を、古城は呆然《ぼうぜん》と見下ろした。

金属製のボウガンの矢だ。太く短いその姿は、矢というよりも、杭《くい》というイメージに近い。霊力《れいりょく》を帯びた銀色の杭。それはかつて、古城がアヴローラを殺すために使ったものだった。吸血鬼を滅ぼすための破魔《はま》の杭だ。

その杭が〝天部《てんぶ》〟によって造られたものならば、シャフリヤル・レンが同じものを保有していてもおかしくはない。しかし、忌まわしい過去の記憶が前触れもなく甦《よみがえ》ったことで、古城は一瞬、凍りついたように固まった。それは致命的な隙《すき》だった。

「え……？」

古城の頬《ほお》に、温かな液体がかかる。蠱惑的《こわくてき》なまでに美しい、艶《つや》やかな深紅の液体だ。

ぐらり、と雪菜の身体がよろめいた。力が抜けたように彼女が膝《ひざ》を突く。

あふれ出した鮮血が、雪菜の肩を真っ赤に染めていた。古城にはなにが起きたのかわからない。雪菜の制服に広がっていく真新しい染《し》みを、ただ呆然と見つめているだけだ。

「姫《ひめ》……柊《らぎ》……？」

よろめく雪菜の背後に、戦闘服に身を包んだシャフリヤル・レンの姿が見える。

彼が放った見えない斬撃《ざんげき》――古城とアヴローラを斬《き》り裂《さ》くはずだった不可視の刃《やいば》を、雪菜が代わりに受けたのだ。破魔の杭を撃ち落とした直後の雪菜には、〝雪霞狼〟を構え直す時間がなかった。だから彼女は、自分の身体を楯《たて》にするしかなかったのだ。

「すみません、先輩……わたし……」

雪菜《ゆきな》が弱々しく微笑《ほほえ》んだ。その唇から鮮血がこぼれる。シャフリヤル・レンが放った斬撃《ざんげき》は雪菜の肩甲骨《けんこうこつ》を割り、彼女の肺にまで達している。即死でもおかしくない重傷だ。

それに気づいた瞬間、古城《こじょう》の怒りは真っ白な怒りに塗《ぬ》り潰《つぶ》されていた。

「うわあああああああああああああああああああ――――！」

絶叫とともに吐き出された漆黒の血霧《けつむ》が、異境《ノド》の空を染めていく。

4

「シャフリヤル・レン……！　てめえええええっ！」

血まみれの雪菜の身体《からだ》を抱えて、古城はあふれ出した魔力とともに咆吼《ほうこう》した。

三十メートルばかり離れた場所に、シャフリヤル・レンの姿がある。彼の背後に、武装したMARの兵士が次々に現れる。

レンたちは宇宙島《コロニー》の中心部近くに空間転移《テレポート》で移動し、低重力を利用して、古城たちの背後に音もなく降下してきたらしい。そのせいで雪菜たちでさえ、奇襲されるまで彼らの接近に気づかなかったのだ。

「心地《ここち》好《よ》い怒りだな、暁《あかつき》古城」

異境《ノド》全体を震わすほどの魔力の波動を浴びながら、レンは動じることもなく告げた。

ＭＡＲの兵士たちが古城に向けて一斉に銃を構えた。警告する素振《そぶ》りもなかった。問答無用で古城たちを皆殺しにするつもりなのだ。

「だが、貴様らに眷獣弾頭《けんじゆうだんとう》を奪われた私の怒りは、そんなものではないぞ！」

「疾《き》く在《や》れ《がれ》、〝始祖なる金剛《プリムス・アダマス》〟！」

レンの言葉が終わる前に、銃声が轟然《ごうぜん》と鳴り響く。

だが、古城もすでに眷獣の召喚《しょうかん》を終えていた。漆黒の血霧が巨大な大角羊《ビッグホーン》の姿へと変わり、黒金剛石《ブラックダイヤモンド》の結晶が壁となって弾丸を反射する。

黒金剛石《ブラックダイヤモンド》の結晶に弾《はじ》かれた銃弾が、次々にＭＡＲの兵士たちを薙《な》ぎ倒《たお》した。この漆黒の神《しん》羊《よう》は、敵の攻撃の威力をそのまま相手に撃ち返す性質を持っているのだ。

兵士の多くが自らの銃撃に薙ぎ倒されて、レンの部下はたちまち行動不能に陥る。

だが、同時に古城の眷獣も消滅していた。古城が召喚を解除したわけではない。神羊は力を使い果たしたように、粉々に砕け散って消えたのだ。

「……先輩……これは……？」

雪菜が苦しげな声で訊《き》いてくる。しかし古城はなにも答えない。眷獣消滅の原因がわからなかったからではない。理解しているからこそ沈黙するしかなかったのだ。

「やはり、そうか。出来損ないの試作品に過ぎない〝吸血王《ザ・ブラッド》〟の眷獣たちが、それほど長く保《も》つはずがないと思っていたよ」

傷つき倒れた部下のことなど見向きもせずに、シャフリヤル・レンが荒々しく微笑《ほほえ》んだ。

古城《こじょう》が手に入れた黒の眷獣《けんじゅう》は、本来なら〝吸血王《ザ・ブラッド》〟と一緒にキーストーンゲートで消滅しているはずだった。ザナ・ラシュカは、それを半ば強引に封印して古城に譲り渡したのだ。

だがそれも、しょせん一時凌《いちじしの》ぎの処置だった。

古城が黒の眷獣を手に入れた直後から、すでに彼らはゆっくりと消滅を始めていた。そして古城が異境《ノド》に来たことで、彼らの崩壊はいっそう早まった。

第四真祖《だいよんしんそ》の眷獣以外は使えないはずの異境《ノド》で、黒の眷獣を召喚《しょうかん》できるのは一度だけ。一度きりの最後の召喚を終えれば、彼らは完全に消えてしまうのだ。

「きみの中に残っている眷獣はあと何体だ、暁《あかつき》古城？」

レンが、追い詰められた古城を挑発するように朗らかに笑う。

「てめえを吹き飛ばすだけなら、一体あれば十分だぜ、シャフリヤル・レン！」

古城はレンを正面から睨《ね》めつけた。すでにＭＡＲの兵士たちは壊滅状態だ。炎龍《えんりゅう》クレードは上空を旋回《せんかい》しながら、古城たちの戦いを傍観している。

倒すべき相手はレン一人。その事実が、古城を少しだけ迷わせた。

いかに〝天部《てんぶ》〟といえども、相手は生身だ。この距離で古城が黒の眷獣を使えば、レンを高確率で殺してしまう。その事実に古城はためらったのだ。

そんな古城の逡巡《しゅんじゅん》を嘲《あざけ》るように、レンがうっすらと含み笑いを洩《も》らす。

「誇り高き龍族《ドラゴン》であるクレードが、私に従っている理由を考えたことがあるかね？」

「なに？」

「もったいぶるほどのことでもない。要は私が、彼より強いというだけの話だ」

「……っ！」

側頭部に衝撃を喰《く》らって、古城の視界がぐらりと揺れた。抱きかかえてた雪菜《ゆきな》の身体《からだ》が地面に落ちた。シャフリヤル・レンの見えない打撃が、古城の脳を揺らしたのだ。

不死身に近い吸血鬼の再生能力も、肉体の機能そのものを狂わされてしまえば役に立たない。

〝天部〟の神力《しんりき》は、単純な破壊力以上に危険な能力なのだと古城は気づく。

「それに勘違いしているのではないかね？　きみが戦うべき相手は私ではないよ」

ふらつく古城を見下ろしながら、レンが短剣状の魔具《まぐ》を取り出した。〝焔光の夜伯《カレイドブラッド》〟と呼ばれる人工吸血鬼を――すなわちアヴローラを操る魔具だ。

「あああああああああああああっ！」

古城の背後で、アヴローラが甲高《かんだか》い悲鳴を上げた。

振り返った古城が目にしたのは、アヴローラの全身から放たれて渦を巻く、濃密な魔力の奔《ほん》流《りゅう》だった。魔具で操られたアヴローラが、第四真祖の眷獣を召喚しようとしているのだ。

「あーうぁ！」

「やめなさい、アヴローラ・フロレスティーナ……！」

グレンダと霧葉《きりは》が、アヴローラを制止しようとする。しかしアヴローラが撒《ま》き散《ち》らす魔力に阻まれて、二人は彼女に近づくことができない。

アヴローラが召喚《しょうかん》した眷獣《けんじゅう》は一体だけだった。

だがそれは、古城《こじょう》の知っている眷獣ではなかった。幻影のようにアヴローラの頭上に浮かんでいるのは、第四真祖《だいよんしんそ》の十二体の眷獣が融合した巨大で不気味な集合体《キマイラ》だ。

牛頭神《ミノタウロス》の胴体、双頭龍《そうとうりゅう》の尾、妖鳥《ようちょう》の翼と水精《ウンディーネ》の腕、双角獣《そうかくじゅう》の角《つの》と獅子《しし》の爪《つめ》――それらが混ざり合い、中途半端に融《と》け合《あ》って、巨大な怪物の姿を形作っている。眷獣を制御できないアヴローラが無理やり召喚した結果、眷獣たちの肉体の一部だけが、不完全な怪物として実体化することになったのだ。

「く……そ……！」

古城は残っていた黒の眷獣をすべて喚《よ》び出《だ》した。

アヴローラが召喚した眷獣には、獣としての知性すら残っていない。存在するのは、目に映るものすべてを破壊する闘争本能と、圧倒的な魔力だけである。

どうにかして眷獣を無力化しなければ、古城たちが皆殺しになるだけでは済まない。最悪、異境《ノド》そのものが破壊されてしまうことになる。もちろんそこに行く前に、宿主《やどぬし》であるアヴローラが壊れてしまう可能性が高い。

だが、不完全に召喚された怪物とはいえ、第四真祖の眷獣であることに変わりはない。彼の魔力は圧倒的だった。そして古城の黒の眷獣には、それに対抗するだけの力が残っていない。

「まずい……眷獣が、もう……！」

ガラスの砕けるような音を響かせて、黒の眷獣たちが次々に消滅していく。対するアヴローラの眷獣は無傷。むしろ余計に魔力を増して、古城たちを押《お》し潰《つぶ》そうとする。

最後の黒の眷獣が、古城の眼前で消え去った。アヴローラの眷獣が咆吼《ほうこう》し、雷光《らいこう》をまとった爪で古城を斬《き》り裂《さ》こうとする。

その爪を止めたのは、ひと振りの細い刃《やいば》だった。銀色の槍《やり》を握った雪菜《ゆきな》が、眷獣の一撃を正面から受け止めていたのだ。

「姫柊《ひめらぎ》……っ!?　よせ！　そんな身体《からだ》で動いたら、出血が――！」

古城が悲痛な声で絶叫する。槍を握る雪菜の身体からは、鮮血が止めどなく流れ出していた。

それでも雪菜は、儚《はかな》げに微笑《ほほえ》んで古城に呼びかける。

「先輩……お願い……今のうちにアヴローラさんを……！」

「う……ああああああああああああああああ…………っ！」

古城が言葉にならない雄叫《おたけ》びを上げながら疾走した。

暴走状態のアヴローラを止め得る方法があるとすれば、たった一つだ。アヴローラの血を吸って、眷獣の支配権を上書《オーバーライド》きする。

古城は黒の眷獣を失ったが、吸血鬼としての因子はまだ残っている。彼女を支配できる可能性はゼロではない。

「アヴローラ！」

「古《こ》…… 城《じょう》……！」

必死に駆け寄ってくる古城に向かって、アヴローラが弱々しく手を伸ばす。彼女も古城に血を吸われることを——上書《オーバーライド》きされることを望んでいるのだ。

幸いなことに、雪菜《ゆきな》が撒《ま》き散らした鮮血《ち》の匂《にお》いで、古城の吸血衝動はすでに喚起されていた。アヴローラが伸ばした指先を、古城が乱暴につかみ取る。彼女の細い身体《からだ》を抱き寄せて、無防備な首筋に牙《きば》を突き立てる。

そして滴《したた》る鮮血を吸い上げようとした瞬間、古城の背中で音がした。

よく切れる刃物を、柔らかなパンに突き立てたような、冗談のように軽い小さな音だ。

シャフリヤル・レンのボウガンが放った、新たな破魔《はま》の杭《くい》が突き刺さった音だった。

「きみならそうすると思ったよ、暁《あかつき》古城」

無関心な口調でレンが吐き捨てる。古城がアヴローラの暴走を止めようとする瞬間を、彼は最初から狙っていたのだ。

「先輩……！」

背後から心臓を貫かれた古城を見つめて、雪菜が細く絶叫した。

「ひ……う……あああああああああ……古城！　古城！」

アヴローラの表情が絶望に歪《ゆが》む。古城《こじょう》の全身が細かくひび割れ、砂のように崩れ落ちていく。

アヴローラは必死に古城を抱き止めようとするが、古城の崩壊は止まらない。

「消《き》え失《う》せろ、紛《まが》い物《もの》の第四真祖《だいよんしんそ》。灰のひと欠片《かけら》すら残さずにな」

役目を終えたボウガンを投げ捨てて、シャフリヤル・レンが冷ややかに言い放つ。その声は、古城の耳には届かない。古城の肉体はすでに人の形を失って、一握りの灰へと変わっていたからだ。やがて彼が残した灰すらも異境《ノド》の闇の中に溶《と》けて消えていく。

「そん……な……先輩……」

雪菜《ゆきな》が力尽きたようにその場に座りこんだ。

生気をなくした彼女の瞳には、もう涙すら浮かんでいなかった。

5

「──その牙《きば》は、我らの闇を裂く光。その吐息は魔を祓《はら》う炎。御身《おんみ》の名は炎喰《ほのおく》らう蛇。聖女の御魂《みたま》より生まれし、不滅の刃《やいば》なり!」

詠唱で限界まで高めた魔力を、雫梨《しずり》が深紅の長剣《ちょうけん》に乗せて撃ち出した。肩から腰までを袈《け》裟懸《さが》けに斬《き》り裂《さ》かれ、全長十メートルを超える人型魔獣《ひとがたまじゅう》が膝《ひざ》を突く。

それでも人型魔獣は活動をやめずに、残った左腕だけで這《は》いずるように雫梨に向かって近づいてくる。ホラー映画じみたその光景に、雫梨がたまらず悲鳴を上げた。

「って、今の攻撃でも斃《たお》せませんの⁉」

人型魔獣の背中の触手が、雫梨を目がけて襲ってくる。咄嗟《とっさ》に長剣を構える雫梨だが、その動きにはキレがない。大規模な魔力放出を連発したせいで、疲労がピークに達しているのだ。

最初の触手を迎撃した時点で、雫梨の関節があちこち嫌な音を立てる。と――雫梨の背後から放たれた閃光《せんこう》が、人型魔獣の頭部を吹き飛ばし、怪物は今度こそ完全に沈黙した。

『これで三体目でござるな、修女騎士《パラディネス》殿！』

有脚戦車《ロボットタンク》の背中から顔を出したリディアーヌが、ご機嫌な口調で呼びかけてくる。雫梨を危ういところで救ったのは、戦車の大口径レーザーだったのだ。

「……美味《おい》しいところだけ持っていかれたような気がしますけど、まあいいですわ」

複雑な表情を浮かべながらも、雫梨はよろよろと立ち上がる。

MARの残存兵力による絃神島《いとがみじま》侵攻が始まって、すでに三時間近くが経《た》っていた。かろうじて市街地への侵入は防いでいるが、特区警備隊《アイランド・ガード》による防衛ラインは、ジリジリと後退を続けている。その原因は、やはりMARが投入した人型魔獣だ。

以前に出現した未確認魔獣Ⅸ４《アンノウンナインフオー》に比べれば、増殖能力や再生能力は大幅に低下している。それでも彼らが、驚異的な耐久力と攻撃力を持っていることに変わりはない。知能が向上し、歩兵部隊と連携して進軍できるようになったぶん、兵器としての脅威度はむしろ増している。

その人型魔獣《ひとがたまじゅう》の総数は、四十体を超えていた。人工島東地区《アイランド・イースト》に上陸したぶんだけで十六体。雫梨《しずり》たちが三体や四体倒したところで、焼け石に水というやつだ。

それでもどうにか戦線を保っていられるのは、紗矢華《さやか》が奮戦していたからである。

「極光《きよつこう》の炎駒《えんく》、煌華《こうか》の麒麟《きりん》、其《そ》は天樂《てんがく》と轟雷《ごうらい》を統《す》べ、憤焔《ふんえん》をまといて妖霊冥鬼《ようれいめいき》を射貫《いつらぬ》く者なり――！」

銀色の洋弓《ようきゆう》を構えた紗矢華が、呪術《じゆじゆつ》砲撃を撃ち放つ。

膨大な呪詛《じゆそ》の直撃を浴びて、四体目の人型魔獣が崩壊した。さらに、撒《ま》き散《ち》らされた濃密な瘴気《しようき》が残った魔獣たちの動きを鈍くする。呪詛と暗殺の専門家たる舞威媛《まいひめ》の面目躍如である。

だが、そんな紗矢華の体力も明らかに限界に近づいていた。ビルの壁に背中を預けて、彼女は荒い呼吸を続けている。前髪が汗で額《ひたい》に張りつき、弓を引く右手には鮮血が滲《にじ》んでいた。

「大丈夫かい、煌坂《きらさか》さん？」

優麻《ゆうま》が、心配そうに紗矢華に訊《たず》ねる。そういう優麻の顔色も悪い。特区警備隊《アイランド・ガード》の負傷者を救助するために、彼女は限界以上の空間転移《テレポート》を繰り返しているのだ。

「今ので呪矢《じゆし》は打ち止めよ。でも、接近戦ならまだいけるわ」

紗矢華は、そう言って〝煌華麟《こうかりん》〟を剣に変形させた。だが、剣を握る彼女の指先に、握力が残っていないことは誰の目にも明らかだ。

「あなたは少し休んだほうがいいですわ、煌坂紗矢華。あとのことは私が引き受けましてよ」

「いや、きみもさっきの攻撃のとき、鳴っちゃいけない感じの音が鳴ってたよね、右腕から」

強がる雫梨《しずり》を見て、優麻が冷静に指摘する。しかし雫梨は、ふふん、と笑って胸を張り、

「暁《あかつき》古城《こじょう》の〝血の伴侶《はんりょ》〟としては、この程度、どうということもありませんわ！」

自分自身に言い聞かせるようにそう呟《つぶや》いたあと、雫梨はハッと我に返って固まった。その頰《ほお》が見る間に赤く染まっていく。

無意識に漏れ出てしまった本音を否定するように、雫梨は必死の形相《ぎょうそう》で首を振り、

「──ま、間違い！　今のはナシですわ！　わたくしが言いたかったのは、パラッ……聖団《ギゼラ》の修女騎士《パラディネス》としてという意味で……！」

「まあ、どちらでもいいけどね」

優麻が苦笑して肩をすくめた。

肌を灼《や》くような強烈な魔力が絃神島《いとがみじま》全土を震わせたのは、その直後のことだった。第四真祖《だいよんしんそ》の眷獣《けんじゅう》と同等か、それを凌《しの》ぐほどの邪悪な気配。雫梨や紗矢華が恐怖に身構えてしまうほどの禍々《まがまが》しい波動だ。

「なんなんですの、このでたらめな魔力は……!?」

「南宮師匠《みなみやせんせい》が〝輪環王《ラインゴルト》〟を喚《よ》び出《だ》したのか……向こうも相当苦労してるみたいだね」

独り言のような優麻の呟きに、紗矢華たちが真顔になる。

南宮那月《なつき》は滅多《めった》なことでは魔女の〝守護者〟を使わない。強力過ぎる彼女の〝守護者〟は、

出現するだけで周囲の時空を歪《ゆが》め、絃神島《いとがみじま》に悪影響を及ぼすからだ。

逆に言えば、危険を冒《おか》して〝輪環王《ラインゴルト》〟を使わざるを得ないほど、彼女は追い詰められているということになる。

「――みんな、まだ生きてる？」

ギュン、と球体型のタイヤを鳴らして、リディアーヌとは別の有脚戦車《ロボットタンク》が現れる。人工島管理公社に残っていた旧型の〝膝丸《ひざまる》〟だ。背面のハッチからは、スマホを握った浅葱《あさぎ》が顔を出している。縁起でもない挨拶《あいさつ》だが、実際にボロボロの雫梨《しずり》たちには、むしろ相応《ふさわ》しいといえる。

『〝女帝殿〟……そちらの状況は如何《いかが》でござる？』

懐かしい愛機を見たリディアーヌが、軽く興奮気味の口調で訊《き》いた。

「民間人の避難が完了したわ。四丁目の運河の手前まで戦線を後退させる。煌坂《きらさか》さんたちは、その間に少しでも体力を回復させておいて。〝戦車乗り〟は充電と弾薬の補給を――」

「残念ですけど、そういうわけにはいかないんですって」

不意に聞こえてきた愉《たの》しげな声に、浅葱たちはハッと振り返る。

退路として確保しておいた交差点の中央に、短い杖《ステッキ》を持った派手な衣装の女が立っていた。

彼女が路上にばらまいた無数のロリポップキャンディーが、白い外骨格《がいこっかく》に覆われた魔導《まどう》兵士に変わっていく。

「ラードリー・レン……！」

「このままだと戦闘が長引きそうなので、背後から奇襲をかけさせてもらいます。竜牙兵《スパルトイ》の皆さん、やっちゃってください。ハイ、ゴー！」

ぱん、と手を叩《たた》いて、ラードリーが竜牙兵《スパルトイ》をけしかけてくる。

人型魔獣《ひとがたまじゅう》の侵攻速度が上がらないのに業《ごう》を煮やして、障害となっている雫梨たちを、ラードリー自ら排除に来たのだ。指揮官である彼女が戦場に出てきたのは、無謀というよりも、己の能力に対する自信の表れと見るべきだろう。

「くっ……こんなときに……！」

「しつっこいですわ！」

紗矢華《さやか》と雫梨が長剣《ちょうけん》を構えて、竜牙兵《スパルトイ》たちに応戦する。

桁外《けたはず》れの防御力と高い魔術耐性を除けば、竜牙兵《スパルトイ》の戦闘能力は実はそれほど高くない。しかし紗矢華たちはすでに体力を使い果たしており、おまけに相手の数は多すぎた。二人はたちまち包囲され、防戦一方に老い込まれる。

リディアーヌと浅葱が対人機銃を撃ちまくるが、強靭《きょうじん》な外骨格を持つ竜牙兵《スパルトイ》には効果が薄い。ラードリー本人を直接攻撃しようと狙う優麻《ゆうま》だが、相手の隙《すき》のなさに困惑して、逆に動きを封じられていた。見た目より遥《はる》かに長く生きているラードリーは、優麻たちとは桁違《けたちが》いの戦闘経験を持っているのだ。

「あらあら、意外にやりますね。でも、なにか大事なことを忘れていませんか？」

必死の抵抗を続ける紗矢華《さやか》たちをからかうように、ラードリーがペロリと唇を舐《な》める。彼女の視線の先にあるのは、いつの間にか距離を詰めていた人型魔獣《ひとがたまじゅう》の巨体だった。強烈な震動を帯びた無数の触手が、紗矢華たちを目がけて一斉に振り下ろされる。

「〝戦車乗り〟！」

「合点《がってん》！　全砲門解放でござる！」

浅葱《あさぎ》とリディアーヌが、ありったけの武器を一斉にばらまいた。ミサイル、レーザー、大小の機銃と対人用のゴム弾まで使って、人型魔獣の攻撃を相殺《そうさい》しようとする。

しかし魔獣の攻撃は止まらない。鞭《むち》のようにしなる触手が地面を割り、撒《ま》き散《ち》らされた震動波が爆発的な衝撃となって浅葱たちを襲ってくる。

生身の紗矢華たちは悲鳴を上げることもできずに吹き飛び、浅葱とリディアーヌは戦車ごとビルへと叩《たた》きつけられた。有脚戦車《ロボットタンク》は二機とも行動不能。屈強な鬼族《オグレス》の雫梨《しずり》ですら、完全に意識をなくして立ち上がる気配はない。

「ふむ……〝カインの巫女《みこ》〟の加護もここまでですかね」

頭から血を流している浅葱を眺めて、ラードリーが感慨深げに呟《つぶや》いた。

咎神《きゅうしん》カインの意志により護《まも》られてきた〝カインの巫女〟の命脈も、今や風前の灯火《ともしび》だ。その事実に嗜虐的《しぎゃくてき》な満足感を覚えつつ、ラードリーは右手を振り上げた。

竜牙兵《スパルトイ》たちに命じるまでもない。彼女が、不可視の刃《やいば》を放てば、藍羽《あいば》浅葱はあっさり絶命する。しかしその手を振り下ろす直前、ラードリーは小さな異変に気づいた。

「……これは？」

微弱な、しかし禍々《まがまが》しい魔力が、倒れた少女たちの近くに生じている。ドクドクと心臓のように脈打ちながら、それはなにかを吸い上げているようにも見える。

異変の源《みなもと》は彼女らの左手。薬指に嵌《は》められた小さな指輪だ。

それは深紅に輝きながら、持ち主である少女たちの素肌に根を張って、彼女たちの生き血を容赦なく貪欲《どんよく》に啜《すす》っていたのだった。

6

「古城《こじょう》……古……じょ……う……」

放心状態のアヴローラが、譫言《うわごと》のような呼びかけを繰り返している。

彼女が召喚《しょうかん》した眷獣《けんじゅう》は不完全な実体を維持できずに、霧《きり》に戻ってすでに消滅している。

金髪の少女の肉体には、無数のひび割れが生じていた。肌が化石のように色をなくして、深い亀裂から鮮血が滴《したた》り落ちる。眷獣召喚の反動に耐えきれずに、彼女は壊れ始めているのだ。

「ふむ……しょせん使い捨ての人工吸血鬼……ここまでか……」

シャフリヤル・レンが無感動な声で呟いた。

彼はすでに、この戦場に興味をなくしていた。暁古城《あかつきこじょう》は消滅し、アヴローラは崩壊を始めている。攻魔師《こうまし》の少女たちと龍族《ドラゴン》の娘は残っているが、彼女たちはたいした脅威ではない。レンが自ら手を下すまでもないだろう。

『我が故郷へノ……〝門《ゲート》〟は、どうなル……？』

着地した炎龍《えんりゅう》クレードが、龍化《りゅうか》した姿のまま尋ねてくる。

龍族《ドラゴン》の故郷である〝東の地《エルセ》〟への〝門《ゲート》〟を開くには、第四真祖《だいよんしんそ》の魔力が必要だ。クレードは、アヴローラの肉体の消滅によってそれが失われることを危惧しているらしい。

「心配は要らないよ、クレード。異境《ノド》には六千体を超える人工吸血鬼がいるんだ。壊れかけの十二番目《ドウデカトス》の代わりに、そいつらを星の眷獣《けんじゅう》たちの器《うつわ》にすればいい。むしろそのほうが管理が楽かもしれないよ」

レンは笑いながらそう言って、生き残った部下たちを呼びつけた。古城との戦闘でかなりの負傷者が出ているが、その程度の犠牲は想定内だ。怪我人《けがにん》の治療や回収よりも、優先すべきことはほかにある。

「──すぐに代わりの人形の用意を。それから、そこにいる攻魔師の娘たちを拘束しろ。手脚はへし折って構わないが、なるべく顔には傷をつけるなよ。久しぶりに手に入った活《い》きのいい人間《エモノ》だ。せいぜい愉《たの》しませてもらわなければな」

部下たちに高圧的に命じながら、レンは攻魔師の少女たちを見下ろした。

生命の維持に吸血行為を必要とする〝天部《てんぶ》〟にとって、人間は単なる食料に過ぎない。中でも強い霊力《れいりょく》を持つ攻魔師は、滅多《めった》に手に入らない高級な獲物だ。彼女たちが苦痛と恐怖に泣《な》き喚《わめ》くさまを堪能しながら、最後の一滴まで血を搾《しぼ》り取《と》る──その期待には、レンですら、胸躍らずにはいられない。

だが、その攻魔師の少女たちは、いまだに武器を握り締めてレンたちを睨《にら》みつけている。

「まだ抵抗するつもりかね？　きみたちの頼みの暁古城は、細胞の一片すら残さずに消滅した。今さらきみたちに勝ち目などないと思うが……？」

嘲《あざけ》るような笑みを浮かべて、レンは少女たちに呼びかけた。その瞳に、かすかな疑問の色が浮かんだのは、壊れかけたアヴローラが拾い上げた小さな金属片に気づいたからだ。

消滅した暁古城の灰の中に、最後まで残っていたものである。

それは銀色の指輪だった。

崩壊を続けるアヴローラが、その指輪を大切そうに握り締める。

彼女の流した血の涙が、掌《てのひら》に落ちて指輪を赤く濡《ぬ》らす。

「古城……」

赤く染まった指輪を、アヴローラが自分の胸元に押し当てる。

ドクン、となにかが大きく脈打つような気配があった。

†

東京湾に浮かぶ生体兵器《レヴィアタン》の背中で、銀髪の少女が苦しげな吐息を洩《も》らしていた。

「んっ……あぁっ……」

うずくまる叶瀬《かなせ》夏音《かのん》が左手を押さえて悶《もだ》えている。

彼女の頬《ほお》は赤く上気して、碧《あお》い瞳が熱を帯びたように潤んでいた。ほっそりとした彼女の全身が、淡い月光に照らされて、その姿はどこか淫靡《いんび》に思える。

「はあ……はあ……夏音お姉さん……この感覚って……」

夏音の隣に座りこんだ江口《えぐち》結瞳《ゆめ》も、荒い呼吸を繰り返していた。幼い夢魔《サキュバス》の少女の頬には、戸惑いと恐怖、そして隠しきれない陶酔の表情が浮かんでいる。

「大丈夫……力を抜いて……痛いのは最初だけでした」

「でも、私……こんなの、知らない……あ……だめっ……」

夏音に優しく抱きしめられて、結瞳が全身を震わせた。

二人の左手の指輪がなにかを吸い上げるような気配を放ち、妖《あや》しい輝きを増していく。

「あんっ……！」

装甲飛行船〝ベズヴィルド〟の船橋《ブリッジ》で、ラ・フォリア・リハヴァインが、ビクッと背中を震わせた。彼女の白い肌がほんのりと桜色に染まって、碧い瞳が潤んでいる。

「姫様？　なにか体調に問題が……？」

ラ・フォリアの隣に控えていたユスティナ・カタヤ要撃騎士が、心配そうに尋ねてきた。

ラ・フォリアはもじもじと太腿《ふともも》をこすり合わせながら、苦笑混じりに首を振り、

「心配は無用です。私の伴侶《はんりょ》が、またなにかやらかしたようですね」

「伴侶……とは、暁古城《あかつきこじょう》殿ですか？　至急、絃神島《いとがみじま》に確認いたします」

生真面目《きまじめ》なユスティナが、ひどく真剣な口調で言う。

しかしラ・フォリアは、左手の指輪をそっと胸に押し当てながら首を振り、奇妙に色っぽい表情を浮かべて微笑《ほほえ》んだ。

「いえ。その気遣いは無用です。これはわたくしたちだけの秘め事ですから——」


「さすがに、こんなところでこれは……恥ずかしいな……んっ！」

瓦礫《がれき》に埋もれかけた状態で、仙都木優麻《とこよぎゆうま》がビクッと身じろぎする。普段のボーイッシュな雰囲気が鳴りを潜めて、今の優麻は意外なほどに可憐《かれん》で艶《つや》っぽい。

少し離れた場所では、紗矢華《さやか》と雫梨《しずり》が同じように身悶《みもだ》えていた。

「だめ……もっと……いや……そこはだめなの……助けて……雪菜《ゆきな》……雪菜……！」

「ううっ……なんなんですのこれは……わたくしがこのような……い、いや……あああっ」

普段のつっけんどんな雰囲気が嘘《うそ》のように、紗矢華は甘えた声を出している。一方の雫梨は、初めての感覚にひたすら戸惑っているだけだ。

そして大破した有脚戦車《ロボットタンク》の中では、浅葱《あさぎ》が親指を噛《か》みながら、押し寄せてくる快楽の波に必死で耐えている。

「……あの馬鹿……なにやってんのよ、こんなところで……やりすぎ……あっ……！」

戦車の操縦席から投げ出されたままの姿で、浅葱が不意に全身を強張《こわば》らせた。そしてぐったりと地面に突っ伏して、震えるような弱々しい息を吐く。

『〝女帝殿〟……これはいったい何事でござる……？』

ただ一人だけ冷静なリディアーヌが、無線機越しに訊《き》いてきた。その声でようやく冷静さを取り戻した浅葱が、バツの悪そうな表情で首を振る。

浅葱の指輪の輝きはすでに消えていた。奇妙な脈動も、血を吸われているような苦痛や快感もない。代わりにもっと深いつながりを感じる。今も身体《からだ》の奥に、彼が存在しているような感覚。その感覚が浅葱に力をくれる。言葉どおりの異能の力を――

浅葱が力ずくで機体を押しのけて、有脚戦車《ロボットタンク》の下から這《は》い出《だ》した。人型魔獣《ひとがたまじゅう》の攻撃で負ったはずの傷の痛みは感じない。傷跡すらもう残っていない。

『ケケッ……ずいぶんお楽しみだったようだな、嬢ちゃん？』

ポケットの中のスマホから声がした。妙に人間臭い懐かしい合成音声だ。浅葱の操作を待たずに勝手に画面に浮かび上がったのは、不細工なぬいぐるみ型の現身《アバター》だった。

「モグワイ？　あんた、もう用は済んだの？」

久々に目にする補助ＡＩに、浅葱がぞんざいに訊き返す。咎神《きゅうしん》カインの記憶から再現された擬似人格だろうがなんだろうが、浅葱にとっては、彼はただ口うるさいだけの相棒なのだ。

そしてモグワイも、やはりいつもと同じ調子で答えてくる。

『ああ。おかげですっかり肩の荷が下りたぜ』

「あっそ。だったらサボってたぶん、働きなさいよね。あたしの貸しは高くつくわよ」

『お手柔らかに頼むぜ、嬢ちゃん』

ケケッと皮肉っぽく笑うモグワイの本体——絃神島《いとがみじま》のメインコンピューターが、膨大な量の魔術演算を開始する。スマホ画面に浮かぶ魔法陣から浅葱が喚《よ》び出《だ》したのは、真紅の輝きだ。

それはこの世界の物理法則すら上書きする、禁呪《きんじゅ》と恐れられた魔術の光だった。

真紅の光弾《こうだん》に撃ち抜かれた人型魔獣が、真っ白な塩の結晶に変わって崩れ落ちる。

未確認魔獣《アンノウン》が持つ魔術耐性も再生能力も、その輝きの前には無意味だった。MARが投入した人型魔獣《ひとがたまじゅう》は、存在そのものをなかったことにされたのだ。

「あ……あら⁉」

人型魔獣を破壊した少女を見つめて、ラードリー・レンは戸惑いの声を上げた。

高校の制服をお洒落《しゃれ》に着崩した、華やかな髪型の女子高生だ。

彼女の周囲には、正四面体の形をした光の弾丸が無数に浮かんでいる。その弾丸を撃ちこまれた人型魔獣が、次々に塩に変わって消滅していく。

「藍羽浅葱《あいばあさぎ》の〝聖殲《せいせん》〟⁉　どうして急に威力が上がったんです⁉」

ラードリーは狼狽《ろうばい》しながらも、竜牙兵《スパルトイ》に浅葱への攻撃を命じようとした。だが、その竜牙兵《スパルトイ》の群れの前に、剣を握った少女たちが再び立ちはだかる。

「〝煌華麟《こうかりん》〟！」

「〝炎喰蛇《ハウラス》〟！」

煌坂紗矢華《きらさかさやか》の銀色の長剣《ちょうけん》が、竜牙兵《スパルトイ》たちの強靭《きょうじん》な外骨格《がいこつかく》を薄紙のように斬《き》り裂《さ》いた。そして香菅谷雫梨《かすがやしずり》の真紅の長剣が、力任せに竜牙兵《スパルトイ》たちを粉砕する。

「そ……そんな馬鹿な……！」

ラードリーが懐《ふところ》から空間転移《テレポート》用の魔具《まぐ》を取り出した。

だが、その魔具は作動しない。仙都木優麻《とこよぎゆうま》の〝守護者〟——顔のない騎士像が、より強力な力で空間制御魔術の発動を防いでいる。

「どういうことです？　あなたたち、さっきまで力を使い果たしてましたよね？」

ラードリーが困惑して、浅葱たちを見回した。

消耗しきっていたはずの雫梨や優麻は、目覚めた直後のように魔力を漲《みなぎ》らせており、浅葱や紗矢華の負傷は完治している。人型魔獣の攻撃で死にかけて、それから一分足らずのわずかな時間に彼女たちの中でなにかが起きたのだ。

無尽蔵《むじんぞう》の魔力と不死身に近い再生能力を彼女たちが手に入れる、あり得ない出来事が——

「形勢逆転ね、ラードリー・レン」

スマホを手の中で弄《もてあそ》びながら、浅葱が告げた。ラードリーの表情が怒りに引《ひ》き攣《つ》った。

「……本気でそんなことを思っているのですか、〝カインの巫女《みこ》〟？　あなた方が少しばかり元気になったところで多勢《たぜい》に無勢《ぶぜい》ですよ」

芝居がかった口調で言いながら、ラードリーは鋼色《はがねいろ》の杖《ステッキ》を空へと向けた。それが合図になったかのように、巨大な球体が絃神島《いとがみじま》近くの海上に現れる。

中世の城を丸く押し固めたような、巨大な浮遊城砦《じようさい》だ。

「〝天部《てんぶ》〟の死都《しと》……！　まさか、もう一基残ってたんですの!?」

空を見上げて雫梨が叫んだ。苦労して破壊したはずの死都が再び出現したことに、さすがの彼女も驚きを隠せない。

「これは私のラレン城です。あなた方が破壊した兄のカレナレン城なんかより、断然こっちのほうが恰好《かっこう》いいと思いませんか？　球形なのに角形《かっけー》……なんて」

雫梨《しずり》の派手なリアクションに満足したのか、気を取り直したようにラードリーが言った。

〝天部《てんぶ》〟の一員ではなく、あくまでもMARの役員という立場で絃神島《いとがみじま》と交渉してきたラードリーにとって、自らの死都《しと》を戦いに投入するのは、決して本意ではないはずだ。

つまり彼女も、それだけ追い詰められているということになる。これから先のラードリーは、なりふり構わず攻撃に出てくるだろう。

しかしそのことを理解しながらも、浅葱《あさぎ》は相手を哀れむように苦笑する。

「恰好いいかどうかは知らないけど、多勢《たぜい》に無勢《ぶぜい》ってことならやっぱりあなたの負けよ、ラードリー・レン」

「え？」

どういう意味だ、とラードリーが目を細めた。その直後、海上の死都が爆炎に包まれる。

死都を攻撃していたのは、上空から降下してきた航空機の編隊だった。機種は北米連合《NAU》製の第五世代ステルス戦闘機。ただし灰色の機体にペイントされているのは日本国旗である。航空自衛隊所属の戦闘機部隊だ。

「戦闘機……どうして日本の自衛隊が……」

呆然《ぼうぜん》と目を見開いてラードリーがうめく。

たしかに絃神島の防衛は、本来なら日本政府の管轄《かんかつ》だ。自衛隊機が、死都やＭＡＲの侵攻部隊を攻撃するのは理に適《かな》っている。

しかし日本政府は、ほんの二十四時間前に、絃神島を破壊するという決断を下したばかりである。それが今になって突然、掌《てのひら》を返す理由がわからない。

「どうやら間に合ったみたいだな」

竜巻のような風をまとった矢瀬基樹《やぜもとき》が、ビルから飛び降りてきて浅葱の隣に着地した。どことなく疲れた顔をした彼に付き従うように、大型装甲車が次々に現れる。陸上自衛隊特殊攻魔《こうま》連隊の兵員輸送車だ。

「いい仕事をしたじゃないの。お疲れさま、矢瀬総帥《そうすい》」

からかうような口調でそう言って、浅葱がひらひらと手を振った。

耳に当てたヘッドフォンを外しながら、矢瀬はうんざりと目を眇《すが》める。

矢瀬は人工島管理公社の理事というだけでなく、日本の矢瀬財閥の総帥でもある。一族内の内紛で、一時期より力が衰えたとはいえ、日本政府に対する矢瀬家の影響力は健在だ。

その財閥の人脈を駆使して、矢瀬は絃神島に対する破壊命令を撤回させた。

それは日本政府にとっても渡りに船の提案だった。もともと眷獣弾頭《けんじゅうだんとう》が無効化されたことで、日本政府が絃神島を危険視する理由はなくなっていたのだ。

そして東京から絃神島までは、直線距離で約三百三十キロ。軍用輸送機なら三十分。超音速巡行が可能な戦闘機なら、十五分もかからずに到着する距離である。

特区警備隊《アイランド・ガード》は意味もなく撤退戦を続けていたわけではない。彼らは、自衛隊到着までの時間稼ぎを続けていたのだ。

「まさか日本政府と交渉をしていたとは……ずいぶん高尚な真似をしてくれますね……」

人型魔獣《ひとがたまじゅう》との交戦を開始した自衛隊員を横目で眺めて、ラードリーが苦い顔をする。海上の死都《しと》は戦闘機と交戦中。竜牙兵《スパルトイ》はまだ残っているが、戦力不足は否めない。

「交渉の相手は、日本政府だけじゃねーんだけどな」

矢瀬が投げやりに首を振る。その瞬間、ラードリーが表情を険しくした。己の頭上に出現した新たな魔力源に気づいたからだ。

「──舞え、〝暴食者《グーラ》〟！」

千本を超える漆黒の短剣が嵐のように降り注ぎ、残っていた竜牙兵《スパルトイ》たちをことごとく刺《さ》し貫《つらぬ》いていく。高い再生能力を持つ竜牙兵《スパルトイ》といえども、無数の刃で地面に縫い止められ、そのまま撃ち砕かれてしまえば為すすべはなかった。

瞬《また》く間《ま》に手勢を失って、ラードリーが孤立する。

「ヴェレシュ・アラダール……！」

短剣型の眷獣《けんじゅう》の宿主《やどぬし》に気づいて、ラードリーが動揺する。見えない斬撃《ざんげき》で眷獣の攻撃を防ぎつつ、彼女は鋼色《はがねいろ》の杖《ステッキ》をアラダールに向けた。が、

「悪いけど、宝石化の魔具《まぐ》は封じさせてもらうわよ――」

銀色の金具をつけた拳《こぶし》が、ラードリーの魔具を横から粉砕した。魔具を発動するために障壁を解除した、その一瞬の隙《すき》を衝《つ》かれたのだ。

「ザナ・ラシュカ……！」

魔具を失ったラードリーが、ゴージャスな赤毛の美女と至近距離で殴り合う。

見えない斬撃をちりばめたラードリーの攻撃を、圧倒的な速度でかいくぐるザナ。斬《き》り裂《さ》かれた髪と血しぶきが舞う。予想外に高度な戦闘技術を見せつけるラードリーだが、接近戦ではザナが上手だ。舞踏を思わせるザナの蹴《け》りを受けて、ついにラードリーが吹き飛ばされる。

「……どうやって復活したんです、ザナ・ラシュカ？　私の魔具は、眷獣弾頭と同じ強度の結界にあなたを閉じこめたはずですよ」

恨めしげにザナを睨《にら》みながら、ラードリーが唇から流れ出した血を拭《ぬぐ》う。

「眷獣弾頭と同じ技術で造られた結界なら、眷獣弾頭と同じ技術で解除できるんじゃないかしら？　たとえば、そう……異境《ノド》にある眷獣弾頭のメンテナンス装置を使えばね」

ザナがとぼけたような口調で告げた。あり得ない、とラードリーは首を振る。

暁古城《あかつきこじょう》や彼の仲間には、宝石化したザナたちを異境《ノド》に連れこむ余裕はなかったはずだ。だからといって、レンやMARの兵士がザナたちを助ける理由はない。

しかし事実としてザナたちは復活した。暁古城たち以外に異境《ノド》への往来が可能で、そしてザナとアラダールを救う動機を持っている者がいたのだ。ラードリーが予想もしなかった伏兵が。

「まさか、あなた方を復活させたのは——」

「そうそう、うちの夫からの伝言よ」

震えるラードリーの声を遮って、ザナが一方的に話題を変えた。

「伝言……？」

ラードリーが緊張に身構える。ザナは第一真祖《だいいちしんそ》の〝血の伴侶《はんりょ》〟——すなわち彼女の夫とは、〝忘却の戦王《ロストウォーロード》〟その人だ。

「〝第四真祖の小僧が死都《しと》を丸ごと一個ぶち壊したのなら、俺もそれなりの仕事をしないと、釣り合いがとれないな〟——だって」

ザナがクスクスと悪戯《いたずら》っぽく笑った。彼女の視線の先にあるのは、海上に浮かぶ死都だった。

激しい空中戦を繰り広げていた自衛隊の戦闘機が、なぜか突然、逃げるように戦闘空域を離脱する。ぽつんと取り残された死都の背後に、ぼんやりと霞む黒い影が浮き上がる。

その影は獣の形をしていた。死都すらひと呑《の》みにしかねない巨大な狼だ。

すべての死者を貪《むさぼ》り尽《つ》くすまで、決して満たされることのない餓《う》えた狼。太陽と月を喰《く》らい、天空を血で汚《けが》す者。第一真祖、キイ・ジュランバラーダの第一の眷獣《けんじゅう》〝幻月狼《バーヘリオン》〟——

「まさか……！　ああっ……!?　待って、ストップ！　降伏です！　降伏ですって！　幸福《ハッピー》に行きましょう、降伏だけに！　って、やめてえええっ！」

両手を上げたラードリー・レンが、必死の形相《ぎょうそう》で喚《わめ》き散《ち》らす。

ガリッ──と、巨大ななにかを囓る音が夜空に響き渡ったのは、その直後のことだった。

7

雲海に浮かぶ鋼色《はがねいろ》の浮橋《うきはし》の突端で、少女たちが苦悶《くもん》の声を洩《も》らしている。

「あとで……覚えてなさいよ、暁古城《あかつきこじょう》……私の純血の借りは倍にして……くっ……！」

悔しげに唇を噛《か》んでいるのは、左手を押さえた妃崎霧葉《きさききりは》だ。乱れた黒髪の隙間《すきま》からのぞく、白いうなじがほんのりと紅潮し、吐き出した吐息に甘い嬌声《きょうせい》が混じる。

「駄目だ……いやっ……私には、唯里《ゆいり》が……ああっ！」

「う……うう……ごめんね、雪菜《ゆっきー》……でも……わたし、もう……！」

志緒《しお》と唯里は互いに強く抱き合って、湧き出る快感に必死に耐えていた。

深紅に染まった指輪が彼女たちの指に食いこんで、激しい脈動を続けている。

シャフリヤル・レンは少し離れた場所から、彼女たちの様子を、険しい表情で眺めていた。

「なんだ、これは……？　細菌兵器……いや、呪詛《じゅそ》の類《たぐい》か……!?」

ＭＡＲ総帥《そうすい》の瞳には、戸惑いの色が浮かんでいる。

動けない攻魔師《こうまし》たちを始末するのは簡単だ。だが、彼女たちが細菌や呪詛に汚染されていた場合、それは取り返しのつかない惨事を招く可能性がある。閉鎖環境である異境《ノド》において、細菌汚染や呪詛《じゅそ》の拡散は、もっとも警戒すべき脅威なのだ。

攻撃するべきか否《いな》か、レンはめずらしく逡巡《しゅんじゅん》した。

同じ時間に起きていたもう一つの異変に気づくのが遅れたのは、そのせいだった。

「焔光の夜伯《カレイドブラッド》の血脈《けつみゃく》を継ぎし者、アヴローラ・フロレスティーナが汝《なんじ》の枷《かせ》を解き放つ……！」

肉体の崩壊を続けていたアヴローラが、祈るような姿勢で呟《つぶや》き続ける。

彼女の手の中に握られているのは、古城《こじょう》が残した銀色の指輪だ。アヴローラが流した血を吸って、その指輪は深紅の輝きを放っている。

「〝第四真祖《だいよんしんそ》〟暁《あかつき》古城！　我は、許す！　我に宿るすべての眷獣《けんじゅう》を引き継ぐがいい――！」

残されたわずかな力を振り絞り、金髪の吸血鬼の少女が絶叫した。

彼女が握っていた指輪が砕け散り、その中から黄金の霧があふれ出す。

その霧は瞬く間《またたくま》に質量を増して、一人の少年の姿へと変わった。どこか気怠《けだる》げな表情を浮かべた、吸血鬼の少年の姿へと。

「おおおおおおおおおおおおおおおおおっ……！」

消滅したときと同じ姿で復活した古城が、崩れ落ちようとするアヴローラを抱き止めた。

砕けたはずの銀色の指輪は、古城の手の中で再生している。

古城はそれをアヴローラの指に嵌《は》めてやる。アヴローラ自身、おそらく気づいていなかったはずだ。〝血の伴侶《はんりょ》〟を作り出すための契約の指輪。その中に封入されていたのは、古城の心臓と肋骨《ろっこつ》の欠片《かけら》——すなわち古城の細胞組織だ。

アヴローラの血を吸って、たった一片の細胞から古城は復活を遂げたのだ。

「馬鹿な……暁古城が再生しただと……！」

シャフリヤル・レンが呆然《ぼうぜん》と息を吐いた。

完全に灰になったはずの吸血鬼の復活。その想定外の事態が、彼の冷静さを奪っていた。

そして指揮官の動揺は、部下たちにも伝播《でんぱ》する。圧倒的に有利なはずのＭＡＲの軍勢が、軽い恐慌状態に陥っている。

『だあああっ————！』

古城の復活を見て昂揚《こうよう》したグレンダが、巨大な龍族《ドラゴン》の姿へと変わった。

彼女の周囲の空間が揺らいで、大量の飛行型魔獣《まじゅう》が出現する。それらは鋼色《はがねいろ》の龍族《ドラゴン》を護《まも》るように渦を巻き、一斉にＭＡＲの兵士たちへと襲いかかった。

「蜂蛇《ホウダ》!?　環境維持用の魔獣がなぜ我らを襲う……!?」

レンの表情が驚愕《きょうがく》に歪《ゆが》んだ。

蜂蛇《ホウダ》とは、遺伝子操作によって生み出され、宇宙島《コロニー》をメンテナンスする性質をプログラムされた人工魔獣だった。昆虫の蜂が本能的に巣作りをするように、蜂蛇《ホウダ》は生まれつき異境《ノド》の補修やメンテナンスを行う性質を持っているのだ。

そして人工の龍族《ドラゴン》であるグレンダは、その蜂蛇《ホウダ》たちを、自在に喚《よ》び出《だ》す能力を与えられていたらしい。

蜂蛇《ホウダ》自体の戦闘能力は高くはないが、なにしろ数が多すぎた。数百体の蜂蛇《ホウダ》の襲撃を受けて、兵士たちは混乱の渦に叩《たた》き落《お》とされる。

「やつだ！　あの鋼色《はがねいろ》の龍族《ドラゴン》を殺せ！」

触媒となる龍《りゅう》の牙《きば》をばらまいて、レンが竜牙兵《スパルトイ》たちを召喚《しょうかん》する。

強靭《きょうじん》な外骨格《がいこつかく》を持つ竜牙兵《スパルトイ》には、蜂蛇《ホウダ》の攻撃は通用しない。蜂蛇《ホウダ》の召喚者であるグレンダへと、白い刃状の腕を振り上げて彼らは突進し――

鈍色《にびいろ》の刃《やいば》の一閃《いっせん》が、その竜牙兵《スパルトイ》たちを粉砕する。

「悪くないわね。勝手に私の血を吸ったこと、今回だけは大目に見てあげてよ、暁古城《あかつきこじょう》！」

古風なセーラー服を来た黒髪の少女が、双叉槍《スピアフォーク》を構えて猛々《たけだけ》しく笑った。炎龍《えんりゅう》との戦いで折れたはずの左腕を平然と振るって、共鳴破砕の術式を発動。竜牙兵《スパルトイ》たちの外骨格が、その震動に耐えきれずに砕け散る。

『グレンダァァァァァ！』

龍化《りゅうか》した姿のクレードが、鋼色の龍族《ドラゴン》に向けて爆炎を吐いた。

蜂蛇《ホウダ》の群れを焼き払いながら飛来した灼熱《しゃくねつ》の閃光《せんこう》は、しかし、グレンダに直撃する直前で、見えない壁にぶつかったように阻まれる。擬似空間切断の術式による、空間断層の障壁だ。

銀色の長剣《ちょうけん》を構えた唯里《ゆいり》が、グレンダを護《まも》るような姿勢で、クレードの前に立ちはだかっている。無惨《むざん》に焼け焦げていたはずの彼女の右腕は、傷ついていた痕跡《こんせき》すら残さず完治していた。吸血鬼の真祖にも匹敵する異様な再生能力だ。

「唯里……その腕……！」

志緒《しお》が呆気《あっけ》にとられたような口調で訊《き》く。唯里は力強い笑顔で振り返り、

「うん。もう、大丈夫。ありがとう、志緒ちゃん。古城くんにも感謝しなきゃだね」

「……だったら、今度は私たちが借りを返す番だな」

涙声でそう呟《つぶや》きながら、志緒が強気な視線をクレードへと向けた。

赤銅色《しゃくどういろ》の炎龍が上空へと舞い上がる。グレンダの背中に乗った唯里と志緒も、彼を追って、異境《ノド》の空へと向かう。

ＭＡＲの兵士たちと蜂蛇《ホウダ》の群れが入り乱れて激しく争う中、雲海の中の浮橋《うきはし》には、空白のように静かな場所が出現していた。

破壊された管理塔の前の広場に、血まみれの姫柊雪菜《ひめらぎゆきな》が倒れている。シャフリヤル・レンの見えない斬撃《ざんげき》で斬《き》り裂《さ》かれた彼女は、まだ息があるのが不思議なくらいの重傷だ。

そんな雪菜に、古城は静かに近づいていく。

古城《こじょう》の腕の中に抱かれているのは、意識をなくして眠り続けるアヴローラだ。

「……先輩……アヴローラさんは？」

雪菜《ゆきな》が弱々しい声で古城に訊《き》いた。自分が死にかけているときでさえ、他人のことを心配しているあたりが、いかにも彼女らしいと古城は苦笑した。

「心配ない。今のこいつは、いちおう俺の〝血の伴侶《はんりよ》〟だからな」

眠っているアヴローラを地面に横たえながら、古城が言う。

胸の前で重ねたアヴローラの左手には、銀色の指輪が輝いていた。〝血の伴侶〟を生み出すための契約の指輪。それを触媒にして、古城の魔力が彼女に供給されている。

眷獣《けんじゆう》の召喚《しようかん》に耐えきれずに壊れかけたアヴローラは、古城の血の伴侶となることで、消滅の淵《ふち》から復活したのだ。そして古城は上書き《オーバーライド》によって、彼女が宿していた十二体の眷獣を手に入れた。第四真祖《だいよんしんそ》の眷獣たちを──

「そうやってすぐにほかの子の血を吸うんですね……あなたは、もう本当に……」

雪菜が冗談めかした口調で言った。

古城は悪びれることなく微笑《ほほえ》んで、雪菜の顔をのぞきこむ。

「あと一人、どうしても血を吸いたい相手がいるんだが、構わないか」

正面から古城に見つめられて、雪菜は恥ずかしそうに目を逸《そ》らした。古城は、そんな彼女を強引に抱き上げる。雪菜が小さく鮮血まじりの咳《せき》をこぼす。

「あまり見ないでください……今のわたしは、ひどい顔をしてるから……」

　雪菜が泣き出しそうな声で懇願する。彼女の全身は傷だらけで、その頬《ほお》は乾いた血と泥で薄汚れていた。血《ち》の気《け》をなくした肌は不吉なほどに青白く、普段の端整さは見る影もない。

　しかし古城は無情に首を振る。

「嫌だ」

「どうして……？」

「だって姫柊《ひめらぎ》は可愛《かわい》いだろ？」

「なんで……こんなときにそういうことを……」

　雪菜が恨めしげに古城を睨《にら》む。そんな彼女を古城は真顔で見下ろして、

「こんなときでもないと言えないからな」

　照れ隠しのような早口で言って、古城は雪菜を抱く手に力を入れる。濃厚な鮮血と死の臭《にお》いに混じって、甘く心地《ここち》好《よ》い彼女の匂《にお》いを感じる。

「先輩は……嘘《うそ》つきです……」

　雪菜が弱々しく身をよじる。精いっぱいの弱々しい抵抗だ。

「嘘じゃねえよ。ずっとそう思ってた。生真面目《きまじめ》で世間知らずで、素直じゃなくて強がりで、そのくせお人好《ひとよ》しで優しくて、それにこれまでずっと俺と一緒にいてくれたしな」

　古城が雪菜の耳元に唇を寄せて囁《ささや》いた。

雪菜《ゆきな》の全身から力が抜けて、古城《こじょう》に冷え切った身体《からだ》を預けてくる。

「責任、取ってくれますか？」

「……責任？」

古城が戸惑ったように動きを止める。雪菜は呆《あき》れたように息を吐き、

「ずっと一緒にいてください。もう二度とわたしの目の届かないところに行ったり……勝手にいなくなったりしないで……！」

古城の頬《ほお》に手を当てて、雪菜が古城の目を見つめてくる。瀕死《ひんし》の重傷を負って、立ち上がる力すら失っていても、瞳の奥の強い輝きだけはいつもの雪菜と同じだった。

「ずっと……って、姫柊《ひめらぎ》はそれでいいのか？　俺から離れられなくなっても？」

「はい。わたしはあなたの監視役ですから……だから……」

雪菜がそっと髪をかき上げた。そして彼女は細い首筋を、供物《くもつ》のように古城に差し出す。

「だから、わたしの血を吸ってください――」

無防備な彼女の首筋に、古城が牙《きば》を深く突き立てた。雪菜の口から切なげな吐息が洩《も》れて、古城は彼女を強く抱きしめる。

溶け合うように一つになった二人の姿を、星のない異境《ノド》の夜空が見下ろしている。

8

「あいつら、こんなときになにをやってるんだ……え⁉　あっ！　いいのか、あんなこと⁉　わ！　そんな……え⁉　ええっ⁉」

グレンダの背中に乗った志緒《しお》が、抱き合う雪菜《ゆきな》と古城《こじょう》に気づいて狼狽《ろうばい》する。上空から見下ろす二人の姿は、まるでいかがわしい行為に耽《ふけ》る恋人たちのようだ。

「あはは……まあ、今だけはいいんじゃないかな」

唯里《ゆいり》が頬《ほお》を赤らめながら苦笑する。

その直後に飛来した灼熱《しゃくねつ》の閃光《せんこう》を、唯里は、長剣《ちょうけん》を振るって撃ち落とした。赤銅色《しゃくどういろ》の炎龍《えんりゅう》が、グレンダを狙って異境《ノド》の夜空を旋回《せんかい》している。彼が背後に従えているのは、MARの攻撃ヘリの群れだ。

グレンダとクレード——二体の龍族《ドラゴン》の機動力はほぼ互角。上昇力と加速で勝るクレードに対して、グレンダは素早く小回りが利く。しかし彼我《ひが》の火力差は圧倒的だった。

グレンダが喚《よ》び出《だ》す蜂蛇《ホウダ》たちは、クレードの吐息《ブレス》の前にはほぼ無力。唯里と志緒の援護があっても、互角に持ちこむのが精いっぱいだ。

一方、雲海に浮かぶ浮橋《うきはし》の上では、妃崎霧葉《きさききりは》がMARの兵士との戦闘を続けていた。

蜂蛇《ホウダ》の群れの援護もあって、ＭＡＲの部隊の連携はズタズタだ。しかしＭＡＲ側には竜牙兵《スパルトイ》がいる。高い攻撃力と再生能力を持つ竜牙兵《スパルトイ》の前に、蜂蛇《ホウダ》は次第に数を減らしていく。さらにシャフリヤル・レンが、手持ちの竜牙兵《スパルトイ》をすべて投入したことで、霧葉の劣勢は決定的になっていた。

「面白くないことになってきたわね……」

刃毀《はこぼ》れした双叉槍《スピアフォーク》を睨《にら》んで、霧葉がチッと舌打ちする。

霧葉自身の能力が増しても、それに合わせて装備が強化されたわけではない。〝血の伴侶《はんりょ》〟となって飛躍的に向上した霧葉の呪力《じゅりょく》と体力に、乙型呪装双叉槍《リチエルカーレ》が耐えきれなかったのだ。

このまま槍《やり》が壊れてしまえば、竜牙兵《スパルトイ》への対抗手段も失われる。そうなれば霧葉の敗北は必至だ。その不愉快な未来予想に霧葉が美貌を歪《ゆが》めたときだった。

「――〝水精の白鋼《サダルメリク・アルバス》〟！」

霧葉の背後で誰かが叫び、浮橋を取り巻く雲海の中から巨大な眷獣《けんじゅう》が姿を現した。水流のように透きとおった肉体を持つ、青白い水の精霊《ウンディーネ》――水妖《すいよう》だ。

鋭い鉤爪《かぎづめ》を備えた繊手《せんしゅ》が地上を薙《な》ぎ払《はら》い、竜牙兵《スパルトイ》たちを化石のような骨片へと変える。第四真祖《しんそ》の十一番目の眷獣が、人工魔族《じんこうまぞく》を、生まれる前の素体《そたい》の状態にまで強制的に還元したのだ。

「疾《き》く在《や》れ《がれ》、〝双角の深緋《アルナスル・ミニウム》〟！」

続けて異境《ノド》の上空の大気を揺らして、緋色《ひいろ》の双角獣《そうかくじゅう》が出現した。咆吼《ほうこう》とともに吐き出された衝撃波の弾丸が、MARの攻撃ヘリもろとも赤銅色《しやくどういろ》の炎龍《えんりゆう》を撃ち落とす。

「ちっ……クレード！　なにをやっている、無能どもが……！」

戦力のほとんどを一瞬で失ったシャフリヤル・レンが、耳の無線機《ヘッドセット》をむしり取った。怒りに任せてそれを地面に叩《たた》きつける。

そんなレンの前に、血まみれのパーカーを来た少年が静かに歩み出た。

暁古城《あかつきこじよう》だった。


「悪い。待たせたな、シャフリヤル・レン」

古城が気負いのない口調で呼びかけた。偶然、街ですれ違った知り合いに呼びかけるような親しげな態度だ。

古城の外見は、シャフリヤル・レンに撃たれて消滅する前となにも変わらない。だが、今の彼を包む空気は穏やかで、禍々《まがまが》しい気配をまとうことも、制御できない魔力が洩《も》れ出《だ》すこともなかった。古城自身、その感覚に戸惑っているようにも見える。

「暁古城……か……」

足元の無線機《ヘッドセット》を踏《ふ》み潰《つぶ》しながら、シャフリヤル・レンが古城を睨《にら》みつけた。

竜牙兵《スパルトイ》は全滅し、部下の兵士たちは敗走を始めている。古城と対峙《たいじ》しているのは彼一人だ。

「ただの人間ごときが、なぜ私の邪魔をする？　殺しても殺しても甦《よみがえ》り、十二番目《ドウデカトス》を手《て》懐《なず》け、〝焔光の夜伯《カレイドブラッド》〟の眷獣《けんじゅう》たちを奪い取る……そんなことが許されると思っているのか？　貴様はいったいなんなんだ⁉」

断罪にも似たレンの問いかけに、古城は本気の苦笑を浮かべた。

吸血鬼。獅子《しし》王機《おうき》関《かん》の監視対象。絃神島《いとがみじま》の領主。高校生——思いつく肩書きはいくつもある。

だが今の古城が名乗るべき名前は、おそらく一つだけだろう。

「俺は第四真祖《だいよんしんそ》だよ」

冗談めかした口調で古城が告げた。レンの表情が殺意に歪《ゆが》む。

「四番目の真祖など存在しない。それは愚かな〝吸血王《ザ・ブラッド》〟が流布《るふ》した都市伝説……根拠のないただの噂話《うわさばなし》だ」

「いいや。そいつは間違ってるぜ」

古城は静かに首を振った。

たしかに最初は、実体のない都市伝説だったのかもしれない。

だが、長い長い歳月を経て、その伝説は真実に変わった。様々な勢力の思惑と、いくつかの偶然と、そして多くの人々の願いが、伝説上の怪物を現実に作り出したのだ。

「第四真祖ってのは、世界最強の吸血鬼の名前だ。不死にして不滅。一切の血族同胞を持たず、支配を望まず、ただ災厄《さいやく》の化身たる十二の眷獣を従え、殺し、破壊するだけの、世界の理《ことわり》から外れた吸血鬼──おまえはそれを敵に回したんだ」

「戯《ざ》れ言《ごと》を……！」

レンの周囲で大気が揺らいだ。〝天部《てんぶ》〟の神力《しんりき》が生み出す不可視の刃《やいば》だ。

古城《こじょう》が牙《きば》を剝《む》きだして笑う。

「さあ、始めようか、シャフリヤル・レン。もう〝天部《てめえら》〟と咎神《カイン》の因縁《いんねん》は関係ねえ。人類の支配なんてくだらない目的のために、アヴローラや絃神島《いとがみじま》を利用した罪、きっちり償わせてやるよ！　ここから先は、第四真祖《オレ》の戦争《ケンカ》だ！」

獰猛《どうもう》に吼《ほ》える古城に向かって、レンが神力の刃を放った。

だが、レンの見えない斬撃《ざんげき》は、美しい火花を散らしてすべて砕け散る。銀色の槍《やり》を構えた小柄な影が、古城の前に飛び出している。

「──いいえ、先輩。わたしたちの聖戦《ケンカ》です！」

雪菜《ゆきな》が美しい微笑《ほほえ》みを浮かべて、シャフリヤル・レンへと攻撃を仕掛けた。彼女の制服は、今も血に濡《ぬ》れたまま。肩から胸元や背中にかけて、大きな裂け目も残っている。

だが、その裂け目からのぞく彼女の肌は新雪のように白く、小さなシミひとつ見当たらない。古城の〝血の伴侶《はんりよ》〟の資格を得たことで、雪菜は真祖に匹敵する回復能力を手に入れたのだ。

「人間風情が……！　無駄だ！」

「え⁉」

レンが雪菜の銀色の槍を、生身の右腕で受け止めた。金属同士がぶつかる甲高《かんだか》い音ともに、攻撃を仕掛けた雪菜が弾《はじ》かれる。

「なっ⁉」

雪菜が猫のように空中で身を翻《ひるがえ》して着地した。その表情が驚愕《きょうがく》に強張《こわば》っている。

破れた袖口からのぞくレンの腕は、黒銀色の金属に覆われていた。彼の動きに合わせて、その表面が滑らかに形を変える。

鎧《よろい》や強化服を身に着けているわけではない。彼の肉体そのものが魔具《まぐ》なのだ。レンは自らの肉体の一部を、魔具に置き換えているのである。

「その身体《からだ》……聖殲派《せいせんは》の連中が使ってた魔具を埋めこんでるのか……！」

古城が呆然《ぼうぜん》と呟《つぶや》いた。

同じ〝天部《てんぶ》〟のシュトラ・Dや、妹のラードリーと比較して、シャフリヤル・レンの神力は、不自然なほどに強力だった。その秘密がこの異形《いぎょう》の肉体だ。炎龍《えんりゅう》クレードよりも強いと、レンが豪語する理由もわかる。彼は自らの戦闘能力を高めるために、生身の肉体を捨てたのだ。

「聖殲派？　ああ……真実を知らぬまま、カインを神のように崇《あが》める馬鹿どもか」

レンが吐き捨てるように言う。厚みのない漆黒のオーロラが、彼の全身をローブのように包んでいく。その漆黒のオーロラの正体は、第四真祖《だいよんしんそ》の魔力すら遮断する異境《ノド》の侵蝕《しんしょく》だ。

「あのようなクズどもと一緒にしないでもらおう。この姿は、〝大聖殲《だいせいせん》〟の屈辱を晴らすために造り上げた〝天部《てんぶ》〟の叡智《えいち》の結晶！　真祖どもを討ち果たすための究極の肉体だ！」

レンが神力《しんりき》の刃《やいば》を放った。魔力では防げない不可視の斬撃《ざんげき》。古城《こじょう》は横っ跳びに転がって、その攻撃を回避する。

「貴様らが、眷獣弾頭《けんじゅうだんとう》を無効化しようと、死都《しと》を何基落とそうと無駄なことだ。この私が生き残っている限り、いつか必ず〝天部〟は再び支配者の地位に返り咲く。この私こそがMAR！　この私こそが〝天部〟の王なのだ！」

「ちっ――！」

古城が自らの魔力を砲弾のように収束して放った。恩莱島《おんらいとう》で雫梨《しずり》と修行した際に、唯一身に着けた呪術《じゅじゅつ》もどきの技だ。

だが、その攻撃はレンがまとう漆黒の防御膜《オーロラ》に阻まれる。

「それに私の手札はまだ尽きてはいないぞ、暁《あかつき》古城！　なぜなら貴様が、それをここまで運んできてくれたのだからな！」

レンが高らかに叫んで、背後の壁を指さした。

古城が〝異境の果て《ノド》〟と呼んだ宇宙島《コロニー》の隔壁だ。その中心部分にある無重力地帯には、潰《つぶ》れたピンピン玉のような、巨大な球体がへばりついている。

シャフリヤル・レンが保有する〝天部〟の死都《しと》――カレナレン城の残骸《ざんがい》である。

「なに……!?」

半壊した死都の外壁を喰《く》い破《やぶ》るようにして、巨大ななにかが現れた。

それらは猛禽《もうきん》のように翼を広げて、古城たちのほうへとゆっくりと飛び立つ。

獰猛《どうもう》な蜥蜴《とかげ》を思わせる頭部。蛇の尻尾《しっぽ》。獣の四肢《しし》――その姿はクレードたち龍族《ドラゴン》とよく似ていた。

しかし彼らは龍族《ドラゴン》ではなかった。それどころかまともな生物ですらなかった。

彼らの肉は腐り果て、動くたびに腐汁を撒《ま》き散《ち》らす。

眼球の溶け落ちた虚《うつ》ろな眼窩《がんか》。癒えることのない傷跡。剝《む》き出《だ》しの骨。

その正体は屍《しかばね》だった。魔術で操られた龍族《ドラゴン》の死体だ。

「屍龍《ドラゴンゾンビ》……！」

雪菜《ゆきな》が声を震わせた。死者を冒瀆《ぼうとく》する動死体《ゾンビ》の製造は、もちろん禁忌《きんき》の術である。ましてや貴重な龍族《ドラゴン》を動死体《ゾンビ》にするなど、決して許される行為ではない。

「忌々《いまいま》しい回廊の守護者どもの成《な》れの果《は》てだよ」

シャフリヤル・レンが蔑《さげす》むように言った。聞き慣れない単語に古城は眉《まゆ》を寄せる。

「回廊の守護者……？」

「そうだ。龍族《ドラゴン》とは、〝天部〟の動向を見張るために異星より飛来した監視者だったのだ。もっとも〝大聖殲《だいせいせん》〟以後、異境《ノド》を利用する者も絶え、役目を終えた連中は何処《どこ》かへと立ち去った。地上に取り残された、わずかな個体を除いてね」

「彼らの亡骸《なきがら》を、動死体《ゾンビ》に変えたんですか？　どうしてそんなことを……？」

近づいてくる屍龍《ドラゴンゾンビ》たちを見上げて、雪菜《ゆきな》が訊《き》く。

くだらない質問だ、とばかりにレンは首を振った。

「もちろん兵器として利用するためだ。たとえ屍《しかばね》となっても、龍族《ドラゴン》の肉体の強靭《きょうじん》さと、彼らの異能の力は失われない。それになによりも死体は、従順だからね」

レンが低く笑い出す。

死都《しと》から這《は》い出《だ》してきた屍龍《ドラゴンゾンビ》たちは、全部で七体。

もし本当に彼らが炎龍《クレード》に匹敵する力を持っているのなら、今の古城《こじょう》たちにとっても間違いなく脅威だ。レンが勝ち誇るのも無理はない。

「眷獣弾頭《けんじゅうだんとう》以上に後始末が面倒な兵器なのでね、できれば使いたくはなかったのだが、無駄な悪足掻《わるあが》きを続けたきみたちの責任だ。せいぜい後悔するがいい……ハッ……ハハッ……！」

漆黒の防御膜《オーロラ》を展開したレンが、古城たちのほうへと歩き出す。その直後、意外な声がレンを呼び止めた。古城の眷獣に撃墜《げきつい》されて、龍人《りゅうじん》の姿に戻ったクレードだ。

『シャフリヤル・レン……貴様……ハ……！』

怒りを滲《にじ》ませた瞳で、クレードがレンを睨《にら》みつける。

レンは傷ついた龍人を見返して冷ややかに嘲笑《あざわら》い、

「どうしたんだい、クレード？　まさか、仲間の屍を動死体《ゾンビ》に変えられたことに腹を立てているのかい？　だとしたら、ずいぶん感傷的じゃないか。薄汚い魔獣《まじゅう》の分際で……」

「貴様……！」

ボロボロの身体《からだ》を引きずるようにして、クレードがレンへと襲いかかる。その龍人をレンの見えない斬撃《ざんげき》が襲った。龍人の全身に無数の裂傷が刻まれ、熔岩《ようがん》に似た色の血しぶきが舞う。

その血に酔いしれたように、レンは嗜虐《しぎゃく》の笑みを浮かべ、その瞬間――

「……〝難陀《ナンダ》〟……〝跋難陀《バツナンダ》〟！」

「なに⁉」

前触れもなく天空を満たした炎に、レンの笑顔は凍りついた。

屍龍《ドラゴンゾンビ》の一体が爆散する。またべつの一体は、全身をズタズタに裂かれて焦げた肉片へと変わる。炎が夜空を赤く染め、銀光の煌《きら》めきが彗星《すいせい》のように流れていく。

「なんだ……なんだ、これは……⁉」

レンがうろたえて喚《わめ》き散《ち》らした。

雲海の中を泳いでいたのは、全長三十メートルにも達する巨大な眷獣だ。全身を、炎と剣で覆った蛇――否《いな》、東洋の龍である。吸血鬼の眷獣だ。

「眷獣……⁉　馬鹿な！　なぜ第四真祖《だいよんしんそ》以外の吸血鬼の眷獣が異境《ノド》にいる⁉」

レンが狼狽《ろうばい》するのも当然だった。

宇宙空間を漂う異境《ノド》の内部では眷獣は使えない。唯一の例外は、宇宙での使用を前提に生み出された第四真祖《だいよんしんそ》の星の眷獣《けんじゅう》だけ——何千年もの間、彼はそう信じていたのだから。

しかし古城《こじょう》は、それほど驚いていなかった。むしろ、そうなる予感すら覚えていた。強敵との戦闘をなによりも愛していたあの男が、屍　龍《ドラゴンゾンビ》などという希少な怪物に興味を示さないわけがない。

「やあ、古城。相変わらず愉《たの》しそうな戦いに巻きこまれてるじゃないか——」

金色の霧をまとった長身の吸血鬼が、破壊された管理塔の上に現れる。

ジャガンとキラ——彼の仲間である二人の若い貴族も一緒だ。

眠っているアヴローラに気づいても、彼らは眉《まゆ》一つ動かさない。つまり彼らは最初からこの戦いを見ていたのだ。力を失った古城が消滅し、そして第四真祖として復活した瞬間も。

「ディミトリエ・ヴァトラー……だと⁉　なぜ貴様が生きている……⁉　なぜ貴様の眷獣が、異境《ノド》で使えるんだ……⁉」

シャフリヤル・レンが懊悩《おうのう》するように首を振る。だが、ヴァトラーは彼の質問に答えない。自分が相手をする価値はない、というふうにレンを無視して、彼は新たな眷獣を召喚《しょうかん》した。

真紅の輝きに包まれた蛇の眷獣が、生き残っていた屍　龍《ドラゴンゾンビ》を次々に襲う。古城は、ヴァトラーが放つその輝きの正体を知っていた。

「〝聖殲《せいせん》〟か……あいつ、最初から異境《ノド》に行く気満々だったからな……」

真祖大戦《しんそたいせん》での彼との戦いを思い出し、古城はげんなりとした表情を浮かべた。

浅葱《あさぎ》の協力で〝聖殲《せいせん》〟の力を手に入れたヴァトラーは、それをいいことに聖域条約機構《せいいき》に喧嘩《けんか》を売り、古城たちを散々苦労させたのだ。

「はい。あの方なら、異境《ノド》に対応できるように、ご自分の肉体や眷獣を事前に変化させておくくらいのことは平気でやるでしょうね」

雪菜《ゆきな》も、古城と同じように疲れ切った表情で呟《つぶや》いた。思えばディミトリエ・ヴァトラーは、第四真祖という存在に、最初から並々ならぬ執着心を持っていた。おそらくそれは第四真祖の眷獣を調べることで、異境《ノド》で力を使う方法を探っていたのだろう。

「馬鹿な……馬鹿な、馬鹿な、馬鹿な、そんな馬鹿なことがっ！」

切り札である屍龍《ドラゴンゾンビ》が、一方的に撃墜《げきつい》されていく。その事実を認められないというふうに、シャフリヤル・レンは全身を震わせた。

屍龍《ドラゴンゾンビ》との戦闘を続けるヴァトラーに背を向け、レンは逃走を開始する。

だが、何歩もいかないうちにその足は止まった。

彼の行く手に古城が回りこんでいたからだ。

「どこに行く気だ、シャフリヤル・レン？　おまえの相手はこっちだぜ？」

古城が淡々と呼びかけた。

レンに対する怒りはすでに消えている。残っていたのは哀れみだった。

数千年もの永きにわたって、〝天部《てんぶ》〟に生まれついたというだけの空虚なプライドを抱え、人類を支配するという無意味な野望に振り回された男に対する哀れみだ。

「暁《あかつき》古城《こじょう》……！　貴様ごとき、私の相手ではないというのがまだわからんのか……！」

古城が放った魔力の弾丸を、レンが漆黒の防御膜《オーロラ》で阻む。そして彼は古城に向かって、無数の見えない斬撃《ざんげき》を放った。

だが、レンの神力《しんりき》の刃《やいば》は、古城に触れることなくすべて消滅する。

妃崎霧葉《きさききりは》の乙型呪装双叉槍《リチエルカーレ》が、擬似空間切断の障壁で古城を護《まも》ったのだ。

「わかってないのは、あんただよ。俺の〝血の伴侶《はんりよ》〟は姫柊《ひめらぎ》だけじゃないぜ？」

古風なセーラー服の少女を従えて、古城が獰猛《どうもう》に唇の端を吊《つ》り上《あ》げる。

そして次の瞬間、大気を裂いて一瞬の閃光《せんこう》が迸《ほとばし》った。

閃光は光の槍《やり》と化して、漆黒の防御膜《オーロラ》ごとシャフリヤル・レンの肉体を貫通する。その光槍《こうそう》は防御膜《オーロラ》に直径一メートルほどの空隙《くうげき》を穿《うが》ち、彼の右腕と脇腹《わきばら》を、音もなく抉《えぐ》り取《と》っていた。

「な……に……？」

レンが、光槍の源《みなもと》へと呆然《ぼうぜん》と目を向ける。

そこには銀色の弩《おおゆみ》を構えた志緒《しお》と唯里《ゆいり》の姿があった。六式降魔弓・改《フライクーゲル・プラス》・モード・アルムブラスト——空間ごと削り取る呪術《じゆじゆつ》砲撃。ありとあらゆる存在を貫く、二人の最強術式だ。レンの〝侵蝕《しんしよく》〟をもってしても、その攻撃は防げない。

「——獅子《しし》の神子《みこ》たる高神《たかがみ》の剣巫《けんなぎ》が願い奉《たてまつ》る」

レンが動きを止めた一瞬の隙《すき》を衝《つ》いて、雪菜《ゆきな》が自らの攻撃の間合いへと飛びこんだ。優雅な舞踏を思わせる動きで、祝詞《のりと》ともに銀色の槍を突き出す。

「破魔《はま》の曙光《しょこう》、雪霞《せっか》の神狼《しんろう》、鋼《はがね》の神威《しんい》をもちて我《われ》に悪神百鬼《あくじんひゃっき》を討《う》たせ給《たま》え！」

「馬鹿……な……！」

神格振動波《しんかくしんどうは》に包まれた雪菜の槍は、志緒たちが抉り取った防御膜《オーロラ》の裂け目を通って、シャフリヤル・レンの肩に突き刺さっていた。

防御膜《オーロラ》を再構築しようと、レンは必死に魔具《まぐ》を操作する。しかし突き刺さった槍が邪魔をして、防御膜《オーロラ》を完全に閉じることができない。

焦りに顔を歪《ゆが》めるレンの視界に、右腕を掲げた古城の姿が映る。

レンの瞳に恐怖が浮かぶ。

「疾《き》く在《や》れ《がれ》、〝獅子の黄金《レグルス・アウルム》〟――！」

古城が撒《ま》き散《ち》らした深紅の血霧《けつむ》が、巨大な獣の姿に変わった。黄金の輝きに包まれた雷光《らいこう》の獅子だ。稲妻と化した眷獣《けんじゅう》の魔力をまとって、古城は拳《こぶし》を振り下ろす。

レンの肩に突き刺さる、金属製の槍の柄《つか》へと――

「終わりだ、オッサン！　死ぬなよ、〝天部《てんぶ》〟の王！」

雷鳴が、異境《ノド》の夜空を震わせた。

魔具の残骸《ざんがい》を撒《ま》き散《ち》らしながら、〝天部〟の王を名乗った男が吹き飛んでいく。

9

彼女は、その黄金の輝きを廃墟《はいきょ》の街から眺めていた。

姫柊雪菜《ひめらぎゆきな》によく似た顔立ちの小柄な少女だ。

少女の服は、彩海学園《さいかいがくえん》の制服によく似ている、けれど少しだけデザインの違うセーラー服。

異境《ノド》の夜空を見上げる彼女の瞳は、輝く紅玉《ルビー》のような深紅だった。

「いちおう気になって様子を見に来たけど、わたしたちの出番はなかったね」

少女は、隣に座る異母姉《あね》を見下ろして言った。人工島の中央に立つ高い塔の屋上で、白衣を羽織った異母姉《あね》は、薄い石板《スレート》状の端末を膝《ひざ》の上に乗せている。

「そうね。まあ、こんなところであたしたちが介入する羽目になっても困るけど」

トマトジュースのパックに刺さったストローを口にくわえたまま、異母姉《あね》は素っ気なく答えてくる。少女は小さく唇を尖《とが》らせて、

「うん。だけど心配だなあ。たかが〝天部《てんぶ》〟ごときに、こんなに苦戦するなんて。これじゃ、先が思いやられるよ」

「……でも、結果的にあのヒトは目的を果たしたわ。これ以上ない、完全な形でね」

異母姉《あね》が小さく微笑《ほほえ》んだ。彼女の端末の画面の中では、不細工なぬいぐるみ型の立体映像が

皮肉っぽい笑みを浮かべている。

「かくして十二人の〝血の伴侶《はんりよ》〟を得た暁《あかつき》古城《こじよう》は、第四真祖《だいよんしんそ》の力を取り戻し、〝暁の帝国〟の領主にまた一歩近づいた、というわけですか」

星のない夜空を見上げたまま、少女は芝居がかった台詞《せりふ》を口にした。

ふふっ、と異母姉《あね》が愉《たの》しそうに笑う。

「まだまだ先は長いけどね。少なくとも、あたしたちの未来《せかい》につながる可能性は護られた」

「だね」

「じゃあ、労《ねぎら》いの印《しるし》に少しだけサービスしてあげようかな」

そう言って白衣の少女は即興で組み上げたファイルを実行した。端末の画面に奇妙な魔法陣《まほうじん》が描き出され、彼女の魔力がネットワークに流れこむ気配がある。

異母姉《あね》の端整な横顔を、少女は意外そうに見つめて微笑み、

「萌葱《もえぎ》ちゃんも意外に甘いところがあるよね」

「ま、たまには親孝行しないとね」

母親譲りのサバサバとした口調で、少女の異母姉《あね》——萌葱が肩をすくめた。

うん、と無言で少女もうなずく。

彼女たちがいるこの人工島には、今もまだ六千体を超える人工吸血鬼が眠っている。

真祖のそれに匹敵する眷獣《けんじゆう》を宿した、無垢《むく》で無防備な依代《よりしろ》たち。その全員に平穏な暮らしを

与えるのは、困難な作業になるだろう。だが、それこそが咎神《きゆうしん》と呼ばれた男が残した、未来《ゆめ》という名の呪《のろ》いなのだった。

そして彼女たちは、暁古城《あかつきこじよう》が、その未来《ゆめ》を叶《かな》えることを信じている。

そのための力を、彼はこの異境《ノド》で取り戻した。

そして彼は〝伴侶《はんりよ》〟たちを引き連れて凱旋《がいせん》するのだ。いつの日か、〝暁の王国〟と呼ばれることになるあの島へ。

「お帰り、古城君。またね」

くす、と悪戯《いたずら》っぽく微笑《ほほえ》んで、黄金の霧《きり》とともに少女たちは姿を消す。

あとには廃墟《はいきよ》の街並みと、静かな波音だけが残される。

終章
Outro

海沿いの坂道の隅の階段に、学校帰りの少女たちが座っている。

一人は、長い黒髪を短く束ねた小柄な少女。もう一人は、見る角度によって虹のように色を変える不思議な金髪の吸血鬼だった。

髪や瞳の色どころか、種族すら違うはずの二人だが、その仕草や雰囲気はよく似ていた。並んでいると、なぜか実の姉妹のようにも見えてくる。

二人はそれぞれ近くの屋台で買ったアイスクリームのカップを握っていた。

黒髪の少女が食べているのはチョコミント。金髪の少女のカップには、ストロベリーとキャラメルと生チョコレートアイスが三段重ねで盛られている。

アイスを頬張《ほおば》る金髪の少女を、妹を見るような眼差《まなざ》しで眺めて、黒髪の少女が優しく訊《き》いた。

「美味《お》しい？　アヴローラちゃん」

口の周りをアイスで汚した金髪の少女が、少し興奮したようにうなずいて答える。

「楽園の果実の如《ごと》し……！」

「そっか。それはよかったよ」

幸せそうに笑う友人の顔をハンカチで拭《ふ》きながら、黒髪の少女も愉《たの》しそうに目を細めた。

そして彼女、暁凪沙《あかつきなぎさ》は、アヴローラの左手首にふと視線を落とす。

陽光を浴びて輝いていたのは、金属製の黒い腕輪。真新しい魔族《まぞく》登録証だった。それはこの金髪の吸血鬼が、〝魔族特区〟の登録魔族として認められたことを示している。

この島は、彼女がようやく手に入れた帰るべき場所《まち》――

友人たちとともに暮らす故郷《おうこく》なのだった。

†

シャフリヤル・レンの異境《ノド》侵攻から、一週間が経《た》っていた。

不老不死といわれる〝天部《てんぶ》〟の驚異的な回復力もあって、シャフリヤル・レンはかろうじて一命を取り留めた。彼の身柄は聖域《せいいき》条約機構に引き渡されて、妹のラードリーや、テロに加担した同盟者とともに裁判にかけられることになっている。

魔導《まどう》産業複合体としてのMARは解体されて、部門ごとに別企業として独立することが新経営陣より発表された。だが、巨大多国籍企業の消滅は、世界経済に大きな影響を与えることが予想され、競合企業による買収合戦や、流出した技術や人材の争奪戦の激化など、いまだ予断を許さない状況が続いている。

一方、十七氏族と呼ばれる〝天部〟の有力者たちは、同族であるシャフリヤル・レンが引き起こした一連の事件について、連名で遺憾《いかん》の意を表明。犠牲となった人々に莫大《ばくだい》な賠償金を支払うとともに、破壊された都市の修復を代行すると申し出た。

後に彼らは、損傷したキーストーンゲートや港湾などの絃神島《いとがみじま》の主要施設を、わずか一夜にして完全に元の姿に戻し、〝天部《てんぶ》〟の底知れぬ力を世界中に見せつけることになるのだが——それはまたべつの話である。

「で……結局、眷獣弾頭《けんじゅうだんとう》の依代《よりしろ》だった子たちは、世界各地の〝魔族特区《まぞくとっく》〟が受け入れてくれることになったんだな？」

西陽《にしび》が射しこむ放課後の教室。椅子《いす》の背もたれにだらしなくもたれて、古城《こじょう》が訊《き》いた。

「ああ。いちおう絃神市国《いとがみしこく》に籍を置いたまま、無期限の留学という形で話をつけた。さすがに絃神島《うち》だけで、六千体以上の吸血鬼を受け入れるのは無理があるしな」

古城の対面に座っていた矢瀬《やぜ》が、どことなく疲れた表情で笑う。

シャフリヤル・レンが引き起こした異境《ノド》侵攻事件が終わって、まだ七日。市内の混乱はだいぶ収まったが、人工島管理公社の仕事は今も山積みのはずである。公社の理事である矢瀬も激務に忙殺されて、今日になってようやく学校に顔を出せたのだ。

「妥当な落としどころだと思います。絃神島《いとがみじま》の魔族数が急激に増えるのを、快く思わない国家も少なくないはずですし」

教室まで古城を迎えに来ていた雪菜《ゆきな》が、いつもの生真面目《きまじめ》な口調で言った。

異境《ノド》の眷獣弾頭サイロから回収された依代の少女は、総勢六千四百五十体。

その全員が、真祖クラスの眷獣を血の中に宿している。目覚めたばかりの不安定な状態ではあるが、彼女たちが強力な戦略兵器になり得ることはシャフリヤル・レンが証明していた。

いくら絃神島が〝魔族特区〟でも、彼女たちすべてを独占すれば、国際的な非難は免れない。

そもそも彼女たちを受け入れる里親や学校の数が絶対的に足りていない。

しかし彼女たちを安全に管理するためには、絃神島のメインコンピューターを使った仮想現実による〝授業〟が欠かせない。そこで導き出された折衷案が、彼女たちの留学だった。

「まあ、留学生という名目なら、実験体みたいな扱われ方をすることもないだろうしな」

不安な自分に言い聞かせるように、古城がぼそりと呟《つぶや》いた。

「少なくとも、ある程度はね」

古城の隣に座った浅葱《あさぎ》が、スマホを片手で操作しながら素っ気なく告げる。

「そのあたりは、三真祖《さんしんそ》も気にかけておいてくれるそうよ。彼女たちが飼ってる眷獣のヤバさを知った上で、ちょっかい出す連中がそうそういるとは思わないけどね」

「だといいがな……」

矢瀬が不安げに頬杖《ほおづえ》をついて息を吐く。

なにしろ世界最強の吸血鬼である第四真祖がいると知りつつ、絃神島に手を出す連中ですらあとを絶たないのだ。ディミトリエ・ヴァトラーを筆頭に、むしろ第四真祖の存在が目当てで厄介事を持ちこんでくる者も少なくない。

それを思えば、世界中に散らばった六千四百五十体の依代たちが揉《も》め事《ごと》の種になり、古城が巻きこまれるのは確実な未来のようにも感じられる。だが、そのときはそのときだ。

「そういえば、ヴァトラーは、そのまま〝東の地《エルセ》〟とやらに向かったんだよな？」

不吉な予感を振り払うように、矢瀬《やぜ》は強引に話題を変えた。

「ああ。クレードって龍族《ドラゴン》のオッサンを道案内に雇ってな」

古城《こじょう》が投げやりな口調で言った。そもそもヴァトラーが異境《ノド》を目指していた理由は、〝回廊〟の先にある〝東の地《エルセ》〟――太陽系外の惑星を調べるのが目的だったらしい。

真祖に匹敵する魔力を持ち、異境《ノド》での眷獣召喚《けんじゆうしようかん》が可能なヴァトラーは、第四真祖《だいよんしんそ》に頼らずとも自力で〝門《ゲート》〟を開くことができる。〝東の地《エルセ》〟に辿《たど》り着《つ》きたいヴァトラーと、故郷に戻りたいと願っていた孤独な龍族《ドラゴン》の生き残り――両者の利害は奇跡的に一致したというわけだ。

「あの吸血鬼《ヒト》は、最初からそれが目的だったのよ。なにしろあっちは、世界のすべてが敵地《アウエイ》なんだから」

浅葱《あさぎ》が軽く呆《あき》れたように息を吐く。

自他ともに認める戦闘狂《バトルマニア》のヴァトラーにとって、〝天部《てんぶ》〟すら退《しりぞ》けた〝東の地《エルセ》〟の軍勢は、彼が出会うことを望んでいた最高の強敵になるだろう。

しかしヴァトラーの奇矯《ききよう》な行動は、人類にとっても決して無益とは言い切れない。炎龍《クレード》やダンブルグラフたちの言葉が事実なら、龍族《ドラゴン》を擁《よう》する〝東の地《エルセ》〟の軍勢も、こちらの世界への侵攻を目論《もくろ》んでいることになるからだ。

そしてなによりも古城たちにとって頭の痛い事実は、異境《ノド》の窓口となっている絃神島《いとがみじま》が、彼らの侵略の最前線になりかねないということだった。

「……ていうか、ヴァトラーさん本人が、そのうち〝東の地《エルセ》〟で手に入れた軍勢を率いて、こっちの世界に戻ってきたりしてね」

浅葱がシシッと意地悪く笑いながら可能性をほのめかす。

古城は心底嫌そうに顔をしかめて、

「やめろって。シャレにならねーから。あいつなら本当にやりかねないだろ」

「じゃあ、来たるべき戦いに備えて、せいぜいうちの夜の帝国《ドミニオン》にも戦力を増やしといてもらわねーとな」

矢瀬が意味深な笑みを浮かべて古城を見た。

「戦力を増やすって、どうやって……？」

古城が真面目な表情で訊《き》き返《かえ》す。矢瀬は雪菜《ゆきな》や浅葱を興味深そうに眺めながら、

「そりゃ、おまえ、夜の帝国《ドミニオン》の戦力を増やすっていったら、第二世代の吸血鬼を作るのがいちばん手っ取り早いだろ。真祖と〝血の伴侶《はんりょ》〟の間に生まれた子は、場合によっては真祖と同等以上の力を持ってるっていうしな」

「真祖と〝血の伴侶〟の子って……は？　はあっ⁉」

矢瀬の台詞《せりふ》の意味に気づいて、古城が声を上擦《うわず》らせた。

浅葱《あさぎ》と雪菜《ゆきな》が、露骨な嫌悪感を滲《にじ》ませた瞳で、蔑《さげす》むように矢瀬《やぜ》を睨《にら》む。

「……基樹《もとき》、あんた気持ち悪い」

「そうですね……矢瀬先輩、さすがにその発言は社会的に許されないと思います」

「俺は客観的な事実を述べただけだろうがよ⁉」

予想外に辛辣《しんらつ》な浅葱たちの反応に、矢瀬がムキになって反論した。

浅葱は冷ややかな溜息《ためいき》を洩《も》らして、

「そんなだから、あんた、なんとかって先輩にフラれるのよ」

「フラれてねえよ！　あの人は怪我《けが》の療養のためにちょっと本土に戻ってるだけだよ！」

矢瀬が顔を真っ赤にして言い返す。そうやって必死になればなるほど、彼の言葉から説得力が失われていくのが切ないところだ。

「ところで、藍羽《あいば》先輩。例の情報操作については、なにかわかりましたか？」

弁解を続ける矢瀬を無視して、雪菜が浅葱に質問した。

雪菜が気にかけている情報操作とは、古城《こじょう》が異境《ノド》から帰還した直後に起きた、世界規模の異変のことだった。領主選争の勝者となり、さらにはシャフリヤル・レンの異境《ノド》侵攻を解決した一人の少年。第四真祖《だいよんしんそ》の正体とも噂《うわさ》される彼の実名や経歴だけが、人々の記憶や記録から完全に消滅していたのだ。

「実はそれが、全然なのよね」

浅葱が納得いかないというふうに首を振る。

暁《あかつき》古城に関する情報の拡散は、ハッキングや報道管制で対応できる限界をとっくに超えていた。

しかし蓋《ふた》を開けてみれば、第四真祖の正体が世界中に広まることは、浅葱たちも覚悟していたのだ。

しかし蓋を開けてみれば、第四真祖の素性について覚えている一般人はほとんどいなかった。領主選争で活躍した雫梨《しずり》や結瞳《ゆめ》についても同じだ。残ったのは第四真祖という謎めいた吸血鬼の曖昧《あいまい》な噂と、暁古城と呼ばれるただの高校生の情報だけである。

終焉教団《オーダー・ジ・エンド》相手に暴れたのも、MARの侵攻部隊を壊滅させたのもすべて存在すら不確かな四番目の真祖の仕業ということにされ、それに合わせて記録も改竄《かいざん》されている。古城たちがあずかり知らぬところで、誰かが情報を書き換えたのだ。

「〝戦車乗り〟にも協力してもらって、徹底的にログを洗い直したんだけど、時間を巻き戻したみたいに綺麗《きれい》さっぱり痕跡《こんせき》が消えてるの。古城の正体に関係した記録だけがね」

「……獅子王機関《ししおうきかん》の調査結果も同じです。暁先輩と第四真祖に関する情報だけが、高レベルの霊能力者《れいのうりよくしや》や魔術師を除いた世界中のすべての人々の記憶から消えてます。まるで大規模な〝焔光《えんこう》の宴《うたげ》〟が起きたみたいに」

「……〝焔光の宴〟……ね」

雪菜が口にした忌まわしい単語に、浅葱が頬《ほお》を膨らます。

第四真祖の眷獣《けんじゆう》の不安定さが生み出す記憶消失。それと同様の現象を人為的に引き起こすことができるなら、浅葱《あさぎ》のハッキング技術と組み合わせて世界中の人々の記憶を操作することも不可能ではないだろう。だが、それは現実にはあり得ないことだった。

「今の技術レベルじゃ、モグワイをフル稼働させても、それだけの情報操作は不可能なのよね。十年……ううん、二十年ぶんくらい進化したハードウェアがあればなんとかなるかもだけど」

浅葱が不機嫌そうに呟《つぶや》いて、画面を消したスマホを机に置いた。

「しかし、なんでそれだけの技術があって、わざわざ俺の正体を隠してくれるんだ？　俺としては余計な面倒に巻きこまれずに済んでありがたいけどさ……親切なやつもいるもんだな」

古城《こじよう》が正直な感想を洩《も》らす。第四真祖《だいよんしんそ》の力を手に入れた古城が、こうして普通の高校生でいられるのは、その謎めいた情報操作のおかげなのだ。

「二十年後の……技術……」

なにかを思い出したように、雪菜《ゆきな》が口の中だけで呟いた。自分の左手の指輪に目を落とし、そしてすぐに思い直したように首を振る。

「敵か味方かわからないんじゃ、そうそう楽観視もできないけどな」

古城がめずらしく真剣な口調で言った。

「そうですね。やはり万一のときに備えて、わたしたちももっと力をつけないといけませんね」

雪菜が古城を見つめて微笑《ほほえ》んだ。二度と古城を消滅させたりしないように、監視役として、もっと強くならなければならない、と心に誓う。

しかしそんな雪菜の言葉を聞いて、浅葱がなぜか焦ったように表情を硬くした。

「力が必要って……姫柊《ひめらぎ》さん、あなた……」

「え？」

戸惑う雪菜とは対照的に、矢瀬《やぜ》はにやけながら古城に肩を寄せる。

「いやいや、姫柊ちゃんは前向きでいいねえ。よかったじゃねーか、古城。こんな可愛《かわい》い子がやる気になってくれて」

「うっせーよ！　なんでおまえが嬉しそうなんだよ⁉」

バシバシと背中を叩《たた》いてくる矢瀬を、古城が迷惑そうに追い払おうとする。そんな二人の会話を聞いて、雪菜はサッと頰《ほお》を紅潮させた。ようやく自分の失言に気づいたのだ。

「あ！　あ……いえ、違っ！　今のは第二世代の吸血鬼がどうとか、そういう意味ではなくて……ただわたしはもっと修行が……ち、違うんです……！」

「まあいいわ、そういうことならあたしも遠慮しないから……もともと敵は姫柊さん一人ってわけじゃないしね……」

「いえ、だからそうじゃなくて……！」

「ふう……暑いな……相変わらず、この島は」

浅葱と雪菜の言い争う声を聞きながら、矢瀬がわざとらしく額《ひたい》の汗を拭《ぬぐ》う。

古城《こじよう》はやれやれと息を吐き、窓の外へと視線を向けた。

金色の陽射《ひざ》しに照らされた魔族特区《まぞくとつく》の景色を眺めて、ぼそりと気怠《けだる》げに独《ひと》りごちる。

「……勘弁してくれ」

†

真夏の街──

その都市《まち》は絃神島《いとがみじま》と呼ばれていた。太平洋上に浮かぶ小さな島。カーボンファイバーと樹脂と金属と、魔術によって造られた人工島だ。

金髪の吸血鬼の少女は、海沿いの坂道の隅に座って、夕陽に照らされた街を見下ろしている。

それほど大きな街ではない。密集した建物の隙間《すきま》を縫うようにして、モノレールが走り抜けていく。それが当然の姿というように、同じ車両に人と魔族を乗せて──

潮風に乗って海鳥の声が聞こえる。

どこか遠くで、下校時間を告げる音楽が鳴っている。

食べ終えてしまったアイスのカップを彼女が名残惜しげに見つめていると、隣にいた黒髪の少女が、不意に立ち上がって手を振る気配があった。

彼女も慌てて友人の視線を追う。黒いギターケースを背負った綺麗《きれい》な少女と、目立たない顔立ちの少年が歩いてくる。

「──古城！」

金髪の吸血鬼の少女が、弾《はず》んだ声で少年の名前を呼ぶ。

黒髪の友人と目を見合わせ、二人は手を繋《つな》いで走り出す。駆け寄ってくる二人に気づいて、少年が照れたように苦笑した。ギターケースの少女は少しだけ拗《す》ねたような表情を浮かべて、彼のパーカーの袖をつかんでいる。

それは極東の魔族特区のありふれた一日──

第四真祖《だいよんしんそ》と呼ばれる吸血鬼の、いつもの日常だった。

あとがき

本篇《ほんぺん》完結！　というわけで、『ストライク・ザ・ブラッド』最終巻をお届けしております。

ここまでお付き合いいただき、本当にありがとうございました。最初に想定していたよりもずっと長いシリーズになったので、本来はオープンにする予定ではなかった裏設定まで描くことができて、大変でしたがちょっと楽しかったです。もちろん欲を言えば、もっと活躍させたいキャラや描きたいシチュエーションがたくさんあったのですが、さすがにすべてを描き切るには時間とページ数が足りなかった。とりあえず出番を完全にカットされてしまった琉威《るい》と優《ゆ》乃《の》には本当に申し訳なかった。決して忘れていたわけじゃないのよ……

この作品を書き始めてから九年と半年くらい経《た》っているのですが、その間の現実世界の激動ぶりには、今更ながら驚くことばかりです。特に初期から作品を追いかけてくれている読者の皆様は、この間に環境が大きく変化した方が多いのではないかと思います。

私個人は変化したというよりも、衰えた、とか、擦り切れたって表現のほうが近い気がするのですが、逆に少しも変わらなかったのは、『ストライク・ザ・ブラッド』を書いてる時間がずっと幸せだったということです。古《こ》城《じょう》たちの物語を書く場所があって、それを読んでくれる方々がいるということが、心の底から本当にありがたかった。なので、このシリーズを読んでくれた皆様が、ほんのいっときでも私と同じように楽しんでいただけたのなら、それに勝る喜びはありません。

ささて、文庫本篇のほうはいちおうこれで完結ですが、大変ありがたいことにこのあともしばらく『ストライク・ザ・ブラッドⅣ』というタイトルで、新作OVAのBlu-rayとDVDが発売されることになっています。素晴らしいスタッフとキャストの方々に恵まれて、決して期待を裏切らない内容になっております。書き下ろしのオリジナル掌編《しょうへん》も収録される予定です。こちらもぜひ最後までお付き合いいただければ幸いです。

また、本巻の刊行に合わせて、ネット通販限定販売だったあかりりゅりゅ羽《う》先生のスピンオフ四コマ『ストライク・ザ・ブラッド　こちら彩海学園《さいかいがくえん》中等部』の電子版が、電子書店各社で配信開始になるそうです。こちらも是非よろしくお願いいたします。

イラストを担当してくださったマニャ子さま、今回も大変お世話になりました。本シリーズで最後までお仕事をご一緒できたこと、作品にとっても私にとっても本当に幸運で光栄でした。

そして本書の制作、流通に関わってくださった皆様にも、心からお礼を申し上げます。

もちろん、この本を読んでくださった皆様にも精一杯の感謝を。

それではどうか、また次の作品でお目にかかれますように。

三《み》雲岳斗《くもがくと》

◉三雲岳斗著作リスト

「コールド・ゲヘナ①〜④」（電撃文庫）
「コールド・ゲヘナ　あんぷらぐど」（同）
「レベリオン1〜5」（同）
「i．d．Ⅰ〜Ⅲ」（同）
「道士さまといっしょ」（同）
「道士さまにおねがい」（同）
「アスラクライン①〜⑭」（同）
「ストライク・ザ・ブラッド1〜22　APPEND1〜2」（同）
「サイハテの聖衣《シュラウド》1〜2」（同）

「M.G.H　楽園の鏡像」（単行本　徳間書店刊）
「聖遺の天使」（単行本　双葉社刊）
「カーマロカ」（同）
「幻視ロマネスク」（同）
「煉獄の鬼王」（双葉文庫）
「海底密室」（デュアル文庫）
「ワイヤレスハート・チャイルド」（同）
「アース・リバース」（スニーカー文庫）
「ランブルフィッシュ①～⑩」（同）
「ランブルフィッシュ　あんぷらぐど」（同）
「ダンタリアンの書架1～8」（同）
「旧宮殿にて」（単行本　光文社刊）
「少女ノイズ」（同）
「少女ノイズ」（光文社文庫）
「絶対可憐チルドレン・THE NOVELS」（ガガガ文庫）
「幻獣坐1～2」（講談社ノベルズ）
「忘られのリメメント」（単行本　早川書房刊）
「アヤカシ・ヴァリエイション」（LINE文庫）

本書に対するご意見、ご感想をお寄せください。

ファンレターあて先
〒102-8177　東京都千代田区富士見2-13-3
電撃文庫編集部
「三雲岳斗先生」係
「マニャ子先生」係

本書は書き下ろしです。

電撃文庫

ストライク・ザ・ブラッド22
暁《あかつき》の凱旋《がいせん》

三雲岳斗《みくもがくと》

◇◇◇

2020年８月７日　初版発行

発行者　青柳昌行
発行　株式会社KADOKAWA
〒102-8177　東京都千代田区富士見2-13-3
0570-002-301（ナビダイヤル）
装丁者　荻窪裕司（META＋MANIERA）
印刷　株式会社暁印刷
製本　株式会社暁印刷

ISBN978-4-04-913268-7　C0193　Printed in Japan

電撃文庫　https://dengekibunko.jp/

電撃文庫創刊に際して

文庫は、我が国にとどまらず、世界の書籍の流れのなかで〝小さな巨人〟としての地位を築いてきた。古今東西の名著を、廉価で手に入りやすい形で提供してきたからこそ、人は文庫を自分の師として、また青春の想い出として、語りついできたのである。

その源を、文化的にはドイツのレクラム文庫に求めるにせよ、規模の上でイギリスのペンギンブックスに求めるにせよ、いま文庫は知識人の層の多様化に従って、ますますその意義を大きくしていると言ってよい。

文庫出版の意味するものは、激動の現代のみならず将来にわたって、大きくなることはあっても、小さくなることはないだろう。

「電撃文庫」は、そのように多様化した対象に応え、歴史に耐えうる作品を収録するのはもちろん、新しい世紀を迎えるにあたって、既成の枠をこえる新鮮で強烈なアイ・オープナーたりたい。

その特異さ故に、この存在は、かつて文庫がはじめて出版世界に登場したときと、同じ戸惑いを読書人に与えるかもしれない。

しかし、〈Changing Times,Changing Publishing〉時代は変わって、出版も変わる。時を重ねるなかで、精神の糧として、心の一隅を占めるものとして、次なる文化の担い手の若者たちに確かな評価を得られると信じて、ここに「電撃文庫」を出版する。

1993年6月10日
角川歴彦